정상적으로 돌려놓으려 했지만 예후가 아주 나빴어요. 담당의마저 내게 그만 희망의 끈을 놓아야 삶이 편할 것이라고 했었지요. 그랬는데…….”

마주하는 눈동자가 찰랑이는 물결처럼 흔들리고 있었다. 내가 사랑하는 남자와 조금도 닮은 면이 없는 그의 어머니의 입에서 내 남자의 이면에 대한 이야기가 계속해서 흘러나왔다.

“3년 전 미선 씨를 만난 이후로 무섭도록 변했죠. 본인이 원하는 목표를 위해. 단순히 이걸 기적이라고 받아들이면 되는 걸까요?”

내 옷의 얼룩을 다 닦아낸 그녀가 다시 자리에 앉더니 핸드백을 챙겨 들었다.

“어쩌면 나로선 미선 씨가 우리 지훈이와 결혼하는 걸 막을 이유가 없을지도 몰라요. 이런 이야기 전혀 언급하지 않은 채 새사람으로 맞아들이면 그뿐이었을지도요. 허나 나는 지금 내 남편을 만나 너무도 오랜 세월 힘들었어요. 그걸 미선 씨가 답습할 거라 생각하니 마음이 편치 않았어요.”

단호하게 말을 맺은 그의 어머님이 한숨을 내쉬며 자리에서 일어났다.

“지훈이는 어쩌면 제 아버지와는 다를 수도 있어요. 내 걱정과 달리 미선 씨를 만나고 나서 인성 장애가 거의 치유되었는지도 몰라요. 사람 감정을 몰라 TV를 보면서 호응

하는 걸 흉내 내고 웃음을 지어야 하는 포인트도 학습하고 다른 이의 생각을 읽기 위해 심리학을 전공한 것과는 달리, 정말로 진짜 기적처럼, 완치가 불가능하다는 자폐증에서 벗어난 것일지도 모르겠어요. 하지만, 그렇지 않을 가능성도 있는 거죠. 인생을 걸고 도박을 할 수는 없잖아요. 게다가 미선 씨에게는 아직 어린 두 아이들도 있고요."

"감……정을 학습했다고요?"

날카로워진 내 질문에도 기분 나빠진 기색 없이 그녀는 고요하게 답을 해주었다.

"그 애는 감정이 없어요. 아니 사실은 슬프고 기쁘고 하는 감정을 전혀 모른다고 봐야 해요. 영특한 머리로 그런 상황을 학습해서 그때마다 반응하는 법을 배운 것뿐이에요. 그게 반복되어 지금은 거의 정상인과 구분이 안 갈 정도가 된 거랍니다."

어떻게 보자면 친어머니가 아니기에 저 정도로 냉정하게 다 말해줄 수도 있는 것일 테지. 하지만 반대로 친어머니가 아니기에 그의 모든 면을 객관적으로 볼 수도 있으리라.

격하게 뛰는 심장을 진정시킬 수 없었다. 반박하기 어려운 진실 앞에서 숨이 막혔다. 생각지도 못한 엄청난 천재지변에 집을 통째로 잃은 것만큼이나 심한 충격이 온몸을 두드렸다.

"……."

나는 입에 자물쇠를 채운 것처럼 가만히 서 있기만 했다. 그때 내 옆으로 다가온 그녀가 마지막으로 한마디를 남겼다.

"선택은, 차미선 씨 몫이에요."

그렇게 홀로 카페에 남겨진 나는 얼마나 오래 그렇게 맥없이 서 있었는지도 몰랐다. 자리에 앉지도 않고 마냥 우두커니 서서 넋을 놓고 창밖을 보고 있었더니 보다 못한 숍의 주인이 다가와 말을 걸고 나서야 정신줄을 챙겨 매장 사무실로 돌아왔다. 오는 내내 머릿속이 포화 상태가 될 정도로 생각이 가득했으나 도대체 정리가 되지 않았다.

"태성이 어디 있어?"

문을 열자마자 연화에게 다그치듯 물으니 의아해하면서 턱짓으로 손님 상대 중인 남친을 가리킨다. 당연히 매상을 올리고 있는 그 녀석을 기다려줄 거라 여긴 것 같은데, 나는 그런 판단력을 이미 상실했다.

"강태성, 너 나 좀 봐."

"에?"

"야야, 니 지금 뭐하는 거야?"

내가 무턱대고 태성이에게 걸어가 그 팔을 덥석 잡자 놀란 연화가 달려와 속삭이듯 말하며 나를 끌어가려고 했다.

"놔! 나 지금 얘한테 물어봐야 할 게 있어!"

"미슨아."

손님과 더불어 연화도 태성이도 눈을 동그랗게 뜨며 미

친년처럼 소리 지르는 나를 응시했다. 태성이가 미간을 살짝 찌푸리더니 연화에게 손님을 인계하고 내게 "가자" 하고 말하면서 사무실 쪽으로 걸음을 옮겼다. 불안함에 손으로 얼굴을 훑으니 물기가 느껴진다. 오, 맙소사! 나는 어느새 눈물을 흘리고 있었다.

"누나, 왜 그래? 무슨 일이야?"

사무실 문을 지나자마자 걱정스러움이 담뿍 담긴 태성이의 질문이 돌아왔지만, 나는 그런 걱정 따위는 뇌리에서 받아들일 틈이 없었다.

"그저께 나한테 전남편 찾아왔을 때, 네가 지훈 씨에게 연락했니?"

"…… 예?"

당황하는 표정이 눈에 들어왔으나 깊게 생각할 틈 따위 주지 않을 마음이었다.

"연화가 그 사람 연락처를 알 리가 없어서 이상하다는 생각이 들었는데, 이제야 이해가 가네. 다시 정리해서 물어볼까? 네 전 여자 친구 심혜린이 오빠라고 부르는 심지훈에게 이 사무실에 근무하는 차미선이라는 여자에 대해 꼬박꼬박 보고한 게 너지?"

굳이 대답을 들을 필요도 없이 태성이의 얼굴은 사색이 되어 있었다.

"아니 그, 그게……. 누나 사실은 지훈이 형이 시킨 게 아

니라 내가 그냥……."

"됐어."

무 자르듯 태성이의 어쭙잖은 변명을 잘라버린 나는 딱딱한 얼굴로 자리에 가서 앉아 모니터를 쳐다봤다. 뒤늦게 등장한 연화는 어리둥절한 얼굴로 우리 두 사람을 번갈아 본다. 태성이가 안절부절못하며 할 말이 많은 눈치였지만 상대하지 않았다.

자꾸만 내 남자가 두려워지는 이 마음을 다잡기가 어려웠다. 사정을 들을수록 가슴 아프도록 그가 안쓰러웠지만 동시에 나를 감시하도록 사람까지 붙이는 그 용의주도함이 소름 끼쳤다.

오후 5시가 다 되어서야 심지훈이 매장에 나타났다. 조금씩 흩뿌리기 시작한 겨울비를 맞았는지 항상 깔끔하게 정돈되어 있던 앞머리가 눈썹 사이로 흘러내려와 있었다. 그 모습대로 또 색다른 매력이 있었다. 평소와 사뭇 다른 분위기로 입은 남자. 딱 떨어지는 느낌의 연그레이 모직 투버튼의 싱글 피코트는 어제 내게 사주었던 클럽모니끄의 맨스라인이다. 배색이 들어간 목 부분이 포인트, 전체적으로 핏되는 느낌이 그의 기름한 몸매를 부각시킨다. 타탄체크 남방깃이 살짝 보이고, 그 위에 단가라 니트스웨터를 입어 댄디한 분위기를 풍긴다. 팬츠는 슬림한 핏이 돋보이는 차콜색의 모직 슬랙스, 구두는 클래식함이 묻어나는 옥스퍼드

화인데 어깨끈을 길게 한 양가죽 맨스백과 같은 색상이다.

"어제 강의는 어땠어요? 강의실에 가면 누가 학생이고 누가 교수님인지 구별이 안 가겠는데요."

매장 안 손님들과 직원들의 쏟아지는 시선에 이어 웅성웅성 수군거림을 귓등으로 흘리며 그에게 어색한 농을 건넸다. 아직 나의 이상한 분위기를 깨닫지 못한 심지훈이 잔잔한 미소를 그리며 어깨를 살짝 으쓱한다.

"처음에는 구설수에 많이 오른 편인데, 요즘에는 교내에서 꽤 유명해져서인지 인기만 좋던데요. 강의도 인원초과예요."

"무슨 수업을 하시는데요?"

"상담심리학이라는 과목이에요. 제 직업과 연계되죠."

대화를 나누고 있자니 저쪽에서 내 눈치를 보고 있던 연화가 슬금슬금 옆으로 다가왔다.

"슨생님도 오셨는데, 그만 가라."

완전히 가라앉아 있었던 내 분위기 때문에 말도 못 붙이던 연화였다. 그 사정을 모르는 심지훈은 연화의 배려에 기쁜 낯으로 입을 열었다.

"미선 씨 조기 퇴근시켜도 되는 겁니까?"

"아, 예에. 피곤할 거예요. 낮에 그런 일도 있었고."

"그런 일이라뇨?"

"어이 사장, 급한 일은 다 마무리했거든. 봐서 내일 특근

하든지 할 테니까 나 그만 간다?"

그의 질문에 연화가 답할 틈도 없이 나는 벌떡 일어나 코트를 집어 들고 남자의 손을 잡아끌었다. 그는 "어어" 하면서 연화를 향해 인사말을 남기고 내 뒤를 따른다. 물론 난 그가 태성이 쪽으로 의문이 담긴 눈길을 잠깐 던지는 것을 놓치지 않았다.

"비가 멎을 것 같지 않네. 놀이터는 안 되겠어요."

"응? 놀이터는 왜요?"

하늘로 시선을 향한 채 중얼거리는데, 내 뽀얀 입김 너머로 그가 흐릿하게 보인다. 휴…… 나도 모르게 나온 한숨이 입가를 더 흐렸다. 그제야 내가 약간 이상한 것을 눈치챘는지 심지훈의 표정이 어두워졌다.

"미선 씨, 무슨 일 있는 거죠?"

잠깐 그를 말없이 응시했다. 이런저런 생각이 가슴으로 옥죄어온다. 다시 마음이 약해지려 해. 이러면 안 되는데.

"네."

짧고 간단한 대답에 심지훈이 살짝 당황하는 분위기였으나 금세 그런 기색을 지우는 게 보였다. 평소의 나였다면 전혀 눈치채지 못했을 남자의 이런 반응. 예민해져서인지 그의 소소한 표정 변화까지 모두 눈 안에 들어오고 있다.

"바로 앞에 제 차가 있으니 그리로 가요. 아직 따뜻할 테니까 안에 들어가 시동 걸고 잠깐만 기다려줘요."

언제나처럼 옅은 미소를 그린 그가 내게 차 키를 주고 어디론가 사라진다. 하아아. 깊은 한숨이 내뱉어진다. 아직 심각함을 전혀 모르는 남자 때문에 마음이 무겁다. 하지만 복잡하디복잡한 내 뇌리에서는 이미 어느 정도 결론이 도출되어 있다. 나는 그와 심각한 주제를 가지고 진지한 대화를 해야만 한다. 아니 어쩌면 대화를 가장한 일방적인 통보를.

—여기서 다훈 아버지와 내 이야기를 시작하면 생뚱맞을까요?

당황스럽게 대화를 시작한 그의 어머니가 떠오른다.

—집착과 소유욕, 치밀함 같은 것 말이에요. 그런 생각은 한 번도 안 해봤어요?

갑자기 '새아가'에서 '미선 씨'로 호칭이 바뀌기에 드라마 같은 데서 보던 사모님들처럼 봉투라도 쥐어주고 헤어지라는 건 아닐지 조금 불안했다. 그런데 그분은 엄청난 사연만 언급하셨다. 어떻게 보자면 소소한 봉투 따위보다는 내게 큰 영향을 끼칠 수 있는 이야기였다. 차라리 완강한 반대에 부딪쳤다면 이리 고민되지는 않으련만. 아마도 반발심 같은 게 작용해서 더욱더 이 남자를 포기할 수 없다고 우겼을지도 모르겠다.

하지만, 그의 어머니는 그렇게 하지 않았다.

—지훈이와 결혼을 한다면 20년 뒤 미선 씨가 나처럼 말하게 되는 건 아닐지 모르겠어요.

어떤 회사의 이사님이라고 했지? 동글동글하고 인상 좋은 아주머니로만 보이는 외모였거늘, 대화하는 순간에는 알 수 없는 위압감도 느껴졌다. 그녀의 말투는 연설하는 정치가처럼 설득력이 있었다. 나는 그의 어머니가 들려준 모든 이야기를 어느새 기정사실로 받아들이고 말았다.

─선택은, 차미선 씨 몫이에요.

가슴이 너무 아파서 자꾸만 눈물이 날 것 같다. 그가 너무 가여워서, 안타까워서 마음이 무거웠다. 이 사람이 얼마나 애쓰고 있는지 알 것 같아 더없이 슬퍼졌다. 하지만, 그의 어머니가 말한 것처럼 나는 두 아이의 엄마이기에 심지훈을 내 연인이자 남편뿐만 아니라 은비와 은솔이의 아빠로서 심각하게 고민하지 않을 수 없다. 솔직히 아직은 명확한 결론이 나지 않았다. 그를 만난 뒤 숨쉬기도 힘들 정도로 몰아쳤던 지난 며칠간과 달리 천천히 여유를 두고 생각해야 한다.

똑똑.

멍하니 깊은 심상으로 잠수해 있는데 이질적인 소음이 나를 깨웠다. 무의식중에 시선을 오른쪽으로 향하니 웃음을 머금은 남자가 손에 따뜻한 음료수를 든 채 창문이 열리길 기다리고 있다. 또 왈칵 눈물이 쏟아질 것 같아 얼른 눈을 깜빡이며 윈도우 버튼을 눌렀다. 지이, 소리와 함께 그와 나를 가로막고 있던 유리가 내려간다.

"오래 기다렸죠? 이쪽 지리를 잘 몰라서 가게를 찾다 보니."

받아 든 컵의 온기가 내 손을 따뜻하게 데워준다. 그의 마음도 이렇게 따뜻할까? 심지훈의 이 자상함은 그의 내면에 있는 진정한 자아가 만든 것일까, 아니면 단순히 몸으로 익힌 연기일까? 아직도 나는 잘 모르겠다.

"고마워요, 핫초코네요."

운전석에 앉는 남자를 향해 의례적인 인사말을 건넨다.

"기분이 가라앉아 보여서요. 이럴 때는 단것이나 카페인이 도움이 되거든요."

그가 또다시 미소 짓는데 갑자기 그 모습이 너무나 안타까웠다. 나는 가만히 손을 들어 심지훈의 뺨을 쓰다듬었다. 그는 살짝 의아해하는 표정을 지었지만 거부하지는 않았다. 그가 나른한 고양이처럼 기분 좋은 표정을 짓자, 내가 무거운 입술을 떼어 말을 건넸다.

"이렇게 할 수 있기 위해서 얼마나 노력했어요?"

공간으로 떨어지는 내 말뜻이 명확히 전달되기까지 시간이 조금 걸렸다. 떨리는 말끝을 침과 함께 꼴깍 삼키는데, 작은 파문이 일고 있는 그의 눈동자가 내게 향했다.

"…… 미선 씨?"

결국 눈가가 뜨거워지고 만다. 코끝에도 찡한 느낌이 강해지고 있다. 막을 수 없는 눈물이 한 줄기 뺨을 타고 흐르는 걸 느끼며 나는 억지로 웃었다.

"지훈 씨 미안해요. 나 잠깐만…… 잠깐만 울게요."

가슴이 먹먹해져 말을 잇기 어렵다. 아랫입술을 깨문 채 그의 까만 눈동자를 뚫어져라 응시하다 눈길을 내리고 그렇게 숨죽여 흐느꼈다. 심지훈은 당황한 표정을 짓다가 내 이상스러운 반응을 가만히 지켜보는 것 같더니 차분하게 입을 열었다.

"혹시…… 어머니께서 여기까지 찾아오셨나요?"

체념한 듯한 말투. 예상은 했지만 사랑하는 사람이 아파하는 모습을 보니 송곳으로 후벼 파듯 가슴이 아프다. 흐느낌이 짙어지지 않기 위해 안간힘을 써본다. 이야기를 해야 했다. 이렇게 흐지부지 지나칠 수 없다는 것을 너무도 잘 알기에.

"다…… 말씀하시던가요?"

"네."

그가 가만히 눈을 감더니 손을 들어 자신의 얼굴을 감쌌다. 몹시도 괴로워 보이는데, 동시에 저렇게 힘들어하는 것이 진실인지 의문이 든다. 이러면 안 되는데. 이 남자를 못 믿으면 안 되는데. 그러나 이렇게 혼란스러운 상태가 앞으로도 계속될 테지? 아니 어쩌면 이 남자를 점점 더 이상하게 볼지도 몰라. 그러기는 싫어. 차라리 아무것도 몰랐더라면 이제껏 그러했듯 앞으로도 마냥 행복할 수 있었을 텐데. 오, 맙소사. 갑자기 모든 이야기를 들려준 그의 어머니가

너무나도 원망스럽다!

─그 애는 감정이 없어요. 아니, 사실은 슬프고 기쁘고 하는 감정을 전혀 모른다고 봐야 해요. 영특한 머리로 그런 상황을 학습해서 그때마다 반응하는 법을 배운 것뿐이에요. 그게 반복되어 지금은 거의 정상인과 구분이 안 갈 정도가 된 거랍니다.

솔직히 말하면 지금 눈앞에 있는 이 남자, 그의 어머니의 말을 듣고 나서 살펴보는데도 흠 없이 완벽해 보인다. 감정 표현이 어색하다거나 하는 건 전혀 느껴지지 않는다. 어느새 나는 또 나를 설득하고 있었다. 그는 이미 기적을 이뤄냈다고. 그의 어머니가 걱정하는 것처럼 만들어진 감정으로 살아가는 인조인간 같은 사람은 아닐 거라고.

"그 이야기도 들었어요. 지훈 씨의…… 친어머니."

심지훈은 내 말에 대답하지도, 크게 반응하지도 않았다.

"어떻게 돌아가셨는지도. 그때 어린 지훈 씨의 상태도."

"지금의 나와는 달라요."

꽉 잠긴 음성이 돌아온다.

"어머님은 그렇게 생각하지 않으셨어요."

"알아요. 그렇지만 그건 어머니께서 잘못 아시는 거예요."

당신 말 믿고 싶어. 그러나 그분은 당신을 어린 시절부터 바로 옆에서 꾸준히 지켜봐온 사람이야. 심지훈의 일거수 일투족을 모두 관찰하면서 내면에 갇힌 자아를 밖으로 끌

어내려 애썼고, 세상을 제대로 보여주려 노력했고, 대인 관계가 하나라도 형성되도록 도와주셨잖아. 그런 분의 말씀을 믿지 않을 수 없잖아. 내 가슴이 내게 사랑하는 사람을 믿으라고 명령하지만, 이성의 대답은 다를 수밖에.

"나와 처음 그 놀이공원에서 만났을 때."

간신히 울먹임이 잦아든 음성으로 나는 새로운 질문을 뱉어냈다.

"나를 보고 뭘 연상한 거예요?"

"미선 씨, 나는……."

그가 가로막을 틈을 주지 않고 재빨리 다음 질문을 이어갔다.

"돌아가신 친어머니를 떠올린 거죠?"

무응답은 긍정이라고 했다. 그가 침묵의 강에 들어서자, 내 안에서 깊은 탄식이 새어 나왔다. 안타깝게도 내가 들은 이야기가 모두 사실이라는 것이 증명된 것이다.

"어떻게 생각할지 알지만."

심지훈이 초조해하는 표정으로 입을 열었다. 그를 만난 이래 처음 보는 표정이었다.

"나는 결코 내 아버지 같은 사람이 아니에요. 자폐 성향이나 인성 장애는 완치될 수 없다는 것이 지론이지만, 내 경우는 거의 사라졌어요. 이제껏 미선 씨에게 보인 감정은 연기가 아니었어요!"

간절함이 깃든 그의 눈동자가 나를 향하고 있다. 흔들리는 그의 시선에 내 마음도 바람 앞의 촛불 같다. 그러나 내 뇌리를 뒤덮은 얇은 의심의 장막은 쉽게 걷히지 않는다.

"내게 생각할 시간을 주세요."

"그럴 수는 없어요."

내 침착한 제안에 그가 재빨리 거절을 표했지만, 나는 심지훈의 의견을 물은 게 아니었다.

"달아나지 않아요. 단지 시간을 달라는 것뿐이에요. 우리 만난 지 이제 겨우 2주밖에 되지 않은 거 알아요? 그동안 너무 정신없이 빠르게 달려왔어요. 솔직히 우리 결혼이나 앞날에 대해 진지하게 고민해본 적도 없죠."

조곤조곤 설득하듯 이어지는 내 말에 그의 예쁜 입술이 가만히 닫혀버렸다.

"그렇다 해도 너무 불안하게 여기진 말아줘요. 난 아직 아무것도 결정하지 않았고, 지훈 씨에 대해 조금 차분하게 판단할 시간이 필요한 것뿐이니까."

남자가 돌처럼 굳는 게 느껴져 마음이 아팠다. 잠시 머뭇거리는 손길로 심지훈을 한번 가만히 안았다가 놓아주며 눈을 마주보았다. 그의 눈동자에서 빛이 사라져 공허해 보였다. 그의 집에서 그가 흐느껴 울던 때보다 지금 더 황폐해 보였으나 내 마음이 그때처럼 동요되지는 않았다.

"내가 지훈 씨를 사랑하는 마음은 그대로예요. 하지만 내

아이들과 친정엄마 입장을 생각하지 않을 수 없어요. 조금만 이해해주면 좋겠어요."

손끝이 떨려온다. 그냥 아무 일도 없었던 체하고 그를 와락 끌어안고 펑펑 울어버리고 싶은 마음이 간절했다. 아아, 어쩌면 좋을까? 이 사람을 정말 아프게 하기 싫었는데.

"부탁할게요, 지훈 씨."

사랑에 목숨을 걸 정도로 젊지 않은 내가 밉다. 무모한 열정을 불태울 정도로 어리지 않은 내가 원망스럽다. 누가 무슨 말을 하든 귀를 닫아버리는 고집을 갖지 못한 내가 싫다. 그러나 이것이 현실인 것을.

"일주일만 시간을 줘요. 그동안 절대 찾아오지도 말고 전화도 하지 말아요. 내가 정리를 끝내면 먼저 연락할게요."

통보였다. 이 남자도 이성적으로 이를 받아들였으면 했지만 가슴 아프게도 그의 새까만 눈동자에 드리워진 것은 지독한 절망이었다.

〈2권에 계속〉

나는 메릴린 그를 죽였다 1

© 민지영, 2014

1쇄 인쇄일 | 2014년 1월 10일
1쇄 발행일 | 2014년 1월 25일

지은이 | 민지영
펴낸이 | 한경용
책임편집 | 이수지
편 집 | 배예진 이수지
마케팅 | 배예진 정영교
제 작 | 이재승

펴낸곳 | 네오픽션
출판등록 | 2013년 04월 19일 제2013-000123호
주 소 | 121-840 서울시 마포구 서교동 396-33
전 화 | 편집부 (02)324-2347, 경영지원부 (02)325-6047
팩 스 | 편집부 (02)324-2348, 경영지원부 (02)2648-1311
E-mail | neofiction@jamobook.com
Home page | www.jamo21.net

ISBN 979-11-85327-26-6(04810)
979-11-85327-25-9(set)

그 쇼핑백에 든 것을 날름 삼키기로 마음먹었다. 하늘이 내 노력에 보상한 것이리라. 그렇게 멋대로 생각하며 기쁜 마음으로 선물을 받았다.

'뭐 언제고 마주치면 옷값을 주면 되지 않을까?'

뻔뻔해 보이겠지만 쇼퍼홀릭이자 티메 마니아인 나, 차미선은 이미 인연이 닿은 이 아름다운 옷을 다시 내놓기가 너무 아쉬웠다.

*

하루가 지났다. 잠시 외출했던 이성이 뇌리로 돌아오자 기분이 다시 찜찜해졌다. 미간을 잔뜩 찌푸린 채 옷걸이에 걸린 짙은 네이비색 트렌치코트를 노려보았다. 흐음, 도대체 이게 무슨 사연이람? 그 천사는 누구일까? 나와 무슨 인연이 있어서 이렇게 사랑스러운 일을 해주었을까?

그러나 고민은 찰나였다. 옷을 계속 쳐다보고 있자, 머릿속 생각이 차츰 희미해졌다. 오오, 때깔 죽이는구나! 빛에 따라 변화하는 저 색감 하며, 차르르 떨어지는 재질 하며 진짜 고급스럽다! 좌우 스타일이 달라 언밸런스한데도 전혀 어색하지 않다.

"정말 마음에 들어!"

어느새 구겨진 미간을 다림질하듯 싹 펴고서, 나는 그전에 무슨 고민을 하고 있었는지도 잊은 채 감탄사를 연발하고 있었다. 사실 너무너무너무 갖고 싶었던 옷이라 머릿속에 이성이 똬리 틀고 앉기에는 지금은 감성의 기운이 지나치게 충만했다. 허나 이렇게 들뜬 마음도 손바닥 뒤집듯 한순간에 또 바뀌었으니.

"아냐, 아냐! 내가 이렇게 마냥 기뻐하고만 있을 수는 없어!"

돈이 있다고 해서 살 수 있는 옷이 아니다. 게다가 이것을 내 손에 쥐어준 사람은 남자! 공교롭게도 딱 내 사이즈의 옷!

"누구지? 누구였을까? 도대체 나한테 왜 이런 호의를 베푼 거지?"

넘어졌을 당시 상황을 뇌리에서 기를 쓰고 더듬어봤지만 그 사람의 얼굴이 전혀 떠오르지 않았다. 나름대로 다른 사람들 얼굴을 잘 기억한다고 자신하는 편인데 이 정도로 생각나지 않는 것은 정말로 내가 그 사람 얼굴을 제대로 쳐다보지 않았다는 뜻이다.

"으으으…… 답답해."

"뭐하는 거냐?"

연화가 옆으로 다가와 머리를 쥐어뜯는 내 얼굴을 들여다본다.

"니 보고 있음 진짜 웃기는 거 아냐?"

"아, 몰라."

"혼자 실실 쪼개다가 한숨 내쉬다가 자학하다가 또 좋아서 팔팔 뛰고. 나 혼자 보기 정말 아깝다."

어휴, 친구가 이토록 답답해하고 괴로워하면 도와줄 방도를 찾든지 해야지 옆에서 놀리기나 하다니. 진정한 친구란 게 이런 건가.

"백화점에 CCTV가 있잖아. 확인해달라고 해봐라."

"벌써 물어봤는데 도둑맞은 것도 아니고 선물 받은 사연으로는 확인을 못 해준대."

"가시나야, 도둑맞았다고 했어야지."

"그러게 말이야. 나는 또 정직하게 다 말했어. 바보짓 했지."

다시 휴우 하고 한숨을 뱉었더니 연화가 솥뚜껑만 한 손바닥으로 내 등을 퍽 때린다. 으악! 아파! 이건 살인미수야! 방연화, 너는 한 손으로도 충분히 나를 죽일 수 있는 인간이란 말이야! 나 혼자 속으로 말도 안 되는 혐의를 덮어씌우는 줄도 모르고 연화가 이렇게 말한다.

"그냥 잊어버려라."

"뭘?"

"니가 산 셈 치라고. 백화점에 도로 찾으러 오지도 않는 걸 보면 찾을 맘이 없는 얼라다."

'얼라인지 어르신인지 네가 어떻게 아나?' 하고 반문하려다가 그냥 입을 닫았다. 괜히 말꼬리를 잡는 건 지금 나한테 아무 도움이 되지 않는다.

"아무리 생각해봐도 그 옷은 미슨이 니 선물인 거다. 그러니 니는 그냥 억수로 기뻐하면서 잘 입고 다니면 되는 거고."

"도대체 누가? 왜? 난 그게 너무나 궁금하다고!"

내가 신경질적인 하이톤으로 소리치자, 작은 눈을 한일자로 만들어 빙긋 웃던 연화가 자리에서 일어섰다.

"키다리아자씨인가 봐. 니처럼 쇼핑 겁나 좋아하는 아자씨."

"그건 뭐냐?"

나는 허무하다는 표정을 짓다 곧바로 나도 모르게 웃음이 터졌다.

"키다리아저씨면 키다리아저씨지, 쇼핑을 좋아하는 건 또 뭐냐?"

"다리가 길었다고 했으니까 키다리아자씨 맞제. 게다가 니가 놓친 옷도 대신 사 주고. 근데 그런 물건까지 아는 거 보면 보통 남자는 아니지 싶다. 스토커라고 하면 기분 나쁘고, 우렁각시라고 하면 웃기니까 쇼핑하는 키다리아자씨구만."

헐. 그러니까 네 말은 나를 지켜보는 키다리아저씨가 있는데 그 사람이 내 쇼핑까지 도와준다는 말이야, 지금?

"말이 된다고 생각해? 나를 죽 지켜보다가 내가 원하는 걸 못 살 것 같으니 달려가 그걸 미리 득템해서 전달해준다고?"

"요즘 세상에 안 되는 게 어디 있어. 그냥 된다면 되는 거지."

"가만있어봐, 그 이야기의 여주인공이……."

나는 오래 전에 읽은 그 책의 내용을 더듬더듬 머릿속에서 찾아냈다. 이름이 쥬리, 아니 주디였던가?

"결국 그 키다리아저씨랑 결혼하잖아."

"그렇지."

연화가 히죽히죽 웃는 것이 어쩐지 수상쩍다 싶더라니.

"이보셈, 나 이혼한 지 이제 반년 좀 지났거든! 어딜 또 남자랑 엮으려는 거야. 앞으로 나는 혼자 우아하게 살 거야."

"워메, 누가 누구랑 엮는다는 거야. 난 암말도 안 했구만. 실은 니가 그러고 싶은 거 아냐?"

"뭬야?"

인상을 쓰며 화를 내려니 연화는 그저 헤죽헤죽 웃기만 한다. 으유, 내가 확 한 대 친다고 데미지나 있겠어? 앙?

"자자, 답 없는 고민은 그만하고 니는 우리의 매상을 어떻게 올릴까 하는 생각이나 해봐라. 지금 근무시간이구만."

"아하하, 네에, 사장님."

2년 전 연화는 자신의 뚱뚱한 몸을 모델로 삼아 빅사이즈 의류 쇼핑몰을 오픈했다. 그 사업이 승승장구하여 현재는 시내에 대형 매장까지 개업한 상태이다. 나는 4개월 전에 연화에게서 함께 일하자는 제의를 받고 지금 인터넷 몰을 맡고 있다.

"나는 말이지, 너처럼 말라깽이 여자들이 너무너무 입고 싶어도 사이즈가 커서 못 입어 안타까워할 진짜 멋진 특대 사이즈 옷들만 만들 거다."

이것이 연화의 야심찬 포부이다. 일반 매장에서 천대받는 뚱뚱한 여자들에 의한, 뚱뚱한 여자들을 위한, 최고의 쇼핑몰! 솔직히 나는 마른 55사이즈를 입는지라 77 이상 사이즈만 취급하는 스타일에 전적으로 공감이 가지는 않았다. 하지만 평소의 쇼핑 센스를 발휘해 연화의 사업에 혁혁한 공을 세우는 중이다.

"이번 달에 매상 30% 증가시키면 약속대로 보너스 100% 주기다?"

"언제 내가 내뱉은 말 안 지키는 거 봤나?"

웃으면서 다시 업무에 집중한다. 트렌치코트를 선물해 준 미지의 키다리아저씨는 잠시 뇌리 속 한편으로 밀어놓자. 마냥 궁금해한다고 정답이 곧바로 나타나지는 않을 테니. 누군지 모르지만 인연이 닿으면 언제고 이 은혜를 갚을 날이 있을 것이다. 그냥 이렇게 마음 편히 생각하기로 다시 한 번 다짐한다.

당연히 나는 그날의 사건이 단순히 신상 트렌치코트와의 인연으로만 끝나지 않을 것임을 그때는 알지 못했다.

쇼퍼홀릭 이혼녀

 나는야, 쇼퍼홀릭^{Shopaholic}!

 이렇게 당당하게 말할 수 있는 건, 내 주변 사람들이 누구보다 발 빠르고 운이 뛰어나 더욱 좋은 물건을 싸게 사는 내 능력을 부러워하기 때문이다. 나의 사랑스러운 스마트폰에는 수도권 모든 백화점과 아울렛의 대표번호를 비롯해 온갖 명품 매장, 여성복 매장, 수입 브랜드 매장, 유아동복 매장, 구두 및 잡화 매장들의 전화번호가 빼곡히 저장되어 있다. 스케줄표에는 각 백화점의 휴일과 세일 기간, 각 매장의 브랜드 데이가 마치 연예인 연간 스케줄처럼 상세히 기록되어 있고, 특히 타임 세일 일정은 매장의 숍마와 사바사바하여 미리 알아낸 뒤 빨간색으로 표시하고 알람까지 완벽하게 세팅해놓았다.

쇼핑을 이토록 좋아하는 내 외모가 궁금하다고? 어릴 때부터 그렇게 예쁘다고 칭송받을 정도는 아니었으나 어디서도 촌스럽다는 말을 들어본 적은 없다. 내게 붙는 수식어는 항상 '세련되다'나 '멋쟁이다'였으니까. 학창 시절에도 주말에는 언제나 친구들과 길거리 쇼핑으로 보냈고, 근처에 옷 가게가 새로 생기면 꼭 가봐야 했다. 신상이 나오면 반드시 내가 가장 먼저 입어봐야 했고, 나와 똑같은 옷을 입은 여자를 발견한 날은 재수 옴 붙은 날! 싸구려 스카프라도 사서 변화를 줘야 했다. 그마저 불가능할 때에는 같은 옷이지만 확연히 다른 감각으로 소화했다는 소리를 꼭 들어야 직성이 풀릴 정도였다.

대학에서도 연예인 못지않게 시선을 받는 캠퍼스의 퀸이었다. 트렌드세터로 이름이 나서 계절을 앞서가는 패션 감각을 선보이느라 3월 초 꽃샘추위에도 봄옷을 살랑이며 입고 다녔고, 그에 따라 남몰래 감기로 고생도 많았다. 언제 어느 때나 킬힐을 고수하느라 발은 마사지 치료를 받아야 할 지경으로 부르텄다. 의상학과 친구들에게 과제에 대해 조언까지 해줄 실력이었다고나 할까. 한번은 초신상으로만 도배하고 갔더니 교내 기자가 다가와 내 풀샷 사진을 찍고 취재를 하기도 했다.

그런 내가 대학을 졸업하자마자 명품 선물 세례로 유혹

해온 여덟 살 연상의 남자에게 단박에 넘어가 결혼한 것은 일생일대의 실수였다. 사소한 액세서리 하나 구입할 때도 면밀히 검토하면서 더없는 신중함을 발휘하던 차미선이 어떻게 그런 막판 떨이 상품 같은 남자와 덜컥 결혼해버렸는지! 당시 건강이 악화된 아버지 탓으로만 돌리기에는 내가 지나치게 경솔했다.

돈 많은 남자와 결혼하여 딸아이 둘을 낳아 기른 5년 동안 내 인생은 진정한 암흑으로 치달았다. 우유부단한 마마보이 남편, 아이 양말 하나 사는 것조차 참견하며 항상 무시하고 구박하는 무서운 시어머니, 내 음식 솜씨와 청소 상태까지 타박해대는 시누이 때문에 매일매일이 지옥이었다. 불면증을 앓고, 불안한 심기 때문에 수전증이 생기고, 식욕 저하로 체중은 더 줄어들 수 없을 만큼 줄었다. 그런 삶의 유일한 탈출구였던 홈쇼핑에 나도 모르게 중독되었고, 어느새 나는 아이가 옆에서 울거나 말거나 인터넷만 붙들고 사는 이상한 여자가 되어갔다. 결혼 전까지 생기 넘치던 눈동자는 완전히 빛을 잃어서 그야말로 걸어 다니는 시체 같았다.

"이혼하자."

이 어려운 말이 뜻밖에도 우유부단한 그 남자, 고승찬의 입에서 먼저 튀어나왔다. 너무 의외였다. 이혼이라는 단어는 내가 먼저 이야기를 꺼내야만 나올 수 있는 단어라고 여겼으므로 황망하기 이를 데 없었다.

"더 이상 못 견디겠어."

지난 5년간 아이들 때문에 꾹 눌러 참고 살아온 나를 앞에 두고 마치 자신이 세상에서 가장 불행한 남자라도 되는 듯 지껄여대는 그 입을 본드로 붙여버리고 싶었다. 돈이면 다 된다고 생각하는 그 남자는 나를 미친년에 정신병자라고 매도하면서도 아이는 엄마가 키워야 한다며 열심히 양육비를 계산했다.

발톱에 낀 때만큼 남아 있던 정마저 완전히 떨어졌다. 결혼이라는 제도로 내가 얼마나 최악의 남자와 묶여 있었는지 절실히 깨달으면서 미련 없이 이혼 서류에 도장을 찍었다. 그리고 법원의 정문을 빠져 나오는 순간 나는 완벽하게 해방되었다는 것을 느꼈다!

"세상에 이게 다 뭐니?"

전남편에게서 받은 위자료로 아이들과 살 아파트를 알아보러 돌아다녀봤지만 일이 생각처럼 풀리지 않자, 나는 무작정 친정으로 쳐들어갔다. 아버지가 돌아가시고 엄마는 혼자 살기에 너무 넓다며 집을 내놓았는데, 내가 위자료 절반을 떼어내 전세비 명목으로 드리고 방 네 칸 가운데 두 칸을 차지했다. 도배와 장판도 새로 하고, 득템한 백화점 진열 상품으로 소파며 안방 가구도 깔끔하게 바꾸었다. 우리 엄마 유 여사님은 이혼하고 온 딸에게 딱히 좋은 기색을 보이진 않았지만, 훤해진 집 안에서 예쁜 손녀 둘이 뛰어노는 모습에 저절로 나오는 흡족한 표정은 숨기지 못하셨다.

"은비 애비한테서 연락은 오는 게냐?"

"새장가 간대요."

최대한 아무렇지도 않게 쿨한 어투로 대답했다. 이혼 두 달 만에 들은 소식이라 좀 심하게 빠르다고 여겼으나 예상하지 못한 건 아니었다. 전남편은 겉보기에 허우대가 멀쩡하고 돈 많고 능력 있는 남자다. 마음만 먹으면 얼마든지 새장가 정도는 갈 수 있을 것이다.

"엄마, 은비랑 은솔이 좀 봐주세요. 용돈 넉넉히 드릴게요."

나는 엄마와 합의를 마치고 친구에게 연락했다. 인터넷 쇼핑몰 '뷰티빅걸'을 운영하는 친구 연화가 내 이혼 소식을 듣자마자 출근해서 일을 도와달라며 쇼핑 센스 돋는 나, 차미선을 달달 볶아댔다. 빅사이즈 쇼핑몰이라고 해서 나와 어울리지 않을까 봐 살짝 걱정했으나 사실은 지금 찬밥 더운밥 가릴 처지가 아니었다. 그래서 눈 딱 감고 무조건 오케이 사인을 해주었다.

88사이즈를 멋지게 소화해내는 연화는 새로 개점한 오프라인 매장에 올인하면서 나한테 인터넷 쇼핑몰을 맡겼다. 내가 일을 시작한 지 한 달 만에 독특한 디자인과 편안한 착용감, 저렴한 가격으로 두어 개의 디자인이 대박을 쳤고, 점차 '뷰티빅걸'이 유명세를 타기 시작했다. 그후 다섯 개의 디자인이 중박 이상의 성과를 내면서 새로 직원을 두 명이나 충원했는데도 눈코 뜰 새 없이 바빴다.

우리 회사 사장인 연화는 히트하는 명품이나 국내 브랜 드 기성복에서 얻은 아이디어를 응용해 우리 디자인의 모 티프를 제공해주는 기획자 차미선에게 흡족해했다. 동시 에 자사 쇼핑몰에 센스 있는 답변을 달아 고객만족도를 올 려 매상을 계속 늘려주는 쇼핑몰 운영자 차미선에게는 아 주 감동했다! 당연히 그때그때 보너스가 더해져 월급은 기 대 이상이었다. 나는 출퇴근 시간이 유동적이기까지 한 이 직장을 몹시 사랑하게 되었다.

그렇게 순식간에 이혼한 지 3년의 세월이 흘러갔다.

나는 다시 씀씀이가 헤픈 쇼퍼홀릭 본연의 자세로 돌아 갔다. 외향적으로도 '깡마른'이라는 듣기 싫은 형용사를 떼 어내고 '날씬한'이라는 기분 좋은 수식어가 따라붙는 30대 미시족이 되었다. 아침 출근 전에 백화점에 들르는 것이 기 본적인 일상이었다. 그리고 카페에서 홀로 우아하게 브런 치를 즐기면서 태블릿피시로 쇼핑몰 사이트 '뷰티빅걸'과 카페 '뷰티빅걸 마니아'를 관리했다. 카페 회원 수만 25만 명이 넘었다. 열활 멤버를 5%만 잡아도 만 명이 넘으므로 카페가 언제나 활성화되어 있었다. 그야말로 화려한 돌싱,

차미선은 '남자 따위 개나 줘버려!' 하고 외칠 수 있을 만큼 당차고 행복한 삶을 누렸다.

이렇게 잘나가는 골드 싱글에게 단 하나 걸림돌이 있었으니 그건 바로 엄마 유 여사님이었다. 잔소리의 최고봉!

"애들 옷하고 신발 좀 그만 사!"

"켁."

"네 옷만으로도 장롱이 터질 것 같은데 저기 쌓여 있는 애들 옷은 언제 다 입힐 거니?"

그렇다. 나 차미선은 이혼녀일 뿐만 아니라 딸 둘을 거느린 싱글맘이기도 하다. 애당초 이런 결격사유 때문에 재혼 따위는 뇌리에서 쫓아버린 지 오래였다.

"엄마도 참! 이런 좋은 가격이 또 나오기 힘들다니까!"

물론 엄마가 이렇게 구박한다고 해서 내가 무조건 나 죽었소 하는 것도 아니다. 내 쇼핑에는 언제나 정당한 이유가 있으니까.

"모트베이비? 이거 전에 백화점에서 봤던 브랜드 같은데. 대체 애들 옷에 얼마를 쓰는 거냐?"

"어머, 아냐, 엄마! 여기 작년에 부도났잖아요. 보세 옷값보다도 싸! 이 티셔츠 정말 좋지! 이거 9천 원이야! 이 하얀 볼레로는 때 탔다고 매장 직원이 5천 원에 샀어!"

엄마는 내 장황한 변명을 들으면서 가볍게 미간을 찌푸리더니 또 한 말씀 하신다.

"좋은 옷 싸게 샀다니 그건 그렇다 치자. 근데 왜 똑같은 옷이 여러 벌이니? 애는 둘인데 왜 원피스가 다섯 벌이야?"

"애들 금방 크잖우. 사이즈 별로 샀죠. 금년에 입고 작아지면 우리 카페 벼룩시장에 팔면 돼. 그다음 사이즈는 내년에 입히고. 혹시 안 입히게 돼도 마니아가 많은 브랜드라 카페에 새것이라고 내놓으면 초고속으로 나가. 예쁘지 않아요? 요거 진짜 귀둥이라니까요."

엄마는 푸욱 한숨을 한 방 내쉬고 가만히 당신 딸과 옷들을 번갈아 노려보시더니 손가락을 어딘가에 딱 고정한다. 암, 뭐냐고. 마치 취조당하는 것 같은 이 분위기는? 치이.

"저기 애기 옷들은? 은솔이한테도 작아 보이는데, 뭐야?"

엄마가 베이비 80사이즈의 레이스가 샤방한 원피스 보닛 세트와 앙증맞기 그지없는 꼬마 남자아이 정장을 가리키고 있다. 위매, 이쁜 것! 내 저런 것들 보면 잠깐이나마 어디서 셋째라도 만들어 와볼까 하는 헛생각을 한다니까.

"진짜 예쁘죠? 돌쟁이 선물용이에요. 저 고급스러운 것들이 세트당 2만 원대라니까요. 부도 안 났을 때는 10만 원이 훌쩍 넘었던 것들인데. 작년부터 결혼한 친구들이 여럿이라 갸네 아가 돌잔치 하면 하나씩 안겨줄려고."

어이없다는 듯 고개를 절레절레 흔드는 유 여사님.

"엄마아아, 너무 그러지 마요. 내가 이것들 구하느라 얼마나 고생했는데."

"그런 열정으로 네 딸들 자기 자식마냥 잘 키울 남자를 알아봐, 이것아."

"엄마!"

에휴. 누가 이해해줄까? 9시 조기 오픈 행사 때 8시 30분부터 줄 서서 수많은 인파를 뚫고 득템한 옷들이란 말이다. 원래 나는 쇼핑이라면 밥 먹다가도 뛰쳐나가는 인간이라 고급 브랜드인 구짜, 버버러 등등에서 아이들과 모자부터 신발까지 똑같이 트리플로 사 입는 일도 많지만 솔직히 그런 옷들은 유치원에 입혀 보내기에는 아깝다. 그렇다고 내 아이들이 싸지도 않은 후줄근한 보세 옷을 걸치고 팔꿈치에 보풀이 폴폴 이는 꼴도 봐줄 수 없다. 가뜩이나 아빠도 없이 크는 아이들인데, 이혼녀 엄마 밑에서 자라는 딸들이 최소한 최고 멋쟁이들이라는 소리는 듣도록 만들어야 한다.

그런 내게 부도가 나거나 땡처리하는 고급 브랜드만큼 좋은 쇼핑거리도 없었다. 그런 곳에서는 5, 60만 원 하던 점퍼나 코트를 10만 원 이하 가격으로 살 수 있다. 몇만 원씩 하던 티셔츠나 스커트가 90% 세일로 몇 천 원짜리가 되어 굴러다니는 것도 예사다. 이런 옷은 유치원에 입고 가서 물감을 묻혀 와도 가슴이 덜 아프고, 아이들한테 잘 어울리면 까짓것 똑같은 옷을 몇 벌씩 사놓아도 된다. 질 좋고, 예쁘고, 편하고…… 내가 왜 망설이겠는가? 다만 큰아이 은비가 로열 사이즈라 득템이 어려워 그게 아쉬울 뿐이다.

"아무리 그렇다지만 너는 심해. 방 하나가 전부 애들 옷이잖니. 옷장에 걸려 있는 것만으로도 한숨이 나올 지경인데. 너, 저 상자 안에 뭐가 들었는지는 알고나 있는 거니? 아까 잠깐 봤더니 똑같은 사이즈의 블라우스가 세 벌이나 있더라. 그것도 일부러 그렇게 산 거야? 아니면 산 거 잊어버리고 또 산 거야?"

젠장, 사이즈 겹친 거 모르고 또 산 거 맞다. 그렇게 정곡을 찌르니 순간 움찔 전기가 오잖아요, 유 여사님. 그렇지만 정직하게 불어버릴 수야 없지.

"에이, 아니에요. 우리 카페맘 한 분이 자기 딸내미 것까지 같이 구해달라고 해서 몇 벌 더 집어 온 거야."

흑, 죄송해요. 어째 나날이 거짓말하는 솜씨만 늘고 있네. 표정이나 눈빛 하나 변하지 않고 잘도 떠들어대는 내가 대단하면서도 동시에 한심스럽다. 하다 보면 거짓말도 는다는 말이 딱 맞다. 엄마의 잔소리는 그칠 줄 모르고 내 변명거리는 바닥이 났다. 나는 슬그머니 연화에게 전화해달라는 톡을 보낸 뒤 일 핑계를 대고 저녁 외출을 감행했다.

*

연화가 좋아하는 순대와 오징어를 사 들고 룰루랄라 집

으로 쳐들어갔다. 당연하다는 듯 마른안주와 소주를 내오는 우리 사장님. 한 잔이 두 잔을 부르고 뚱땅뚱땅 두드려 대며 깔깔 즐겁게 마시다 보니 어느새 연화의 동생 연규까지 나타나 셋이 술잔을 기울이게 되었다. 연규는 이제 대학 졸업반인 스물여섯 살 남자애다. 사투리를 고치겠다고 선언한 연화와 달리 오리지널 고향말을 고집하는 키 작고 땅글땅글하게 생긴 쾌남이다.

"미슨 누나 쇼핑벽은 참말로 병이제."

"뭐냐, 너!"

내가 노려보니 이놈 자식이 오버하며 옆으로 데굴데굴 구른다.

"득템 도와주던 키다리할배는 우찌 되었노? 그 뒤로 소식 엄꼬?"

우리가 키다리아저씨라고 칭한 그 미지의 남자를 이놈만 키다리할아버지라고 부른다. 돈 많은 노인네가 나를 점찍어서 한 짓이었을 거라나. 나 원.

"몇 년이나 우려먹니? 이젠 까먹을 때도 됐잖아. 그리고 누누이 말했지? 할아버지 아니었거든! 내가 얼굴을 못 봐서 그렇지 젊은 남자 같았다고."

"에헤이. 누나야 참으로 착각이 깊다. 갖다준 사람은 알고 보믄 할배의 비서나 운전기사 아이겠나!"

"야, 방연규!"

내가 성을 내자, 연규는 또 크하하하 웃어버린다. 어이구, 우리가 왜 이놈을 술자리에 끼워주었던가! 이제 와 후회한들 늦었지만.

얼큰하게 취한 연화가 나를 위해 중얼중얼 한마디 거들었다.

"늙은이건 젊은이건 순수한 로맨스란 좋은 거야."

"푸헙, 지금 누나 니 입에서 순수한 로맨스라꼬 했나? 파하하!"

연규가 집이 떠나가라 박장대소하더니 이번에는 반대쪽으로 데굴데굴 구른다.

"으하하하, 내 미친데이! 와, 이래 웃기노!"

동생이 그러거나 말거나 콧등이나 슬쩍 찡그리다가 술잔을 비우는 시크 연화.

"아참참, 글치! 와 누나야, 잘되었다! 내 동기 중 하나가 이상형이 누나 같은 사람이라 카데. 뚱띠하고 연상이고 목소리 큰 여자! 순수한 로맨스 한번 해봐라. 내 퍼뜩 소개해 줄 거구마는!"

연규가 대뜸 휴대폰을 집어 들자 연화가 그제야 눈을 부릅뜬다.

"뭐라 카노!"

"나이도 그래 마니 안 적다. 재수하고 들어왔다니 스물일곱! 네 살 연하면 딱 좋지 않나?"

"그런 미친놈, 필요 엄따!"

"와 미친놈이라 카노! 함 봐바라! 진짜 꽤안타!"

"니를 믿느니 팥으로 메주를 쑨다. 고마해라!"

흥분한 연화가 휴대폰을 빼앗으려는데 연규는 요리조리 피해가며 혀만 날름날름 내민다. 쯧쯧, 저러다 제대로 얻어맞지.

"야, 그렇게 괜찮으면, 싫다는 너희 누나 말고 나한테나 주라."

나는 웃으며 말을 꺼냈다. 물론 이 웃기는 농담 따먹기 분위기에 편승한 것뿐이다. 그런데?

"헐…… 미슨 누나야, 니 말이 된다꼬 생각하나. 이혼녀가 무신 대딩을 소개해달라 카나."

킬킬킬킬 웃으며 또 오버하는 방연규. 술자리의 온도가 10도쯤 뚝 떨어지면서 냉각된 공기가 우리 두 여자한테 몰려왔지만, 아직 이놈은 눈치를 못 챈 것 같았다. 그 순간,

"야! 이눔 자슥이 단디 취했구마!"

내가 반응하기도 전에 퍽 소리와 함께 연화의 커다란 손이 연규의 뒷머리를 후려갈겼다. 헉. 나와 연규의 입에서 동시에 놀란 소리가 튀어나온다.

"누나야, 니 미쳤나! 아이고, 아파라."

덩치가 산만 한 놈이 너스레는. 하긴 내가 보기에도 무지하게 아플 것 같다. 그래도 조금은 쌤통이구나. 핫핫.

"할 말 못 할 말이 따로 있는 기라! 어데서 누나 친구에게 그따우 삘짓거리고!"

이크, 귀청이 터질 것만 같다. 버럭거리는 연화를 이대로 방치해서는 안 될 것 같아 일단 손을 뻗어 살짝 연화를 잡아본다.

"연화야, 그만해! 연규가 그냥 농담으로 한 말이잖아."

"미슨이 니는 가만있으라!"

못살아, 정말! 연화는 그 큰 얼굴이 새빨개지도록 화를 내면서 내 만류는 단숨에 휘리릭 날려버리고 제 동생을 향해 눈에서 매서운 레이저를 쏘아댔다. 연규 역시 별 뜻 없이 뱉어낸 말 몇 마디에 과하게 반응하는 제 누나 때문에 단단히 열을 받은 눈치였다. 와, 얘들 왜 이러나? 화를 내도 내가 낼 상황이었잖아. 게다가 지금은 술이 제법 올랐으므로 저 정도 농담은 웃으며 넘겨버릴 수도 있는데.

"아니, 내 무슨 틀린 말 했나? 미슨 누나 이혼녀인 거 다 아는 사실이고! 기냥 농지거리 좀 건넸기로서니!"

"그기 농담으로 할 소리가? 연규 니는 니한테 뚱뚱하고 못난 게 무슨 여친을 만들라 카냐고 내가 비웃으면 기분이 어떻겠나?"

"뭐라꼬?"

아오오…… 수습불가. 결국 연화처럼 얼굴이 똑같이 시뻘게진 연규가 자리에서 벌떡 일어섰다.

"누나, 니 내보고 뚱띠라고 했나? 누나야는 참말로 날씬해서 내게 그런 소리 하는 기가?"

"뭐라? 그래, 나 뚱띠다. 근데 니도 그 배를 봐라. 40대 아저씨도 울고 갈 술배를 출렁이면 워떤 여자가 좋다 카노! 니는 술 좀 줄여야 한데이. 말로만 줄인다 카지 말고 행동을 보이바라. 지금도 바라. 미슨이랑 내랑 술 마시니까 냄새 맡고 멍멍개처럼 방에서 기어 나오지 않았나."

연규의 이마가 팍 찡그려졌다.

"동생 술 몇 잔 준 게 그리 아까벘나?"

"니 뭐라 카노?"

"처음부터 술 아깝다 했으며는 벌써 갔을 기다. 누나 니 그라는 기 아이다. 무신 핑계를 대서든 내를 쫓아부리려 하는 거 모를 줄 아나?"

"얼씨구! 누가 니 술 주기 아깝댔나? 무슨 흰소리를 갖다 붙이노! 지금 니 무엇 때문에 혼나는지 아적도 모르겠나!"

"흥! 모리겠다, 내는."

연규가 팩 삐쳐서는 아예 현관문 밖으로 나가버린다. 그 뒤에다 대고 고래고래 소리를 더 질러대던 연화는 분이 덜 풀렸는지 씨근대며 앞에 놓인 술잔을 입안에 확 털어넣었다.

"저 화상을 다시 군대로 보내삐든가 해야제. 으휴."

"그만해. 연규가 그냥 말실수한 건데 네가 너무했어."

"뭐가 너무한 기고? 미슨이 니도 참 이상타. 저딴 소리를 기냥 넘어가라 카나? 어케 그러나?"

나는 그냥 멋쩍게 웃으면서 소주잔에 절반 정도 남은 맑은 술을 목구멍으로 넘겼다. 새삼스레 술이 쓰다. 술술 넘어가던 술이 막혀오는 걸 보니 이제 그만 마실 때가 된 모양이다.

"이혼한 거 사실인데, 뭘. 아까 내가 오버한 거지. 연규같이 팔팔한 대학생한테 친구 소개해달라고 했으니. 흠이 있는 아줌마가 말이야."

후후후. 술과 함께 삼키는 웃음소리에 쓴맛이 확 퍼진다. 취했나? 괜스레 눈가가 뜨거워지는 느낌이다. 처음에 그냥 즐겁게 한잔 하려 했는데 어쩌다가 이런 식으로 흘러버렸지? 갑자기 피곤해진다.

"남친 여친 사귀다 찢어지는 것처럼 결혼하고도 정이 안 맞으면 헤어질 수도 있지. 속사정을 제대로 알지도 못하면서 막 떠드는 거 마음에 안 들어. 그게 뭐가 그리 큰 흉이라고."

흥분을 가라앉힌 연화가 많이 작아진 목소리로 가만가만 서울말로 중얼거린다. 부루퉁이 튀어나온 연화의 입을 옆에서 쳐다보고 있자니 피식 웃음이 새어 나왔다. 그래도 나는 행복한 편이구나. 수많은 이들이 손가락질하는 가운데 이렇게 확실하게 내 편을 들어주는 친구가 있으니 말이다.

"말이라도 고맙네. 세상 사람들이 다들 너처럼 생각해주면 좋을 텐데. 우리나라에서 이혼은 무서운 꼬리표야. 이혼했다고 하면 일종의 인생 장애인 취급을 받는다고."

한숨처럼 내뱉은 내 말에 연화가 잠깐 생각에 잠겼다가 입을 열었다.

"그래도 속사정도 모른 채 그저 인격 장애라도 있는 사람처럼 취급하는 게 어이없단 말이야. 나는 장애인 취급이라는 그 말도 싫다. 장애인, 아니, 몸이 좀 불편한 양반들한테 막 대하는 사람들이 참말로 짜증 난다. 지들이 뭔데. 도대체 정상인이라는 기준이 뭐냐고?"

벌겋게 취한 연화의 말을 듣고 있으니 이 인상 험악한 여자의 진짜 속마음이 얼마나 착한지 새삼스러운 깨달음이 몰려온다. 아마도 그래서 연화가 하는 일이 다 잘되고, 거래처 사람들도 모두 연화의 칭찬을 늘어놓는 거겠지! 나는 죽었다 깨어나도 이 친구의 그릇은 못 따라갈 것 같다. 차미선은 주변 시선에 신경 쓰며 사는 속물이고, 자기 자신을 위해 돈 쓰는 것이 즐거운 보통의 여자일 뿐이니까.

"그만하자. 너도 제법 취한 것 같으니 어서 자고."

"가나?"

"어어, 벌써 12시가 지났어. 우리 유 여사님이 걱정하실 테니 돌아가야지. 그리고 네 반응이 조금 과한 면도 있었으니까 연규랑 적당한 선에서 화해해. 응?"

"내가 왜! 그놈 자슥 미슨이 니한테 손이 발이 되게 빌라고 해도 시원찮겠구만."

"아이고, 됐네요. 내가 전생에 나라를 팔아먹은 년이라 이런 팔자인 걸 어쩌겠어. 연규가 크게 잘못한 거 아니야."

연화는 그 작은 눈으로 잠깐 동안 나를 멀뚱히 쳐다보았다.

"나라를 팔아먹어? 무슨 소린데?"

"아하하, 그 왜 로맨스소설 같은 거 보면 여자 주인공이 잘난 남자 주인공 만났을 때 전생에 나라를 구했나 보다고 말하잖아. 난 거지 같은 남편에게 데였으니 반대로 전생에 나라를 팔아먹었나 보다 하는 거지."

"허헐, 그런 말이 어디 있어?"

나는 픽 실없이 웃어주고 식탁 위의 접시들을 대충 치워 설거지대에 쌓아놓았다.

"나는 전생에 왜 그렇게 살았는지 모르겠다. 나라까지는 아니더라도 동네 하나쯤 구하려고 희생했으면 최소한 평범한 남자 만나서 지지고 볶으면서 남들처럼 살았을 텐데."

의도치 않은 한숨이 길게 새어 나온다. 이혼한 지 3년이나 지났는 데도 지금도 이따금 남편과 시집 식구들한테서 시달림을 당하는 악몽을 꾸다 잠에서 깬다. 나는 선뜩해진 어깨를 두 손으로 감싸 안았다. 지금 같은 심정이라면 평생 아무도 다시 만나지 않고 죽을 때까지 혼자 살고 싶다. 둘이 함께 살려고 너무 큰 고통을 감수해야 한다면 차라리 외로운 혼자가 낫지 않을까.

"이제 겨우 서른하나다. 계란 한 판 채운 지 얼마나 지났다고 무슨 그런 소리를 해?"

"으응, 그런가?"

"내같이 억센 여자도 언젠가 올 운명의 상대를 믿는다고. 미순이 니한테도 꼭 좋은 사람이 생길 거야. 그때까지 우리는 지금 하는 사업을 잘만 번창시키면 되는 거다!"

푸호호. 언제나 결론은 사업 이야기로 돌아오는 우리의 믿음직스러운 방연화 사장님!

"그래, 우리 지금 사업 탄탄하게 잘 발전시켜서 골드 미스의 삶을 계속 영위하는 거야!"

"좋지! 그런 의미에서 한 잔 더 건배!"

으엑! 그게 왜 또 이렇게 흘러가! 나는 저항하다가 끌려가 술잔을 받고 말았다. 하이고야, 이대로라면 앞으로 얼마나 더 마실지 모를 일이었다. 유 여사님에게 아침에나 들어갈지 모르겠다는 문자를 보내야 할 것 같다. 내일 듣게 될 잔소리를 생각하면 벌써부터 하늘이 노랗지만 어쩌겠는가? 내게 월급을 주는 사장님이 긴긴밤 수다를 안주 삼아 좀더 퍼마시자는데.

"근데, 너 운명을 기다렸니?"

"하모. 당연한 거 아냐?"

"뭐야, 하도 남자에게 관심을 안 보여서 독신주의자인가 했는데."

"누가 독신주의자야? 절대 아니다!"

"어머, 그럼 아까 연규가 말한 그 친구 좀 소개해달라고 해?"

"미쳤어? 그놈 자슥 주변에 다 그렇고 그런 놈일 텐데."

대화는 이어지고 술병은 늘어간다. 우리는 사업 이야기와 더불어 어리석은 남자들에 대한 수다로 즐거운 안줏거리를 만든다. 이때까지만 해도 전생에 나라를 팔아먹었을 거라고 푸념하던 나는, 얼마 후 사실은 전생에 몇 개의 나라를 구한 영웅이었을지도 모른다는 생각을 하게 될 것이다.

물론 아직까지는 매국노 차미선인 상태이다.

그래서 오늘의 속상함은 술과 수다 속에 파묻어버리고, 내일은 내일의 태양이 뜨기 마련이라고 스스로를 위로한다.

쾌청한 하늘에서 차갑고 메마른 해가 언제나처럼 하얀 얼굴을 내민다. 창문을 맑게 두드리는 눈부신 햇빛을 받으며 술기운에 무거워진 몸을 억지로 일으켜 세운다.

"또 아침이구나."

나른한 기지개로 졸음을 몰아낸 뒤 벗어나기 싫은 포근한 이부자리에서 내려선다. 새근새근 잠든 은솔이의 얼굴을 내려다보며 빙긋이 미소를 짓는다. 그래, 이혼녀라는 꼬리표가 뭐 어때? 귀찮은 수컷들 따위 필요 없어. 내게는 이토록 예쁜 딸들과 자유로운 인생이 밝게 펼쳐져 있잖아!

오후 5시에 라떼 백화점의 반폴 매장에서 12주년 기념으로 80만 원짜리 신상 가죽 라이더 재킷을 열두 벌 한정으로 45만 원에 타임 세일한다는 낭보가 문자로 들어와 있었다. 매장에 나온 지 사흘도 안 된 따끈한 녀석이다. 절대 놓칠 수 없지.

백화점에 도착하니 아직 시간이 몇 분 남았는데도 2, 30대 여성들이 근처에서 웅성웅성 모여 진을 치고 있다. 번뜩이는 눈빛들이 만만치 않아 보인다. 흥, 그래도 내가 누구더냐. 타임 세일이 시작되고 세번째로 겟. 아싸라비요! 속으로 울리는 힘찬 환호성을 삼킨 채 시크한 척 턱을 치켜들지만 입가로 피식 미소가 비어져 나오는 건 어쩔 수 없다.

라이더 재킷에 어울리는 샬랄라 원피스와 가죽 부츠, 퍼조끼까지 맞춰 입고서 득템 기념으로 '뷰티빅걸 마니아' 정모에 참석해 카페 멤버들과 즐겁게 저녁 식사와 함께 칵테일까지 한잔했다. 그러고 집에 도착하니 이미 밤 11시가 가까워진 시간이었다. 조심스럽게 문을 열고 살금살금 들어섰는데, 유 여사님이 거실에 우두커니 선 채 웃음기 없는 얼굴로 나를 맞았다.

"잠깐 이야기 좀 하자꾸나."

웬일로 여태 안 주무시고 기다리던 엄마가 사뭇 진지하게 말씀을 꺼내신다. 뭔가 조짐이 좋지 않다. 머리에 돋은 안테나에 찌릿찌릿 감지되는 불안한 기운이 심장을 죄었다. 나는 백화점 쇼핑백들을 엉덩이 뒤로 감추고는 기죽은 강아지마냥 조심스럽게 거실 소파로 따라갔다. 그 와중에도 지난 세일에 엄마한테 사드린 양털 러그가 발바닥에 사르르 감기는 게 느껴졌다. 기분 좋게 포근했다.

"오호, 엄마, 이거 오늘 꺼내셨어요? 진짜 좋죠? 내가 너무 잘 산 것 같아. 그때 딱 다섯 장 있는 것 겟했잖아……."

무거운 분위기를 나름 깨보려 헤헤헤 웃으며 뜬금없이 칭찬해달라는 포스를 풍겨봤으나 노려보는 엄마의 시선이 더욱 싸늘해졌다. 흐미, 왜 그러세요? 안 그래도 추워서 밖에서 오들오들 떨다 왔어요.

"미선이 너 내년에 은비 학교 가는 건 알고 있니?"

대뜸 돌직구를 날리시는 유 여사님. 끙, 이렇게 갑자기 질문을 던지시면 제가 대답을 만들어낼 시간이 없잖아요.

"어? 은비 여섯 살 아니었……나요?"

"일곱 살이야."

유 여사님의 한숨이 바닥으로 가라앉고 내 시선도 그 한숨을 따라간다. 사실 내가 낙제점 엄마라는 사실은 잘 알고 있지만, 이런 식으로 야단을 맞으니 쥐구멍이라도 찾아 들어가고 싶다. 그러나 어쩌겠어요? 천성이 이런걸. 그래서 유 여사님께 아이들을 데려온 거 아니겠어요? 내가 제대로 못 키울 것 같아서. 그렇다고 이혼하자마자 후닥닥 재혼한 아이들 아빠에게 돌려보낼 수도 없고.

"은비가 미술 학원에서 엄마라고 그려온 거다. 좀 봐라."

유 여사님이 내미는 스케치북으로 슬쩍 시선을 옮겼다. 긴 머리를 치렁치렁 늘어뜨린 여자가 빨간 미니원피스를 입고 양손에 쇼핑백을 세 개씩 들었다. 원피스 문양까지 굉장히 디테일하게 살아 있는 그림에 절로 감탄이 나왔다.

"어머, 잘 그렸네! 이거 지난달에 내가 득템한 아이작하하 원피스잖아. 마지막 하나 남은 거 낚아챘을 때 그 희열이……."

"너!"

"에헤헤."

또다시 바보 같은 웃음을 뱉으며 애써 상황을 무마하려 했지만, 유 여사님이 적당히 설렁설렁 넘어갈 기세가 아닌 것 같아 마음을 다잡고 조개같이 입을 꼭 다물었다.

"은비가 가족 소풍이라고 그린 그림에는 할머니랑 지 동생이랑 셋밖에 없더라. 선생님이 엄마는 왜 없냐니까 백화점 갔다고 하더래. 이게 말이 되니?"

"어? 지난주에 공원에 갔을 때 저도 분명히 같이 있었잖아요."

일단 항의를 해본다. 별로 영양가 없는 말인 줄 알지만.

"정신은 백화점에 놓고 왔었지, 아마? 애들이 그런 것 모를 줄 알아?"

"음…… 그래도 같이 공놀이도 했던 것 같은데."

"5분?"

"5분밖에 안 됐어요? 어머머, 한 30분은 같이 한 것 같은데."

"차미선."

변명을 늘어놓는 내 입을 단박에 막아버리는 낮은 목소리. 유 여사님이 겸연쩍게 시선을 피하는 나를 응시하면서 고개를 절레절레 흔들었다.

"남들은 스칸디맘이다 알파맘이다 애들한테 지나칠 정도로 공을 들이는데, 너는 대체 뭐하는 거냐? 쇼핑맘이 요즘 새로운 트렌드니? 설마하니 네가 애들을 친정엄마에게 맡기고 자기계발에 힘쓰는 베타맘이라고 말하지는 않겠지?"

헉, 우리 유 여사님이 별의별 단어를 다 아시네. 나보다 낫네요! 근데 스칸디맘이 뭐시다냐.

"이럴 거면 이혼하면서 애들을 왜 달고 나왔어?"

오늘 날 잡으신 모양이다. 작정하셨군. 에효, 이를 어쩐다. 뾰족한 생각이 떠오르지 않아 가만히 경청하고만 있는데 유 여사님이 높아진 언성을 가다듬고 다시금 차분히 말을 꺼내신다.

"미선아, 애들에게는 옷보다 엄마가 필요해. 한참 손이 많이 갈 나이라서 외할머니가 해주는 것에 한계가 있어."

"네에."

기어들어가는 목소리로 간신히 대답만 했다. 내가 잘한 것 없다는 건 나도 잘 안답니다. 그렇다고 사회생활을 포기하면 전남편에게 받는 양육비만으로 아이들을 키워야 하는데 그건 불가능하다고요. 거기다가 나보고 매일 집에서 애들만 바라보며 살라는 말씀인가요? 그랬다가 다시 우울증이 도져서 미쳐버리면 어째! 세상에 모성애를 이기는 몇 안 되는 것 가운데 하나가 바로 우울증이랍디다. 방언처럼 입에서 터져 나오려는 말들을 간신히 삼킨다. 쩝, 지금은 이렇게 반론을 펼 분위기가 아닌 것 같으니까 죽은 듯이 있자. 그래.

"앞으로 어떻게 할지 지금 당장 구체적으로 말해봐."

나는 우물쭈물하며 조금 생각하는 기색을 보이다가 입을 열었다.

"애들이랑 잘 놀아줄게요. 진짜 노력할게요."

"그렇게 적당히 뭉뚱그려 대답하지 말고!"

"그, 그럼……."

한껏 고심하는 티를 팍팍 낸다. 뭐가 있을까? 아악! 쇼핑

할 물건을 득템할 타이밍을 캐치하는 능력은 타고났지만 이럴 때는 정말 머리가 안 돌아간다니까!

"어 음, 그, 그럼, 아침에 제가 애들 유치원하고 어린이집 가는 거 챙겨 보낼……"

헉! 내 입이 미쳤나 봐! 기껏 생각해낸 것이 이거야! 더듬 더듬 내뱉은 대답이 내 무덤을 파고 말았다. 으애애, 어떡 하지? 뱉은 말을 주워 담기는 이미 늦었다. 유 여사님의 눈빛에 잠깐이나마 만족의 기운이 스쳤다. 유 여사님이 내 팔을 힘차게 감아쥐면서 내 눈을 마주 보자, 나는 돌이킬 수 없는 강을 건넜음을 깨달았다.

"아침마다 애들 나가는 거 챙긴다, 이 엄마랑 약속한 거지?"

"…… 예에."

내 뜨뜻미지근한 대답에 유 여사님이 가벼운 한숨을 내쉬더니 다시 말을 이어가신다.

"이혼하고 혼자 아이 키우면서 사회생활 하기가 녹록치는 않을 거야. 스트레스를 해소하거나 즐거움을 찾으려고 어느 정도 쇼핑하는 건 이해할 수 있어. 나도 여자니까. 하지만 너는 정도가 심해. 엄마가 보기에는 전문가 상담을 좀 받아보는 게 어떨까 싶은데."

띵. 이건 또 무슨 말씀이신가. 뭐야, 결국 이 이야기를 꺼내려고 이렇게 분위기 잡은 거였어? 안색을 바꾸고 팔을 빼내려는데, 유 여사님이 내 팔을 더욱 꽉 잡는다. 유 여사님의 손길에서 어떤 결심이 느껴진다.

"상담이요? 정신병원 말씀인가요?"

당연히 날카로운 반문이 튀어나온다. 기억하기도 싫은 빌어먹을 예전 시댁에서 나를 정신병원 상담실에 끌고 다녔던지라 정신과라면 치가 떨린다. 그 상담 이력은 이혼과 더불어 내 인생에 새겨진 낙인이 되고 말았다. 이 사실을 잘 아는 엄마가 재빨리 손사래를 치신다.

"아니, 그런 건 아니고."

아, 정신병원은 아니구나. 그나마 다행이긴 한데.

"그럼요?"

"상담만 전문으로 하는 심리 상담 센터라는 데가 있다더라."

아하, 이제 알겠다. 또 신사동 정 여사님을 만난 모양이다. 정 여사님은 우리 엄마의 25년지기 친구로, 엄마가 전해주는 모든 소문의 근원지이다. 한동안 나한테 좋은 남자 소개해줄 테니 재가하라며 달달 볶기도 하셨다. 사실 나는 정 여사님이 부담스럽다. 엄마는 나한테 쇼핑 중독이라 타박하지 말고 그분 좀 끊으시면 좋을 텐데.

"중독자들을 위한 상담 센터라는데 주부들이 많이 가는 모양이야. 알코올 중독, 쇼핑 중독 등등. 아이들을 키워야 하는 엄마들을 위한 코너도 따로 있다고 하고. 다녀온 사람들이 대체로 평이 좋아."

호오, 요즘에는 우리나라도 외국처럼 그런 데가 있나 보
군. 아무튼 우리 유 여사님, 정보력이 빨라서 내가 못 당하
겠다니까.

"어렵게 생각하지 말고…… 그냥 한번 시간 내서 가보는
게 어떠냐? 엄마가 이렇게 부탁할게."

나는 엄마 말씀에 거절할 수 없어 마지못해 고개를 끄덕
인다. 완전히 시간낭비일 것 같지만 저렇게까지 부탁하는
데 일언지하에 자를 수는 없지 않은가. 매도 먼저 맞는 게
낫다고 나는 바로 다음 날 아침에 전화해서 오후에 상담 약
속을 잡았다. 부디 돈만 뜯어내려는 도둑놈들이 아니기를
바라면서. 기왕이면 상담해주는 선생이 눈도 즐거운 훈남
이면 좋겠구만.

*

"상담?"

"응, 엄마가 너무 심각하게 말씀하시니 거절하기도 뭐하
고……."

연화가 혀를 쯧쯧 차댄다.

"미슨이 니 같은 사람이 미친년이라고 상담받다간 이 대
한민국에 정상인 년이 몇이나 되겠나?"

음, 지금 이 상황에 '너 또 사투리 튀어나와' 하고 말했다가는 분위기 깬다고 야단맞겠지? 흐흐흐. 어머니가 부산 분이고 아버지가 남해 분인데다 서울서 10여 년을 살아온 방연화. 사실 연화의 사투리는 오리지널이 아니다. 억양도 살짝 어눌해 경상도 사투리도 아니고 서울말도 아닌 것이 정체불명의 연화표 사투리랄까?

그런 연화의 올해 목표는 완벽한 표준어를 쓰는 시크한 도시 여성이었다. 이미 봄, 여름, 가을이 지나고 지금 겨울이 될 때까지 연화의 말투에 그다지 변화가 없는 게 문제지만. 연화는 자기가 사투리를 쓸 때마다 나한테 지적해달라고 부탁했지만 쉽지 않은 과제다. 솔직히 말해 억양 자체가 문제이므로.

연화는 빅사이즈 쇼핑몰 주인장답게 88사이즈를 고수하고, 키도 170센티미터가 넘는다. 그런 연화가 남쪽 동네 억양이 섞인 중저음 보이스로 투박하게 말을 뱉어내면 지나치게 박력이 넘쳐서 처음 만나는 사람을 당황시킬 정도이다. 첫인상이 조금 무섭다는 말이다. 그 때문인지 몰라도 연화는 31년 인생 동안 연애 근처에도 가보지 못했다.

어쨌든 나는 딴생각을 접고 아까 꺼낸 이야기를 다시 떠올렸다.

"가끔은 내 쇼핑 중독이 심각하지 않나 하는 생각이 들기도 하니까."

"아니라니까. 부잣집 사모님들 하루 쬥일 해대는 게 쇼핑질이라고. 그네들이 먹여 살리는 백화점 직원들이 얼마고? 내 같은 사람이 이런 허벌레하게 큰 사이즈 옷을 만들어 팔아서 잘 먹고 잘사는 것도 다 집에서 뒹굴대는 뚱띠 아지매들 덕 아니냐!"

"야야, 말 좀 가려 해. 여기 지금 매장이란 말이야."

속삭이듯 작은 목소리로 타박해보지만 소용없다. 연화의 목소리가 굵고 큰 데다 억양이 강해 귀에 쏙쏙 들어오는 말투니까, 으이구!

"뭐가. 내 무슨 틀린 말 했나?"

게다가 저놈의 성질머리는 정말. 난 작게 한숨을 쉬었다.

"다른 건 몰라도 우리 애들에게 제대로 신경도 못 쓰는 내가 한심스럽기도 하고."

"신경을 못 쓰긴! 다 미슨이 니 애들 예쁘게 입히자고 한 짓이잖아! 어디 가도 곱다고 튀고, 공주 소리 듣고. 니 애들도 그런 말 듣는 것 엄청 좋아하는 것 같드만. 게다가 요즘 아이들은 자기 엄마가 예뻐야 좋아한다며? 너만 한 멋쟁이 엄마 드물지. 동네에서 잠바때기나 걸치고 다니는 아지매들이랑 차원이 다를 텐데! 너희 애들 어깨에 힘이 들어갈 거구만. 그러니 자부심을 가져라."

나보다 더 발끈하는 친구를 향해 싱긋 웃어 보였다. 뭐, 사실 그렇게 생각하지 않는 것도 아니다. 내가 열심히 득템한 것들을 은비랑 은솔이 둘에게 나란히 커플룩으로 입혀 보내면 유치원 선생님들이 이런 건 다 어디서 사 입히느냐고 물어보곤 한다. 그럴 때는 아이들도 거만하게 으쓱거린다. 어디 친척 결혼식에라도 가면 엄마는 고급스럽게 치장한 예쁜 손녀들을 자랑하느라 입이 쉴 새가 없다. 그럴 때는 득템할 때 이상으로 기분이 좋고, 바로 그래서 내가 이 짓을 끊지 못한다.

그래도 문제가 아주 없는 건 아니라는 게 함정이지만.

"유 여사님이 그토록 간곡히 부탁했으니 한번 가보는 것도 나쁘지 않을 것 같아. 병원도 아니라잖아. 상담 센터래. 또 알아? 문 딱 열고 들어가는 순간, 열라 멋진 꽃미남이 은테 안경 빛내며 다리를 꼬고 앉아 있을지?"

"꽃그지 나올라 꽃그지. 니 상담해주다가 '궁금하면 오백 원' 할지 누가 아나?"

"뭐야?"

콜록콜록. 하도 기가 막혀서 우아하게 마시던 차를 뿜을 뻔했다. 지지배, 말을 해도! 콧등을 찡그리며 핀잔을 주었다.

"왜? 니 명품 재킷이 더러워질까 봐 아까워서?"

연화는 이렇게 조소를 날려 방어하신다. 으흐, 내가 말을 말자. 나는 투덜대면서 자리를 털고 일어났다. 아직 시간이 조금 남았지만 나한테 매장은 그리 편한 장소가 아니다. 아니나 다를까 직원의 조언에 따라 옷을 걸치던 한 사모님이 자리에서 일어선 나를 머리끝부터 발끝까지 훑는 게 느껴진다. 그래, 연화가 있는 이곳은 바로 빅사이즈 매장이다. 딱 봐도 99사이즈 이상인 저 손님의 눈에 55사이즈인 나는 한없이 이상한 외계인으로 비칠 것이다. 마른 것이 죄가 되는 세상. 바로 우리의 사장님 방연화가 꿈꾸던 이곳.

"가나?"

"어, 슬슬 나가봐야지."

"니 먹던 케이크나 마저 다 처먹고 가라."

"싫어. 더 먹으면 살찔 거 같아."

"뭐라고!"

연화의 뾰족한 시선에 날름 혀를 내밀어주고 경쾌하게 딸랑이는 종소리를 뒤로 한 채 밖으로 나왔다. 차가운 바람이 머리칼을 날린다. 오늘 개시한 제이에스테테 귀걸이가 작게 흔들리는 느낌이 기분 좋다. 애마 빨간색 벨라스토에 올라타기 전에 차창에 비친 내 모습을 보며 흡족한 미소를 지어본다. 포니테일 스타일로 위로 한껏 올려 묶은 머리가 찰랑인다. 머리를 묶은 밍크 퍼 장식 헤어 액세서리는 재킷의 브로치 장식과 세트다. 짧은 볼레로 형 재킷 아래 벌룬 스타일 원피스. 허벅지부터 드러나 늘씬하게 뻗은 다리 아래 깜찍한 둥근 코의 퍼 장식 신상 구두.

오늘의 콘셉트는 발랄함과 큐티다. 누가 나를 애 둘 딸린 이혼녀로 볼까? 다섯 살은 어려 보일걸! 어떤 남자에게든 어필할 것 같은 이 상큼함. 어쩔 거야? 콧노래를 흥얼거리며 반짝반짝 깔끔하게 세차된 애마에 올라타 시동 버튼을 눌렀다.

상담 센터라고 해서 작은 사무실 정도의 규모인 줄 알았더니 꽤나 크다. 내 당당함이 조금 위축될 정도? 아니, 나는 손님이잖아! 왜 예전에 정신병원에 끌려갔을 때를 떠올리면서 스스로 작아지는 거야? 그럴 필요 없어!

"어서 오세요, 차미선 님."

"아, 네에."

혼자만의 생각에 빠져 있던 나는, 인포메이션 여직원이 생글생글 웃으면서 친절하게 건네는 인사에 어색한 답인사만 보였다. 쩝, 왜 이런담. 정신을 차리려고 고개를 도리도리 흔들어본다.

"요즘엔 저희 같은 센터에 방문하시는 건 전혀 창피한 일이 아니랍니다. 부담 갖지 말고 편안하게 상담하세요."

여직원이 이런저런 부연 설명을 하더니 소개받은 선생님이 있냐고 넌지시 묻는다. 왠지 머릿속이 복잡해진 나는 아무나 상관없으니 빨리 되는 분으로 해달라고 대답했다.

"후우."

폭신하고 고급스러운 소파에 앉아 기다리면서 벽에 걸린 사진들을 슬쩍 훑었는데 가운 입은 사람이 열 명은 넘어 보인다. 자세히 보니 부부 상담부터 시작해 아동심리 상담, 육아 상담, 중독 상담 등등 상담하는 내용이 여러 가지였다.

우리나라도 점점 선진국이 되어가면서 외국영화에서나 보던 상담 사례가 많이 느는 모양이었다. 아니면 먹고 살만해지니까 미쳐가는 인간들이 더 많아진 것인지도. 우리 엄마 말씀에 의하면 이런 것이 다 배불러서 생기는 병이란다. 그전에 먹고사는 문제만으로 급급하던 시절에는 상상도 못 하던 일이라나 뭐라나.

"원래 장규정 선생님과 상담을 진행해드리려 했는데, 먼저 오신 분과 상담이 길어지시네요."

스케줄을 담당하는 다른 여직원이 다가와 품에 지닌 태블릿피시를 들여다보면서 역시나 친절이 줄줄 흘러넘치는 미소로 차근차근 설명해주는데, 슬쩍 심술이 난다. 앞사람한테 시간을 더 할애하면 나는 어쩌라는 거야? 나도 바쁜 사람이라고.

"심지훈 선생님은 가능하시지만 추가금이 붙거든요."

"추가금요?"

"장규정 선생님 예약에 사정이 생긴 거니까 이번에는 추가금 없이 기본요금으로 해드릴게요. 괜찮으신가요?"

흠, '추가금'이라는 세 음절이 무지하게 거슬렸지만 그냥 고개를 주억거렸다. 얼마나 대단한 양반이기에 다른 선생보다 돈을 더 받으시나? 들어가보면 일흔 살 노인네가 어디 대학 교수랍시고 거만하게 다리 꼬고 앉아서 같잖은 말 몇 마디 건넨 뒤 돈만 처먹는 건 아닐지 걱정이 앞섰지만, 일단 나는 엄마표 숙제를 마치려고 귀한 시간을 냈으므로 될 대로 되라는 심정으로 안내에 따라 열린 문으로 들어섰다.

때마침 상담 센터 근처 구세계 백화점 사슬리 잡화 매장에서 오후 6시에 신상 숄 빅찬스 세일을 한다고 했으므로 얼른 용무만 마치고 나서야겠다는 생각을 뇌리에 채워 넣었다.

그런데……?

"안녕하세요. 심리학 박사 심지훈이라고 합니다."

차분하게 울리는 목소리, 깔끔하게 떨어지는 인사말.

상큼한 향이 느껴지는 실내의 따뜻한 공기와 진주빛 벽지, 클래식하게 꾸며진 오크목 가구가 보기 좋게 배치되어 있고 적당히 넓은 공간에는 안락해 보이는 소파가 길게 놓여 있다. 그리고 그리 멀지 않은 곳에 장대처럼 서서 나를 맞이하는 남자.

비즈니스 스마일인 듯 희미하게 걸린 웃음기와 달리 눈매는 그다지 선량하지 않다. 푸른빛이 감도는 짙은 블랙 헤어, 옆머리는 짧게 다듬고 앞머리는 살짝 길어 부드럽게 스타일링 했다. 조막만 한 얼굴에 선이 고운 콧날과 입술, 그와는 대조적으로 넓은 어깨와 다부져 보이는 체격. 무릎까지 내려오는 흰 가운 탓에 키가 더 커 보인다.

우워어, 모 방송 〈얼짱시대〉에나 나와야 할 것 같은 젊고 산뜻한 외모의 선생이라니?

올레! 꽃그지…… 아니 꽃미남 맞다! 심봤구나, 차미선.

"아, 네에. 안녕하세요, 선생님."

"차미선 씨 맞으시죠?"

"예, 맞아요."

"이쪽으로 앉으세요."

재차 내 이름을 확인하더니 손을 내밀어 소파를 가리킨다. 기름한 손가락이 어쩐지 섹시해 보이네! 덥석 잡아버리고 싶은 심기를 간신히 억누르면서 종종종 걸어 잽싸게 자리에 앉았다. 그는 군더더기 없는 동작으로 공중에 가득한 상큼한 향의 주인공인 허브차를 손수 따라서 내놓는다. 김이 모락모락 올라오는 투명한 유리 찻잔이 이곳과 썩 잘 어울렸다. 그는 말없이 내 맞은편 자리에 앉았다.

호, 이것 봐라?

자꾸만 시야에 들어오는 그의 손이 가까이에 있었다. 그제야 왜 자꾸 시선을 빼앗겼는지 깨달았다. 길고 섬세해 보이는 남자의 손, 깔끔하게 다듬어진 단정한 손톱. 그렇다! 저건 정기적으로 네일 케어를 받는 손이다! 눈길을 옮겨 머리칼을 쳐다봤다. 직접 스타일링 한 것 같지 않다. 미용실 원장님 솜씨 같은 헤어스타일 덕분에 이 남자에게서 더

더욱 연예인 같은 포스가 풍긴다.

흰 가운 안은 어떠한가? 노타이지만 와이셔츠는 명품이다. 아래 겹쳐 입은 재킷도 알 만한 브랜드. 바지와 양말까지 깔맞춤한 걸 보면 패션에 대단히 관심이 많은 특이종족 남자다. 와이프가 코디해주는 걸까? 글쎄……. 내 주변에 어떤 부부를 보아도 유부남이 네일숍에 다니는 건 보지 못했는데. 애인이 있을지는 몰라도 최소한 결혼은 하지 않았을 것이다. 그런데 왜 이런 추리에 내 기분이 좋아지지?

그나저나 이 사람은 딱 보기에 쇼핑을 좋아하게 생겼는데, 이런 사람이 나를 상담해줄 수 있을까? 의문 더하기 반감 비슷한 감정이 치올랐다. 실내를 다시 죽 훑었다. 컴퓨터 책상 뒤로 보이는 옷걸이에 명품 맨스백과 세트 구두가 보인다. 하하하? 머리를 한 대 맞은 기분이다. 어째 이 남자, 나보다 더한 된장남일 수도 있겠는데?

꿀꺽.

나도 모르게 큰 소리를 내며 침을 삼켜버렸다. 에잇, 왜 이래? 된장남 상담쌤이라니 뭔가 웃기면서도 묘하게 다가오는 긴장된 분위기. 이상할 정도로 침묵이 길어지는 것 같다. 그는 차만 한 잔 따라주고 물끄러미 나를 응시한다. 나를 전체적으로 스캔하듯 달라붙는 남자의 시선은, 길거리에서 동경과 질투로 나를 훔쳐보던 여성들의 시선과는 사뭇 달랐다. 새까만 눈동자가 침착하게 기다리고 있는 느낌.

내가 질 것 같으냐? 나는 또랑또랑한 눈길을 마주해 쏘아
보냈다. 뭐 덕분에 쌔끈한 그 외모 오래도록 감상해서 좋기
는 하지만 계속 이러고만 있을 수는 없잖아.

뭐지? 내가 먼저 말을 꺼내야 해?

나도 모르게 그의 직시하는 눈동자를 피해 시선을 내리
고 만다. 내 눈알이 데굴데굴 굴러 바닥으로 떨어지는 느낌
이다. 크흠.

그냥 뜬금없이 대화를 시작하면 될까? 제가요, 쇼핑을 엄
청 좋아해요. 안 하고는 못 살 것 같아요. 그런데 솔직히 그
렇게까지 문제가 있는지는 잘 모르겠어요. 이렇게? 아니면
저 남자가 입을 열 때까지 마냥 기다려야 하나? 젠장. 뭘 어
떻게 해야 할지 난감하단 말이야. 심리 상담 센터라는 데가
어떤 곳인지 사전 지식이 없으니 답답하다구!

손목시계를 흘끔 내려다본다. 지금은 커다란 유리창을
통해 따스한 볕이 내리꽂히는 오후 3시. 나른함이 몰려오
는 시간과 공간 속에서 낯선 남자와 단둘이 앉아 침묵의 강
을 건넌다. 괜스레 오감이 곤두서고, 뜨거운 차가 내뿜는
뽀얀 김이 얼굴로 간질간질 스며들어온다.

어쩌라는 거야? 왜 아무 말도 안 해? 점점 불안해져서 나
도 모르게 코끝을 매만지고 머리칼을 훑었다. 에효, 잘생긴
놈이 쳐다본다고 화끈화끈해지는 걸 보니 아이를 둘이나
낳았어도 내가 아직 여자 맞구나.

"아, 저기 제가 이런 상담이 처음이라 그러는데요."

결국 참지 못하고 먼저 무거운 입을 뗐더니 그의 짙은 눈썹이 슬쩍 호를 그렸다가 제자리로 돌아온다. 뭐야, 또 말안 해? 얌마, 너 뭐니? 손님이 당황하고 있잖아. 상담의 기본이 안 되어 있네그려.

"뭐랄까, 사전 대화라고 할까. 암튼, 긴장을 풀어주기 위해 가벼운 이야기를 나누거나 하는 것도 없이 보통 이렇게 바로 상담에 들어가나요? 하다못해 페이퍼 테스트 같은 것도 없어요? 최소한 상담이 어떻게 진행되는지 알려주셔야 하는 것 아닌가요?"

잘못한 것도 없는데 목소리가 기어들어간다. 아, 나 왜 이래? 당당함이 모토인 내가 자꾸만 왜 이렇게 작아지는 느낌이 들까?

"첫번째 질문의 답은 '아니요', 두번째 질문의 답은 '있어요', 세번째 질문의 답은 '보통 시작 전에 알려드립니다'로군요."

"넹?"

그 남자의 대답에 어이없어 괴상한 목소리가 목구멍을 차고 나갔다. 쉰 듯한 내 목소리에 아차 정신이 들어 다시 입을 꼭 다물고 미간을 찌푸렸다. 뭐냐, 이 남자? 지금 나랑 장난하자는 거여, 뭐여? 비싼 돈 처먹고 한 30분 떵깡떵깡 말장난이나 하면서 놀아주겠다는 건가? 호스트바에나 어울릴 것 같은 곱상한 외모 가지고 여자 손님들과 노닥거리며 돈 버는 거였어? 참 편하게 일하네, 쯧쯧.

"보통은 차 한잔 하면서 긴장을 푸는 가벼운 이야기로 시작하는 게 맞습니다. 심리 상담이므로 당연히 간단한 페이퍼 테스트도 있고요. 진행 사항에 대한 전반적인 설명도 부가됩니다."

"그런데요?"

그런데 왜 아무것도 안하고 나만 뚫어져라 쳐다보니? 에헤! 뭐야, 심지훈 박사. 나한테 첫눈에 반하기라도 했어? 자식, 보는 눈은 있어서. 우켈켈, 아이고. 이게 아니지.

"차미선 씨는 표정으로 대화를 다 하고 계시다는 것을 아십니까?"

엥? 얘, 뭐라니? 놀란 토끼눈을 했더니 피식 웃는다. 흐…… 흐미흐미, 어째! 울트라 캡쏭 짱 잘생겼잖아! 눈가까지 휘면서 진심으로 웃는 모습은, 아까 맨 처음 보인 비즈니스 스마일과는 비교도 되지 않았다. 원빈, 현빈, 장동건, 강참치 다 울고 가겠네. 헐헐, 내가 이 나이에 이런 멋진 눈요깃거리와 만나게 되다니! 세상 모든 신에게 외칩니다. 여호와, 하나님, 석가모니 부처님, 알라여, 아후라마즈다여! 감사합니다!

"몰랐네요, 눈빛 대화로 상담하시는 줄? 밖에다 써붙여놓지그러셨어요. '말씀하실 필요 없습니다. 저는 독심술도

합니다'라고."

"하하하."

짤막한 웃음에 분위기가 조금 훈훈해졌다. 아, 지금이 소
개팅 자리라면 얼마나 좋을까? 생각할 것도 없이 오케이거
늘. 괜한 망상에 젖어 있는데 그가 앞으로 상체를 살짝 숙
이더니 오른쪽 다리를 왼쪽 다리 위로 포갠 뒤 무릎에 두
손을 깍지 긴 채로 나를 지긋이 쳐다본다. 망상에 빠져서일
까? 이 남자, 마치 나를 유혹하는 것 같아!

"가장 기본적인 질문이 먼저일 것 같아서 어떻게 말씀을
꺼낼까 고심하고 있었습니다."

잉? 뭔데, 뭔데? 널 어떻게 생각하느냐고? 나야, 감사합
니다지. 뭘 더 바라겠어? 누나한테 오려무나, 응? 그를 넙
죽 받아줄 생각에 배시시 미소까지 피어오르려 한다. 어머,
어떡해 표정 관리! 표정 관리!

"차미선 씨."

"네에."

"여기 왜 오셨습니까?"

"예?"

느닷없이 현실로 돌아오게 만드는 질문. 망상의 바다에
서 기분 좋게 허우적대던 나는 갑자기 발 딛고 서 있는 땅
위에서 휘청거렸다.

"아…… 저, 예약할 때 사전 설문지 다 작성해놨는데요."

"이것 말씀인가요?"

그가 접었던 긴 다리를 펴고 성큼성큼 걸어가 책상 위에서 종이 한 장을 집어 흔들어 보여주더니 시선을 옮겨 그 종이를 읽기 시작한다.

"이곳을 찾게 된 경위는 지인의 권유, 본인의 자각증상 없음, 상담에 대한 솔직한 기대감 없음…… 블라블라블라 이 무성의한 답지 말씀인가요?"

"블라블라라고 쓰진 않았거든요."

오옥, 노려본다. 노려볼 줄도 아는구나? 근데 또 그게 겁나 매력 있네!

"혹시 인터넷 검색하면 바로 뜨는 자가 진단이라도 해보신 적이 있습니까?"

잠깐 눈동자를 또르르 굴리다가 반문했다.

"쇼핑 중독에 대해서요?"

"예."

"아니요."

후, 그의 낮은 한숨 소리가 내 이마를 한 대 치고 지나가는 것 같다.

"근본을 짚고 넘어가죠. 본인이 심각한 쇼핑 중독이라고 생각합니까?"

"아뇨."

"그럼 왜 굳이 바쁜 시간 쪼개가며 여기까지 오셨나요?"

"…… 엄마가 가보래서요."

말해놓고도 내가 참 바보 같다. 이 무슨 마마걸스러운 답변이란 말인가. 이 사태를 수습해보려 머리를 굴렸지만 심히 당황해서인지 머리가 점점 백지화되고 있었다.

"질문을 바꾸어보겠습니다. 만일 제가 차미선 씨의 쇼핑 중독 치료를 위해서 내보이기 싫어할 사적인 부분까지 여쭤본다면 대답해주실 의향이 있으신가요?"

"아, 무, 물론이죠."

영혼 없는 기계적인 답을 내뱉으면서 무의식중에 손으로 입술을 매만졌다. 이를 가만히 지켜보던 그가 희미한 미소를 그린다. 어떻게 보면 비웃음으로 보일 웃음이었다. 평소라면 기분 나빠하며 버럭 화냈을 텐데 핀치에 몰리는 기분 탓에 그마저도 되지 않았다.

"대화 중에 입이나 입 주변을 만지는 행위는 하는 말이 거짓말일 가능성이 높다는 뜻입니다."

"예?"

"즉 차미선 씨는 방금 하신 말씀과 달리 제게 사적인 부분까지 내보일 준비가 안 되어 있다는 뜻이 되겠죠."

"아니 그게 무슨……."

"게다가 이 방에 들어온 뒤로 줄곧 시선이 제 얼굴과 손목시계와 문으로 분주히 움직이고 있었지요. 시계와 문을 자꾸 쳐다본 것은, 빨리 이 시간을 마치고 여기서 나가기를 바라는 심리의 반영입니다. 제 얼굴을 빤히 응시한 건 다른 마음이었겠지만."

하? 뭐야, 지금? 뭐하자는 수작이람?

"탐정 놀이 하고 계시는 건가요? 저는 상담하러 왔지 제 상태에 대해 추리하는 걸 듣고 싶진 않거든요!"

"내담자께서 보이는 행동으로 유추되는 상태를 말씀드리는 건 나쁜 의도가 아닙니다."

나쁜 의도가 아니라고? 의도야 어찌 되었든 왜 내 기분이 다운 되지? 그 자체가 안 좋은 거 아니야?

"그래서 결론이 뭐예요? 차미선은 거짓말쟁이다?"

되는대로 지껄였더니 훗 하는 웃음소리가 돌아온다.

"그새 잊으신 모양이군요. 차미선 씨는 제게 쇼핑 중독에 대해 상담하러 오셨습니다."

"누가 잊었대요! 다른 소리만 하고 있으니 이러는 거잖아요."

아, 이제는 정말 말장난 같은 지금의 사태에 슬슬 짜증이 나고 있었다.

"지극히 기본적인 마음가짐이 안 되어 있는 분이라는 말씀을 드리고 있는 겁니다."

잉? 기본적인 마음가짐? 내가? 어…… 그런가?

"그런 분께 페이퍼 테스트가 무슨 소용이고 진행 절차에 대한 설명이 무슨 필요 있겠어요? 제가 말씀드린다 한들 귀에 들어갈까요? 제게 본인이 처한 현 상황이나 속마음을 솔직하게 털어놓을 수도 없는 분이?"

똑 부러지게 말을 마친 남자가 입을 다물자 잠시 침묵이 흘렀다. 나는 할 말이 없어 시선을 바닥에 고정시켰다. 바닥 카펫이 참 예쁘다. 차분해 보이는 파스텔 톤에 일정한 크기의 패턴이 단색으로 이루어져 고급스럽다. 우리 집 거실에도 썩 잘 어울리겠어. 이게 어느 브랜드더라? 나도 눈여겨봤던 것 같은…… 에고, 지금 이럴 때가 아니지.

"참 대책 없는 분이군요."

힐끔 쳐다보니 이미 내 시선이 머문 곳과 생각을 모두 읽은 것 같은 눈동자가 나를 빤히 응시하고 있다. 순간 모멸감이 확 느껴졌다. 내가 왜 내 돈 내고 이런 취급을 받는지 부아가 치밀었다. 뭐야, 원래 상담하러 온 사람을 이따위로 취급하는 거야, 아니면 내가 마음에 안 들어서 내쫓으려는 거야? 결국 나는 자리에서 벌떡 일어섰다.

"이것 보세요, 심지훈 선생님! 난 절차에 따라 상담을 받으러 왔지 그쪽에게 야단맞으러 온 게 아니에요!"

가슴을 쭉 내밀고 두 손을 허리에 얹었다. 최대한 당당하게 쳐다보고 턱을 치켜들었다. 흥, 내가 잘생긴 얼굴에 혹해 미쳤었지. 어딜 봐서 멋지다는 거냐. 꼬장꼬장 까다롭기만 한 남자, 줘도 안 갖는다. 아니, 뭐 주면 가질지도…… 크흠, 아무튼! 상담이 유익하기는커녕 사람을 바보로 만들고! 다른 선생들은 바쁜데 혼자 한가했던 이유가 있군. 대체 상담비는 왜 더 받는다는 거야! 돈을 깎아도 시원찮겠구만.

"오늘 상담은 없었던 걸로 하죠!"

화끈하게 내뱉었다. 당황스럽지? 응? 그럴 거야. 여태 실컷 잘난 척했는데 상담자가 받아들일 생각 없이 개기기만 해서 짜증이 나지? 그런데 기대한 반응과 사뭇 다른 목소리가 귀로 꽂혔다.

"그렇지 않아도 그렇게 말씀드리려던 참이었습니다. 상담료는 모두 돌려드릴 겁니다. 괜히 20분이나 낭비하셨네요. 실례했습니다."

뭐야? 아니, 내가 하려는 말을 딱 잘라서 지가 다 하고 있어! 뭐 이런 게 다 있니?

"돈 같은 건 됐어요! 대단하신 분한테서 20분을 빼앗은 건 저도 마찬가지이니까요!"

괜한 오기를 부려봤더니만 그가 성큼성큼 이쪽으로 걸어온다. 에, 뭐, 뭐, 뭐지? 나도 모르게 흠칫 굳어 있는데, 그가 내 어깨 옆을 스치듯 지나 문을 열고 나가더니 인포메이션 여직원에게 가서 말을 건넨다.

"차미선 씨 오늘 상담 취소하셨으니 처리해주세요."

"네? 네에, 선생님."

"아니, 이것 보세요!"

비명을 지르듯 불러봤지만 그는 쳐다보지도 않는다. 야! 귀가 막혔냐? 그는 나를 투명인간 취급하고 또다시 옆으로 스쳐가더니 가운을 벗고 블랙 컬러의 외투를 꺼내 입는다. 어라? 엇, 저건 버버러 신상 맨스 알파카코트! 며칠 전 라떼 백화점 메인에 떡하니 디피 된 걸 봤는데 마네킹보다 저 코트를 잘 소화하는 사람이 여기 있었네! 흐미, 어쩔! 너무 멋지잖아! 내가 다시 넋을 잃은 사이에 그가 다시 내 옆을 스쳐가 여직원에게 입을 연다.

"이후 일정 없으니 이만 퇴근하겠습니다."

"예, 선생님. 수고하셨습니다."

가만히 들어보니 손님한테 쓰는 말투보다 더 사근사근하다. 대답하는 여직원의 사심이 고스란히 느껴져서 나는 눈길이 절로 가늘어진다. 어째서 이런 게 기분 나쁜지는 모르겠지만.

"안 나오십니까? 문 닫을 겁니다."

"어머."

다시 정신을 추스르고 최대한 당황한 기색을 지운 채 또각또각 걸어 나와 여전히 심지훈 선생에게 정신이 나가 있는 여직원에게 말을 건넸다.

"다음에 다른 선생님과 상담할 테니까 환불은 안 해주셔도 돼요. 전화로 다시 예약할게요."

"네, 안녕히 가세요."

여직원의 반응이 건성이다. 우우, 뭐냐 이건? 일단 저 선생의 탈을 쓴 싸가지 인간보다 빨리 이 상담 센터에서 나가고 싶은 묘한 오기가 발동해 씩씩거리면서 걸음을 옮겼다.

또각 또각 또각……

쳇쳇, 짜증이야. 처음에 반반한 얼굴 보고 무조건 좋아했던 나 자신이 정말 개탄스럽다. 아직 이르지만 구세계 백화점에 가서 아이쇼핑을 즐기다가 사슬리 신상 숄 빅세일 찬스에 참가해야겠다. 나는 이런 다짐을 하며 주먹을 꽉 쥔다. 아우, 정말 화난다. 이 주먹으로 그냥 확 한 대 때려버렸어야 하는 건데. 그러고는 멋지게 '오늘 상담비는 주먹질한 대가로 퉁쳐요!' 하고 떠드는 거지. 핫핫핫! 으아아, 생각만으로도 후련하구나. 나쁜 놈 같으니라고!

중얼중얼 땅만 보고 걷다가 때마침 열린 엘리베이터에서 내린 사람과 쾅 부딪쳤다.

"엄마야!"

균형을 잃은 몸이 기우뚱 무너진다. 가뜩이나 신경 쓰일 정도로 짧은 스커트를 입었는데, 얼마나 꼴사나운 모습으로 넘어지려는 걸까! 어떡해, 어떡해, 속으로 비명을 지르는데 때마침 누군가 손을 뻗어 내 허리부터 받아서 안아 올린다. 등에 닿는 미지의 손길이 단단하면서도 부드러운 모순된 느낌이다. 찰나의 순간이지만 오랜 기간 느껴보지 못한 이성의 품이 묘한 설렘까지 선사했다.

"어, 어머나 감사합니…… 에에?"

오 마이 갓. 뭐야! 심지훈 그 개싸가지 인간이네! 한 손으로 나를 가볍게 받쳐준 남자의 무심해 보이는 얼굴이 바로 앞에 있었다. 나는 여태까지 홀로 화낸 것이 무색하도록 얼굴이 온통 달아올라서 어색하게 웃고 말았다.

아우, 정말…… 별꼴이야. 가 아니라, 가까이서 보니 긴 속눈썹에 뽀얀 피부 하며 지적인 분위기와 달리 섹시해 보이는 약간 도톰한 입술까지! 애, 왜 이렇게 숨 막히도록 잘생겼지? 게다가 완전 내 이상형!

"괜찮으신가요?"

듣기 좋을 정도의 낮은 음성을 입은 숨결이 내 얼굴 위에서 부서진다. 상대의 향기가 느껴질 만큼 가까운 거리 덕분에 여태껏 이유 없이 갈팡질팡하던 내 마음의 장벽이 단박에 무너지고 있었다.

"차미선 씨?"

두근두근.

심장이 튀어나올 것처럼 진동한다. 그의 달콤한 목소리가 내 귓바퀴를 훑고 지나 뇌까지 먹어 치우고 있는 것만 같다. 나는 그 고운 얼굴 전체를 뚫어져라 쳐다보면서 아무 말도 하지 못하고 눈만 깜박이다가 차츰 시선을 그 남자의 입술로 옮겨갔다. 너무도 먹음직스러운 바로 그것으로!

진짜로 저 입술 한 번만 먹어보면 안 될까?

어머나, 나 왜 이래? 욕구불만인가 봐! 미선아, 왜 이러니? 너무 오래 굶은 거야? 아무리 그래도 그렇지, 진정하라고! 스스로를 다그치며 눈길을 돌리려는데…….

"!"

어라? 어라라?

"…… 어."

머릿속으로 상상만 뭉게뭉게 만들어내던 내가……. 생각만 가득할 뿐, 뇌가 명령을 내리지 않았는데 몸이 제멋대로 움직이고 말았다. 오오오옷 마이 갓! 하늘이시여! 이를 어째! 어이 손아, 왜 심지훈 어깨를 잡아당기는 거니? 으아악, 야야 입술, 나 방금 쪽 소리가 나도록 이 남자 입술에 뽀뽀를 날린 거 맞지?

일순간 주위가 회색으로 굳었고, 입 박치기 수준의 뽀뽀 테러를 당한 남자의 눈빛도 싸늘하게 굳었다.

1초…… 2초…… 3초…….

시간이 흐른다. 일각이 여삼추라고 했던가? 지금 이런 표현을 쓰는 게 맞나? 어쨌거나 뭐가 어떻게 된 거야? 지금 상상만 한 게 아니라 내가 진짜 실행으로 옮긴 거지? 그렇지?

"아악! 난 몰라아아!"

우당탕탕! 무작정 그를 밀치고 뒤로 깡충 물러섰다. 심지훈도 놀란 듯 내게 떠밀린 그 모습 그대로 정지 화면처럼 서 있다. 얼마간 우리 두 사람은 태엽 풀린 인형처럼 굳은 자세로 서로를 빤히 응시하고 있었다. 얼굴을 간질이는 선선한 바람만 아니었다면 SF영화의 한 장면처럼 잠시 시간이 인위적으로 정지한 것 같았다.

"아…… 저, 저는……."

입을 열었더니 이따위 멍청한 소리만 새어 나온다. 귀밑까지 열기가 화끈화끈 올라온다. 아마도 나는 온몸이 새빨간 홍당무 인간이 되어 있을 것이다. 입 밖으로 터져 나오려는 헛소리들을 얼른 삼킨 채 주춤거리던 발걸음을 확 뗐다. 어리고 팔팔했던 초중고 시절에도 이보다 더 빨리 달리지는 못했을 것이다.

"미쳤어, 차미선! 넌 미친 거야!"

나는 엘리베이터 옆의 비상계단으로 달음질쳐 눈썹이 휘날리도록 뛰어서 건물 밖으로 빠져나온 다음 잽싸게 내 차에 올라탔다. 헉헉헉……. 말도 안 되는 황당한 사고를 저지르고 도망치느라 턱까지 올라온 숨을 몰아쉰다. 기가 막힌 이 상황 앞에서 고개를 푹 숙였다. 눈물까지 나오지는 않았지만 황망함의 태풍이 거센 바람을 동반해서 우르릉 쾅쾅 뇌리에 휘몰아친다.

"흑…… 어떡해."

운전대에 두 팔을 올려놓은 채 얼굴을 파묻었다. 아으, 쪽 팔리다. 죽고 싶을 만큼 면이 팔려 미치고 팔짝 뛰겠다. 누구 본 사람은 없을까? 신사동 정 여사님 추천으로 왔는데, 설마 엄마 귀에까지 들어가는 건 아니겠지?

매력남의 취향

그래도 이 정신에 어찌어찌 운전을 해서 백화점까지 오긴 왔다. 쇼핑에 대한 집요함이란……. 내가 생각해도 참 대단하다.

"아이휴우우우……."

땅이 꺼져라 한숨만 뱉어낸다. 차미선, 미친년아. 어떻게 그 남자에게 기습 뽀뽀를 한 거야? 살다 살다 이런 개망신도 처음인 것 같다. 삽질은 내 전공이 아닌데, 그 순간만큼은 내가 아닌 것 같았어.

"아우아우!"

손바닥으로 입술을 벅벅벅벅 문질렀더니 잘 지워지지 않는다고 그토록 광고해대던 틴트가 묻어 나온다. 세게 문지르니 묻어나는구먼! 거짓말쟁이들. 팬스레 애먼 틴트 회사에 구박성 멘트를 중얼거리면서 차문을 열고 나와 주차장에서 터덜터덜 걸음을 옮겼다. 그 순간 울려오는 휴대폰 벨소리. 연화다.

"어."

퉁명스레 받았더니 잠깐 말이 없다.

"여보세요?"

—니 왜 그래? 상담 결과가 안 좋나?

아무튼 내 남편이라도 되는 것 같은 지지배. 전화 속 단 두 마디로 내 기분을 알아챈다.

"그런 거 아냐. 좀…… 골치 아픈 일이 있어서. 나중에 사무실 가서 이야기해줄게."

—그렇지 않아도 지금 사무실로 와줄 수 있나 해서 전화했어.

"왜? 나 오늘 그냥 퇴근하려 했는데. 바쁜 건 마무리해놨고 집에서 컴퓨터로 게시판 답글만 들여다보면 되는 상태거든. 아니었나?"

—그게 아니고……. 아무튼 와봐라, 좀.

화나거나 다급한 목소리는 아니다. 근데 뭔가 살짝 이상한 기분이 들었다. 몹시 당황스러워하는 느낌? 연화가 어지간해서는 당황하는 성격이 아닌데? 문득 궁금해진 나는 발걸음을 돌렸다. 신상 숄 판매는 아직 두 시간 넘게 남았으니까 사무실에 다녀올 시간은 충분했다.

"어, 어."

한 번은 높은 음성으로 '어', 한 번은 낮은 음성으로 '어'
하는 소리가 내 입에서 절로 새어 나왔다. 아이들이 갖고
노는 컴퓨터 퍼즐에서 퍼즐 조각을 잘못 맞출 때 나는 소
리와 같다. 나 역시 연화 못지않게 당황의 쓰나미에 휩싸였
다. 나는 덩치 큰 연화 옆에 가만히 서서 매장 안을 쳐다보
았다.

"뭐냐, 저 아이돌은?"

"내쫓았는데 도로 기어들어온 또라이."

나는 그만 킥킥거리며 웃고 말았다.

"아, 오늘은 내 눈이 즐거운 날인가 봐. 진짜 예쁘게 생겼
다. 매장 밖에서도 사람들이 쳐다보잖아. 우리가 몰라서 그
렇지 쟤 연예인 아니니?"

"그건 아닌 듯싶다. 어떤 연예인이 미쳤다고 빅사이즈 여
성복 매장에 알바 하러 오겠냐?"

"그거야 그렇지만."

"헌데 오늘 눈이 즐거워? 니 진짜로 훈남 슨생 나오기라
도 했나?"

"어."

"참말로!"

"나중에 말하자, 나중에. 일단은 저 이벤트 좀 보고."

덕분에 바로 전에 있었던 대박 삽질 입 박치기가 뇌리에서 잊히고 있었다. 생글거리는 미소로 손님들을 접대 중인 저 아이돌 덕분에!

키가 181이나 182인 것 같은데? 예쁜 장신이다. 머리가 작고 팔다리가 길어서 실제보다 더 커 보였다. 살짝 마른 몸매가 모델들만큼이나 훌륭한 데다 나이가 어려서 아까 본 매력남 심지훈보다 옷맵시가 더 좋아 보였다. 물론 명품이 아닌 일자 청바지에 후드티였지만 그것이 오히려 엄청 상큼하다.

"비율 쩐다, 정말로."

나만 감탄한 게 아닌 듯 어느새 매장에 손님이 제법 들어차 있다. 달콤한 꿀에 벌들이 엄청나게 꼬이는구나. 눈웃음까지 자연스럽게 살살거리고, 작은 얼굴이 여자들보다 더 하얗고 입꼬리가 살짝 올라간 것이 천상 요부상이다. 문제는 어중이떠중이 깡마른 어린 여자애들까지 매장 안에 들어와 있다는 점이지만. 꺼져, 니들한테 맞는 옷은 없으니까.

"어디서 날아온 월척이야? 매상 좀 오르겠는데!"

"월척은 개뿔. 연규 그놈한테 지네 과 가시나 중에 쓸 만한 애로 방학 동안 알바 시키게 보내라고 했더니 저런 애먼 놈이 왔다. 빨강머리 앤이 역에 도착했을 때 매튜 아자씨 심정을 내 알겠더라. 머스마가 아닌 이상한 여자애가 왔으니 얼마나 당황했겠어."

어이구, 창의적인 표현하고는.

"연규 후배인가 보네? 여자애는 아니지만 쓸 만한 애인 건 맞는데."

"후배 아니야. 전에 술 먹으면서 말하던 그 동기놈이란다."

"에엑?"

잠깐잠깐, 뭐시라? 저번에 분명히 연규가 '내 동기 중 하나가 이상형이 누나 같은 사람이라 카데. 뚱띠하고 연상이고 목소리 큰 여자! 나이도 그래 마니 안 적다. 재수하고 들어왔다니 스물일곱! 네 살 연하면 딱 좋지 않나?' 하고 말했잖아! 어머 웬일이야! 고딩이라 해도 믿을 얼굴이구만. 많이 봐야 스물한둘이다. 진정한 초절정 동안이란 말인가! 저 얼굴이 어딜 봐서 군대 다녀온 27세 예비역이야!

"말도 안 돼! 연규보다 훨씬 어려 보여!"

"내 말이. 게다가 저놈 한다는 헛소리가…… 아우, 내는 모르겠다. 니가 가서 잘 설득해 집으로 보내라."

연화가 손사래를 치더니 쪽문을 열고 사무실 방향으로 사라진다. 엥? 왜 저러지? 궁금증만 마구 증폭된 가운데 문제의 그 아이돌에게 다가갔다. 물 만난 고기처럼 아주머니들에게 웃음으로 포장된 옷을 팔던 그가 내 기척을 알아채고 고개를 들었다. 곧바로 얼굴에 샤방한 미소가 가득 퍼진다. 흐미, 죽인다. 내 스타일이 아닌데도 순간적으로 반응이 가는걸. 타고났구만.

"안녕하세요! 미선 누님 맞죠. 연규한테서 말씀 많이 들었습니다. 듣던 대로 미인이시네요!"

아, 무슨 말씀? 그리 좋은 이야기는 아니었을 것 같지만 일단 접어두자. 어쨌거나 활달한 어투가 듣기 좋다. 목소리는 의외로 남성적으로 약간 허스키했다. 살짝 미스 매치지만 그게 또 나름의 개성으로 보이니 나쁘지 않다.

"매장 아르바이트 하러 왔다면서요? 근데 어쩌죠? 우리 사장님이 그쪽을 별로 마음에 안 들어 하는 것 같은데."

"강태성입니다."

그가 여자를 여럿 홀렸을 미소를 띠고 굳건히 버틴다. 뭐 보기야 좋다만, 내가 어쩌겠니? 너한테 알바비 줄 사장님이 싫다는데.

"거절하셔도 괜찮아요. 알바비 안 주셔도 상관없고요. 그냥 연화 씨 얼굴 보고 싶어서 오는 거니까 억지로 내쫓지만 말아주세요."

으앵? 아니 가만있어봐. 나는 누님이고, 연화는 연화 씨야? 으하하하, 이거 무슨 일이래? 내가 잠시 멘붕이 와서 벙찐 얼굴로 가만히 서 있는데 쪽문이 벌컥 열린다.

"꼴값 그만 떨고 퍼뜩 안 꺼지나!"

"아악, 연화 씨! 왜 그러세요? 저 진심이라니까요!"

"여, 연화야!"

허걱걱! 의자를 두 손으로 집어 들고 내리치기라도 할 것처럼 성큼성큼 다가오는 연화를 말리느라 진땀이 났다. 아이고오, 이게 진짜 웬일이냐고! 연화야, 그만해! 그런다고 갈 놈이 아닌 것 같아! 설상가상으로 강태성이라는 녀석이 매장 한가운데 무릎을 꿇고 앉아 날 죽이쇼 하고 눈을 감는다. 허헐……. 머리가 길었으면 석고대죄라도 할 태세다.

"미순아! 경찰 불러라! 경찰!"

"연화야아아!"

펄펄 날뛰는 방연화, 그러거나 말거나 굳건히 공짜 알바 하겠다고 들이대는 강태성. 여태 조용하던 우리 매장에 활기가 도는 느낌이지만, 어쨌거나 빨리 백화점으로 돌아가야 하는 나로서는 두 사람을 뜯어말리느라 애가 탔다.

*

"아아, 늦었다!"

허겁지겁 백화점으로 뛰어들었다. 익숙한 길, 낯익은 코스. 좌우로 늘어선 마네킹 숲을 헤치고 걸어가니 저기 사슬리 잡화 매장이 보인다. 여성들이 이미 떼로 몰려와 있다.

이럴 수가! 시곗바늘이 벌써 6시를 넘어가고 있다.

"으아앗! 안 돼! 내 숄!"

아, 연화 때문에 시간만 잡아먹었잖아! 우어어, 헐레벌떡 달려들었다. 수십 벌 쌓여 있던 숄이 금세 바닥나고 딱 두 장 남아 있다. 잽싸게 손을 내뻗는데 바로 앞의 아주머니가 한 장을 휘릭, 마지막은 내 거야! 아싸…… 아?

"어? 안 돼!"

내 어깨 뒤에서 긴 팔이 하나 쑥 나오더니 내 손 끝에 닿았던 숄을 낚아채갔다. 절망감에 주저앉을 뻔한 걸 간신히 참으면서 그 괘씸한 인간을 돌아보니…… 엑.

"심지훈 선생님?"

"또 뵙네요."

희미한 미소. 음, 다시 보니 역시 똘끼 아이돌 강태성보다는 이쪽이 내 스타일이야. 아니, 이게 아니지.

"그거 제가 먼저 집었거든요!"

면식도 있는 사람이니 일단 우겨봤다. 허나 그는 보란 듯이 계산을 마치고 눈길도 마주치지 않은 채 돌아서 가버린다. 머릿속까지 화끈 열이 올랐다. 뭐 저런 남자가 다 있어? 내가 황당한 짓을 하고 사과도 없이 내뺐다고 여기까지 나타나서 이따위 치사하기 그지없는 짓거리를 하다니! 아니, 그러고 보니 어떻게 알았지? 아까 내가 여기 올 거라는 말을 했나? 아닌데……. 이상하다! 어쨌든! 으으…… 밴댕이

소갈딱지였어? 거참, 외모만 보고 알 수 없는 게 사람이라지만.

유유히 걸어가는 키 큰 남자의 손에 들린 진회색 사슬리 쇼핑백이 더없이 눈에 거슬린다. 저것은 내 것이어야 한다. 신상으로 매장에 깔리기 전에 샘플 사진을 보고서 이미 찜꽁해놓은 거라고! 저 숄에 어울리는 색상과 원단의 먹색 니트원피스까지 이월전에서 질러 어제 받아봤거늘! 크아아, 참을 수 없다!

"기다려요!"

큰 소리로 외치면서 씩씩대며 옆으로 꽝꽝꽝 걸어갔다. 나름 분노의 표출이었는데, 흘깃 돌아보는 그의 눈빛에서 흥미롭다는 기색까지 비친다. 우씨, 왠지 더 열 받아. 당황하거나 난처한 기색 없이 저렇게 여유를 부리다니!

"주세요! 약 올리지 말고!"

"무슨 말씀이신지요?"

"선생님께는 필요 없는 물건이잖아요. 가져다 뭐하시게요? 덮고 주무실 건가요?"

씨근씨근 거칠게 숨을 내쉬고 목에 핏대를 세우며 내 의견을 피력했건만 의아하다는 표정이 돌아온다. 이 사람 봐라? 한 연기 하시네? 아니, 정말로 대체 그 숄은 가져다 뭐할 거니? 뜨거운 라면 냄비 받침으로라도 쓰게? 악! 상상만으로도 용납이 안 된다고!

"아, 이 숄요?"

"네에!"

끄덕끄덕.

"차미선 씨 혹시……?"

그가 한 손을 들어 자신의 매끈한 턱선을 쓰다듬는다. 아, 내가 대신 만져줄 수도 있는데……. 어머, 나 또 무슨 생각을! 머리를 가볍게 털어내는 나를 내려다보는 그의 눈길에 가벼운 조소가 묻어 있는 느낌이다. 이거 피해망상인가?

"혹시 뭐요?"

"제가 이 숄을 산 것이 아까 그 불미스러운 일에 대한 복수라고 착각하시는 겁니까?"

어…… 어? 어라라, 아니었어? 잠깐 움찔했으나 마음을 다잡았다. 아니긴 뭐가 아니야? 나를 바보로 보나? 뻔뻔하기는!

"그리고 차미선 씨가 여기에 올 거라고 추리라도 해서 내가 따라온 거고요?"

"맞잖아요! 치사하게 어, 어디서 잡아떼려고 하는 거예요?"

"에이, 아무리 내가 탐정급 추리력을 가졌다 해도 지금 이 시간에 차미선 씨가 여기에 나타나리란 걸 어떻게 알았겠어요?"

"그게 아니면 어떻게 똑같은 백화점, 똑같은 매장에서 똑

같은 상품을 사려고 달려들 수가 있어요?"

틀릴 리가 없다. 어디서 발뺌하려고? 다시 한 번 고개를 빳빳이 들고 거만하게 노려보았으나 이 남자, 조소만 깊어진다. 음, 뭐지? 내 자신감이 수그러드는 소리가 귀에 울려오는 듯하다.

"제대로 정신과 상담을 받아보는 게 어떻겠습니까?"

"뭐라고요?"

"과대망상도 추가해서 말이죠. 제가 그쪽 방면으로는 우리나라 최고의 닥터에게 소견서를 써드릴 수도 있을 것 같은데."

아하, 고맙기도 해라! 우리가 언제 그 정도로 잘 아는 사이였던가? 댁과 나는 불과 네 시간 전만 해도 생면부지였다고. 무, 물론 만난 지 한 시간 만에 지극히 개인적인 실수로 말미암아 입 박치기를 하긴 했지만.

"그럼 이 상황을 설명해보라니까요!"

바락바락 대들었더니 그가 주변을 휘휘 둘러보았다. 어느새 지나가던 사람들이 멈칫대며 우리 두 사람을 구경하고 있었다. 물론 대다수는 내 눈앞의 이 스타일 죽이는 남자를 구경하는 흑심 가득한 눈길이었지만.

그러고 보니 그새 이 남자의 옷이 바뀌었다. 내가 우리 회사에 들러 희한한 아이돌을 구경하는 동안, 이 남자는 상큼하게 쇼핑이라도 했나? 골드브라운 컬러가 돋보이는 하이넉 레이블코트는 나도 잘 모르는 완전 신삥으로 보인다. 와, 정말 소화하기 쉽지 않은 스타일인데, 그를 위한 맞춤이라도 되는 것처럼 딱 떨어지게 어울린다. 두툼한 모직으로 된 코트는 빈티지한 스틸 더블 단추가 달려 독특한 분위기가 났다. 무릎 아래로 드러난 하의는 브라운 진이고, 마무리는 고전적인 빈티지 워커로 했다. 정말 한숨 나오게 멋지긴 멋지군. 근데 가만……. 새로 쇼핑해서 옷을 갈아입었다고?

"이제 보신 모양이군요. 제가 차미선 씨 미행하면서 잽싸게 쇼핑해서 옷을 갈아입을 정도로 주도면밀하지는 않거든요. 분신술을 쓰는 것도 아니고 말이에요."

그래, 이 남자가 쇼핑을 하면서 동시에 나를 따라다니지는 못했을 것이다. 생각해보면 내가 이 백화점에 계속 있었던 것도 아니다. 이 남자가 우리 회사까지 따라왔다면 모를까 여기에서 내내 나를 기다리고 있었으리라는 가설은 불가능한 거겠지? 나, 정말로 오해한 거야?

빙그레 웃는 그의 면상 앞에서 나는 참으려 애썼지만 또다시 귀밑까지 확 열이 올랐다. 아마 얼굴이 토마토처럼 빨개졌을 것이다. 아으윽, 어쩌지?

"그, 그, 그럼 대체 그 숄은 왜 사셨어요?"

마지막 지푸라기라도 잡는 심정. 시선은 이미 바닥에 떨어뜨린 채 흔들리는 목소리로 간신히 질문을 던졌다.

"이건 심부름인데요. 저희 센터에서 여기 백화점까지 차로 10분 거리라서 퇴근길에 들러 사오라는 부탁을 받았거든요."

심부름이란다. 심부름이란다! 뭐니? 유부남이었어? 하긴 물어보지도 않고 내 마음대로 그가 총각일 거라 추리한 거니까. 이 남자, 와이프의 부탁을 들어주러 온 자상남일 수도 있는 거야. 그래, 저 정도 외모에, 직업도 좋은데 품절남이 아닐 리가 없잖아. 바보, 차미선! 그럼 나는 뭐가 되는 거지? 유부남 상대로 들이대 뽀뽀한 골 빈 여자? 와하하하! 아, 정말 미치겠네!

"잠깐 자리를 옮길까요? 시선들이 너무 따가워서 불편한데."

그대로 남자가 아직 멍 때리고 있는 내 손목을 잡더니 어딘가로 걸어간다. 아아, 손이 따뜻한 남자다. 다리가 길어서 보폭이 크기도 하지. 그래도 그 많은 사람들 앞에서 망신살 뻗치는 걸 구해줬으니 고맙다고 해야 하나? 아니지, 내가 당신을 만나고부터 뭔가 단단히 꼬이는 기분이야. 내가 노리던 신상 숄을 놓쳤다는 것 자체가 말이 안 돼. 애초에 유 여사님 말씀만 믿고 그놈의 센터인지 뭔지 가는 게 아니었는데!

"여기."

그가 내 눈앞에 손수건을 디밀었다. 어? 그제야 나는 눈에서 퐁퐁퐁 눈물이 샘솟고 있는 걸 깨달았다. 아니, 왜 이 만한 일로 울음이 나는 거야? 이해할 수 없는 내 행동에 어 이없어하며 고개를 들어보니 어느새 엘리베이터홀 옆의 수선실을 지나 복도 끄트머리 한갓진 곳에 도달해 있었다. 하아. 낮은 한숨이 입 밖으로 새어 나온다.

뭔가 엉망진창이다. 왜 이렇게 된 걸까? 내 심기를 건드 릴 만큼 제대로 된 상담을 받은 것도 아닌데. 회사에 가서 그 아이돌을 보면서 일부러 더 크게 웃으면서 뭔가를 잊으 려 애쓴 일이 생각났다. 이 남자를 만난 것만으로 내 감성 이 미묘하게 움직인 것이다. 정확히 돌아가던 내 안의 톱니 바퀴가 살짝 어긋난 것만 같다. 기운이 빠진다. 나는 차가 운 벽에 등을 기댔다.

"따뜻한 차라도 한잔 갖다줄까요?"

"아뇨, 괜찮아요."

그는 나한테 왜 우는지, 어째서 이렇게 심란해하는지 일 절 묻지 않는다. 심리학을 전공한 박사님이라서 그런 걸 까? 왠지 농락당하는 기분도 들지만, 조금 울고 나니 기분 이 가라앉고 약간 차분해졌다.

"나…… 쇼핑 중독, 심각한 것 같아요?"

"아니요."

대답이 의외였다. 그의 눈을 보려고 조심스럽게 고개를 들었다. 생각보다 너무 높은 곳에 있어서 기분이 상했지만,

나를 가만히 내려다보는 새까만 눈동자와 마주하자 주책 없이 심장이 또 두근거린다.

"사실 재정적으로 무리가 갈 정도로 씀씀이가 헤프지는 않은 것 같고, 본인의 소비 습관을 통제하지 못하는 것도 아닌 것 같으니까 반드시 전문가의 도움을 받아야 할 상태라고 판단되지는 않아요."

"그럼 별 문제 없는 건가요?"

"그것도 아니죠. 어느 정도 개선은 필요해 보입니다. 가지고 싶은 걸 못 구했을 때 집착이 심하고, 마음의 허전함을 달래려고 습관처럼 쇼핑을 하는 것 같은데 이런 문제의 원인을 찾아내야 하지 않을까 싶어요."

아리송하게도 말하네! 이래서 많이 배웠다는 인간들은.

"그래서."

심지훈이 갑자기 상체를 숙여 내 시선 앞에 자신의 얼굴을 갖다대는 통에 나는 깜짝 놀랐다. 그야말로 입에서 헉 소리가 나오고 말았다. 그렇지 않아도 너무 가까이 서 있어 존재감이 확 느껴졌는데, 이렇게 들이대면 어쩌라는 거야?

"뭐, 뭐, 뭐, 뭐, 뭐하는 거예요?"

고함을 지르려는데, 정작 입술 밖으로는 모기 소리처럼 앵앵앵 알아듣기 어려운 단어만 맴돈다.

"음, 마스카라 다 번지고, 립스틱도 지워졌……."

"꺄악!"

어떡해! 완전히 괴물이 되었을 것이다. 엉엉엉! 어떻게 만난 지 몇 시간 되지도 않은 남자 앞에서 이렇게까지 망가질 수 있지? 피눈물을 속으로 삼키면서 다급한 눈길로 여자 화장실이 어디에 있는지 주변을 훑기 시작했다.

"내가 차미선 씨가 가진 문제의 원인을 찾아볼까 하는데요. 일대일 맞춤으로."

"예?"

멘붕 상태에서 무슨 말이 제대로 들리랴. 나는 그저 머릿속으로 화장실, 화장실, 화장실이 어디 있느냐고 뇌까리고만 있었다. 그러다가 저기 복도 끝에서 표지판을 발견하고 잠시 밝은 표정으로 돌변. 그런데 이 남자가 갑자기 두 팔을 뻗어 나를 벽과 자신 사이에 가두고 말았다. 깜짝 놀라 쳐다보니 바로 내 코앞에 너무도 잘난 심지훈의 얼굴이 자리하고 있다! 어머머, 이게 무슨 일이니?

"게다가 나는 누가 내 것을 훔쳐가면 꼭 돌려받는 성격입니다만."

"내가 대체 뭘 훔쳐갔다고 그래요?"

씨익. 그가 해맑게 웃는다. 와우, 눈부시다. 뭐야, 이 남자. 왜 이렇게 화사해?

"입술."

엥? 혼란으로 가득한 머릿속에 섬광처럼 꽂히는 것이 있었다. 아, 그 입 박치기 말씀이십니까? 에이, 뭘 또 그런 걸

따지고 그래? 쪽 한번 했다고 닳는 것도 아니……어머어머
어머어머!

"자, 자, 잠까……."

내 말이 채 끝나기도 전에 내 입술에 부드러운 이물감이
덮쳐왔다. 머릿속 상념들이 하얘지며 공중으로 날아간다.
다리에 힘이 풀려서 스르르 주저앉으려는데 어느새 남자
의 긴 팔이 내 겨드랑이 사이로 들어와 끌어당겼다. 그의
다른 한 손이 내 뺨과 턱을 감싸 안는다. 처음부터 눈길을
끌던 섬세한 손가락이다. 눈이 저절로 감겼다. 힘없이 늘어
져 있던 내 양손은 남자의 모직코트를 움켜잡았다. 주변의
소음이 하나도 들리지 않았다. 진한 머스크향이 내 오감을
자극한다.

*

3년 전 가을, 스물여덟이라는 젊은 나이로 이혼이라는
문턱을 넘었을 때, 네 살 은비의 손을 잡고 이제 갓 돌이 지
난 은솔이를 등에 업고 바리바리 짐을 싸든 채 미련 없이
대문을 나섰다. 홧김에 아이들을 남겨놓고 나올까 잠시 갈
등했지만, 천진난만한 두 딸아이의 눈망울을 보면서 전남
편에게 골탕 먹이자고 아이들을 버리는 것은 말이 안 될
것 같아 우울증으로 소진되었던 모성애를 최대한 끌어모

왔다.

일단 짐은 여행 가방 두 개 정도로만 단출하게 들고 나왔다. 그런데도 당시 바람이 조금 세면 날아갈 것 같았던 갈대 몸매의 나한테는 아이들이나 짐이 너무 버겁게 느껴졌다.

"하아, 어딜 간담."

날씨는 더럽게도 좋은 10월 초, 은비는 무슨 연유인지도 모른 채 처음으로 하는 엄마와의 외출에 신이 나 있었다. 아직 누구에게도 이혼 사실을 알리지 않은 터라 정말로 갈 데가 없었지만, 그나마 곧바로 쥐어준 약간의 위자료와 약속받은 양육비 덕에 최악의 상태는 아니었다. 나중에 생각해보니 그때 이미 남편에게는 여자가 있었다. 혹시라도 내가 아이들을 남겨두고 갈까 봐 돈으로 선수를 친 것이다. 전남편의 결혼 소식을 접한 뒤 반년도 안 되어 아들을 출산했다는 풍문이 들린 것으로 보아 아마 틀림없을 것이다.

"엄마, 저것 봐! 저것!"

무슨 생각으로 놀이공원에 갔는지 모르겠다. 그냥 가고 싶었다. 그리고 너무 신이 나 흥분한 나머지 먹은 간식을 다 토해버린 은비를 보면서 눈시울이 붉어졌다. 네 살, 한창 밖에 나가서 놀고 싶어 하고 귀여움을 많이 받을 나이인데, 내가 이 아이를 어떻게 대했던가.

청소하다가 아이가 옆에서 장난감을 어지르면 화를 내면

서 걸레질하던 손으로 매섭게 아이를 때렸다. 남편이 며칠 출장 갔을 때, 아빠가 보고 싶다는 아이를 빗질하던 브러시로 까무러칠 정도로 엉덩이를 때려놓고 또 미안해서 밤새 껴안고 운 적도 있다.

시어머니가 두 돌도 안 된 아이에게 기저귀를 채워놨다고 나를 이상한 여자 취급하자, 아이가 울거나 말거나 억지로 변기에 앉혔다. 어느 날 아이가 응아 마렵다고 거실에 우두커니 서 있는 모습을 보고 그악스럽게 잡아끌었다가 아이의 얇은 팔이 탈골되기도 했다.

생각해보면, 또래 친구들이 예쁘게 꾸미고 즐기는 20대 한창 시절에 나는 지옥 같은 결혼 생활을 겪어내느라 미쳐가고 있었던 것 같다.

"나, 저것! 저 구름 갖고 싶어!"

"어, 응. 은비야, 솜사탕 먹고 싶어?"

"솜사탕? 저거 솜사탕이야? 구름 아니야?"

잠시 당황스러웠다. 내 딸은 아직 솜사탕이 무엇인지도 모르고 있었다. 그러고 보니 은비가 태어난 이래 제대로 놀러간 적이 없다. 그냥 기계적으로 아이를 문화 센터에 데리고 다닌 적이 있는데, 그마저도 시어머니가 어린아이를 사람이 많은 곳에 데려가는 게 아니라고 채근해서 생후 19개월쯤에 그만두었다.

"엄마가 가장 큰 걸로 사줄게."

놀이공원에서 대여한 유모차에서 돌쟁이 작은딸이 잠들어 있는 걸 확인하고서 나는 은비에게 동그랗게 예쁜, 아이 머리통보다 큰 분홍색 솜사탕을 하나 사다 주었다. 은비는 솜사탕을 어떻게 먹어야 할지 고민하느라 입을 귀엽게 오므렸다.

"엄마랑 같이 놀러 오니까 좋아?"

"응! 좋아! 너무너무너무너무 좋아! 이따아아만큼 좋아!"

은비가 작은 두 팔로 최대한 크게 동그라미를 그린다. 신이 나서 웃음꽃이 활짝 핀 은비의 얼굴을 대하는데, 왈칵 눈물이 쏟아졌다. 젖은 시야에 아이의 당황한 모습이 들어왔다.

"엄마, 왜 울어? 슬퍼? 어디 아파?"

은비는 내가 슬플까 봐 겁이 난 것 같았다. 눈치가 빠하다. 이 어린 것이 엄마가 이런 분위기에 젖어 있는 걸 보면서 얼마나 두려웠으면 저런 표정을 지을까. 항상 어두운 얼굴로 흐느끼고 넋이 나간 채 살아가는 엄마를 보면서 얼마나 힘들었을까.

그동안 아이에게 잘못한 일들이 뇌리에 빠르게 스쳐갔다. 미안하고 또 미안했다. 때문에 눈물이 멈추지 않았다. 기운이 빠진 나는 자그마한 내 딸을 부둥켜안은 채 하염없이 흐느꼈다. 정말 탈진할 정도로 계속 울었던 것 같다. 안절부절못하던 은비가 내 어깨를 흔들면서 부를 때 나는 이미 반쯤 혼절한 상태였다.

"정신 차리세요!"

지나가던 누군가가 허물어지는 내 어깨를 잡았다. 은비의 울음소리가 아득하게 멀어진다. 그렇게 넋이 나간 와중에도 나는 남편에게 알리면 안 된다고 그 누군가에게 말했던 것 같다. 그러고는 암흑.

눈을 뜨고 보니 나는 놀이공원에서 멀지 않은 어느 병원의 침대에 누워 있었다. 아이들의 안부에 생각이 멎자 깜짝 놀라 벌떡 상체를 일으켰다가 어지럼증이 몰려와 손으로 머리를 짚었다.

"아…… 어떻게 된…… 거지? 은비는? 은솔이는?"

놀란 심장이 쿵쾅거린다. 내 아이들을 잃었을까 봐 가슴이 터질 것 같다. 처음으로 내 딸들에 대한 그리움이 지독할 정도로 온몸에 차올랐다.

"엄마!"

환청처럼 울려 퍼진 은비의 목소리가 천둥소리보다 더크게 내 귀에 와서 박혔다. 재빨리 옆을 내려다보니 네 살배기 딸이 링거가 꽂힌 내 팔을 살며시 잡고 배시시 웃고 있다. 그제야 옆 침대가 시야에 들어왔다. 그곳에서 어린은솔이가 세상모르고 색색거리며 잠들어 있었다.

"엄마, 엄마. 은솔이랑 나랑 밥 먹었어."

"밥? 무슨 밥?"

은솔이 발치에 병원 식판이 보였다. 의문투성이였지만 어린 은비의 설명으로는 당최 무슨 일이 있었는지 알 도리가 없었다.

"엄마, 또 아프면 안 돼."

은비의 큰 눈망울에 그렁그렁 물기가 고여 있다. 제 바로 앞에서 엄마가 쓰러졌으니 정말 놀랐을 것이다. 그런데도 이렇게 의연하다니 속으로 감탄이 나왔다. 이런 딸을 위해서라도 건강부터 되찾아야겠다는 결심이 들었다. 그리고 누구보다 당당한 커리어우먼이 되어 은비와 은솔이가 엄마를 자랑스러워하도록 만들어주고 싶었다. 저 사랑스러운 눈동자에 건강한 생기가 가득 돌도록 하기 위해서라도!

이런 생각을 한 것이 3년 전, 현실은 참으로 다르다.

"고은비! 너 당장 그거 안 벗어!"

"싫어! 나 오늘 이거 꼭 입고 갈 거야!"

"야, 네가 제정신이냐? 지금 계절에 그 드레스가 가당하기나 해? 어?"

어깨가 끈으로 되어 있는 튜튜 드레스를 이 한겨울에 입겠다니! 게다가 유치원에서 오늘 김장한다고 했단 말이다. 저 360도 풍성한 겹겹의 레이스 사이사이에 고춧가루가 낄 생각을 하니 아득해진다. 아, 내가 정말 고은비 때문에 미쳐! 나보고 쇼핑 중독 중증이라고? 내 큰딸은 공주병 중증 환자다. 단순 중증이 아니라 말기가 아닐까 싶네.

"엄마, 엄마! 은솔이도!"

"너는 또 뭐니?"

"은솔이도 언니랑 똑같은 옷 입을 거야!"

아아악, 살려줘! 오전 8시 50분. 9시 정각에 유치원 버스
가 1층 입구에 도착한다. 아침도 못 먹인 채 30분째 치르고
있는 이 전쟁을 어쩐단 말이냐! 가뜩이나 밤잠을 설쳐 머
릿속이 윙윙거리는데, 내가 어쩌자고 엄마한테 아침에 아
이들을 책임지겠다고 선언했을까! 이 세상 모든 공주의 엄
마들에게 존경의 메시지를 날리는 바이다. 나는 정말 매를
들지 않고는 이 사태를 해결하지 못하겠다고!

"너 당장 안 벗으면 맴매할 줄 알아!"

"엄마 안 이뻐!"

"나도 너 안 이뻐!"

일곱 살짜리와 똑같은 수준으로 싸우고 있는 나도 참 한
심하지만, 시간은 째깍째깍 잘도 흘러가 벌써 8시 55분! 으
아아아! 아이가 뭐라고 떠들든 어떻게 반항하든 아이의 두
팔을 잡아 바닥에 깔아 눕히고 껍데기 벗겨내듯 원피스를
벗긴 뒤 유치원복인 체육복에 아이를 끼워 넣었다. 은비와
내가 씨근씨근 거칠어진 숨소리를 고르고 있는데 알람이
울린다! 8시 59분! 아악! 지금 현관을 나서야 한다고!

"오늘 엄마 일찍 들어올 거니까 너 이따가 봐!"

"씨이이……."

"어디 어른한데 씨씨거려! 빨랑빨랑 신발 안 신어!"

슬리퍼를 꿰신고 유 여사님이 새벽에 준비해놓은 준비물인 무채를 가방에 밀어 넣으며 현관을 뛰쳐나가 엘리베이터 단추를 누른다. 그 와중에도 은비가 큼지막한 꽃이 달린 반짝이 뾰족구두를 신겠다고 시비를 걸어와 머리에 사뿐히 알밤을 한 대 먹이고 초조하게 엘리베이터에 올라 1층에 도착. 엘리베이터의 열린 틈새로 서서히 출발하는 버스가 보인다! 안 돼!

"기다리세욧! 선생님!"

은비를 거의 질질 끌고 가서 열린 차 문으로 가방을 던져 넣고 헉헉 숨을 뱉었다. 심통이 난 표정으로 내게 인사도 없이 버스에 올라타는 저 아이가 내 딸인지 원수인지. 선생님은 이틀 연속 우리 모녀의 아침 전쟁을 목격하고는 상냥하게 웃으며 인사를 건네고 문을 닫는다. 아이고오오……. 다시 올라가서 이번에는 은솔이를 챙겨서 데려다줄 차례다. 아직 아침인데 벌써 에너지가 다 소진된 기분이 드는구나!

"쯔쯔, 다크서클이 배꼽까지 내려갔겠다."

오전 11시 30분에야 간신히 사무실에 도착한 나는 이미 퇴근을 기다리는 직장인들만큼이나 피곤이 몰려와 있었다. 피식피식 웃음을 보이며 다가오는 연화에게서 풍겨오는 커피 향. 나는 후우우 한숨을 깔면서 책상 위에 얼굴을 내려놓고 없는 기력을 끌어모아 오른손을 까딱거렸다.

"내게 에너지를 충전해줘. 커피…… 으으으. 아메리카노……."

"자, 누님. 여기 갓 볶은 원두로 뽑아낸 특급 아메리카노 대령이오!"

젊음의 패기로 기운이 넘치는 우리의 아이돌이 눈치 빠르게 내 앞에 향긋한 커피 한 잔을 배달해준다.

"태성아, 땡큐!"

"땡큐는 무슨! 누가 또라이 니한테 커피 심부름 하랬어? 퍼뜩 가서 매장 청소나 마저 하란 말이다!"

"네이, 걱정 마십쇼. 벌써 끝냈사옵니다. 이제는 가서 빠진 사이즈 있는지 체크하고, 마네킹 디피도 손볼 생각입니다."

연화가 벼락같은 고함을 지르거나 말거나 넉살 좋게 웃으며 시키지도 않은 일까지 하는 아이돌이다. 우리가 아이돌, 아이돌 하고 부르니까 연화는 거꾸로 돌아이라고 부르고 있지만.

"그럼 어서 가라! 와 안 가는데!"

"아잉, 연화 씨. 여태 일했는데 잠깐만 연화 씨 얼굴 보면서 함께 커피라도 한잔."

"이눔시키가! 니 죽을래!"

"어머! 나는 연화 씨 화낼 때가 제일 멋지더라."

"야!"

연화가 얼굴이 빨개지도록 성질을 부려도 태성은 마냥 좋다고 히죽대며 매장 쪽으로 달아난다. 거참, 남자가 어머, 어머 하면 재수 없기 마련인데, 태성이가 하면 뭘 해도 귀여우니. 뛰어난 외모뿐만 아니라 정말 독특한 분위기를 가진 캐릭터이다.

"아오오, 혈압 올라!"

너 좋다고 저런 꽃연하남이 대시하면 좋은 줄 알아야지, 연화 너도 참……. 이렇게 말했다가는 내가 맞겠지? 라하하하. 어쨌거나 태성이 어제 매장에 들어온 이후 매상이 평일 보통 때보다 두 배가 더 넘었다. 이런 추세라면 주말에는 얼마나 대박이 날지 모를 일이다. 사장님 연화 입장에서는 그런 태성을 내쫓는다는 건 말이 안 된다. 시급을 올려서라도 모셔 와야 할 판이다.

"너무 그러지 마. 똑 부러지게 일 잘하잖아. 게다가 쟤 의상학과라면서? 잘 꼬드겨서 디자이너로 모셔야 하는 거 아니니?"

"똑 부러지긴! 그래, 허리 똑 부러지게 말라깽이로 생겨서는. 난 저놈시키가 까불까불하는 게 영 맘에 안 든단 말이야. 내 갖고 놀라고 하는 것도 짜증나고!"

일단 연화는 태성이 너무 말라서 별로인 걸까? 근데 골격이 작은 편이 아니라 그렇게 말라 보이지는 않는데.

"갖고 놀긴. 네가 좋아서 그런다잖아."

"그걸 믿나? 말이 되냐?"

연화가 또 화르르 타오른다. 어이구, 이 다혈질. 이런 인
간을 책임지고 데리고 살아준다면 누가 오든 어서 옵쇼 할
처지이구만. 배부른 소리 하고 있네. 네 살이나 어린 데다
스타일 죽여주고 게다가 먼저 좋다며 덤벼오는 남자를 왜
마다해?

"그냥 믿고 한번 사귀어봐. 처음부터 결혼하자고 덤비는
것도 아닌데, 뭐 어때?"

내 말에 여태껏 분노의 오라를 활활 풍기던 연화의 얼굴
에 느닷없이 차가운 이성이 꽂힌다. 순식간에 변하는 연화
의 표정이 솔직히 말해 너무 재미있었다.

"미슨아, 아서라. 내 저런 아가를 데리고 다닐 리 없지만,
혹여 그럴 일이 쥐꼬리만큼이라도 생기면 지나가는 사람
들이 내를 뭘로 보겠나? 식당에 밥 먹으러 갔다가 그냥 데
리고 있는 직원이라고 했는데도 손가락질하더라니까."

연화는 어제 저녁에 아마 뒤통수로 팍팍 꽂히는 시선들
에 어지간히 당한 듯 부르르 몸서리까지 쳤다. 정말로 싫긴
싫은 모양이었다. 평양 감사도 저 싫다면 어쩔 수 없다 하
니. 흐흐 안됐다, 강태성.

"그나저나 니는 유난히 피곤해 보이는데 뭔 일 있나? 어

102

제 전화도 안 받고. 상담 센터 간 일, 잘못된 건가?"

으윽, 두 딸내미와 전쟁을 치르고, 태성이가 웃겨준 덕에 잠깐 잊고 있었던 골칫덩이가 생각났다. 삽질의 연속이었던 어제, 그리고…….

—나는 누가 내 것을 훔쳐가면 꼭 돌려받는 성격입니다만.

어제 있었던 일이 느닷없이 영화처럼 눈앞에 펼쳐진다. 남주인공은 심지훈, 여주인공은 차미선. 필름 효과와 감독 연출을 추가한 장면은 더욱 드라마틱하게 바뀌어 있다. 남주인공이 마스카라가 번진 눈물범벅의 여주인공을 거칠게 벽에 밀어붙이고 여주인공의 입술을 삼킬 듯 격하게 탐하자, 여주인공은 그대로 다리가 풀리면서 연약하게 남주인공의 품에 폭 안기는…….

"아아악!"

"헉? 미, 미슨아!"

뭐냐! 나한테 왜 그런 거야, 심지훈! 그 감사한 외모로 그렇게 들이대면 이 아줌마 너무 두근거리잖아! 책임질 것도 아니면서 왜 순진한 이혼녀를 갖고 놀아!

"이렇게 말했어야 했는데!"

"뭐냐? 니 와 그러는데?"

내가 괴성을 질러대며 벌떡 일어서자, 깜짝 놀란 연화의 작은 눈이 동그랗게 떠진다. 거참, 그 일을 솔직히 털어놓을 수도 없고. 어젯밤에도 그 일 때문에 잠 한숨 제대로 못 잤는데, 여전히 답답함이 하늘을 찌른다.

"니 진짜로 무슨 일 있어?"

멀뚱멀뚱 응시하는 연화의 눈을 마주보면서 '어제 그 훈남 선생에게서 덮치기 키스당했어!' 하고 목구멍까지 올라오는 말을 억지로 눌러 참았다. 이 이야기를 하려면 상담할 때 있었던 일이며 내가 먼저 불시에 입 박치기를 날린 사연까지 다 말해야 하는데 솔직히 그러기 싫었다. 아, 요즘 들어 왜 이렇게 방언 터질 일이 많은가 몰라. 입 간지러워 죽겠네.

"연화야, 어떤 여자가 있어, 나름 잘나가는 편인데, 약점이라면 이혼 경력에 애가 딸렸거든."

"니네."

"아, 닥치고. 암튼 그런 여자가 있는데 울트라캡숑 잘난 총각이 대시를 한대. 너는 어떻게 생각하니?"

눈을 끔뻑거리던 연화가 고개를 살짝 기울였다.

"저 또라이가 내한테 들이대는 것만큼 심각하나?"

"어떻게 보면, 조금 더?"

그래도 너희는 키스는 안 했잖아. 나는 지금 심리적으로 무지하게 복잡해.

"뭘 고민해? 내보고는 그냥 믿고 한번 사귀어보라면서."

"내가 너랑 같냐?"

104

"다를 게 뭔데? 니 나보다 날씬하고 이쁘고 스타일도 좋고, 남자들이 좋다고 하는 것 다 갖췄잖아."

"하지만 이혼녀잖아. 애가 둘이나 딸린."

한숨을 푹 내쉬자 연화가 어깨를 으쓱 올린다.

"돌려 말하더니 어찌 되었든 니 이야기 맞구만?"

"아, 몰라. 골치 아파 죽겠다고!"

"어제 클럽 갔나?"

나는 고개를 살래살래 가로저었다.

"뭐가 그리 심각한데? 같이 원나잇이라도 했나?"

"으악! 그런 건 아니야!"

"그럼 뭔데?"

에휴. 이렇게까지 말한 마당에 더 숨길 게 뭐가 있겠니. 주저주저하던 나는 천천히 입을 떼었다.

"키스했어."

"흐미! 진짜? 먼 일이고?"

크카카카카, 웃음이 터지는 연화다. 우이씨, 이래서 내가 이야기를 하지 않으려 했어.

"너, 불과 얼마 전에 머스마 따위 필요 없다면서 같이 골드 미스로 살자고 했잖아!"

"나도 이런 일이 생길 줄 알았냐고! 무슨 교통사고 같았단 말이야."

"원래 사랑은 교통사고 같은 거다."

헐. 모태 솔로 방연화가 할 말은 아닌 듯한데. 나는 입을 실룩거리다가 책상에 고개를 파묻었다.

"대시한 게 당최 누군데?"

"하아아…… 있어."

머리를 긁적이던 연화는 다시 반대쪽으로 고개를 기울이더니 내게 입을 열었다.

"혹시 그 울트라캡숑 잘난 총각이 키 187센티미터에 대가리 쪼매하고 모델 포스 풀풀 풍기는 롱코트 걸친 젊은 남자가?"

잉? 그걸 어떻게 알았지? 내가 놀란 토끼눈을 하자, 연화가 턱짓으로 내 뒤를 가리킨다. 허걱! 잽싸게 돌아보니 매장 쇼윈도 밖에서 내 뒷모습을 보고 있었을 그 남자 심지훈이 싱긋 웃으면서 손을 흔들었다.

"허억! 내, 내가 못 살아!"

"능력 좋네. 어디서 저런 킹카를 물었어?"

"대체 여기는 어떻게 알고 온 거야? 아우우, 미치겠다! 나 잠깐 나갔다 올게!"

오늘 내 화장 상태가 어떻지? 옷은 뭘 걸치고 왔더라? 허둥지둥 핸드백을 찾아 집어 들고, 편하게 실내화를 꿰찼던 발에 성급히 힐을 갈아 신고서 벌떡 일어섰다. 그런 내 모습을 가만히 지켜보던 연화가 웃음이 실린 목소리로 다시 말을 건넸다.

"저 정도면 그냥 가서 자빠지라. 뭘 비싸게 구노?"

"그 입 닥치라니까. 암튼 다녀와서 이야기해줄게."

"워메, 겁나 기대되네. 어여 가봐라!"

으흑, 젠장. 나는 아직 마음의 준비가 안 되었다. 아니, 사실 사태 정리도 안 되었다. 여기까지는 왜 찾아왔을까? 덕분에 매장 사람들의 입방아에 오르내리게 생겼잖아! 아, 정말 환장하겠다고.

대체 저 남자는 내게 뭘 바라는 걸까?

"모르겠어. 모르겠다고!"

비명에 가까운 혼잣말을 하면서 허겁지겁 옷매무새를 가다듬고 있는데 문득 어깨에 따뜻한 느낌이 들었다. 나는 살짝 놀라 고개를 들어 손길의 임자를 쳐다보았다.

"우와, 누나. 저 남자 누구야?"

아, 태성이구나. 이 녀석은 안 지 얼마 되지도 않았거늘 멋대로 말을 반 토막으로 줄이고 부담스러울 정도로 친근하게 다가와도 전혀 어색하게 느껴지지 않는다. 재주다, 재주. 타고났어. 이렇게 어깨를 손으로 짚고 바로 코앞까지 얼굴을 디미는데도 약간의 민망함도 없다니! 흐음, 철옹성 방연화도 조만간 강태성 앞에서 무너지지 않을까 하는 기대감이 새삼 드는구나.

"애인? 이열…… 캐 잘났는데!"

"그런 거 아니야."

나는 시선을 거울에 둔 채 겸연쩍게 웃으면서 손끝으로 머리칼을 둥글게 매만졌다.

"헤에에, 아니긴! 저기 봐. 내가 누나 옆에 와서 막 친한 척하니까 개무섭게 노려보잖아!"

잉? 그제야 눈길을 옮겨 태성이를 한번 쳐다봐주고 저기 창문 너머의 남자에게 시선을 향했다. 컥, 뚫어져라 응시하고 있군. 그런데 그냥 기다리는 눈치일 뿐 태성이가 내 옆에 왔다고 견제하거나 하는 느낌은 아닌걸. 하긴 초절정 동안 강태성은 누가 봐도 20대 초반의 아직 소년 티 풀풀 나는 녀석이다. 나랑 엮기에는 무리가 많지, 암.

"괜히 놀리지 마. 어제 처음 알게 된 사람이야. 나한테 용건 있어서 온 것뿐이야."

물론 만난 첫날부터 기가 막힌 사연이 몇 가지 생기긴 했지.

"그냥 일반적인 용건이 있어서 찾아온 사람 때문에 요로코롬 꽃단장하는 중이라고? 수상한데?"

"메야?"

이 녀석이 웬 시비야? 나는 그저 예의를 갖추는 거라고. 어제는 있는 대로 모양내고 상담 센터에 갔는데, 오늘 평범한 모습을 보였다가 '누구세요?' 하면 어쩌라는 거야? 정말로 단순히 그런 이유거든. 이렇게 새로 산 립글로스를 곱게 바르는 건, 어제 있었던 교통사고 같은 두 번의 '입술 만나기'를 의식해서 하는 일이 절대로 아니란 말이야!

"직접 이야기를 해봐야 알겠지만 그냥 딱 보기에는 진짜 괜찮아 보이는걸. 원래 남자는 남자가 봐야 아는 거야. 뭘 망설여? 자, 우리 연화 씨 말마따나 그냥 가서 자빠지라니까."

"시끄러워!"

눈썹을 찡그리며 태성을 타박하는데, 연화가 사무실과 매장을 연결하는 쪽문을 빠끔히 여는 모습이 보였다.

"그 '우리 연화' 씨께서 무시무시한 눈길로 너를 잡아먹을 듯이 노려보고 있다. 얼른 꺼져줄래?"

"으헉?"

과장된 제스처로 크게 놀라주는 강태성. 이제 보니 연화가 보고 있다는 걸 이미 눈치채고 있었구만. 너, 무슨 속셈이냐?

"또라이, 니 매장 안 지키고 여 와서 땡깡땡깡 놀 요량이면 당장 집으로 꺼져!"

"어머? 아니에요. 연화 씨가 나 없어진 걸 아나 모르나 시험해본 거라고요. 바로 이렇게 달려오다니. 아잉, 나 엄청 의식하셨구나."

"뭐…… 뭐라 카노!"

문이 벌컥 열림과 동시에 연화가 호통을 치며 들이닥치자 태성이 쌩하고 달아난다. 물론 마지막까지 나를 향해 한

마디 던지는 것도 잊지 않는다.

"미선 누나! 저렇게 비주얼 끝내주는 남자, 자주 만날 수 있는 거 아니거든. 물론 이 강태성도 있지만 안타깝게도 나는 방연화의 남자라서 안 되고. 그러니 저 남자 꼭 놓치지 말고 잡아!"

"야! 이놈 자슥아! 내 오늘 반드시 그놈 입을 콱 터트려 꿰매버릴 꺼구마!"

얼굴이 벌게진 연화가 쿵쿵쿵 뛰어 들어오면서 주먹을 치켜들었지만, 자칭 '방연화의 남자'는 이미 매장으로 쌩하고 달아난 뒤였다. 다행히도 매장에 손님이 있는지 태성이 사근사근하게 웃음으로 옷을 파는 목소리가 들려오자, 더 이상의 소란은 없었다. 아이고, 정말이지. 보는 나야 즐겁지만 연화야, 아무래도 너 임자 제대로 만난 것 같다!

—저렇게 비주얼 끝내주는 남자, 자주 만날 수 있는 거 아니거든. 그러니 저 남자 꼭 놓치지 말고 잡아!

문득 태성이가 던지고 간 말이 우렁우렁 울려와 뇌리에 껌처럼 들러붙는다.

"끄응."

그러니까 내가 저 비주얼 끝내주는 남자와 처음 만난 날 키스를 했다고!

"미쳐."

다시 허둥지둥 가방을 챙기고 신발끈을 묶고 빠르게 걸

음을 옮기다가 눈을 감으며 이마를 짚었다. 떠올리고 싶지 않아도 머릿속 생각이 어제로 뒷걸음질치고 있었다. 복잡한 기억의 잔해가 뒤섞이며 뇌리가 감각적인 영상으로 젖어갔다.

　그러니까⋯⋯ 그때 가장 강렬하게 느껴진 건 향긋한 내음이었던 것 같다. 그리고 나를 받쳐 안고 있던 그 단단한 손길의 온기.

　진한 머스크 향이 아릿하게 심장까지 울려왔다. 찌르르 타는 감성이 온몸으로 퍼져나갔다. 기분 좋은 전율이 혼미해진 정신을 휘젓고 있었다. 그때 문득 의문이 들었다. 이런 기분을 언제 느껴봤더라? 미오미오 시즌 신상 펌프스를 1호로 구매해 이벤트 선물로 아직 출시되지도 않은 샘플 한 켤레를 무료로 받았을 때 이런 기분이 들었던가?

　아니, 그것과는 조금 다르다⋯⋯. 귓속으로 즐거운 노랫소리가 들려오는 느낌이었다. 상큼하던 중학생 시절 짝사랑하던 선배가 나를 아는 체하며 싱긋 웃어주었을 때 느꼈던 그 미치도록 폭주하던 하트비트의 설렘과 비슷하면서도 미묘하게 달랐다.

　"⋯⋯ 아."

　말랑하고 달콤하던, 마시멜로 같던 입술이 살짝 떨어져나가자 내심 아쉬운 기분마저 들었다. 이미 혼은 저 멀리

안드로메다로 날아갔고, 가빠진 숨결에 가슴이 오르락내리락……. 내가 남자에게 안기다시피 벽에 기대어 서 있다거나, 다리에 힘이 풀려 꼼짝도 못하는 상황이라거나, 만난 지 겨우 몇 시간 만에 심지훈 박사와 백화점 구석에서 키스라는 걸 했다거나 하는 사실은 뇌리에서 튕겨 나갔다. 나를 온전히 지배하는 것은 느닷없이 눈뜬 이 강한 두근거림. 솔직히 전남편에게서 한 번도 느껴보지 못한 그 무엇이었다.

"자."

내 품에 와락 안기는 걸 멀거니 내려다보니 익숙한 무채색의 사슬리 쇼핑백이다.

"이 숄은 더 절박해 보이는 차미선 씨에게 드릴게요. 애초에 심부름을 보낸 사람은 그거 하나 없어도 될 듯하니까."

"에…… 에?"

내가 멍한 상태 그대로 한 음절 단어만 내뱉자, 그의 얼굴에 비웃음이 실린 무언가가 살포시 담긴다.

"하긴 차미선 씨는 낯선 사람이 이유도 모른 채 선물을 줘도 그냥 부담 없이 잘 받잖아요."

잉? 이건 또 무슨 소리야? 남자의 이해할 수 없는 말에 미간을 찌푸렸지만, 심지훈은 그대로 돌아섰다.

"그럼 갈게요."

이봐, 이봐. 그냥 가버리면 어떡해? 이 튀어나올 것처럼 날뛰는 심장을 진정시켜주고 가야지! 뭐든 상관없어! 잠깐이라도 나와 대화라는 걸 하고 가야 할 것 아니야! 어떻게든 잡아야 한다. 잡아야 해!

"저…… 쇼……올 값 받고 가야지요."

흐미. 할 말이 이것밖에 없어? 너, 그런 여자였니? 차미선? 앙?

"저번 것까지 해서 다음에 진짜 맛있는 것 사줘요."

그래도 모기 소리 같은 내 목소리를 들었는지 심지훈이 슬쩍 돌아보며 웃음 섞인 대답을 뱉는다. 저번 것이라니 무슨 소리야? 잠깐 궁금증이 일었지만, '다음'이라는 단어가 워낙 강렬해 금세 뇌리에서 지워졌다. 다음? 다음이라고 했지, 너? 나중에 기억 안 난다는 등 헛소리하면 가만 안 둔다. 네 근무지도 다 알고 있잖아. 책임질 행동이랑 발언을 했으니까 알아서 처신해! 차마 떨어지지 않는 입 대신에 표정으로 온갖 말을 전하는데, 심지훈은 오른손을 들어 슬슬 흔들어 보이고는 사라졌다.

하아아! 나는 그대로 바닥에 털썩 주저앉았다. 미니스커트를 입고 이런 자세를 취하면 심히 곤혹스럽다는 것도 깨닫지 못했다. 근처 수선실에서 누군가 문밖으로 나오다 나를 발견하고는 흠칫 놀라 피하면서 지나간다. 아아, 그래. 마스카라가 다 번진 얼굴로 쇼핑백을 끌어안은 채 넋 놓고 바닥에 아무렇게나 앉아 있는 여자를 보고 무슨 생각을

하겠어? 캬하하하, 나는 미친 게 틀림없다. 누가 봐도 그럴
거야!

　결국 밤을 꼴딱 샜단 말이야! 어떤 여자가 그렇지 않겠
어! 아무리 눈을 감아도 생각만 많아지지 잠이 오지 않았
단 말이다! 이리 뒤척 저리 뒤척 하다 보니 침대에서 같이
자던 은솔이 낑낑거려 그마저도 못 하겠더라. 정리가 되
지 않는다. 그 남자, 뭐지? 그냥 장난으로 한 짓인가? 내가
먼저 실수한 건 분명하지만, 그렇다고 더 진하게 돌려줄 건
뭐야? 게다가 나는 또 뭐니? 주책없는 이 심장, 어쩌면 좋
니? 하나.
　언감생심 무슨 꿈을 꾼단 말인가.
　현실은 드라마와 다르다. 요즘 TV 보면서 신데렐라 스토
리에 열광하는 네티즌들을 비웃어댔던 내가 아닌가? 진지
하게 나 자신의 스펙을 하나하나 떠올려봐. 이혼녀, 두 아
이의 엄마, 정신 병력까지. 차미선, 냉수 마시고 속 차리자.
　"정신 차려, 정신 차려."
　조용히 스스로에게 속삭이면서 잠든 둘째 딸 얼굴에 떨
어지는 밝은 달빛을 응시했다. 서서히 그 빛도 엷어진다.
창밖 세상이 내 머릿속처럼 뿌연 안개로 뒤덮인다. 하늘에
새벽빛이 물들고, 어느새 날이 밝아오면서 안개가 밀려난
다. 하지만 내 복잡한 생각은 여전히 밤처럼 어둡다. 새까

맑게 내려앉은 암흑과 흐릿한 안개. 빛은 도대체 어디로 갔을까?

그리고 여느 때처럼 정신없는 아침을 보내고 피로로 축 늘어진 몸으로 출근하고 보니 나를 이토록 혼란스럽게 한 장본인이 찾아왔다. 심지훈 선생은 내게 빛이 될 사람일까, 아니면 잠깐 갈대 같은 여심을 흔들어놓고 지나갈 바람일까? 한순간의 바람이기를 바라는 마음과, 그렇지 않기를 바라는 모순된 마음이 내 안에서 부딪친다. 과연 어느 쪽이 진심인지 나도 정녕 모르겠다.

딸랑딸랑.

맑은 소리를 내는 엔틱한 미니 종들의 합창. 투명한 출입문을 열고 나서자 장대 같은 심지훈이 두 손을 재킷 주머니에 찔러 넣은 채 그 인상적인 눈매로 나를 응시하고 있었다. 빅후드가 눈에 띄는 무척 유니크한 카키색 야상재킷이다. 뭐야 오늘은 보헤미안인가? 키 작은 남자들은 엄두도 내지 못할 독특한 옷인데, 역시나 잘 어울려. 따뜻해 보이는 잿빛 터틀넥도 멋스럽다. 전날의 버버러 알파카 프로섬 코트나 레이블코트도 그렇고 롱한 길이감을 꽤 즐기는 듯. 흐흠, 기럭지 우월한 걸 자랑할 줄 아는군.

"여기까지 어쩐 일이에요?"

의도하지 않아도 튀어나오는 뾰족한 어투. 아, 정말 궁금하다. 대체 의도가 뭐냐고 바락바락 다그치고 싶다. 밤새 곰곰이 생각해서 내린 결론은, 이 남자가 나를 갖고 놀고 있다는 것뿐이었으니까. 믿고 싶지는 않지만 이 비주얼 죽여주는 남자가 내게 들이대는 타당한 이유가 그것밖에는 없으므로.

"말투에 날이 서 있네. 나, 안 반가워요?"

"반가워해야 하는 건가요?"

"흐음."

흥. 어제는 내가 잠시 넋을 놓았지만, 이제는 제정신이란 말이야! 물론 댁과의 키스는 정말 달콤했고 내 심장을 미친 듯이 뛰게 했…… 아니, 이런 게 아니라!

"숄 값."

그가 장난기 어린 얼굴로 한마디 내뱉는다.

"아, 제가 돈으로 드릴게요."

지갑을 찾아 핸드백을 여는데 느닷없이 그가 내 손을 덥석 잡는다! 헉!

"맛있는 거 사달라니까요."

"이, 이거 놔요."

너무 놀라 목소리가 와들와들 떨려 나왔고, 심지훈은 내 과잉 반응에 조금 당황하는 것 같더니 흔쾌히 손을 거두어 뒤로 살짝 물러선다.

"실수했네요. 차미선 씨가 나를 직접 찾아올 때까지 기다

116

릴걸. 그냥 근처를 지나던 길에 점심시간도 다 되었고 해서 들른 건데."

누가 직접 찾아가? 절대, 네버, 그럴 일 없거든! 이렇게 소리치고 싶지만, 사실 나 자신이 내 발로 직접 찾아갔을 거라는 데 한 표를 행사하고 싶은지라 이 생각은 목소리를 입지 못했다. 아, 이런 식으로 심리에 능통한 남자랑 사귀는 여자들은 어떻게 견디는 거야? 가면이라도 쓰고 만나나? 으휴, 또 순간적으로 이따위 생각에 젖는 나라는 여자도 문제야 문제!

"헌데 사무실에서 대화를 나누던 남자는 여기 오래 근무한 분인가 봐요? 상당히 친근해 보이더군요."

응? 갑자기 누구 이야기? 사무실에서 대화를 나누던 남자? 내가? 설마 태성이?

"아, 걔요? 매장 알바생이에요. 심지훈 선생님처럼 어제 처음 본 앤데요."

심지훈과 적당한 거리를 유지하자 다시 평정심이 찾아들어 찬찬히 대답할 수 있었다.

"하루 만에 그 정도로 친밀해져요?"

"뭐 그럴 수도 있죠. 애가 워낙 붙임성이 좋아서. 게다가 어린애잖아요."

솔직히 별로 어리진 않지만 어차피 연화의 남자가 될 녀석이니 나한테는 더 편할 수밖에 없다. 부담이 없는 것이다.

"어린애라뇨? 아무리 어려도 남자는 남자인걸요."

어머나, 이 사람 왜 이런대? 태성이 말처럼 꼭 질투하는 것 같아? 헐……. 나 또 이런다. 괜한 생각하지 않고 쫓아버리겠다고 마음먹은 것이 5분 전인데! 그래, 엉뚱한 이야기로 더 시간 끌지 말고 얼른 보내야겠어.

"하아, 일단 자리를 옮겨요."

계속 여기에 서 있다가는 매장 안에서 바늘처럼 꽂혀오는 연화와 직원들의 시선이 나를 뚫고 지나갈 기세인지라 그 남자 옆쪽으로 지나쳐 걸음을 옮겼다. 심지훈은 조용히 내 뒤를 따라 걸었다. 멀지 않은 위치에 동네 놀이터가 있다. 이 시간이면 아무도 없겠지.

"참, 그런데 어떻게 알았어요? 내가 저 매장에 근무하는 것?"

"차미선 씨 상담용 사전 설문지를 정독했더니 나오던데요. 그 블라블라 부분에."

아아, 거기에다 내가 순진하게 별걸 다 적었구나. 그렇더라도 굳이 그걸 정독해서 나를 찾아온 이유는 도! 대! 체! 무엇이냐고! 정말 숄 값 때문이 아니라는 건 심지훈이 알고 내가 알고 하늘이 알지어다. 진짜로 내가 조금만 더 착각의 늪에 빠져들었다면 심지훈이 내가 너무너무 보고 싶어서 한달음에 달려왔을 거라고 여겼을 것이다!

"사실은 차미선 씨를 보고 싶어서 찾아왔습니다."

내 표정을 읽었는지 대뜸 이렇게 말한다. 그래그래, 보고 싶어서 왔단 말이지? 나를? 으응? 지, 지금 뭐……라고?

"네에에?"

나는 바보처럼 커다랗게 갈라지는 목소리로 반문했고, 그는 무표정을 가장하려 애쓰다가 큭큭큭큭 웃음을 터뜨리고 말았다.

"저한테서 이런 말을 듣고 싶었던 것 아니에요?"

휴우, 진심이 아니었구나! 아, 다행이다. 그런데 왜 서운하지?

"농담 좀 집어치워요."

"농담이라고 한 적은 없는데."

"이것 보세요!"

결국 폭발했다.

"아니, 대체 나한테 왜 그래요? 내가 그렇게 만만해요? 나도 나름 바쁘게 사는 사람이란 말이에요! 심지훈 씨 장난에 놀아날 시간 없어요! 알겠어요?"

"충분히 알고 있습니다. 그 블라블라 부분에서 딸 둘을 키우는 여성 가장이라는 말씀도 인상적으로 봤거든요."

그래, 나, 이혼녀! 여성 가장? 돌려 말하긴, 웃겨! 이혼녀라는 단어는 은근슬쩍 빼먹었군. 나름 나를 배려한다는 거니? 우리나라에서는 결코 지울 수 없는 꼬리표, 그 주홍글씨를?

"알고 있다는 분이 이딴 식으로 나오는 이유가 뭐죠? 내가 쇼핑이나 펑펑 해대니까 돈이 아주 많아 보이기라도 해요?"

"재정적인 면까지 확실히 살펴보지는 않았지만, 제가 남에게 기대야 할 만큼 없는 것은 아니니까 그건 아닌 것 같은데요."

아주 남 이야기하듯 한다.

"그럼 뭐예요? 놀려보니 재미있어요? 여태 만나오던 평범한 여자들과 다르게 색다른 데가 있어요? 지금 나를 신기한 장난감 취급하는 거예요? 심지훈 선생님!"

바로 또 대답이 들려올 줄 알았더니 조용하다. 나는 그제야 지나치게 흥분했다는 걸 깨닫고 숨 고르기에 들어갔다. 내가 왜 이 남자와 길거리에서 이렇게 백해무익한 논쟁을 벌이고 있지? 새삼스러운 깨달음이 찾아와 대답도 기다리지 않고 몸을 돌렸다.

이상하게 또 눈가가 뜨거워진다. 무엇을 바란 걸까? 시시한 드라마에서처럼 그대에게 첫눈에 반했다면서 달려들기라도 할 줄 안 거야? 바보 차미선, 이혼녀와 잘나디잘난 총각 본부장이 얼레리꼴레리 하는 일은 현실에서 불가능하기 때문에 그토록 시청률이 오르며 히트하는 거야. 그걸 왜 모르니?

그 순간 낮은 음성 한 가닥이 끈적하게 내 발목에 엉겨

붙었다.

"차미선 씨, 본인에게 그렇게 자신이 없습니까?"

뭐라고?

발끈하는 심기로 휙 돌아봤다. 진심으로 한 방 먹여줄까 싶어 작은 주먹까지 꽉 쥐었다. 그런데? 어?

여태까지 능글능글하게 말을 받아치던 표정은 온데간데 없고 처음 상담실에서 마주쳤던, 진지한 얼굴의 조각상 같은 남자가 거기 서 있었다. 차갑고 매서운 바람이 날카로운 칼날처럼 내 뺨을 스쳐 지나가 그의 긴 옷자락을 흔들었다. 앙상한 가로수의 나뭇가지에 걸려 있던 갈색 낙엽 몇 개가 팔랑이며 공중으로 날아간다.

"차미선 씨는 충분히 멋진 여성입니다."

메마른 바람에 실려 온 그의 차분한 말을 듣는 순간, 숨이 턱 막혔다. 애, 뭐래는 거니? 하룻밤을 샜다고 나한테 환청이 들리는 건가? 그런 건가?

"상식에 휘둘리지 마세요. 남들의 시선에 신경 쓰고 살 필요 없습니다."

나를 직시하는 눈길. 마주한 그의 시선을 피하고 싶은데 최면에라도 걸린 듯 움직여지지 않는다. 아름답고도 치명적인 메두사를 쳐다본 남자들이 이런 심정이었을까? 그럼 나는 곧 석상이 되는 거야? 놀이터를 장식하는 이혼녀 돌덩어리? 뭐래.

"너무 쉽게 생각했고, 성급했던 것 사과할게요. 오늘은 이만 가보겠습니다."

그의 얼굴에 희미한 미소가 떠오르자 그제야 나는 숨을 온전히 내뱉으며 시선을 내렸다. 생각지도 못하게 압도하는 분위기, 카리스마가 있다! 이런 순간에도 이 남자의 새로운 매력에 심장이 쿵쾅거리다니. 나도 참 중증이로구나.

"정식으로 신청하겠습니다."

"뭘요?"

"데이트."

에에? 이건 또 무슨 소리야? 내 두 눈이 휘둥그레지자, 어느새 그가 가까이 다가와 바로 앞에서 나를 내려다본다.

"토요일에 시간 어떠세요?"

토요일? 어, 토요일에 무슨 일이 있었던 것 같은데. 그러나 떠오르지 않는다. 아무것도 떠오르지 않아! 또 백지가 되어버렸어!

"내일 아침에 전화드릴게요. 그럼."

내가 계속 묵비권을 행사하자 심지훈은 또 가벼운 손인사만 남기고 유유히 걸어가버렸다. 여기서 내가 또다시 주저앉으면 너무 상투적일 테지? 그래도 다리가 너무 후들후들 떨린다. 잠깐 앉자. 마침 근처에 벤치가 하나 보였다. 거기까지 어떻게 간신히 걸음을 옮겨 벤치에 주저앉았다.

"아, 나…… 웬일이니? 지금 꿈 아니지?"

손을 들어 이마를 짚었다. 화끈화끈 뜨거운 기운이 느껴진다. 아마 지금 얼굴이 완전히 홍당무가 되어 있을 것이다. 도대체 예측불허인 저 남자. 감당이 안 된다. 뭐냐고? 나한테 첫눈에 반하기라도 한 거야? 정말? 상담실에 들어서는 나의 럭셔리큐티한 모습을 보고 한 방에 뿅?

"아하하하하. 오늘 밤 또 다 잤네."

그리하여 생각만 많아진 나는 새벽에 겨우 한 시간 남짓 눈을 붙였다. 뇌리가 엉망진창 뒤죽박죽이었다.

"에흥."

게다가 수면 욕구를 미처 채우지도 못했는데 부지런한 고은비가 문을 벌컥 열고 들어왔다. 커튼 틈으로 스미는 어스름한 겨울 햇살이 오늘따라 참 싫었다.

"왜?"

내가 생각해도 심하게 짜증이 배인 목소리. 그러나 공주병 큰따님은 굴하지 않는다.

"왕관 머리띠에서 큐빅이 떨어졌어. 붙여줘."

"네 눈에는 내가 본드로 보이냐? 아, 몰라몰라."

"일어나, 엄마아! 해님이 잠꾸러기라고 놀려어!"

"놀리라고 해. 가서 아침밥이나 먹어. 엄마는 5분만 더 잘게."

"할머니 없어. 약속 있다고 아까아까 나갔어."

으윽, 왜 하필 오늘? 노인네 잠도 없으셔…… 새벽부터 어디 가신 거야. 눈 감은 채 계속 중얼거리던 나는 마지못해 몸을 일으키면서 내 가슴을 누르고 있던 은솔이의 발을 옆으로 내려놓았다.

"엄마가 머리가 너어무 아파 그러는데, 오늘은 시리얼로 때우자."

"할머니가 밥이랑 국 다 해놨으니 데워서 꼭 먹으라고 했는데!"

쳇, 유 여사…… 무서워. 나를 진짜 잘 알아, 쯧쯧.

하아아, 일곱 살쯤 되었으면 혼자 국 데워서 밥 먹을 수 있는 거 아닐까? 조선 시대에는 그랬을 텐데. 우리 큰따님은 언제쯤 알아서 챙겨먹지? 말도 안 되는 상상을 중얼거리며 삐걱거리는 몸을 일으키려는데 은비가 청천벽력 같은 소리를 뱉어냈다.

"그리고 나 오늘 견학이야. 간식이랑 도시락 싸오래."

응? 뭐시기? 도시락?

"방금 도시락이라고 했냐?"

"응! 도! 시! 락!"

시계를 향해 눈동자가 빛의 속도로 움직였다. 8시 20분! 크아악! 무슨 수로 30분 안에 김밥을 만들엇?

"아니, 너는 어제 말을 했어야 할 거 아냐?"

"알림장에 쓰여 있을 텐데, 안 읽은 엄마가 잘못이지."

"쪼끄만 게 지금 누굴 가르쳐?"

따콩!

매를 번다. 아이고, 얄미워. 꿀밤 한 대 제대로 날린 나는 급한 대로 냉장고 문을 열었다. 오오오, 다행히도 유부 초밥 재료가 있다. 아냐, 눈물 나올 것 같아. 유 여사님 감사합니다. 이런 비상 용품을 구비해놓다니! 밥솥을 통째로 꺼내 미니 선풍기로 식히며 소스랑 분말 양념을 넣어 버무리고 유부를 꺼내 물기를 꼭 짰다.

"어, 나 유부 초밥 맛없는데."

"시끄러워."

"싸줘도 안 먹을 거야."

"배부른 소리 한다. 너 아프리카 아이들은 이런 것 하나 없어서 굶어죽는다는 사실을 알아?"

구시렁구시렁 불만 가득한 소리를 적당히 그래그래 넘겨가며 가스레인지 위에 놓여 있는 무국을 데우고 미리 떠놓은 흰밥을 식탁에 내려놓았다. 재빠른 손놀림으로 냉장고에서 이것저것 아이가 먹을 만한 반찬을 꺼냈다. 그리고 은비에게 빨리 먹으라고 으름장을 놓고 다시 유부 초밥 싸는 일에 집중했다. 나는 왜 요 꼭지 부분까지 밥이 안 들어가나 몰라. 엄마는 잘만 넣던데.

시계를 보니 8시 40분. 다 먹었다고 설거지통에 빈 그릇을 넣는 아이에게 얼른 가서 이 닦고 오라고 이른 뒤 도시락통을 꺼내 유부 초밥 여덟 개를 나란히 담고, 남은 공간에 껍질을 깐 오렌지와 방울토마토를 호일에 싸서 넣었다. 대충 모양이 그럴듯하다. 20분 만의 작품치고는 훌륭하다. 우호호호, 기쁨의 콧노래가 나온다.

다시 잰걸음으로 아이 원복을 꺼냈다. 겨울 원복이라 여아용인데도 두툼한 바지다. 보나마나 안 입겠다고 하겠지? 화장실에서 나오는 은비가 정신 차리기도 전에 홀러덩 옷을 벗기고 내복 위에 원복을 입혔다. 에, 이게 뭐야? 화를 내려는 아이 입에 사탕 하나 까서 밀어 넣고 오리털 파카를 대충 입힌 뒤 니트 모자를 푹 눌러 씌웠다.

"엄마, 근데…… 유선이네 아빠 디게 디게 뚱뚱하다!"

"어, 그래."

"아저씨가 요리사라 그렇대. 만날 많이 먹나 봐. 그 대신 유선이는 정말 맛있는 도시락을 싸와. 저번에 당근이 용 모양이었다요."

"그렇겠지……. 신발은 뭘 신나?"

은비 얼굴을 쳐다보지도 않고 건성건성 대답하면서 신발장에서 은비의 삼디다스 운동화를 꺼냈다. 자주 안 신어서 새 신발 같은데 설마 작지는 않겠지? 운동화를 신어보라고 내놓는 동안에도 아이는 계속 종알거린다.

"지효네 아빠는 무섭게 생겼어. 맨날 지효 데려다주러 오는데 얼굴이 도깨비 같아."

"지효라면 너를 괴롭히던 그 조그마한 남자애! 어어, 알
았으니까 어서 신발이나 신어."

만일 저 운동화가 작으면 뭘 신기지? 방한화는 혼자 신었
다 벗었다 하는 데 시간이 걸리니까 안 좋겠지? 단화를 신
겨도 되나? 아니지, 견학을 간다면 신발을 벗을 일이 없을
테니까 그냥 방한화로 해? 발이 시릴 수도 있잖아! 혼자 중
얼거리는데 이 녀석이 말없이 우두커니 서 있다. 아이가 꿈
지럭대는 모습에 다시 확 열이 올라 한마디 하려고 얼굴을
노려보는데, 어라. 아이의 동그란 눈가에 눈물이 그렁그렁
맺혀 있다.

"엥. 은비야, 왜 그래?"

어, 얘가 왜 이러지? 내가 자기 이야기를 건성으로 듣는
둥 마는 둥 했다고 토라졌나? 무슨 이야기를 했더라? 유선
이 아빠가 얼굴이 도깨비라고?

"은비야, 엄마가 말상대 안 해줘서 미안해. 그렇지만 지
금 바쁘잖아. 이따가 하자, 응?"

"…… 그런 거 아냐."

아이가 불퉁스레 이렇게 답한다.

"그럼?"

아이가 시선을 내리깔고 있는 것이 뭔가 심상치 않다. 음,
그런데 어쩌지? 지금은 아이의 이야기를 계속 들어주기에
시간이 너무 촉박한걸.

"은비야, 미안한데 조금 있으면 유치원 버스가……."

"나도 있었으면 좋겠어."

은비가 내 말허리를 자르고 물기에 젖은 말들을 툭 하고 내뱉는다. 엥? 뜬금없이 무슨 소리냐? 바로 알아듣지 못한 나는 조심스레 되묻고 말았다.

"뭐가?"

울먹이는 아이의 목소리가 낮게 사그라진다.

"아빠."

"어엉?"

"더 뚱뚱하고 더 못생겨도 괜찮으니까 아빠가 있었으면 좋겠다고."

잠시 나는 대답할 말을 잃고 큰딸을 멀뚱멀뚱 쳐다보고만 있었다. 으음, 어쩌지? 정말 이럴 때는 어떤 식으로 대응해야 하는 걸까? 은비 아빠와 헤어지고 나서 가장 난감할 때가 이런 순간이었다. 이혼이라는 사회적 제도를 받아들이기에 아이들은 아직 너무 어리다. 다른 아이들과 달리 왜 자신들은 엄마, 아빠와 함께 살 수 없느냐는 질문은 이 세상 어떤 문제보다 답하기가 어렵게 느껴진다.

이럴 때 이렇게 해결하라고 방안을 마련해주는 사람이 있으면 참 좋으련만. 쳇, 그런데 왜? 이 순간에 심지훈이 떠오르지? 그래, 뭐. 심리학 박사님이라니 조언을 구하는 것도 나쁘지 않겠지. 그래서 생각나는 것이다. 그뿐이라고.

"은비야, 이리 와봐."

힘없이 내 팔 안으로 들어온 아이가 얼굴을 파묻으며 억 누르고 있던 울음을 터뜨렸다.

"흑…… 나도…… 아빠…… 도시락…… 아침에…… 데 려다가……."

서럽게 흐느끼는 내용인즉, 저도 아빠가 만들어주는 도 시락을 먹고 싶고, 아빠가 아침에 유치원에 데려다주면 좋 겠다는 것이다. 정말로 여유 있는 아빠라도 도시락을 만들 어주는 경우는 극히 드물 것 같지만.

정말이지, 우리 유 여사님 말씀대로 맞선 자리에 나가봐 야 하나? 심지훈 같은 엉뚱한 꿈에 젖지 말고 현실적으로 생각해서 대머리가 훌러덩 벗겨졌더라도 우리 애들을 예 뻐할 만한 남자를 찾아봐야 할까?

"근데, 그게 쉽냐고……?"

우는 은비를 달래서 겨우 제시간에 버스에 태워 보내고, 계속 꿈나라에 빠져 있는 은솔이를 담요로 둘둘 싸서 1층 어린이집에 데려다준 뒤 출근했다. 잠이 너무 부족해서 너 구리 눈두덩이 된 눈을 거울로 들여다보며 한숨을 내쉬었 다. 그냥 전화해서 오후에 출근하겠다고 하고 점심시간까 지 잠을 자고 싶은 기분도 들었지만 은비 때문에 머릿속이 다시 복잡해져 잠이 올 것 같지도 않았다. 차라리 일을 하 는 게 잡념도 없애주고 좋을 것 같았다.

"좋은 아침……이 아닌가?"

문을 열고 사무실로 들어서는데 태성이 잽싸게 내 앞을 막아서며 가슴 앞에 두 손을 엑스 자로 교차하고는 고개를 도리도리 흔든다. 내가 의문이 실린 눈빛과 어깨를 으쓱 올리는 추임새로 답하자, 태성이 콧잔등까지 찡그려 보이면서 검지를 들어 제 입을 막는 품새가 어째 영 수상하다.

"뭔데?"

속닥속닥 질문을 던지자, 태성이 턱짓으로 연화를 가리키고서 소리 없이 입 모양으로만 '사고 터졌어요' 하고 말한다. 나는 눈을 깜빡거리며 태성의 어깨 너머로 시선을 옮겼다.

심각한 얼굴로 전화를 붙들고 있는 연화의 모습이 시야에 들어왔다. 미간을 잔뜩 찌푸린 채 상대방 이야기를 듣고만 있던 연화가, 날카로운 시선으로 나를 째려보더니 검지를 들어 맞은편 의자를 가리킨다. 오메, 무서버. 저 정도면 정말 큰 사고가 터졌을 수 있겠는걸. 말이 험해서 그렇지 진짜로 화내는 일은 극히 드문 친구이니까.

"왜 그래?"

어제 심지훈에게 '데이트 신청' 공격을 당하고, 오늘 아침에 '도시락' 폭탄을 맞고, 또 '아빠 갖고 싶어' 지진까지 덮쳐와 쓰리 콤보로 힘든데, 또 무슨 일이란 말이야? 근심스러운 내 질문에 조용히 수화기를 내려놓은 연화가 앞으로 걸어왔다. 왠지 터지기 직전의 활화산 같다.

"요즘 정신 놓고 살지?"

"응?"

연화의 눈썹이 강렬하게 곤두섰다. 으악, 연화가 소리 지르기 전에 나오는 버릇이다.

"니 뭐고? 정신을 밥 속에 말아 무긋나? 아님 은하수 너머 밝은 빛의 나라루 보내뿟나?"

"무, 무슨 소리야?"

화통을 삶아 먹은 듯한 우렁찬 사투리가 사무실 안에 쩌렁쩌렁 울렸다. 다른 직원들이 눈치를 보더니 슬슬 문밖으로 달아난다. 아이씨, 나 좀 살려줘!

"어제 물건 내보낸 거 왕창 잘못 갔다 아이가! 주소도 틀리고 사이즈랑 색상 죄다 엉망진창이다. 이 어찌 된 건데? 그냥 갖다가 긁어 붙이는 걸로 실수라니! 제정신이냐고!"

"뭐어어? 정말이야?"

헉, 이럴 수가! 3년간 이런 대형 사고는 없었다! 도대체 어떻게 된 일인지 알아보려고 컴퓨터를 열어 쇼핑몰 관리 시스템으로 들어갔다. 시스템에는 이상이 없다. 그렇다면? 포장 팀에 보낸 파일을 살펴봤다. 겉보기에는 이상이 없는 듯했다. 그러나 곧 엄청난 오류가 있다는 걸 깨달았다.

"택배 주소가 하나씩 밀렸어! 어떡해!"

이사를 간다면서 주소지를 바꿔달라는 주문자의 요청에

그 주문건을 빈칸으로 남겨뒀다가 깜빡하고 그 아래 주문부터 배송지를 죽 밀어 올린 것이다. 이건 뭐 오엠알 답안지도 아니고, 엉엉……. 학생 때도 하지 않은 실수를 해버렸다. 정말 정신줄을 놓았던 게다. 힘차게 달려 은하철도 777이라도 타고 떠나야 하나?

"아우우……."

정말로 다른 사람을 탓하고 싶지 않지만 나는 진짜 이런 사람 아니다! 심지훈을 만난 뒤로 뭔가 계속 꼬이고 있다. 근본을 따지자면, 분명히 그 인간 때문에 이런 실수가 나왔다. 왜 내 마음을 흔들어놓느냐고! 어째서 내 정신 상태를 혼미하게 만드느냐고! 아으, 따져 묻고 싶다.

오전 시간이 어떻게 흘러갔는지 모르겠다. 잘못 보낸 물품이 벌써 고객에게 배송되었는지 택배 기사들에게 일일이 확인하여 배송되기 전이면 반송해달라고 부탁하고, 이미 배송된 경우는 해당 고객에게 전화해서 사과하고 맞교환해달라고 부탁했다. 주문자가 정확히 847명인데, 그중 233명의 주소지가 잘못되었다. 천만다행으로 똑같은 상품을 주문한 경우는 고작 24명이었다. 나머지 209명 가운데 19명은 맞교환을 부탁했고, 그리고 나머지는 사무실 직원과 알바생을 총동원해서 택배 기사와 통화를 마쳤다. 이 일을 모두 끝내고 나니 점심도 먹지 못한 채 오후 3시가 되어 있었다.

"아휴, 어깨야 허리야……. 배도 고프고."

때마침 연화가 내 책상에 도시락을 하나 놓고 간다. 우우, 이런 고마운 사장 같으니. 병 주고 약 주는 태도가 살짝 괘씸하지만, 내가 분명 잘못했으니까, 뭐. 이제 미뤄둔 오늘 할 일을 할 차례였다. 야근을 꼭 해야 할 상황. 그 순간 현란한 인기가요 벨소리가 울렸다. 내 폰이다.

"계속 누구야? 바빠 죽겠는데!"

아침부터 모르는 휴대폰 번호 하나가 계속 뜨고 있다. 그냥 스팸일 거라 여기고 무시했는데, 이토록 계속 전화를 거는 걸 보면 오늘 나한테 대출 상품을 꼭 팔려고 작정한 사람이기라도 한 거야? 신경질적으로 화면을 밀어 귀에 갖다 댔다.

"대출 안 받아요!"

─…… 넵, 그러십시오.

응? 이 익숙한 목소리는? 헉, 맞다! 오늘 전화한다고 했지! 심지훈이다. 밤새 이 사람 때문에 고민해놓고 어찌 이렇게 완벽하게 잊고 있었지?

"심지훈 선생님?"

─정답.

부드러운 웃음소리가 들린 건 환청일까? 오전 내내 그토록 원망해놓고, 이렇게 목소리만 듣고도 맥이 탁 풀리다니.

나 어쩌면 좋아! 그런데 마주 보면서 대화할 때와 너무 다르게 수화기 너머 그의 목소리가 참으로 섹시하다.

"니 뭐하노? 와 얼굴이 빨개지는데?"

"자, 잠깐만요."

연화가 누구 전화인지 뻔히 눈치채고 일부러 큰 소리로 놀려대자, 나는 인상을 찡그리면서 으르렁대는 표정을 지어 보이고 자리에서 일어나 구석으로 걸어갔다.

"죄송해요, 선생님. 제가 오늘 너무 바빴어요."

─괜찮아요. 데이트 신청에 대한 대답은 생각해놨어요?

"아, 저, 그게…….."

거절해! 거절하란 말이야! 머릿속에서 스스로 이렇게 명령하듯 소리쳤지만, 입 밖으로 쉽사리 그 부정적인 단어가 나오지 않았다.

─운동 경기 좋아해요?

"운동 경기요? 어떤?"

─겨울 스포츠니까 농구죠. 프로 농구 보러 갈래요?

에에……. 농구 경기? 웬일이니? 내가 고등학교 때 농구 응원단까지 한 사람이야. 대학도 내가 좋아하는 선수 따라서 정할 정도였으니 말 다했지. 졸업하고 결혼하고 이혼하면서 농구에 대해 거의 잊은 탓에 요즘 뛰는 선수들은 절반 이상 모르지만 생동감이 넘치는 농구경기장에 정말로 가보고 싶었다.

"몇 시인데요?"

으흑, 넘어갔다.

—오후 2시에 잠실에서 만나요. 괜찮죠?

네에. 대답해버렸다. 아, 눈물이 날 것 같아. 이 사람하고 만 대화하면 거절을 못 하잖아! 짧은 안부 인사를 덧붙인 뒤 연화가 노려보고 있기도 해서 그만 끊었다. 에효, 한숨을 내쉬며 자리로 돌아가려는데 또다시 울리는 휴대폰. 유여사님이다.

"엄마, 어쩐 일이에요?"

—토요일에 수족관 갈 거지? 여기 여의도인데 표를 미리 사다 주랴?

엥? 수족관? 내가 거길 왜……? 어머나! 잽싸게 달력을 찾아 날짜를 찾아보았다. 흑, 이를 어째. 큰따님 생일이잖아!

"하아. 어떻게 하지?"

혼자 끙끙 고민에 빠진 채 또다시 새벽을 맞고 있다. 내가 지금 며칠째 잠을 못 자고 있는 거야? 학생 때 시험기간에도 밤샘한 적이 없는 내게 이런 시련이 닥쳐올 줄이야.

"으흑, 머리 아프다."

이마를 어디에 갖다대기만 해도 곧바로 곯아떨어질 만큼 잠이 몰려오는데도 눈꺼풀만 내리면 떠오르는 심지훈, 그 사람 얼굴 때문에 다시 눈을 뜨고서 퀭한 눈동자로 앞만 쳐다본다. 어떡할까? 어떡하지? 단순하지만 쉽지 않은 결정 때문에 머리가 복잡하다.

시간은 잘도 흘러가고 곧이어 부산한 아침 시간. 유 여사님은 오늘 친목계에서 해외여행을 간다며 거실에 커다란 짐을 두 개 꺼내놓았다. 원래는 이달 말에 떠날 예정이었는데 일정이 틀어졌다나? 아무튼 갑자기 일정이 바뀌었지만 여행사에서 보상해준 덕에 애초의 계약 조건보다 훨씬 업그레이드된 숙소와 비행기를 배정받아 결과적으로 더 좋아졌다고 한다.

"그럼 다녀올게."

"재미있게 놀다 오세요."

24인치 여행 가방을 들어 현관 밖으로 옮기는데 끙 소리가 절로 나온다. 뭐가 들어서 이렇게 무거운 거야? 일주일간 여행 다녀올 양반이 이민이라도 가는 사람 같다. 나는 반쯤은 진심으로 가방 속에 은솥이가 숨어 있는지 들여다보고 싶었다.

"곰국도 끓여놨지만, 애들이 찾을까 봐 냉동실에 미역국이랑 된장국이랑 얼려놨다. 밑반찬은 거의 새로 했으니까 일주일 내내 먹어도 되고."

"아이고, 네에. 어련히 알아서 챙겨 먹일까요. 걱정 말고 다녀오세요."

"내가 너를 너무 잘 아니까 이렇게 걱정하지. 평소 좀 잘

해봐라."

"다음 주는 오전 근무만 한다고 말해놨어요. 애들 잘 볼 거예요. 엄마, 정말……!"

그래도 우리 유 여사님은 지치지도 않고 끊임없이 잔소리를 뱉어낸다. 아주 귀에 못이 박히겠구만요! 반항해봤자 말싸움만 될 테니 그냥 네네네 하고 기계처럼 답하다가 1층 입구에 나타난 한 여사님의 차를 보고 안도의 한숨을 내쉬었다.

"아직도 연설 중이야? 적당히 하고 가지? 미선이가 한두 살 먹은 어린애도 아니고."

친구분의 핀잔에 그제야 발걸음을 옮기는 우리 유 여사님.

"은비야, 생일에 같이 못 있어서 정말 미안하구나."

"괜찮아요. 엄마랑 수족관 갈 거니까! 할머니도 더운 나라에서 멋진 것 많이 보고 와요!"

"할머니, 할머니! 맛난 것 많이 먹고 와요!"

"오냐. 으이구, 이쁜 우리 똥강아지들."

할머니와 두 외손녀의 포옹과 키스. 누가 보면 한 1년은 떨어지는 줄 알겠네. 드디어 부우웅 소리와 함께 두 여사님과 묵직한 짐을 실은 승용차의 흔적이 멀어져갔다. 아아, 자유다. 엄마의 잔소리에서 해방된 이 순간만큼은 정녕 행복하구나!

"고은비."

"응?"

은솔이를 등에 업은 채 엘리베이터에 오른 나는 층 번호를 누르는 큰딸에게 사뭇 진지하게 입을 열었다.

"수족관은 일요일에 가면 안 되니?"

나를 힐끔 돌아보는 아이의 미간이 살짝 찌푸려진다. 내 딸이지만 참 예쁘게 생겼단 말이야. 탤런트 데뷔라도 시켜볼걸 그랬나? 음, 지금은 이런 생각할 때가 아니지!

"왜?"

"반문하지 말고 대답."

"원래 내가 토요일에 미진이랑 약속 있다고 일요일에 가자고 했는데 엄마가 생일 지나서 가는 거 아니라면서 토요일에 가야 한다고 했잖아. 무슨 어른이 이랬다저랬다 말해?"

윽, 맞아. 그랬지. 젠장, 변명의 여지가 없다.

"엄마, 회사 가야 해?"

가끔 주말에 근무할 때가 있기 때문에 아이는 당연히 그렇게 생각한 듯하다. 이럴 때 간단한 거짓말이면 현재의 복잡한 상황이 단번에 풀린다. '그래, 엄마가 일이 너무 많아서 이번 토요일은 안 되겠어.' 그런데, 왜 입이 안 떨어지지? 양심이라는 놈이 가슴과 머릿속에 콕 틀어박혀 나를 조종하나 봐. 으흐흑!

"아냐. 그냥 토요일에 가자."

"어."

상큼하게 대답한 은비와 달리 내 머릿속은 헝클어진다. 어쩌면 좋을까? 아니 왜 시간도 애매하게 오후 2시란 말이냐. 서둘러서 오전에 수족관에 다녀와? 보통 그런 데가 10시에 문을 열던가? 10시 땡 치면 첫번째 손님으로 들어가서 두 시간쯤 돌아보고 나와서 후다닥 점심 먹고 연화에게 두 녀석을 안겨준다? 그러고 나서 2시 데이트 약속을……?

"너무 빠듯해. 그러다가 중간에 뭔가가 틀어지면?"

아, 모르겠다! 심지훈에게 일요일은 경기 없냐고 문자라도 넣어봐?

"으으으……."

단순하게 살아온 나한테 이것은 너무 힘든 선택이다. 이제껏 고민 같은 것 하지 않고 살아왔는데, 이를 어쩌란 말이야. 쇼핑할 때도 나는 둘 중 하나를 골라야 하는 상황이라면 둘을 모두 사는 게 철칙이거늘.

―미안해요. 토요일 농구 경기 약속은 취소해야 할 것 같아요.

유 여사님을 환송하고 아이들을 씻겨 재운 뒤 거실 소파에 앉아 폰을 들여다본 지 10여 분. 문자는 다 쳐놨는데 전송 단추를 누르기가 이리 어렵다. 하아아. 내 인생의 평크빛은 역시 무리였던가! 생각해보면 그냥 다음에 약속 잡자고 하면 간단할 것 같은데, 이런 식으로 일이 틀어지면 다음이 없을 수도 있다는 삶의 진리가 내 손가락을 잡아당긴다. 묘한 징크스이지만 그런 것이 이상하게 잘도 맞다.

"요렇게 문자를 보내면, 저쪽에서 이 여자가 퉁기는 거로 생각하면 어떡하지? 은비 생일이에요, 여의도 83빌딩 수족관에 가야 해요, 하고 구구절절 말해야 하나? 하아아."

눌러? 말아? 눌러? 말아? 손가락을 까딱대며 심각한 고민에 빠져 있는데, 갑자기 손에 들고 있는 폰이 부르르 몸을 떨며 액정에 '심지훈'이라는 세 글자를 토한다. 나는 진심으로 소스라치게 놀라 두 번 생각도 안 하고 전화를 받아버렸다.

"으앗! 여보세요!"

—…… 내 생각하고 있었어요?

어머나, 정답.

—불안한데요. 나쁜 소식인가요?

"네?"

—전화 받는 속도도 그렇고, 손에 폰을 들고 고민하고 있었던 것 같은데 나한테 용건이 뭐가 있을까 궁금해서요.

심리학자 말고 그냥 독심술사나 점쟁이로 나서지그러슈? 하마터면 이렇게 뱉을 뻔했다. 으흐.

"심지훈 선생님은 왜 전화하셨는데요?"

—목소리 듣고 싶어서요.

"예?"

—아니면, 텔레파시가 통한 건가?

이것 보세요. 아줌마 심장 들었다 났다 하지 말라고! 크아악, 속으로 불을 뿜다가 간신히 진정하며 운을 뗐다.

"내일모레 말인데요, 토요일 2시에 만나서 농구 경기 보기로 한 것."

—예. 음, 다른 일 생기셨어요?

다행히도 그는 눈치가 빠르다. 이런 점은 대화하기에 참 좋은 상대라는 말이기도 하다.

"토요일은 안 될 것 같아요. 다른 날로 바꾸든지 아니면 그냥 없었던 일로 하셔도……."

나는 왜 또 마음에 없는 말을 하면서 앞서 나가는 거니? 왠지 더 비굴해지는 기분에 일단 입을 닫았다.

—이유를 여쭤봐도 될까요?

어떡하지? 적당히 회사 일이 많이 밀려 있다고 둘러댔다간 저번처럼 매장까지 찾아올 수도 있다. 쩝, 어차피 이혼녀에 애 둘 딸린 사실을 알고 있는데, 숨길 게 뭐겠어?

"그날이 큰애 생일이라 같이 83빌딩 수족관에 가기로 했거든요. 아이를 실망시킬 순 없어요."

나는 엄마이고, 심지훈 선생 당신은 아직 나와 연인도 무

엇도 아니다. 만난 지 이제 사흘 된 남자, 그것도 제대로 인
연이 닿을지 어쩔지 모를 사람 때문에 내 사랑하는 아이를
울릴 수 없다. 그래, 어느새 내 안에서는 그런 결론이 도출
되어 있었다.

내 남자의 조건

다시 한 번 사과했다. 은연중에 심지훈 당신보다는 내 아이와 한 약속이 더 중요하다는 뉘앙스도 풍겼다. 그렇지 않아도 뇌리 한편에서 이 미친 설렘을 정리해야 하는 게 아니냐는 이성의 속삭임이 자라고 있었는데, 이번 일을 계기로 나를 지배하던 감성이 이성에게 밀려날 것 같았다. 그런데……

—아, 그렇군요. 그럼 같이 가요.

뭐, 뭐라고?

"네에에?"

—기왕에 생일날 수족관 가는 거라면 쓰리스타몰 아쿠아리움 정도는 가야죠. 표는 제가 준비할게요.

"잠깐만요!"

아니 이것 봐, 총각! 무슨 데이트를 애들까지 대동하고 하니? 너, 그게 무슨 의미인 줄 알아? 애들이 이상하게 오해할 수도 있잖아! 그렇잖아도 유 여사님이 자주 아이들한테, 엄마가 선봐서 멋진 새아빠 데리고 나타날 거라고 말한 까닭에 은비는 내심 새아빠를 기다리고 있는 눈치인데! 너, 이런 식으로 나오다가 정말로 나한테 발목 잡혀 장가와야 해! 앙?

"그건 안 돼요. 은비가 이상하게 생각할 거예요."

―그럴까요? 당사자에게 물어보죠, 뭐.

"예에?"

―내일 저녁에 집으로 찾아뵐게요. 그럼 내일 봐요.

어? 이게 아니잖아! 여보세요? 야! 끊긴 전화기에 화를 내봤지만 이미 엎질러진 물이다. 다시 폰을 꽉 감아쥐고 통화 버튼을 누르려던 나는 멈칫했다. 내가 오버하는 걸로 보일까? 사실 따져보면, 내 복잡한 고민을 한 방에 해결했잖아! 그냥 애들에게는 엄마 친구라고 할까? 더더욱 머릿속이 엉켜간다.

"아아악, 어떡해!"

심지훈. 당신 만난 뒤로 내가 밤잠을 못 자겠다고! 헬프 미!

그리하여 다음 날 저녁에 정말로 이 남자가 뻔뻔하게도 우리 아파트 1층 주차장에 나타났다. 집까지 올라온다는 걸 간신히 말리고 나는 아이 둘을 데리고 1층으로 내려갔다. 내 눈은 최근 계속된 수면 부족 때문에 화장으로 가릴 수 없는 시컴스 너구리 눈두덩이 되어 있었다.

"안녕, 은비야."

그는 내게 보여주던 것보다 훨씬 화사한 미소를 그리며 큰딸에게 인사를 건넸고, 은비는 잠깐 탐색하는 시선으로 키 큰 남자를 응시하다가 방긋 웃어 보였다.

"나, 이 오빠 본 적 있는 것 같아, 엄마."

오, 오빠? 애야, 저 사람은 엄마보다 겨우 두 살 아래거든. 이 엄마가 세 살에 아들을 낳았어야 저만한 오빠가 있는 거라고!

"안녕하세요."

저 내숭 떠는 사근사근한 말투. 으미, 어쩔. 이미 넘어갔다, 고은비. 눈웃음치는 모양 하며, 우리 공주 저런 표정은 나도 처음 보는 것 같네그랴. 하긴 나도 처음 만났을 때 심지훈의 저 수려한 외모에 혼이 달아나는 줄 알았으니까, 뭐. 애나 어른이나 여자들이란 쯧.

"은비 많이 컸네."

그는 긴 다리를 접어 아이와 키를 맞추더니 은비 머리를 쓰다듬으며 이렇게 말한다. 아, 뭐, 그렇게 제대로 된 친구 사이로 설정해주니 감사하긴 한데, 정말 연기에 소질 있소? 그냥 마스크도 먹힐 것 같으니 이 기회에 연예계 진출을……. 왜 또 생각이 산으로 간담?

"오빠도 나 아는구나?"

"그럼, 은비가 더 어렸을 때 우리 만났었잖아."

"그죠? 거봐, 엄마."

의기양양한 은비 표정에 웃음이 나올 것 같았지만 간신히 참았다. 날도 추운데 차 안으로 들어가자고 입을 열었다. 사실 추위보다는 주변 시선이 신경 쓰였다. 그가 너무 눈에 띄는 외모를 지닌 터라 지나가는 사람들이 자꾸 힐끔거렸던 것이다. 이러다 유 여사님 귀에라도 들어가면 일이 커진다.

그 순간 더 큰 문제가 내 오른손을 잡고 있던 은솔이한테서 발생했다. 우리 꼬맹이께서 청천벽력 같은 소리를 내뱉은 것이다.

"아빠?"

잉? 무어어어라고?

"으, 은솔아?"

"아빠예요?"

아이는 그 앙증맞은 손가락으로 정확하게 심지훈을 가리켰다. 태어나 한 번도 아빠를 만나본 적 없는 아이이다. 언니가 '오빠'라고 하는 걸 잘못 알아들은 모양인데, 그야말로 진땀이 나는 대략난감 사태가 되고 말았다. 나는 그 추운 날에 샘솟는 이마의 땀을 훔치며 은솔이를 얼른 안아 올

146

렸다.

"아냐, 은솔아. 엄마 친구야. 아저씨야, 아저씨."

"아빠예요?"

"아니라니까. 아빠 아니에요."

"아빠예요?"

"아니라니까!"

당황해서 나도 모르게 소리를 버럭 질렀더니 금세 동그란 은솔이의 눈망울에 눈물이 차오른다. 헉, 이를 우째!

"으아아앙! 은솔이 아빠야! 아빠라구!"

오 마이 갓! 일 났다! 어떡해? 어떡하지? 그냥 당장 아이 둘을 양옆에 끼고 내달려서 집으로 도망가? 내가 은비를 한 손에 들 수 있을까? 지금 이 심정이면 무슨 괴력이든 낼 수도 있을 것 같은데!

"어?"

말도 안 되는 망상을 해대며 어쩔 줄 몰라 허둥대는 내 품이 갑자기 허전해졌다. 이 남자가 울고불고 악악대던 꼬마 악동을 내 손에서 빼앗아 안아 올린 것이다. 은솔이도 놀랐는지 일단 울음을 멈추었다. 그는 아이 얼굴을 물끄러미 들여다보며 싱긋 웃었다.

"예쁜 아가씨가 울면 안 돼. 얼굴이 너무 추워서 딱딱해져요."

"정말요?"

그 총각, 오지랖도 넓네. 아빠라고 불렀으면 당황할 만도 하구만. 오히려 허둥거린 내가 민망할 정도로 이 남자는 아무렇지도 않게 행동한다. 하긴 은솔이가 생일이 늦은 네 살이라 어지간한 세 살배기들과 비슷한 아가니까. 그냥 그렇게 이해해주었을…….

 "아빠가 맛있는 것 사줄게."

 크억! 정말로 내 입에서 이런 소리가 나올 뻔했다. 저 인간이 뭐라고 했지? 어? 턱이 발에 닿을 만큼 입이 떡 벌어진 내 상태는 상관하지 않고 저들 셋이 가볍게 돌아선다. 꼬맹이 은솔은 함박웃음을 지으면서 '네에, 아빠'를 연발하고, 은비도 신이 나서 심지훈의 다른 손을 잡고 사뿐사뿐 그의 차로 따라간다. 얘들아, 너희 유치원에서 낯선 사람을 따라가면 안 된다는 교육도 못 받았어? 낯선 사람이라도 잘생기면 무조건 용서가 된단 말이더냐! 아아, 이 빌어먹을 외모 지상주의여!

 "뭐해요? 나, 배고픈데. 집에 데려가서 밥 차려줄 거 아니면 어서 타요."

 무슨 저런 인간이 있니? 대체 무슨 속셈이야? 이율배반적으로 이 상황에 내 배꼽시계도 꼬르륵 울린다. 아휴. 나는 작은 한숨을 내뱉고 터덜터덜 그의 멋진 세단 뒷자리에 올랐다. 조수석에는 은비 양께서 벌써 떡하니 앉으셨다.

 "안전벨트 매야지, 고은비."

나는 한마디 잔소리를 남기고 차창에 머리를 기댄 채 눈을 감았다. 뭔가에 단단히 말려들었다. 어쩌다 이 지경이 되었을까? 심지훈, 너 정체가 뭐야? 도대체 속을 알 수 없으니 마냥 답답할 따름.

*

아, 정말 왜 이렇게 됐지? 왜 내가 저 긴 다리에 스타일 좋고 얼굴까지 초절정으로 잘난 남자와 내 아이들이 신이 나게 닥터피쉬 체험하는 걸 지켜보면서 유모차와 짐이나 지키는 처지가 된 거냐고? 게다가…….

"우리 아빠예요!"

고은비, 저 입을 틀어막아야 하는데! 아악! 그렇지 않아도 아쿠아리움에 사람이 엄청 많은 토요일 낮 시간, 보헤미안처럼 꾸몄음에도 반짝반짝 빛나는 심지훈이 너무 눈에 띄거늘 지나가는 사람들 모두에게 그가 자기 아빠라고 자랑하는 소녀는 네 살배기 제 동생보다도 어려진 것 같다. 아이쿠야!

"와, 너희 아빠 아주 멋지구나!"

저, 저, 저 배알도 없는 아줌마! 호응해주지 말란 말이얏! 게다가 왜 자기 마음대로 내 남자를 뚫어져라 보는 건데? 음 뭐, 내 남자라고 함부로 말할 수는 없지만, 아니, 사실 내 남자는 아니지만……. 아우, 몰랏! 아흑, 제멋대로 아빠님의 손을 부여잡고 사뿐사뿐 걸음을 옮기는 일곱 살 꼬맹이 공주의 얼굴은 정말로 세상을 다 얻은 표정이다.

걷잡을 수 없는 사태 속에 나는 이 모든 문제의 중심에 서 있는 남자의 뒤통수를 째려보았다. 심지훈은 분명히 내가 무시무시하게 노려보는 걸 알고 있을 텐데도 상관없이 은솔이를 목말까지 태우고 제대로 아빠 놀이 중이다. 제정신이 아니야. 저 총각, 알고 보면 애 못 만드는 고장 난 기계일까? 그게 아니면, 로리타 콤플렉스로 은비를 키워 잡아먹으…… 엇, 내가 별생각을 다 한다, 정말.

"엄마, 빨리 와."

함박웃음을 짓는 은비 공주, 그래도 제 엄마라고 잊지 않고 챙겨주니 눈물 나게 고맙구나. 조금 전 은비에게 아빠가 멋지다고 말해준 여자가 나를 훑어보는 기분이 들었다. 아, 사실은 내가 저 남자의 와이프가 아니라고 귀에다 꽥 비명이라도 질러주고 싶지만 이성적인 인간인지라 참느니라. 아니, 그렇다고 저 여자 그렇게 쳐다보는 건 뭐니? 생각해 보니 기분이 나쁘다. 내가 뭐 어때서? 앙?

"정말, 뭐가 이렇게 꼬이는 거야?"

심지훈과 은비, 은솔이는 벌써 아마조니아 월드로 사이좋게 들어서고 있다. 투덜투덜 따라가던 나는 저쪽에 보이는 팬티만 입은 아마존 원주민 마네킹을 멍하니 바라보면서 하아아 긴 한숨을 뱉고 말았다. 나도 문제다. 어제 저녁에 저 인간 차 안에서 잠이 들다니! 잘 알지도 못하는 성인 남자 차에 어린 딸들을 태워놓고 그 옆에서 쿨쿨 잠에 빠진 엄마가 세상에 어디 있냐!

"치이……."

어제 저녁의 사건을 뇌리에서 더듬다가 나도 모르게 입에서 바람 빠지는 소리를 내뱉었다. 물론 변명거리는 있다. 요 며칠 계속 잠을 못 잔 게 원인이다. 그렇다고 해도 내가 대책이 없던 건 맞지, 암.

'안전벨트 매야지, 고은비.'

이 말을 뱉고 나서 필름이 끊겼다. 차창에 아픈 머리를 기댄 것까지는 가물가물 기억이 난다. 그러고는 다시 눈을 떠 보니 내 방 내 침대에 누워 있었다. 어스름하게 천장으로 비쳐 들어오는 새벽빛이 낯익었다. 처음에는 모처럼 폭 자서 개운해진 머리를 가볍게 털면서 미소를 지으며 몸을 일으켰지만, 곰곰이 생각을 더듬어보니 곧바로 상쾌한 기분이 가라앉았다. 저녁 먹으러 가려고 심지훈의 차에 아이들과 올라탄 이래 아무것도 기억나지 않았다. 심지어 내 방에 어떻게 왔는지, 언제 침대에 올라왔는지도 전혀 알 수 없었다!

헉! 그제야 내려다본 내 몸은 외출했을 때 복장 그대로였다. 무릎 길이의 모직원피스와 블랙 스타킹을 갖춰 입고 길고 긴 단잠을 잔 것이다. 옆을 보니 세트로 입었던 버버러 캐시미어코트가 곱게 누워 있다. 저 옷만 벗겨서 옆에 눠준 모양이다. 그래, 날 옮겨 눕히고 버버버 벗겨서…… 심지훈이! 아악!

잠깐, 고은솔은 어디 있지?

항상 내 옆에서 자던 아이가 없었다. 그 사실에 생각이 멎은 나는 벌떡 일어나 방문을 확 열었다. 주방 조명만 희미하게 켜져 있는 어두운 거실 소파에서 기다란 실루엣이 눈에 띄었다.

"쉿!"

작지만 강렬한 짧은 음절이 귀에 꽂혔다. 눈을 몇 번 깜빡이자 가죽 소파 위에 비스듬히 누운 남자의 형상이 시야에 확연해졌다. 아하, 이런. 그의 몸 위에 얹힌 작은 형체는 고은솔이었다. 아이는 정말 편안한 포즈로 한쪽 얼굴을 남자의 단단한 가슴에 기대고 두 팔과 다리를 축 늘어뜨린 채 새근새근 잠들어 있었다. 심지훈은 그런 아이를 한 팔로 받친 채 조금은 불편해 보이는 자세로 소파에 길게 누워 있었다. 남은 한 손에는 스마트폰을 쥐고 있었다. 무료함을 달래기 위해 웹서핑이라도 한 모양이다.

젠장. 근데 이 자세, 또 왜 이렇게 멋진 거야? 그의 몸 위에 겹쳐진 게 어린 내 딸이 아니라 나였다면……. 얼토당토 않은 상상이 그림처럼 눈앞에 펼쳐졌다. 아직 태양의 밝은 기운이 서리기 전의 새벽 시간이라 음기가 너무 강한 게야. 스스로를 단단히 야단치며 마음을 다잡았다.

"제가 옮길게요."

그에게 가만히 있으라는 제스처를 보이고 아이의 작은 몸 아래로 살그머니 손을 찔러 넣었다. 윽, 어쩜 좋아. 조금 전 꽉 다잡은 마음이 흔들흔들 요동친다. 얇은 옷감을 사이에 두고 남자의 초콜릿 복근이 고스란히 손등에 느껴졌다. 백화점 구석에서 그와 얼떨결에 키스했을 때보다 심장이 더 빨리 뛰는 것 같았다. 째깍째깍 벽시계 소리마저 크게 들리는 이런 적막한 공간에서 부디 그에게 내 맥박 소리가 들리지 않기를 바랐다.

"저는 집에 갈게요. 오전 10시에 올 테니까 시간 맞춰 준비하고 계세요."

"잠깐만요."

은솔이를 눕히고 나오다가 현관으로 향하는 그의 걸음을 잡았다. 밤공기를 타고 밖으로 배회하던 이성이 잠시 뇌리로 돌아왔다. 그래, 이대로 질질 끌려갈 수는 없었다. 아이들까지 흔들어놓고 만 이 남자에게 제대로 경고해야 했다. 장난 따위는 용서될 수 없다. 완전한 진심으로 이루어진 게 아니라면, 조금이라도 뒤돌아설 수 있는 감정이라면 더 깊이 빠져들기 전에 잘라내야 한다.

만일 최악의 예상대로 심지훈이 단순한 흥미로 우리 세

모녀에게 잠시 잘해주다가 바람처럼 사라져버리는 사태가 발생할 경우 그때는 상처가 나 하나로 끝나는 게 아니다.

'그건 절대로 안 될 말이지.'

내 딸들이 이상한 어른 때문에 큰 상처를 받게 되는 건 참을 수 없다. 이미 시작되었다 하더라도 더 이상 아이들 마음속에서 심지훈이라는 존재가 커지기 전에 마무리를 지어야 했다.

"심지훈 씨, 이제 그만해주세요."

그가 고개를 갸웃 기울였다.

"재미없어요, 이런 장난."

"응? 제가 어떤 장난을 치고 있다는 건가요?"

"장난이 아니고서야 상식적으로 이해가 가지 않아서요."

나는 후 하고 한번 숨을 내쉬며 감정을 다독였다.

"혹시 심지훈 씨도 이혼한 돌싱인가요?"

"그렇지는 않은데요."

"아니면 미혼부? 아이라도 있어요?"

"아뇨."

나는 진지한 어투로 심각하게 말하는데, 이 남자의 시선에 묘한 웃음이 묻어 있다. 슬그머니 부아가 치밀었다.

"그게 아니라면 도대체 왜 아이가 둘이나 딸린 이혼녀인 내게 이런 식으로 잘해주는 거죠? 저는 드라마나 소설을 믿는 어린애가 아니에요. 현실적으로 불가능한 이런 일 앞

에서 내가 내릴 수 있는 결론은 한 가지뿐이거든요. 그쪽이
나와 아이들에게 심각한 장난을 치고 있다는 것. 그게 아니
라면, 혹시 친구들과 내기라도 했나요? 저 이혼녀가 주제
도 모르고 좋다고 덤비는지 보자고 내기했냐고요?"

그가 풋 하는 소리와 함께 낮은 웃음을 터뜨렸다.

"상상력이 좋으신데요."

"농담 아니에요."

"저도 장난 같은 것 아니에요."

"그걸 어떻게 믿어요? 뭐 어쩌다 보니 우연찮게 그쪽 눈
에 콩깍지가 씌워서 나한테 한눈에 반했다고 칩시다! 이혼
녀건 미망인이건 상관없게 되었다고 치잔 말이에요. 아무
리 그래도 그렇지, 어떻게 내 아이들까지 그렇게 예뻐하느
냔 말이에요? 미안하지만 나는 단순한 연애로만 끝낼 상대
와는 만날 수 없거든. 내 아이들이 잠시 흔들리다 울게
되는 건 참을 수 없으니까!"

아, 나 무슨 말을 하고 있는 거야? 갑자기 웬 콩깍지 이야
기에 결혼 뉘앙스 풍기는 말까지 나오니? 아악! 뒤죽박죽
이었다. 두서없이 되는대로 마구 말을 뱉어냈다. 물론 이
남자는 언제나처럼 가만히 들어주었다. 나는 숨결이 거칠
어지는 느낌에다 언성이 높아져 은비가 깨기라도 할까 봐
일단 입을 다물었다. 하지만 심지훈의 시선을 그대로 받고
있기엔 뭔가 어색했다. 차라리 혼자 소설 쓰느냐고 비웃기

라도 하면 좋을 텐데, 아무 말 없는 그의 태도가 참으로 견디기 어렵다.

"귀엽잖아요."

한참 만에 그의 입술을 가르고 나온 말이 또 의외였다. 예? 역시나 바보처럼 이렇게 반문한 나. 남자가 희미하게 웃었다.

"아이들이 귀여워요. 그래서 잘해준 거구요. 아빠 없이 자라는 애들이 와서 매달리니까 뭔지 모를 책임감 같은 것도 느껴지고. 단순히 그런 거예요. 어렵게 생각한 적 없습니다."

뭐라 말대꾸를 해야 할지 몰라 나는 소처럼 눈만 끔뻑였다.

"그리고 제가 별로 진지해 보이지 않는 모양인데, 차미선 씨 말씀처럼 엄청난 장난을 칠 정도로 나쁜 놈은 아닙니다. 저도 제 나름대로 심각하게 생각하며 행동하고 있어요. 괜한 시간 낭비를 하면서 살지 않거든요."

대답할 말을 찾느라 시선만 어지러이 움직이는데, 어느새 그가 내 바로 앞까지 다가와 있었다.

"…… 어."

"너무 복잡하게 생각하지 않았으면 해요. 사람 인연이란 게 의외로 아주 쉽게 풀리기도 하거든요."

그의 섬세한 손이 내 어깨를 지그시 누르더니 시선을 맞추고 싱긋 웃어 보였다.

"가볼게요."

내 시선이 돌아선 남자의 너른 등에 머물렀다. 참으로 기대고 싶게 넓다. 지금 내가 느끼는 그대로, 아니 내가 믿고 싶은 그대로 그의 마음 씀씀이 역시 저 등만큼 넓을까?

달칵.

문이 살짝 닫히는 소리. 그렇게 심지훈이 점차 멀어지고 현관문 뒤로 사라지는 순간까지도 나는 멍하니 수많은 생각에 젖어 있었다. 도대체 내가 무슨 이야기를 들은 거지? 저 사람 리얼 진심이라고? 나와 내 아이들에게? 아니……왜?

"진짜 제비일지도 몰라! 제비가 '나 제비요' 하고 머리에 써 붙이고 다니는 것도 아니고."

회상에서 빠져나온 나는, 상어를 찾겠다며 수족관 유리에 붙어 소리를 지르고 있는 은비와 은솔이 뒤에 서 있는 남자를 노려보면서 중얼거렸다. 내가 원래 이렇게 의심 많은 성격은 아니야. 하지만 일반적인 기준에서 보면 그의 말이 믿어지지 않는다. 그냥 '네, 감사합니다' 하고 덥석 물기에는 조건에 차이가 너무 많다. 나는 어린애가 아니라고. 현실의 벽은 생각보다 높은 법.

"엄마! 저 거북이 봐!"

"어, 그래. 멋지구나!"

흥분한 은솔이에게 손을 흔들어주고 벽에 등을 기댄다. 뭐 어쨌거나 아이들은 정말 신이 났다. 그러면 됐다. 단순하게 가자, 단순하게. 오늘은 고은비 생일이니까. 그나저나 오늘 그의 패션은 편안한 보헤미안 스타일이다. 헐렁한 베이직 니트 티셔츠에 빈티지한 청바지와 넝마같이 해진 그레이톤 넥워머. 살짝 헝클어놓은 머릿결이 부드럽게 보인다.

"상담하러 갔을 때의 고급스러운 느낌이랑 참 다르네. 자칫 다른 사람으로 보이겠어."

얼마 전에 백화점에서 마주쳤을 때도 신상 레이블코트인 줄 알았는데 가만 생각해보니 오늘처럼 보세 패션이었다. 물론 마스크나 분위기가 워낙 있어 보여서 나 같은 전문가 눈에도 명품처럼 보였지만. 명품 맨스백과 구두 세트를 떠올려보니 정말 중간이 없다. 어떤 게 진짜 저 사람의 스타일일까? 그때 상담실에서는 된장남일 거라는 생각까지 했다. 사람이 이렇게 극과 극으로 취향이 다를 수도 있나?

"역시 정상이 아닌 거야. 지킬과 하이드 같은 이중인격일지도 모르니 잘 지켜보겠어, 흠."

그를 쳐다보는 내 시선이 가늘어진다. 사실 이런 온갖 험담은 나 스스로를 설득하려는 노력이라는 걸 잘 안다. 그래도 어쩔 수 없다고! 이 상황을 당해보라고!

"나 자신이 참 눈물겹다."

마지막으로 불가사리를 잡아보겠다고 덤비는 아이들 시

중까지 다 들어준 저 자상남. 이제 아쿠아리움에서 나와 간단히 식사를 마친 뒤 잠든 은솔이를 안고 걸어간다. 뒤따르던 나는 조금 놀라서 얼른 달려들었다.

"유모차에 내려놓으라니까요."

"괜찮아요."

웃는다. 아, 정말 해맑게 웃어버리잖아. 이렇게까지 하면 나는 정말이지 어떡해야 할지 헷갈린단 말이야.

"이것 보세요, 심지훈 씨!"

응? 그가 천진난만한 얼굴로 내려다본다. 미치겠네. 왜 이 순간 울컥 눈물이 나려는 걸까? 나는 빈 유모차에 가방을 실어 밀고 가고, 키 큰 남자는 어린아이를 품에 안았고, 그리고 우리 둘 사이에는 생일 선물을 껴안은 여자아이가 흥얼대며 걸어간다. 누가 보더라도 전형적인 한 가족의 모습. 정작 아이들의 친아빠와는 한 번도 그려보지 못한 이 그림에 벅찬 감동이 물결친다.

"말씀하세요."

언제나 사람을 끝까지 응시하는 저 시선, 불러놓고 말이 없는 이 상황에도 전혀 짜증 내지 않는 인내심. 어쩜 좋아. 이 사람을 정말 믿고 싶어. 그냥 그가 말하는 대로, 하자는 대로 끌려가고 싶다. 그래, 사실은 이게 내 본심이겠지. 부정하려고 애쓰는 내 자아의 진실인 것이다. 드라마와 다른 현실을 깨달으라며 소리치는 이성에 반해 완전히 거꾸로

돌아서 있는 감성의 무게가 지독히 무겁다. 내 짐 한쪽을
저 남자 어깨에 얹으면 안 되는 걸까?

"한 가지만 물어볼게요."

"살살 물어요."

컥. 뭐야, 이 썰렁한 농담은? 아마도 내 표정이 잔뜩 긴장
해 있나 봐. 나름대로 내 긴장을 풀어주려고 저러는 거겠
지? 그 참 디테일이 살아 있는 사람일세.

"자꾸 이렇게 취조하듯 캐물어서 미안한데요. 나를 만나
러 오고, 나와 내 아이들에게 잘해주고 하는 이 모든 행동
의 이유가 정확히 뭐예요?"

또 시작된 내 심각한 질문에 그가 부드럽게 미소 짓는다.
그래도 다른 때처럼 장난스럽게 넘기지 않으려는지 약간
틈을 둔다. 하긴 생각해보니 내가 매번 버럭버럭 따지기만
했다. 이렇게 정확히 물어본 적은 없었던 것 같다. 답을 듣
기까지 영원의 시간이 흐르는 것 같다. 잠시 생각에 잠겼던
남자의 입술이 천천히 떨어졌다.

"첫눈에 반했어요. 차미선 씨에게."

컥, 뭐야? 걸음이 멎었다. 또 농담을 하나? 화를 내려 했
지만, 이 남자의 눈빛이 너무 진지하다. 새까맣고 깊은 눈
동자가 마주 보기 버거울 정도이다. 그리고 무엇보다 이 말
을 믿고 싶은 내 진심을 어쩌면 좋을까?

"정말로요?"

"예."

상담하러 간 날, 내 모습이 그토록 인상적이었나? 큐티 컨셉이 내게 잘 어울리는 건 사실이지만, 그렇다고 이런 킹카가 걸려들어 단박에 반했다니. 매일 그러고 다녀야 하나……? 아, 이게 아니지. 지금은 그런 문제 따위가 중요한 게 아니라구, 차미선! 나는 곰곰이 고민에 빠졌다가 다시 입을 열었다.

"이렇게 아이들까지 만나는 행동은, 다분히 책임져야 할 일이에요. 알죠?"

후우우. 심호흡을 했다.

"그러니까."

그러니까 너는 이제 내 거야! 라고 할 수는 없다. 라하하하.

"그러니까, 그렇게 말씀하시니까……."

나는 나름 차분하게 시간을 끌며 말을 이어가고 있다. 나답지 않게 굴려니 얼굴이 뜨끈뜨끈해지네.

"나도 지금 심지훈 씨를 조금 진지하게 생각해보고 싶어졌어요."

돌려 말하는 것도 쉬운 게 아니다. 어차피 눈치 빠른 사람이니까 내가 무슨 말을 하려는지 알 것이다. 설마 이제 와서 나더러 왜 김칫국 마시느냐고 비웃는 거 아니겠지? 아냐, 그만해 차미선. 걱정이 너무 많아서 난 혼자 배 타고 산

으로 달리고 있잖아. 바다로 가자, 바다로. 어쩌면 이 남자,
나와 아이들이 탄 배를 제대로 이끌어줄 능력 좋은 선장님
일지도 모르잖니.

*

자다 깬 은솔이가 칭얼거려서 얼른 몰에서 사온 돌고래
풍선을 쥐어주니 기분 좋은 얼굴을 하고 다시 잠이 든다.
잔잔한 미소가 피어오르다가 그 남자의 선견지명에 기가
차서 피식 웃음이 새어 나왔다. 아이가 울면 주라고 이런
선물을 미리 준비하다니.
"내가 정말 전생에 나라라도 구했을까?"
여자들끼리 하는 농담이지만 반쯤은 진심이다. 얼굴 잘
났지, 기력지 죽여주지, 더듬어본 결과 몸매도 끝내주는 것
같지, 나이도 두 살이나 어리고. 외모뿐인가? 많이 배운 데
다 직업도 좋다. 매너남에 성격 좋고 내 아이들까지 예뻐해
주고, 눈치까지 빨라서 한 박자 먼저 말을 꺼내주는 센스까
지!
"생각할수록 봉 잡았네."
그러나 그런 만큼 불안감도 커진다. 괜한 걱정이라고 핀
잔들 하겠지만 직접 이런 상황을 접해보면 알 거야. 무작정
'나는야 럭키걸! 땡큐 룰루랄라' 하며 행복해질까? 가진 것

이 많은 사람일수록 잃을까 봐 걱정이 많아지는 법이다. 나는 이토록 완벽한 남자를 내려주신 신께 감사하면서도 동시에 이 사람이 어느 날 휙 사라질까 봐 혹은 변심할까 봐 불안하다.

때문에 적당한 게 가장 좋은 법인데. 적당한 것에 만족하지 못하는 게 사람 욕심이라 웃기는 딜레마에 빠진다. 하긴 그러니 인생사가 재미있는 거지. 미래란 언제나 예측불허. 그리하여 생은 그 의미를 갖는다고 어디 만화책에서 본 것도 같다.

"그런데, 아무리 애들 앞이라지만 그렇게 가버릴 건 뭐람."

사람 마음이 심히 간사하여 마음을 일부 허락하고 나니 갑자기 모든 것이 변하고 있었다. 젠틀맨 심지훈이 집에 도착해 잠든 은솔이를 침대에 고이 눕히고 은비와 작별 인사를 한 뒤에 내게는 손만 흔들고 가버리는 모습에 서운한 마음이 들었다. 딱히 뭘 바란 건 아니지만. 아니, 사실은 진한 굿나잇 키스를 기다렸는지도.

주책없는 아줌마 차미선! 아직 이렇다 하게 진도 나간 사이도 아니면서 뭘 그런 것까지 바라니? 나 자신을 채근하면서 천장을 노려보는데도 자꾸만 그 남자의 잘난 얼굴만 그려진다. 보고 싶다. 당장이라도 얼굴 좀 보자고 불러내서 슬쩍 안겨보고도 싶다. 상상만으로도 심장이 이렇게 뛰니 한달음에 그에게 전력 질주 하는 기분이다. 이러면 안 되는데. 내가 더 많이 좋아하면 그 사람 바로 눈치채고 싫증 낼지 몰라. 그러면 안 되는데, 어째? 그치?

따리링.

"응, 뭐야……?"

긴 생각 끝에 나도 모르게 살며시 잠이 든 모양이다. 시계를 보니 아침 7시다. 에잇, 누가 일요일 이 이른 시간에 문자질이람? 무시한 채 이불을 뒤집어쓰고 더 자려다 호기심이 수면욕을 이겨 폰에 손을 뻗었다.

─잠꾸러기 여왕님, 문 열어주세요.

헛? 이 남자, 지금 우리 집 앞에 있는 거야? 정말? 나, 지금 꿈꾸고 있는 것 아니지? 나는 정신을 차리지도 못하고 그대로 벌떡 일어나 후다닥 달려 나가려다 일단 화장대 거울을 들여다봤다. 푸석푸석한 얼굴 때문에 바로 심란해진다. 먼저 욕실로 돌진해 고양이 세수를 하고, 손가락으로 대충 머리칼을 빗어 넘겨 곱창 머리끈으로 질끈 묶고, 양치할 시간까지는 없으니 휘리릭 가글로 때운다. 입고 잤던 그레이색 롱티 위에 베이직한 연블루 카디건을 걸친 뒤 허둥지둥 현관으로 달려가 도어록 잠금을 해제했다. 그런데?

꺅!

갑자기 눈이 부시다! 악, 뭐야. 이 댄디한 남자는? 열린 문 뒤에 서 있는 사람을 보고 순간 비명을 지를 뻔했다.

"미안해요, 너무 일찍 찾아왔죠?"

164

상관없어, 상관없다고! 멍한 시선으로 심지훈의 아래위를 훑어보던 나는 고개를 절레절레 흔들었다. 정말로 말이 안 나왔다. 숨 막히게 멋진 이 사람 때문에. 깔끔하게 정돈된 헤어스타일에 새까만 에르메네질도 자냐의 슈트를 한 벌로 빼입고, 팔에 걸치고 있는 캐시미어는 로로피아나의 아이서코트다.

잡지책에서나 보던 제품들도 그렇지만, 희미한 미소를 짓고 있는 심지훈이야말로 남성 명품 정장 코너의 모델이 걸어 나온 것만 같아 눈길을 뗄 수 없었다. 자고로 키가 크면 정장을 입을 때 진정한 빛이 난다더니. 보세옷을 스타일 좋게 걸쳤을 때도 멋지긴 했지만 이건 뭐, 줄줄줄 흘러내리는 고급스러움은 말로 설명을 다 못 할 지경이다.

"나는 벗은 게 더 멋있는데."

"에…… 예?"

"하하하하!"

그의 호쾌한 웃음 앞에서 얼굴이 뜨거워졌다. 못 살아. 또 내 얼굴에 다 쓰여 있나 봐! 그래도 흐흐흐, 츄릅. 어떡해, 너무 좋아 미치겠네. 무슨 첫사랑에 빠진 풋풋한 10대도 아니고. 왜 이렇게 감정이 주체가 안 되는지 모르겠다.

"내 생각 하느라 밤샜을 줄 알았는데, 아닌가 봐요. 좀 서운해지려 하네요."

"어머, 내가 왜요? 심지훈 씨가 나한테 반해 따라다니는 거지, 나는 아니라고요."

괜히 너스레를 떨며 돌아서서 마음을 진정시켜본다. 나를 따라 거실로 들어서는 남자의 존재감이 너무 커서 갑자기 공기가 달라지는 것 같다. 님과 함께하는 공간은 향기마저 아름다워지며 조명은 반짝이는 별빛, 그 별은 그대 눈 속에 있소…… 뭐 이런 건가? 라핫핫핫.

"정말 내 생각 안 했어요?"

재차 묻더니 내 팔을 잡아 획 돌려 세운다. 엄마야! 뭐하는 거…….

"아…… 음……. 기억이 잘 안 나네. 생각이란 걸 했던가?"

혀를 날름 내밀면서 웃었더니 그의 눈길이 가늘어진다. 뭐 그런 모습까지도 그림처럼 멋지기만 한데. 캬아! 이 사람, 정말 내 남자로 만들어도 되는 거지? 응?

"이상하군요. 어제 분명히 이렇게 해주기를 바라는 표정이었는데."

내가 뭘? 뭘? 모르는 척 시치미를 떼며 시선을 피하자 그가 한 손으로 내 턱을 잡아 내 눈동자를 자신의 눈길에 갖다놓는다. 장난스러운 눈빛에 진지함이 스민다. 그의 손이 따스하게 내 어깨를 그러쥔다. 다가오는 남자의 얼굴에서 유독 입술이 도드라져 보인다.

어머어머! 안돼요안돼요안…… 돼요돼요돼요………. 마

166

음속 외침이 입 밖으로 나올 틈이 없다. 굳이 말하지 않아도 잘만 알아채는 사람인데, 소리 내어 알릴 필요 있을까?

두근두근두근두근두근두근.

내 심장이 발끝까지 떨어져 쿵쾅쿵쾅 온몸에 진동한다. 어느새 내 입술 위에 살포시 겹쳐지는 부드럽고 차가운 감촉에 눈이 스르르 감겼다. 소심하게 공중에서 헤매는 내 손을 잡아 그가 자신의 목에 둘러줬다. 에이, 모르겠다! 이젠 그렇게 내빼거나 당황할 필요 없는 것 아닌가? 나는 보다 적극적으로 그의 단단한 목을 끌어안고 발끝을 세워 몸을 조금 더 밀착한 뒤 먼저 그의 입술을 열었다.

언제 마지막으로 키스를 했는지 기억이 가물가물한데 이런 건 까먹지도 않나 봐. 혀와 혀가 끈적하게 엉기고 숨결이 가빠진다. 등줄기의 솜털이 보스스 일어선다. 찌르르한 전율이 온몸을 적셔 손끝까지 파도처럼 일렁인다. 멀리서 종소리가 뎅뎅 울리더니 가슴에서 파문을 일으키며 점점 크게 퍼져간다. 시간이 멈춘 것만 같다. 머릿속이 하얗게 백지로 변한 채 세상에 오직 심지훈과 차미선만 존재하는 기분이 든다.

"못됐어. 멋대로 이렇게 막 진도 나갈 거예요?"

아쉽게 입술을 떼어내고 새삼 민망해진 나는 가쁜 숨을 몰아쉬고 난 뒤 괜한 심통을 부렸다. 어차피 조금은 장난스러운 분위기였으므로 어색함은 별로 없었다. 그는 소리 없이 짧은 웃음을 보이다가 내가 소파에 앉으며 옆자리를 팡 팡 쳐 보이니 얌전하게 긴 다리를 접는다.

"독심술 좀 한다니까요. 어제 인사하고 간 다음에 강아지 같은 차미선 씨 눈망울이 기억에 남아 있었거든요."

애 뭐래니? 그럴 거면 어제 요렇게 해줬어야지. 아니면 좀더 진하게 해보든가. 하다 만 것 같아 입맛이 쩝쩝 다셔 진다. 나를 갖고 논 것 같기도 해서 은근히 괘씸한 마음도 든다. 날이 밝자마자 달려왔으니 그 괘씸함이 조금 줄긴 했 지만.

"나는 한숨도 못 잤는데 차미선 씨는 잘 잔 얼굴이라 심 술도 났고."

"에…… 아니 뭐 꼭 그런 건."

못 잤다. 못 잤다고! 내 꼴을 보라고. 오히려 댁이 상큼하 게 긴 잠을 잔 것 같지, 내 푸석푸석한 얼굴은 '밤샜소' 하고 말 걸지 않우? 어쩜, 남자가 피부까지 좋아. 어디 화장품 쓰 는지 물어보고 싶어진다. 쳇. 이봐요, 당신 같은 사람을 남 친으로 만들었는데 어떤 여자가 쉽게 잠을 이루겠어! 앞뒤 재지 않고 지금만 보면 참으로 행복해! 이런 설렘, 평생 다 시 내 곁에 다가오지 않을 줄 알았건만.

"거칠어진 피부, 너구리 같은 다크서클 안 보여요? 내가 어딜 봐서 단잠을 이룬 얼굴이라는 거죠?"

중얼중얼 혼잣말하듯 항의하자, 그가 흐음 소리를 내면

서 고개를 살짝 기울인다. 날렵한 턱선이 도드라지네. 아, 야금야금 잡아먹고 싶은 남자다. 흐미, 무슨 생각을!

미선아, 미선아! 너 너무 오래 굶었나 봐!

"잘 모르겠어요. 내 눈에는 그냥 예뻐 보이기만 해서."

커헉! 아, 소름 끼쳐! 어떡하지? 벽난로 앞의 초콜릿 인형처럼 사르르 녹아버릴 것만 같다. 평소 다른 남자가 이런 말을 던지면 느끼 멘트 작렬이라고 비웃어줬을 텐데! 뭐든지 다 용서되고 아니, 용서되는 정도가 아니라 그의 말이라면 천상의 아리아라도 되는 듯 귀에 쏙 들어와 나를 전율시키니 어쩜 좋아.

"오호호……. 이른 아침부터 찾아와 왜 이렇게 작업하는 거예요? 사람 심란하게."

이렇게 금방 올 거였으면 어제 왜 갔니? 그냥 여기서 자지. 은비랑 은솔이 한 방에 몰아 재우고 나랑 같이 만리장성이나 쌓…… 어머나! 나 정말 이런 여자였어? 왜 이래! 정신 차려, 차미선!

"내일 제주도에서 학회 세미나가 있어서 김포공항에 가야 하거든요. 조금 있다가 그쪽 리조트에서 중요한 점심 약속도 있고."

"어어, 그랬군요."

아무리 애써도 표정에 드러나는 실망감을 감추기 어려웠다. 일요일인 오늘 당연히 데이트를 꿈꿨는데. 미친 척하고

'제주도에 따라갈게요!' 해버려? 안 되겠지? 우리 애들은 어쩌고? 다 달고 가는 건 진짜 민폐겠지? 힝.

"내일 저녁이면 올 거예요."

내 감정을 눈치챈 남자의 말. 그래도 위로가 되지 않는다. 소풍 전날 아이처럼 들떠 있었구만. 한순간에 무너지는구나, 흐흑. 그래도 어쩔 수 없지. 나는 어린 20대 아가씨도 아니고, 그 정도 이해 못 해줄 사람도 아니니까. 얼른 인자한 미소를 그린다. 아무렇지도 않은 것처럼 웃으면서 잘 다녀오라고 해야지. 사실 1박 2일이면 별것도 아니잖아.

"그래서 이렇게 차려입은 거예요? 아까 문을 여는데 빛이 나더라고요."

"아, 이거."

자고로 얼마나 자냐 같은 고급 슈트는 벗겨보고 싶은 매력이 있다던데. 덕분에 이 외로운 아줌마 아침부터 펄떡펄떡 피가 용솟음치잖아.

"가기 전에 얼굴 보고 싶기도 하고, 기왕 차려입은 거 보여주고 싶기도 하고. 그래서 일찍 쳐들어온 거예요."

흐음, 그렇단 말이지? 근데 나는 이 극과 극 패션에 의문이 든단 말이야. 물론 나도 쉬크와 큐티를 넘나들기는 한다만, 남자들은 여자들보다 좀 단순한 편이라 이런저런 변신에 뛰어날 수가 없는데. 댁만 특이한 걸까?

"대체 어떤 모습이 진짜죠?"

"예?"

나는 이마를 살짝 구기면서 손가락으로 그의 슈트를 톡톡 건드렸다. 가까이서 보니 질감이 다르다, 달라. 명품이란 이런 걸까? 이 정도 슈트와 코트면 세트로 소형차 한 대 값이 나온다고. 내가 즐기는 타임 세일 쇼핑과는 격이 다르다. 이 남자, 집에 돈도 많은 건가? 대체 얼마나 잘난 거야?

"처음 상담 갔을 때에는 티메 옴므 입고 있었죠? 버버러 알파카 프로섬코트와 맨스백 구두 세트도 봤고요. 그런데 전에 우리 매장으로 찾아왔을 때나 어제 애들하고 아쿠아리움 갔을 때는 보세표 편한 복장이었잖아요. 너무 극과 극이다 보니 두 사람을 만나고 있는 기분까지 들어요."

"음, 그럴 수도 있겠네요."

그가 생각에 잠긴 채 고개를 주억거린다. 하, 이런 모습도 화보구나, 화보. 나 정말 점점 더 심각하게 콩깍지가 씌워지는 걸까? 처음엔 그저 얼굴 좀 반반하고 키 큰 남자라고 생각했는데, 어느새 세상 어떤 모델이나 배우를 갖다놔도 심지훈만 못 할 것 같은 생각이 든다. 중증일세. 큰일이야. 늪처럼 푹푹 빠져들고 있잖아. 이거 이거 위험한데. 단점이라도 좀 찾아봐야 하나?

"그래서 상담할 때 나를 보는 눈빛이 그랬었군요?"

"엥? 내가 뭘요?"

"이놈이 무슨 쇼핑 중독 상담을 하겠어? 이렇게 쓰여 있던데."

헙, 정답이다. 당근 된장남으로 봤으니 그렇지. 오호호호호.

"사실 명품은 제 취향이 아니에요. 폼이 나는 건 사실이지만 입고 다니는 게 아니라 모시고 다니는 기분이 들어서."

"그럼, 그때나 지금 입고 있는 것들은 뭐예요? 설마 연예인처럼 협찬이라도 받나요?"

절반쯤 진심을 담아 진지하게 물었는데 크크크 낮은 웃음이 돌아온다. 에미, 뭐야? 내가 또 웃긴 건가?

"귀여운 면이 있어요. 그 덕분에 가끔씩 웃게 되네요. 엉뚱하다고 해야 하나, 순진하다고 해야 하나?"

"대놓고 말하면 왠지 기분 나빠요."

"협찬은 협찬이죠. 어머니표 협찬."

"아?"

"우리 어머니 취미거든요. 작은아들 곱게 꾸미기. 어릴 적에는 딸이 없다고 제게 드레스까지 입히던 분이라. 초등학교 들어가서야 사내아이다운 옷을 입어봤으니 말 다했죠."

뭐, 뭐야? 아우, 나는 친밀한 시월드 절대 싫은데. 드디어 단점 발견인가? 근데 이거 어째 치명적인 단점이 아닐까 싶네. 내 이혼 사유였으니까. 차남인 거야 반가울 일이지만, 장남보다 편애 받는 차남은 또 어려워진다. 이토록 잘난 아들을 가진 어머니가 나 같은 흠 있는 여자를 며느리로 받아들일 리 없잖아.

"어머니 걱정하실 필요는 없어요. 제가 좋아하는 여성에 대해서는 아무런 터치 안 하실 거예요."

내 안색이 어두워졌는지 그가 얼른 안심시키는 말을 꺼내지만 이미 내 가슴에는 묵직한 뭔가가 얹힌다. 그거야 아직 결혼의 '결' 자도 모르는 총각이나 하는 착각이고. 심지훈 선생. 무지하게 똑똑한 줄 알았는데, 의외로 현실감이 없구나. 내심 가족이 없는 고아라면 얼마나 좋을까 하고 생각했거늘 애석하게도 그런 소망까지는 이루어지지 않았다.

하지만 어쩌니? 나 이제 당신이 너무 좋아졌는데. 우리 애들도 그렇고. 혹시라도 나와 내 아이들 때문에 당신이 어머니와 척지게 되어도 괜찮을까? 나는 그런 일 모른 척할 만큼 이기적일 수도 있거든. 그러자고 하면 당신은 내게 실망할까?

에효, 뭐냐. 나 또 너무 앞서나가는 거지? 아직 우려하는 사태가 벌어질 전조가 하나도 없잖아. 왜 걱정을 사서 하는 거야?

"정말인데."

말이 없어진 내 코끝에 그가 손가락을 탁 퉁긴다. 아야, 하고 인상을 쓰니 그가 가만히 내 손을 잡았다.

"너무 앞서서 걱정하지 말아줘요. 나한테도 나름 사연이란 게 있어서 차미선 씨가 생각하는 그런 드라마틱한 사태는 일어나지 않을 거예요."

"사연이요?"

"나중에 차차 설명해줄게요. 지금 꺼내기엔 이야기가 길기도 하고 좀 어둡기도 하고."

무슨? 그에게 무슨 사연이 있다는 걸까? 그런데 어두울 건 뭐람? 딱 보기에는 좋은 집안에서 사랑받고 자란 엄친아인데. 의문이 담긴 내 눈동자를 들여다보던 그가 겸연쩍은 미소만 희미하게 그린다. 묘한 기분. 무결점으로만 보이는 이 사람에게도 말하기 어려운 심각한 사연이 있는 걸까? 뭐, 나중에 들어보면 알겠지.

사실 이렇게 진지한 생각을 하기에는 아직 우리는 모르는 것이 너무 많다. 만난 지 며칠 되지도 않았고, 제대로 사귀자고 말한 지도 만 하루가 되지 않았다. 내가 정말 너무 앞서나가고 있다. 한마디로 차미선, 웃기는 여자다.

"벌써 8시네요. 가봐야죠? 아무리 국내선이라고 해도 비행기 탑승 시간 한 시간 전에는 나가 있어야 하잖아요."

"아직 시간이 있지만, 아이들 깨기 전에 일어날게요. 은비랑 은솔이가 너무 서운해하면 약속 펑크 내고 싶어질 것 같으니까."

말만이라도 고맙네그랴. 참 바람직한 대한민국의 건아로군요. 부드러운 미소를 그리며 살며시 나를 안아주고 일어서는 그를 따라 현관까지 걸어가 배웅했다. 꿈결처럼 들떴던 기분이 많이 가라앉았다. 산적해 있는 이런저런 문제들이 서서히 수면으로 올라오는 기분이었다.

심지훈은 진심인 것 같다. 어쩌면 나와 결혼까지도 생각하는 모양이다. 허나, 그렇게 되기까지 얼마나 수많은 난관을 만나야 할까? 예전처럼 나약하지는 않지만 과연 내가 그 모든 걸 받아들이고 이겨낼 수 있을 만큼 단단하고 강할까? 눈앞에 닥치는 순간 그냥 확 도망치고 싶어지면 어쩌지?

"그때 생각하자. 닥치면."

머리를 가볍게 만들려고 휘휘 털어봤다. 사실 나는 아무래도 좋았다. 객관적으로 보면 심지훈에 비해 차미선이 너무 떨어지는 조건이라는 것도 이미 알고 있다. 막장 드라마에 나오는 것처럼 상대가 상대이니만큼 내가 천박한 년 취급을 당하고 물세례를 받아도 어쩔 수 없다고 생각한다. 그러나 은비와 은솔이 때문에 자꾸만 심장이 돌처럼 무거워졌다. 지레 겁먹고 싶지는 않아도 숨 막히는 시댁이 어떤 것인지 너무나 뼈저리게 잘 알고 있다. 아이들은 결코 그런 생활을 견뎌낼 수 없다.

"모르겠다."

내 한숨이 천장으로 가득 피어올랐다.

과거도 반품이 될까요

아이 둘과 함께 실내 모래 놀이터에 다녀왔다. 아침에 눈을 뜨자마자 아빠 타령을 해대는 은솔이 때문에 난처했지만 다행히도 아이들은 다른 뭔가에 집중하면 그전에 한 이야기를 쉽게 잊는다. 집에 와서 아이들에게 저녁을 챙겨 먹이고 씻겼다. 이틀간의 강행군이 피곤했던지 은비와 은솔이 모두 깊은 잠에 빠져들었다. 밤 9시가 갓 넘은 제법 이른 시간에 자유가 찾아왔다.

─내일 학회 세미나는 준비 다 됐어요? 아직이에요? 많이 바빠요?

슬쩍 문자를 보냈는데 기다려도 답이 없다. 끙……. 문자를 다시 보내면 재촉하는 여자로 비치겠지? 내가 점점 이상해지는 기분이다. 당연히 이런 여유가 생기면 홈쇼핑 채널을 켜든지, 인터넷 쇼핑질에 빠져야 하거늘. 머릿속이 온통 심지훈으로 가득 차서 다른 것이 들어올 공간이 없다. 쥐마켓, 옥땡, 감기몰, 그런 게 다 뭐더냐.

"쇼핑 중독? 상담 같은 것 필요도 없었네. 연애하면 고쳐지는 병이었나 봐."

정말 심지훈 그의 설명대로 내 심각한 쇼핑질은 마음속 외로움을 달래기 위한 방법이었을까? 인정하기 싫지만 틀린 말은 아닌 듯하다. 쩝.

유 여사님이 알면 기뻐하시겠다! 걱정거리 딸내미가 쇼핑 중독을 치료하고, 원하던 연애까지 하고 있으니. 게다가 나아가면 손녀들의 새아빠가 생길 수도 있으니까.

"잘생겼지, 젊지, 능력도 있지, 자상하지……. 뭐 하나 빠지는 게 없군. 대단하신 심지훈 선생님."

흠, 유 여사님. 어쩌면 내 상대가 너무 버거워 걱정이 깊어질 수도 있겠구나. 목요일이면 돌아오신다. 당연히 은비랑 은솔이가 '아빠' 이야기를 할 것이다. 유 여사님 성격에 꼬치꼬치 캐물으실 테고, 당장 그 남자를 만나고 싶어 하시리라. 문제는 문제일세. 유 여사님은 몽상가가 아니다. 딸이 상처받을 것 같으면 당장 두 팔 걷어붙이고 말리려 나설 것이다.

"처음부터 고승찬이라는 그 짜증 나는 남자 말고 당신 같은 사람을 만났더라면 좋았을걸. 당신 앞에서 당당할 수 있게 말이야."

물론 지난 5년간의 암흑기에 대한 보상으로 내가 그를 만났다고 생각할 수도 있다. 이 세상에 심지훈 같은 남자를 만날 수 있다면 5년 정도 우울증에 시달릴 여자들이 많을지도 몰라. 보너스로 예쁜 두 딸도 얻고 말이지.

"게다가 은비는 심지훈 그 남자를 정말로 마음에 들어하는 눈치던데."

내 아이가 열렬히 좋아하는 애인을 만들 수 있는 이혼녀가 얼마나 있을까? 문득 은비의 생일날 새벽으로 생각이 헤엄쳐갔다.

차 안에 잠든 나를 우리 집으로 옮겨주고, 은비와 은솔이에게 저녁까지 챙겨 먹이고 양치시키고 재우기까지 한 자상남. 허튼 장난하지 말라며 다그치는 내게 부드럽게 웃어주던 그, 심지훈.

—너무 복잡하게 생각하지 않았으면 해요. 사람 인연이란 게 의외로 아주 쉽게 풀리기도 하거든요.

그가 의미심장한 말만 남긴 채 현관문을 닫고 사라지자, 나는 한참 동안 멍하니 정신을 차리지 못하다가 비척비척 아이가 잠든 방으로 들어갔다.

"엄마가 어떻게 해야 하는 걸까?"

178

자고 있는 은비를 가만히 내려다봤다. 달빛이 창으로 들어와 아이의 얼굴을 슬며시 만지작거리고 있었다. 심히 감상적으로 변한 기분에 코끝이 찡해졌다. 언제 이렇게 컸지? 설핏 웃음이 새어 나왔다. 하루하루 사는 게 바빠 여유롭게 아이를 들여다보지 못했는데 품 안의 갓난쟁이가 단박에 어린이로 자라난 기분이었다. 이 아이가 이렇게 크는 동안에 나는 어디서 뭘 한 걸까? 분위기에 젖어서인지 주책없이 눈물이 맺혔다. 머릿속을 더듬어봐도 아이가 아장아장 걸음마를 하고부터는 내 삶이 기억에서 지워져 거의 떠오르는 게 없었다.

　"참, 네 아빠 안 닮아서 천만다행이야."

　정말이지 다행 중 다행이다. 만일 이 아이가 제 아빠 판박이였다면 나는 견디기 힘들었을 테니. 어쩌면 내가 못 키우겠다고 고승찬 그 인간에게 아이를 던져주고 도망 왔을지도 모를 일이다. 무책임하다며 손가락질할 수도 있겠으나 매일 대하는 얼굴에서 이혼한 웬수탱이 전남편이 바로 연상된다면 누가 견딜 수 있을까? 은비는 나도 안 닮았고 제 아빠도 안 닮았다. 재미있게도 요 녀석은 외할머니를 빼다 박았다. 그래서 유 여사님이 은비라면 껌뻑 죽는 거지만.

　"엄마 왜……? 안 자고 뭐해?"

　"어?"

　아이를 들여다보며 혼자만의 생각에 푹 잠겨 있었는데,

은비가 내 기척을 느꼈는지 눈을 비비적대면서 침대에 일어나 앉았다. 부스스 흐트러진 머리칼이 까치집 같다. 나는 이 상황이 민망하기도 하고 아이 꼴이 우습기도 해서 빙긋 미소를 머금었다.

"은비 보고 싶어서 들어왔지."

캬! 알흠다운 대답이다. 상냥한 어투와 부드러운 얼굴 표정. 그래 가끔 이런 모습도 보여줘야 아이의 뇌리에 고운 엄마로 인식되는 거라고. 그런데 이 녀석이 나를 말끄러미 쳐다보더니 작은 입을 비죽대다가 한다는 말이,

"…… 술 취했어?"

"아니거든."

분위기 급 다운. 으휴! 아무튼 이눔지지배. 아, 정말 슬프다. 고은비의 아이다운 순수성은 모두 어디로 갔단 말인가? 요즘은 다른 집 아이들도 일곱 살이면 이렇게 애어른처럼 굴까? 엄마가 보고 싶어 왔다고 하면 눈을 빛내면서 두 팔 벌려 꼭 안아주는 스킬은 모두 '환상속의 그대'란 말이냐!

"아까 그 멋진 오빠 때문에 그래?"

천장을 향해 혼자 속으로 비명을 지르던 나를 은비가 현실로 불러낸다. 나는 표정 관리를 마친 뒤 시선을 내렸다. 물론 여기서 오빠라고 칭한 이는 심지훈 선생 그 인간이다.

"은비는 그 아저씨가 마음에 드니?"

"응, 아주 좋아. 오빠는 키도 크고 잘생겼잖아."

헐, 요 꼬맹이 보게. 내가 일부러 아저씨라 칭해도 끝까지 오빠라 이거지? 고은비, 네 나이가 다섯 살만 많았어도 연적으로 여겼을지도 모르겠…… 어머, 뭐래니?

"잘생기면 다냐? 세상에는 잘생긴 나쁜 놈들도 많아."

내 괜한 심통에 은비의 작고 깨끗한 이마에 약한 주름이 잡힌다.

"그래? 나쁜 사람이었어? 그래서 엄마는 그 오빠가 싫은 거야?"

"엉? 아, 아니 뭐. 꼭 그렇다고는."

이런, 정곡을 찔렸다. 게다가 멋대로 그에게 나쁜 놈이라는 누명까지 씌우고 있으니 나도 참 못 말리겠네. 그가 좋은 놈인지, 나쁜 놈인지, 이상한 놈인지는 더 두고 봐야 알 일이지만.

"쩝, 아니야. 아저씨가 나쁘다는 뜻은 아니고. 네가 잘생긴 것 때문에 그 사람이 좋다고 하니까 그래서 하는 말이야."

"잘생겨서만 좋은 건 아니야!"

"그러면?"

"웃는 게 예뻤어. 외할머니가 그러시잖아. 웃는 게 예쁜 사람이 속이 착한 거라고."

아, 유 여사님 어록 중 하나이지. 사람 분위기가 그 사람을 알 수 있는 척도라면서, 다른 것보다 웃음이 고운 사람은 속마음까지 예쁠 거라고. 그런데 정작 그런 말씀을 달고 사시는 유 여사님, 10년 전쯤 그렇게 인상 좋다던 친구분에게 사기를 당한 것 같은데. 쩝, 어쨌거나 중요한 건 그게 아니니까.

"알았다. 네 말 참고해둘게."

"이따가 오빠랑 같이 아쿠아리움 가는 것 맞지?"

그새 잠이 깨버렸는지 초롱초롱 빛나는 눈동자로 나를 응시하는 공주님이다. 어휴.

"그래그래. 자, 아직 새벽이니까 잠이나 더 자라."

"지금 아침 새벽 아니고 밤 새벽이야?"

"응, 아직 잠자야 하는 너무너무 이른 새벽이지."

싫은 표정 가득한 아이를 억지로 눕혀 이불을 가슴까지 덮어준 뒤 이마에 쪽 하고 뽀뽀를 남겨주었다.

"생일 축하해, 고은비."

그러고는 아이의 원대로 그 남자와 아쿠아리움에 놀러 갔다. 아빠 노릇 해주는 심지훈과 즐거운 한때를 보내고, 그리고…….

—첫눈에 반했어요. 차미선 씨에게.

그의 진지함이 내 마음속 뭔가를 움직이고 말았다. 어쩌면 '믿고 싶다'라는 내 소망이 반영된 것일지도 모르지만.

"웃음이 예쁜 남자라. 그것만으로 충분할까?"

마구 몰아치던 심지훈이 곁에 없으니 생각만 깊어지고 있다. 부디 은비의 저 말이 진실이기를 바라는 나.

"휴우."

아직 닥치지도 않은 미래가 밝게만 느껴지진 않으니. 사서 걱정하는 것일 수도 있지만 어쩔 수 없는 이 불안감은 어쩌란 말인가.

"그나저나 왜 문자에 답이 없는 거야? 이 시간이면 일할 리는 없고. 제주도에서 열릴 정도면 규모가 큰 학회겠지? 예쁜 아가씨들도 많을까?"

이것도 또 새로운 문제라고. 잘나디잘난 남자 친구, 혹은 미래의 남편. 이거야 원 불안해서 살겠어? 연애할 때도 마음이 안 놓이니 결혼까지 하게 되면 어쩌겠냐고. 내 눈에만 멋진 남자가 좋은 법인데, 심지훈은 객관적으로 보기에도 너무 훌륭하단 말이쥐. 흑흑흑.

띠리링.

기다리던 문자 도착음! 아, 뭐니? 나 여태 걱정하던 것 모두 어디로 날아갔어? 어머어머, 입이 제 마음대로 히죽거리며 웃잖아! 흐미, 어쩔 것이여. 표정 관리도 안 되네.

"……."

문제는, 기다리던 사람의 문자가 아니라는 것이다. 아니, 그 정도가 아니라 내 손이 부르르 떨릴 정도로 나쁜 징조가 나타났다. 누가 옆에서 나를 지켜봤다면 한순간에 천국과 지옥을 오가는 얼굴을 목격했으리라. 어금니를 너무 꽉 다물어 턱이 아플 지경이다. 휴대폰을 쥔 손에 차가운 땀이 차오른다. 통화 버튼을 누르러 가는 내 엄지손가락이 덜덜 요동친다.

그냥 못 본 척 내팽개치고 싶은 마음이 굴뚝같지만 이미 확인한 이상 잊을 수도 없고, 내가 문자를 씹고 전화를 안 건다고 마냥 기다리기만 할 사람도 아니다. 차라리 마음의 준비를 하고 먼저 버튼을 누르는 편이 낫다.

"후우."

통화 연결음이 들린다. 오래된 트로트 가요에 소름이 끼친다. 몇 년이 흘렀건만 어쩜 저건 바뀌지도 않았을까?

—여보세요.

상대가 전화를 받자, 나도 모르게 눈을 질끈 감았다. 여자 목소리로 들리지 않을 정도로 상당히 낮은 음성. 저 사람의 숨소리만으로도 부들부들 떨던 시절이 있었다. 그간 나도 꽤 많이 변했다고 생각했는데, 쉬이 입이 떨어지지 않는 걸 보니 꼭 그렇지만은 않은 모양이었다.

"어쩐 일이세요?"

안부 인사 같은 허례는 생략했다. 뭐라 호칭해야 할지도 애매해 딱 잘라 질문부터 던졌다. 상대방이 가볍게 혀를 차는 소리가 들린 것도 같았다.

—꼴같잖게 위자료인지 뭔지 챙겨 나가더니 사는 게 꽤

괜찮은 모양이지? 항상 기어들어가는 소리로 사람 울화통 터지게 하던 애가 이젠 목소리에 제법 힘이 실렸구나.

하하. 비아냥거리는 말투가 역시 변함이 없다. 그간 잊고 살았다는 게 놀라운 이 기분. 저 노인네는 평소 대화할 때도 상대를 깔아뭉개야만 직성이 풀리는 사람이다. 나는 지금 내 손으로 벌어서 잘 먹고 잘살고 있거든! 어디서 지 아들이 준 위자료로 먹고사는 여자인 양 치부해?

아, 정말이지 거만하기 그지없는 저 여자가 더없이 낭패를 당할 일이 뭐가 있을까? 새삼스러운 증오심과 복수심이 끓어오른다. 재주다 재주! 어떻게 말 한마디로 이렇게 사람의 화를 돋울 수 있는 거야?

"용건만 말씀하세요."

―배운 것 없는 티는 여전하구나. 어쩜 어른에게 그렇게 버릇이 없지?

웃기고 지랄이셔요. 입술까지 올라온 말을 겨우 삼켰다. 무식해 보이는 건 나보다 당신이 훨씬 더한데, 혼자만 그걸 모르고 있으니 어찌 불쌍하지 않을소냐. 그 집안만큼 돈은 많지 않으나 우리 부모님 나 대학 때까지 부족한 것 없이 키워주신 분들이다. 최소한 당신처럼 남들 무시하는 모습 같은 건 보여준 적도 없어. 젊었을 때 일수나 찍으면서 거칠게 살아온 것 다 아는구만. 저 노인네 화를 돋워 욕을 쏟아내게 해볼까? 잘할 수도 있을 것 같은데! 목구멍 안쪽이 근질거린다.

"버릇없는 저한테 3년 만에 무슨 하실 말씀이 남으셔서
전화까지 하신 건데요? 안부 인사 하실 거면 그만 끊을게
요. 저도 먹고살려니 바빠서요."

─나도 너처럼 재수 없는 애랑 전화 붙들고 통화하는 것
유쾌하지 않아.

하. 저런 사람이 한때 내가 설설 기었던 시어머니라는 사
람이다. 아, 나 정말 이혼 잘한 것 같아. 세상에 태어나서 내
가 가장 잘못한 게 있다면 저 집안으로 시집간 것이고, 두
번째로 잘한 것이 있다면 고승찬이랑 이혼한 것이다. 가장
잘한 것? 물론 심지훈을 만난 것이지. 음, 호호. 잠깐이라도
그 남자를 생각하니 머리끝까지 올라오던 화가 거짓말처
럼 스르르 가라앉는다. 그래, 침착하게 응수하자. 흥분해봤
자 득 될 것이 없다.

"긴 통화 싫으시면 어서 용건을 말씀하세요."

잘한다, 차미선. 기죽을 것 없어. 당당하게!

─은비랑 은솔이, 내 손녀들. 이제 그만 데려와야겠다.

"예?"

흥분이고 화고 심지훈이고 개나발이고 갑자기 머릿속이
하얗게 변한다. 이 무슨 개가 풀 뜯어먹는 소리난 말이다!
여태 아이들 생일에도 전화 한 통 없던 양반이 무슨 손녀들
타령이야? 새 며느리가 손자 낳아줬다며? 나한테 고추 달

186

린 것 하나 못 낳느냐고 그토록 구박하며 계집애들 시끄럽다고 노려보던 사람 아니냐고?

"무, 무슨 말씀하시는 거예요? 고승찬 씨 친권 포기했단 말이에요!"

—포기는 무슨. 은솔이가 너무 어려서 친애미가 필요하니 잠깐 양보했던 게지. 애 네 살이면 새엄마가 키워도 충분해. 너도 그래. 젊디젊은 게 재가도 안 하니? 애 둘 끼고 어떻게 새사람을 만나겠어?

하하하! 언제부터 내 걱정을 해주셨다고 이딴 말씀을 하시오? 기가 차서 잠시 말문이 막혔지만 가만히 있을 수는 없다. 목소리 끝이 듣기 싫을 정도로 떨리는 건 신경 쓸 여력도 없었다.

"고승찬 씨도 알고 있어요? 은비 은솔이 데려가려는 것?"

—지 새끼 찾는 건데 싫다고 할 리가 있나?

그럴 줄 알았다. 노인네 독단 행동이야. 아무리 그 인간이 나랑 연락 한 번 없이 지낸다지만 이런 황당한 일을 사전에 의논 한마디 없이 진행할 리가 없다. 허나, 3년간 노인네 절대 권력이 변했을 리 없으니. 그 집안에서는 이 여자가 한다면 한다. 고로 나는 지금 큰일이 났다.

"제가 새사람 만난다 해도 아이들에게 아빠가 생길 뿐이에요. 절대로 은비랑 은솔이가 그 집으로 돌아갈 일은 없을 테니 그렇게 아세요."

—어디 고씨 집안 아이들한테 다른 놈을 아빠라고 부르게 할 생각을 품어? 천박하게. 그리고 어떤 미친놈이 애 둘이나 딸린 여자랑 같이 살겠대?

"그건 제 문제고요. 무슨 상관이세요? 고승찬 씨도 잘만 재혼했는데 저라고 못 하겠어요? 게다가 그 집으로 애들이 가서 새엄마 손에 크는 거랑 제가 재혼해서 새아빠 생기는 거랑 뭐가 다른데요?"

—남자랑 여자가 같은 줄 알아? 멍청하긴. 쓸데없이 고집부리지 말고 잡음 없이 끝내자꾸나.

"새로운 며느리께서 제 아이들을 받아들이겠대요? 혼자서 막 결정하시고 며느리가 애들 싫다고 하면 어쩌실 건데요?"

—걔는 걱정 안 해도 돼. 너 같이 교양 없는 애인 줄 아니?

말이 안 통한다. 길게 통화해봤자 내 속만 타오를 것 같아 숨을 길게 내쉬었다.

"아이들 친권이나 양육권에 대해 논의할 게 있으면 애들 생물학적 아빠인 고승찬 씨한테 직접 찾아오라고 하세요. 저는 제 딸들을 내줄 이유도 필요성도 전혀 못 느끼고 있고요. 어쨌거나 끊겠습니다. 더 이상 대화하고 싶지 않네요."

—법적으로 우리가 더 유리한 건 알지? 너는 우울증에 빠졌던 정신병자야. 지금도 싱글이니 아이들에게 편부모가 될 뿐이고, 경제적으로도 우리보다 못 하잖아. 그러니

괜히 시간 낭비 말고…….

"끊어요."

앵앵앵 소리가 계속 들렸지만 얼른 전화기를 귀에서 떼어 통화 종료 버튼을 눌렀다. 두 손바닥을 모아 그곳에 얼굴을 파묻었다. 머리가 지끈지끈 아파온다. 배 속에 긴 송곳이 들어가 쿡쿡 쑤시는 것 같다. 구토가 올라오고 숨이 가빠진다.

도대체 갑자기 왜?

이혼하고 첫번째 생신에 그래도 아이들 할머니라고 전화해서 은비와 통화를 시도한 적이 있다. 쓸데없는 짓을 한다며 그 노인네 비웃음만 샀다. 씨도 없는 계집애들 필요 없으니 앞으로 절대 연락하지 말라고 매몰차게 끊던 양반이다.

"무슨 심경의 변화래? 노인네 노망이 났나?"

답이 없는 질문만 꼬리를 물고 이어진다. 흥분의 여파로 불안증이 재발하고 있었다. 이러면 안 된다. 내 아이들을 지키기 위해 나는 더욱 강해져야 한다. 날이 밝는 대로 고승찬 이 인간부터 만나봐야겠다. 대체 무슨 일이 벌어지고 있는 건지 파악해야겠다.

띠리링.

흠칫 놀라며 들여다보니 아, 심지훈이다.

—계속 통화 중이네요.

빌어먹을 노인네랑 말도 안 되는 대화를 하는 동안 전화를 한 모양이다. 지금 통화하면 안 될 것 같은데. 그래도 목소리를 조금만 듣고 싶네. 바로 통화 버튼을 누르고 들려오는 부드러운 음성에 눈을 감았다. 지금 옆에 있었으면 좋겠어. 왜 하필 제주도지? 당장 달려갈 수가 없잖아.

—무슨 일 있어요? 목소리가 조금 잠긴 것 같은데.

"아니에요. 애들 재우느라 옆에 누워 있어서 그래요."

씩씩하게 거짓말한다. 왠지 이렇게 말해도 이 사람은 다 눈치챌 것 같은 막연한 생각도 들지만, 일 때문에 제주도까지 가 있는 이에게 마냥 어리광을 부릴 순 없잖아.

—보고 싶어요.

그의 따뜻한 한마디에 미소가 절로 스민다. 모든 사념이 잊힌다. 나의 힐링 캠프, 내게 있어 쇼핑보다 우선이 된 사람. 괜스레 그와의 관계에 대해 고민했던 이런저런 것들이 공중으로 산산이 분해된다. 아아, 금세 사랑에 빠질 것만 같다. 어떤 미래가 닥친다 해도 이겨내겠다는 생각이 들 만큼 그에 대한 마음이 확고해지고 있어.

"나도 보고 싶어요."

—음, 안 되겠는데. 헬기라도 하나 대여해서 지금 차미선 씨 옆으로 날아갈까요?

"푸훗."

눈 녹듯 사라지는 근심 걱정들. 재충전이란 이런 거구나. 이런 사람하고 살아본다면 단 며칠짜리 시한부라 해도 받아들일 것 같아. 긴 통화는 계속되었다. 나는 아침에 은솔이가 떼쓴 이야기부터 모래 놀이터에서 은비가 작은 포크레인 때문에 또래 남자아이와 싸운 일, 그곳 음식이 별로였다는 이야기, 집에 돌아와 욕실에 들어간 아이들이 무슨 장난감을 갖고 놀았는지 따위의 소소한 이야기를 다 하고 있었다. 전화를 끊기 싫어서……. 그래, 그런 이유였던 것 같다.

"어머 벌써 한 시간이나. 내가 너무 오래 잡아둔 거죠?"

—괜찮아요. 밤새라도 상관없어요.

"전화기가 뜨거워져서 귀가 익을 지경인데요?"

—하하, 조만간 그 폰 파업하겠네.

"배터리도 다 되었고. 그만 끊을게요."

—그래요, 내일 봐요.

통화를 끝낸다는 게 이토록 허전한 일이었던가. 나는 한동안 멍하니 액정만 들여다보았다. 손가락 하나 까딱하기가 싫다. 다시 통화 버튼을 누르고 그의 목소리로 내 안을 채우고 싶어. 안절부절못하던 나는 부엌으로 걸음을 옮겼다.

"혼자서라도 한잔해야겠어."

잠깐 연화 생각이 났지만, 두 집 사이 거리가 꽤 되는 데다 내가 아이들 때문에 외출이 불가능하기에 그냥 혼자 맥주를 즐기기로 했다. 전화로 프라이드치킨을 주문하고 냉장고에서 시원한 캔맥주 두 개를 꺼냈다. 자고로 늦은 밤에는 치맥이 제격이어라.

TV를 틀었다. 평소 보지도 않은 코미디 프로그램에 채널을 고정했다. 요란한 저들의 웃음소리에 억지로라도 동조해보려 입가의 근육을 멋대로 움직여본다. 그럼에도 불구하고 마음 깊이 넣어둔 걱정거리가 고개를 내밀려 했다. 심지훈의 목소리만으로는 완전 치유가 불가능할까?

차미선, 힘을 내. 내일은 내일의 해가 뜬다. 좋지 않은 일은 홀홀 털어버리자. 전남편을 만나보면 별일이 아닐 수도 있다. 미리부터 너무 걱정은 말아야 한다.

"그래, 그러자."

*

이런, 고장 났다!

두 캔만 먹으려던 맥주가 세 캔, 네 캔이 되고, 그것으로도 모자라 장식장의 양주까지 꺼내 마셨다. 그런 상태로 소파에서 쭈그리고 잠이 들었다가 아침 일찍 눈을 떠보니 내가 제대로 고장 나 있었다.

"욱!"

허리를 펴지 못할 정도로 속이 아파 화장실로 달려가 먹은 걸 다 토해냈다. 잔뜩 게워낸 뒤 고개를 들어보니 거울에 비친 안색이 백지장 같은 게 유령을 보는 것 같다. 팔다리가 저리고 천장은 빙글빙글 돈다.

"아우, 죽겠다."

괜히 꿀물을 타 먹어봤다가 그것마저 도로 토하고 말았다. 벽을 짚으며 비틀비틀 거실로 나오자 은비가 인상을 찡그리고 서 있다.

"엄마 왜 그래? 아파?"

"은비야아아아."

아이고, 우리 큰딸을 부르짖으며 덥석 껴안았더니 은비가 "왜, 술 냄새, 토 냄새!" 하고 소리 지르면서 마구 버둥대다 이 엄마를 밀어낸다. 아니, 이런 괘씸한 것. 어려서부터 그토록 똥을 지리고 토해대던 너를 늘 보듬어 안고 닦아줬는데, 이게 어디 엄마를 더럽다고 밀어내? 앙?

"엄마, 지금 술주정해?"

"응, 좀 그런 거 같아."

고개를 끄덕이자, 은비가 에휴 작은 한숨을 뱉으면서 고사리 같은 손으로 내 팔을 끌어 안방으로 간다. 침대에 눕히더니 이불을 가슴까지 덮어주고는 체온계를 찾아와 귀에 꽂는다. 차갑기만 한 체온계의 싫은 느낌마저 따스하게 다가오는 건 가슴이 푸근해서 그렇겠지? 평소 제가 아플 때 내가 하는 그대로 은비가 따라하는 걸 보고 있으려니 신기하고 기특하고 그러네.

"엄마 38.5도야."

"으응."

"오늘 회사 가지 말고 집에서 쉬어."

"그래야겠어."

"어제 우리 잠든 다음에 혼자 술 마셨어? 아님, 연화 아줌마 왔다 갔어?"

딱 제 외할머니 말투로세.

"내가 알아서 은솔이도 데려다줄게. 엄마는 그냥 누워 있어."

"밥 먹어야지."

"시리얼 먹고 갈게."

평소 징징대던 모습은 온데간데없이 의젓한 장녀가 되어 할 일을 척척 해나가는 모습에 감동 지대로다! 아, 딸 키운 보람이 있어. 어느새 눈가까지 따끈해진다.

"근데 엄마 나 저번에 산, 꽃 세 송이 있는 핑크색 드레스 입고 간다!"

"고은비!"

그러면 그렇지.

*

오전 내내 잠만 잤다. 끙끙 앓는 소리가 입 밖으로 새어 나온다. 절로 이런 상태가 되다니 아프긴 진짜 아픈가 봐. 나름 강해졌다고 자부했는데, 그 노인네 몇 마디에 이렇게

194

쓰러지는 내가 참 한심스럽군.

"연화야, 나 너무 서러워. 엄마까지 안 계시니 약 사다 줄 사람도 없어."

―질질 짜기는. 그 장대 같은 키에 쪼매난 대가리 달린 놈은 어디 갔어?

"심지훈? 흑, 하필 학회 세미나라고 제주도에 있잖아."

―니 그놈시키 보고 싶다고 상사병 난 거면 내 가만 안 둔다.

"그런 거 아니라니까."

―신경질 낼 힘은 있는가 보네. 니 진짜 꾀병 아니지?

"꾀병 아냐. 제발 약 좀 사다 줘."

―술병이라고? 대체 무슨 일인데?

"오면 얘기해줄게."

―월요일에 바쁜 것 알지? 좀더 앓아라. 내 퇴근길에 들를 테니.

나쁜 것. 이렇게나 아프다는데 한달음에 와서 약 좀 던져주고 가지. 나름 절친이라고 생각하는데 나만의 착각인가? 몸이 약해지니 괜스레 마음도 약해져 눈물이 핑 돈다. 끊어진 전화기에 대고 열없이 계속 투덜대다가 다시 누웠다. 천장이 천천히 돌아간다. 시곗바늘 회전하듯 띡띡띡 움직이는 게, 그것 희한하구만.

"아아, 속 아파. 흑, 북어국이나 죽 같은 건 왜 배달하는 데가 없는 거냐?"

　동네에는 맨 짱깨와 피자집, 치킨집만 가득이다. 쓸 만한 배달 음식점 하나 못 알아둔 게 아쉽다는 생각을 하며 따뜻한 물이라도 마실까 싶어 기다시피 해서 엉금엉금 거실로 가려는데, 이 처량함에 또 눈물이 펑펑 솟는다. 카스에 '아파요. 엉엉'이라고 써놨더니 댕동댕동 위로의 댓글이 달리는 소리만 요란하다. 근데 별로 위안은 안 되네. 쩝.

　"정말 냄새 쩐다. 으, 싫어라."

　거실에 다녀와 방문을 연 순간 새삼 방 안에 밴 술 냄새와 토사물 냄새가 너무 싫었다. 이따 늦게라도 심지훈이 올지 모른다. 아니, 올 것이다. 연애 초기에 남친에게 차마 이런 꼴을 보일 수 없지. 비실비실 기운 없는 몸으로 침대보를 잡아당겨 갈고 베개는 통째로 세탁기에 넣어버렸다. 창문을 열고 환기하려다가 팔에 힘이 없어서인지 당최 창문이 밀어지지 않아 때려 치우고 페뿌려죠만 칙칙 뿌려댔다. 근데 쿵쿵대보니 내 몸이 더 문제다. '나 아파요'라고 고약한 향이 풀풀 풍겨 나온다. 아우, 뜨끈뜨끈한 사우나에 가고 싶은데 지금 운전은 도무지 무리이니 이를 어쩐다?

　"그래, 집에서 약식으로 하지, 뭐."

　누가 보면 그 컨디션으로 제정신이 아니라고 하겠지만, 나는 뜨거운 스파가 너무나 절실했다. 욕조에 물을 가득 채우고 기분 좋게 양치에 가글까지 한 뒤 욕조에 몸을 쏙 밀어 넣었다. 아우, 따뜻해! 소셜커머스에서 초저럼하게 사놓은 입욕제 유노한개의 상큼한 향이 몸 안으로 좌르륵 스민다. 온몸이 저릿저릿하고 소름이 오소소 돋는다. 축 처졌던 몸과 마음이 환기되는 기분? 콧노래까지 흥얼대며 머리를 젖히고 눈을 감았다. 한껏 고조된 즐거움 속에 심지훈과의 이런 짓 저런 짓을 머릿속에 뭉게뭉게 그려 넣기 시작했다. 그리고⋯⋯ 그대로 소르르 잠이 들었다.

쾅쾅쾅!

응? 뭐야? 뭐가 이렇게 시끄럽지? 요란한 소리가 쿡쿡 귀청을 쑤시고 들어와 머리가 찌릿 아파온다. 눈을 뜨려는데 눈꺼풀이 천근만근마냥 무겁다. 으응, 뭐냐고? 손을 움직이자 참방거리는 소음이 들리네. 아, 이런 내가 욕조 안에서 잠들었구나! 겨우 실눈을 뜨고 내려다보니 축 처진 여자가 이미 차가워진 물속에 상한 생선처럼 담겨 있다. 시간이 얼마나 흘렀을까? 알 수 없는 시간의 움직임 속에서 끙끙대며 몸을 조금 일으킨다.

쾅쾅! 차미선 씨!

욕실 안 벽 타일에 남자 목소리가 쨍쨍 튕겨져 온다. 헉? 어, 어떡해? 잘못 들은 게 아니라면, 저건 심지훈 목소리잖아! 어머어머어머, 대체 내가 얼마나 오래 잔 거야? 벌써 밤이라도 된 거야? 가만히 귀 기울여보니 아이 울음소리도

섞여 있다. 은비? 하, 내가 미쳐.

"나, 나가요!"

최대한 소리쳤으나 벌레 울음소리만도 못한 게 튀어나온다. 이를 어쩌. 저러다 문을 부수거나, 다른 사람 불러서 잠긴 문을 따기라도 하면 망신도 이런 망신이 없다. 그야말로 온몸에 남아 있는 힘을 다 긁어모아 욕조에서 일어서는데 목구멍에서 저절로 끄응 소리가 난다. 어…… 어어? 그대로 바닥에 허물어지는 내 몸을 주체할 수 없다.

우당탕, 딱!

엄청난 소리와 함께 무릎을 콱 찧었다. 아우, 피눈물 나게 아프다! 아마도 내일쯤 새파랗게 멍이 나타나겠지? 하지만 지금은 그게 문제가 아니라고. 차가운 바닥 까끌까끌한 타일 위로 엉금엉금 기어서 걸어놓은 배스로브까지 손을 길게 뻗어 간신히 잡았다. 겨우 팔을 끼워 넣었는데, 손이 덜덜 떨려서 허리끈 묶는 일도 보통 힘든 게 아니다. 문을 거세게 두드리는 소리가 가물가물 멀어져가는데, 이대로 정신을 잃을 수는 없다.

"우리 집 욕실이 언제부터 이렇게 컸지?"

욕조에서 문까지 천 리 길은 되는 것 같다. 벽을 짚고 후덜덜 떨리는 다리로 겨우 일어선 후 맨발로 비틀대며 걸어가 문고리를 잡았다. 무슨 마라톤 완주를 한 기분이네. 손에 물기가 묻었는지 동그란 플라스틱 고리가 빠지지 않는다. 두 손으로 그 고리를 꼭 잡고 있는 힘껏 잡는 순간, 문이 안으로 쑥 밀렸다.

"엄마야!"

뒤로 밀려 내동댕이쳐진 내 팔을 누가 세게 잡아 확 끌어당긴다. 내가 누군가의 단단한 품에 와락 안긴 걸 깨닫는다. 아! 익숙한 남자 향수가 사르르 스며든다.

"어떻게 된 거예요? 차미선 씨! 괜찮아요?"

내가 착각한 게 아니라면, 이 사람 목소리에는 울음기가 스며들어 있다. 귓가에 쿵쾅거리는 그의 심장소리가 와 닿는다. 엄청나게 다급한 기운이 가득 느껴지지만, 내게는 그저 듣기 좋은 목소리와 그의 몸이 뱉어내는 음악. 내 시야에 그의 매끈한 얼굴이 등장했지만 꿈인지 생시인지 모르겠다.

새삼스레 그가 너무 잘생겨 보이는 데다 후광까지 번쩍이는 것이 아무래도 내가 아직 꿈을 꾸고 있나? 배시시 웃음이 새어 나왔다. 점점 소리가 멀어진다. 아띠, 이렇게 기분 좋게 폭 안기는 게 꿈이라면 좀더 오래 기억하게 해주지. 진짜 짧잖아! 너무하잖아! 아쉬움을 뒤로 한 채 이제 나는 안도감에 휩싸여 다시 어두운 나락으로 깊게 떨어졌다.

천천히 주변이 느껴진다. 푹신한 베개와 포근한 이불, 내 젖은 머리는 수건으로 감싸고 있다. 기분은 좋은데, 내가 왜 이러고 있지? 서서히 눈꺼풀을 걷어 올려본다. 흐릿하게 맺히는 상이 점차 선명해진다. 바로 위에서 낯익은 얼굴이 보인다. 이런, 꿈의 연장인가? 언제 봐도 참 멋지단 말이야.

"정신이 들어요?"

어? 눈을 깜빡깜빡해도 눈앞에 보이는 심지훈이 사라지지 않는다. 어라, 허상이 아니었나 보네? 시선을 움직여보자 익숙한 것들이 시야에 들어온다. 내 방 내 침대 위다.

음, 그러니까 내가 스파를 꿈꾸며 욕실에 들어가 앉아 있었는데, 정신을 차려보니 내 방이란 말이네? 저번에도 심지훈의 차 안에 앉아 있다가 내 침대로 '워프' 했는데, 이 인간이 초능력을 가졌나? 우헤헤. 이런, 아직 정신이 덜 들었나 보다.

"어떻게 된 거죠?"

대답 대신에 간신히 이렇게 되묻자 남자의 미간이 좁아지는 게 보인다. 기운만 있으면 손을 들어 눈썹 사이의 주름을 쫙 펴주고 싶네. 아니, 왜 인상을 쓰고 그래? 잘생긴 얼굴 못나진단 말이야. 피시식 기운 없는 웃음만 피어났다. 어이가 없는지 그도 따라 웃는다.

"본인이 죽을 뻔한 건 알아요?"

"내가요? 에이, 누가 욕조에서 잠깐 잠들었다고 죽어요?"

"그런 상태면 사망할 수도 있죠. 탈수 증세가 심각한 데다 저체온증에, 곧바로 심장마비까지 올 수도 있는 상황이

200

랍니다. 도대체 무슨 생각으로 그런 짓을 했어요?"

아아, 그래. 술이 덜 깨서 내가 진정 미친 짓을 한 모양이구나. 아마도 은비가 유치원에서 돌아와 욕실문이 잠긴 걸알았을 테고, 아무리 찾아도 엄마가 없자 욕실에서 쓰러졌다고 여겼을 테고? 근데 왜 연화가 아니라 심지훈이 여기있지? 지금 대체 몇 시야? 뭐가 어떻게 돌아가는 거야?

"은비에게 감사해야죠. 큰딸 아니었으면 자기 집 욕실에서 시체로 발견될 뻔했으니."

싸늘하게 말하는 어투가 며칠간 내가 알았던 남자가 아닌 것 같다. 화났나? 아니, 왜? 어쨌거나 내가 이렇게 멀쩡하면 그냥 넘어가도 되잖우. 조금 오버일세, 이 양반. 어이, 심지훈의 가면을 쓴 당신은 누구? 내가 지금 술이 덜 깨서연화를 심지훈으로 착각하는 중인가? 아닌데. 목소리도 맞는데.

"어…… 지금 몇 시예요?"

"오후 6시요."

6시? 세미나 마치고 오면 일러도 11시라고 했던 것 같은데?

"어떻게 여기에 있어요?"

"지금 그게 중요해요?"

나는 중요해. 심지훈 씨, 제주도 간다고 한 것 뻥이었구나? 꺄하하하! 뻥쟁이.

"유치원에서 은비가 엄마 걱정 되어 점심만 먹고 집에 간다고 했답니다. 부원장 선생님이 집 앞까지 데려다주고 갔고, 은비가 집에 들어와보니 엄마가 욕실에서 안 나오고 불러도 대답이 없으니 얼마나 놀랐겠어요."

"그래서 심지훈 씨에게 연락을? 에헤, 폰번을 어떻게 알고?"

"내가 무슨 일 있으면 전화하라고 알려줬거든요."

아, 그렇게 된 거로군. 뭐야 고은비, 엉큼한 지지배. 번호까지 따놓고 내게 말을 안 했어? 요걸 그냥…… 아음. 지금은 그게 중요한 건 아니고, 큼큼. 은비가 가장 먼저 심지훈 선생에게 연락했다 이거지. 그렇다고는 해도 제주도에서 세미나 중이었을 사람이 어떻게 여기에?

"학회 중간에 나왔어요. 내 발표도 펑크 내고. 반년이나 준비한 건데 책임져요."

"엑? 정말요?"

"농담 같아요?"

컥! 정말인갑네? 흐미, 어쩌니?

할 말을 잃은 나는 뚫어져라 이 남자 얼굴만 들여다봤다. 아니, 댁이 오버한 거라니까. 은비의 SOS를 받았으면 그냥 거기서 우리 아파트 관리실에 연락해주든지 아니면, 119에 신고하면 될 일을. 왜 그 멀디먼 섬나라 제주도에서 여기까지 날아오고 그래?

202

"아, 저, 저기 어쩐대요? 지금이라도 돌아가면 안 되겠죠? 다음 학회에서 발표한다든지……."

"솔직히 그렇게 단순한 문제는 아니죠."

시큰둥한 대답. 나는 쩔쩔매면서도 눈길을 피하지 못하고 자꾸만 이 사람을 샅샅이 훑어보고 있다. 기분이 살짝 상한 표정이지만 여태까지와 다른 모습이 새삼스럽다. 은근 귀엽기도 하고, 워낙 눈매가 선량한 편이 아니어서인지 쌩하니 무섭기도 하고? 나쁜 남자 이미지가 도래한 거야? 와우, 멋지다! 사뢰있는 이 멋짐! 에효, 정말 콩깍지 지대로 씌웠나 봐. 뭘 해도 번쩍번쩍 빛나니 이 일을 어쩌나.

"큭."

잉? 말없이 서로만 응시한 채 5분쯤 지난 것 같은데 갑자기 그가 웃음을 터뜨렸다. 뭐여? 또 내가 무슨 생각하고 있었는지 다 읽힌 건가? 우뛔. 걱정 된다, 걱정 돼! 앞으로 밀당은 절대 불가능할 것 같아. 이 사람하고는!

"정말 표정이며 눈빛이 너무 솔직해서 모르는 척해주고 싶은데 다 보여요. 하긴 어쩌겠어요. 내가 워낙 잘난 탓이라."

"어머?"

이 웃기는 총각 보게. 근데 왜 나는 한마디 반박도 못하고 얼굴만 빨개지는 거냐고. 욕조에 담갔던 몸의 열기가 아직 덜 식었나? 도대체 여태 먹은 나이 어디에 다 팔아먹었는지 이 남자 앞에만 있으면 수줍은 10대 소녀로 돌아간 것 같다. 부끄럽고 말이 안 나온다. 내숭 같은 건 10년도 전에 갖다 팔아먹은 것 같은데, 내 몸 깊숙이 저기저기저어기 구석에 몰래 숨어 있었던 모양이다.

"몰라요! 누가 거기서부터 날아와 짠 하고 구해달라고 했나? 어떻게든 됐을 텐데, 심지훈 선생님 걱정이 지나친 거라고요!"

민망함을 참기 힘들어 볼멘소리를 내고는 만화 캐릭터처럼 흥 소리와 함께 고개를 돌려버렸다. 어라? 금세 한마디 응수할 줄 알았는데 대답이 없다. 의문이 실린 눈길로 올려다보니 그가 말없이 시선을 떨어뜨린 채 가만히 있다. 어어, 왜 저러지?

"그렇군요. 제가 실수했네요."

나직한 음성이 천천히 공간에 울려퍼졌다.

"그 중요한 발표도 마다하고 이렇게 부랴부랴 달려왔는데."

차분하게 퍼지는 그의 목소리에 기운이 하나도 없다. 엥? 괜히 심통 부렸더니 얘 삐졌니? 에엑, 정말인가 봐! 굳은 표정으로 슥 일어서잖아! 가, 가려고? 아니, 그런 게 아니라, 농담이야! 어이 이봐요! 왜 그래? 여태 내 황당한 짓거리 다 봐줄 땐 언제고 말 좀 예쁘게 안 했다고 어떻게 요래 팩 삐지는데? 심지훈 선생, 그런 사람이었어? 응?

"그럼 저는 이만."

"어, 자, 자, 잠깐만……요! 으악!"

슥 돌아서서 뒷모습만 보이는 남자를 무턱대고 잡으려고 침대에서 내려서다 다리가 푹 꺾여 고꾸라지고 말았다. 맞다, 지금 내 몸에 힘이 하나도 없지? 어머, 어쩐댜? 야! 쇼핑을 위해 특화된 내 튼튼 다리! 기운을 내! 어서!

낑낑대며 두 손을 짚고 무릎에 힘을 주면서 방바닥 카펫에서 멀어지려 애쓰는데 시야에 심지훈의 발이 나타났다. 어머나, 발 사이즈도 크구나. 바지 색상하고 양말하고 깔맞춤이네. 곱기도 하지, 음. 이런 상황에서도 나는 왜 이런 생각을 하는 거냐고!

"놀리지도 못하겠네요, 정말."

"에……?"

그가 손을 내밀더니 내 몸을 부축해서 사뿐히 침대에 앉혀준다. 정신없이 고개를 들어 그가 정말로 화난 게 아닌지 표정을 살피려다 시선이 딱 마주쳤다.

"진짜 안 삐졌죠?"

"예."

웃는다. 그렇지, 댁은 웃어야 제 맛이야. 날카로워 보이던 눈매가 살짝 휘고 섹시한 입술이 미소를 품으면 얼마나 멋진데! 근데 왜 그런 모습에 내 코끝이 찡해지는 거냐고. 의도치 않게 눈물이 나오려 해. 아띠, 정말 무슨 정신병자가된 기분이다. 그의 표정, 말, 손짓 하나하나에 좌지우지되는 내가 너무 우습다.

"울지 마요."

"안 울어요. 안 우는데 왜 눈물이 나지? 눈에 뭐가 들어갔나? 씨이……."

심지훈이 나를 침대 헤드에 기대도록 앉혀주고는 내 무릎 옆쪽에 걸터앉았다. 그의 무게에 따라 침대가 약간 출렁이며 내려앉는다. 가만, 지금 방문이 닫혀 있는데, 침대 위에 우리 두 남녀만 덜렁 앉아 있는 거야? 게다가 나는 속이 훤히 들여다보일 수도 있는 배스로브를 헐렁하게 걸친 상태잖아! 옴마야. 애들은 지금 뭘 하고 있지? 나 후딱 이 남자 덮쳐도 되는…… 에잇, 그럴 힘이 없구나! 흑. 이렇게 슬플 수가!

"조금 화가 나긴 했어요. 내가 없는 동안 차미선 씨가 너무 위험한 짓을 저질러서."

"아, 뭐…… 이렇게까지 될 줄은 몰랐어요."

"은비가 일찍 오지 않았으면 어쩔 뻔했어요?"

"…… 잔소리는."

내 심술이 가득한 뺨에 그의 손이 와 닿는다. 눈물을 닦아주려니 하고 가만히 있었더니 그가 엄지손가락으로 가만가만 내 눈가를 더듬기만 한다. 의아해서 슬쩍 눈길을 올려 쳐다보았다. 가만히 응시하는 남자의 새까만 눈동자가 정확하게 나를 보고 있다. 또 숨이 막힐 것 같다. 물끄러미 응

206

시하는 시선 속에 내가 완전히 갇힌 느낌이다.

"그대로 차미선 씨 못 보게 되는 일이라도 생길까 봐……
정말 겁이 났어요. 심장이 멎는 줄 알았거든요. 학회 같은
것, 발표 같은 것 아무것도 중요하게 생각되지 않았어요.
그 순간 다른 누구에게 연락할 방법도 떠오르지 않았고 그
냥 내 두 다리로 어서 빨리 달려와야 할 것 같았어요."

"…… 지훈 씨."

"어디 가지 마요. 나는 그런 것 못 견뎌요."

감정 속으로 침전되어가는 그의 낮은 목소리가 서서히
작아졌다.

"나는, 나를 두고 소중한 사람이 이런 식으로 떠나가는
것을 절대로……."

음성이 끊긴다. 그의 침착하고 깊은 눈동자가 흔들린다.
나는 순간적으로 마음이 아려왔다. 말 못 할 무슨 사연이
있는 것만 같다. 뭘까? 이 사람 불안해하고 있잖아. 내가 처
음으로 이 남자의 내면 깊은 안쪽을 들여다본 기분에 심장
이 일렁였다. 그냥 별것 아니라고 단순하게 치부하기엔 심
지훈이 너무 진지하다. 뭔가 간절해 보인다. 그건…….

"미안해요. 내가 잘못했어요. 그러니……."

어쩔 줄 몰라 하는 나를 응시하던 그가 희미하게 웃는다.
내 얼굴에 닿은 손으로 턱을 가만히 당기더니 살포시 입술
을 겹친다.

"괜찮아요. 이렇게 무사하니까. 내가 달려오는 동안 아무 일이 없어서 다행이에요. 그것만으로도 고마워요."

이 사람 왜 이렇게 감동적이지? 이럴 때는 정말 어떻게 해야 하는 거야? 농담이 아니다. 내가 정말로 큰 위험에 처했을 때 이 정도로 모든 것을 내려놓고 달려와줄 사람이 누가 또 있겠냐고. 나를 진심으로 걱정해주는 남자 앞에서 폭풍 눈물이 쏟아질 것만 같다. 이런 사람을 의심하고 그와의 미래를 걱정한 거야, 차미선?

쿵쿵쿵 뛰는 심장소리가 온 방 안을 뛰어다닌다. 갖고 싶다. 이제는 이 남자 심지훈이 아무 데도 가지 못하게 만들고 싶어! 아직 술이 덜 깼나? 내가 꿈꾸고 있나? 아니, 아니다. 내가 진짜로 이 사람에게 완전히 반해서 넘어간 거야. 바로 지금!

"내가 고마워요."

나는 가볍게라도 고백해야 한다고 판단했다. 직설적이진 못하더라도, 좀 우회하더라도 말이지. 어차피 말귀 잘 알아듣는 사람이니까 너무 낯간지럽게 말하지 않아도 괜찮지 않을까?

"내 앞에 이렇게 나타나줘서. 정말로…… 정말로 고마워요."

물론 단순히 오늘 이렇게 나타나 구해준 걸 고마워한다는 말로 들릴 수도 있다. 하지만 내 말은 오늘 일뿐만 아니라 여러 의미를 내포하고 있었다. 알아들었을까? 알아들었 겠지.

그는 다시 한참 동안 나를 응시하고만 있다. 내가 민망함 을 느껴 시선을 피하자 그가 가까이 다가온다. 천천히 그리 고 자연스럽게 입술이 겹쳐진다. 여태까지 몇 번이나 맛보 았지만, 이번 키스는 사뭇 다른 느낌이 들었다. 감정의 깊 이가 느껴진다.

입술 바깥쪽부터 가만가만 더듬어오던 입맞춤이 조금씩 숨결을 삼키며 길어진다. 두 입술이 잠깐 떨어졌다가 다시 겹쳐지기를 여러 번, 가빠지는 호흡 속에 그의 오른손이 내 어깨에 걸쳐진 하얀 로브를 끌어내렸다. 남자의 뜨거운 입 술이 내 목에 궤적을 남기며 어깨 위를 더듬어간다. 나도 모르게 입에서 탄식이 새어 나왔다.

"하아……."

아, 아이들 때문에 정말 이러면 안 되는데에에에. 그렇 지만 이 설렘을 어쩔 거야. 머릿속이 백지장으로 변해가고 있잖아!

따뜻한 손이 팔을 쓰다듬고 옷깃 사이로 미끄러져 들어 온다. 참, 지금 안에 아무것도 안 입었지. 어머, 너무 쉬운 여자로 보이면 어쩌지? 그런 건 싫은데. 하지만 이젠 멈출 수 없는걸. 나, 이대로 이 사람 가질 거니까. 그의 셔츠 안으 로 내 손도 더듬더듬 기어들어갔다.

사실 전남편과는 은비가 태어난 이래 참 소원했다. 둘째 은솔이가 생긴 게 희한하다 싶을 정도였고, 당연한 말이지만 은솔이를 임신한 뒤로는 남편과는 한 침대에서 잠을 자지도 않았다. 따라서 긴장된다. 내가 뭔가 실수할까 싶기도 하고, 이혼녀씩이나 되면서 서툴러 보일까 봐 신경 쓰인다. 생각이 많으면 안 되는데……. 알고는 있으나 내 머릿속이 진정되지가 않아! 그런데,

삐리릭.

이 순간 천둥처럼 들리는 현관 도어록 소리! 허걱. 이게 뭔 일이람. 아악! 안 돼!

"은비야! 니 엄마 어딨어? 마이 아프나?"

"연화 아줌마?"

오오, 신이시여! 왜 이런 시련을 주시나이까! 정신없이 뒤엉키고 있던 우리 둘은 화들짝 놀라 떨어지고는 서로 눈길이 마주친 순간 푸하하하 웃음을 터뜨렸다. 아아, 진도 나가기 참 어렵다. 이렇게 먹음직스러운 남자와 이토록 좋은 공간과 기회를 가졌는데 이 정도에서 그만두어야 하다니, 쩝. 흐흐흑, 정말로 눈물이 폭포수처럼 쏟아지려 하는구나아아아아아.

"드, 들어오라고 하세요."

진심으로 낭패의 기운을 내뿜으며 손가락으로 문을 가리켰다. 그가 걸음을 옮기기도 전에 문이 벌컥 열렸다.

"허헐."

방문을 확 열어젖히며 연화가 내뱉은 첫음절이다. 크흠
흠. 내 얼굴에서 그렇게 티가 나나? 아니, 대체 뭐가? 미처
거울을 들여다보지 못했네. 혹시 입술이 퉁퉁 부풀어 올랐
다든가 그런 건 아니겠지? 맞나? 그게 아니고서야 방연화
재가 왜 가재미눈을 하고 나랑 심지훈을 저리 무섭게 째려
보겠어?

"와, 왔어?"

의도하지 않았는데 말이 더듬더듬 튀어나왔다. 의심이
가득하던 연화의 눈동자에 뭔가 확신이 들어찬 것도 그 순
간이었다.

"왔어어? 그래 왔다. 니가 죽겠다고 엄살떨며 전화한 게
영 마음 쓰여 매장 문도 30분 일찍 닫고 날아왔다."

"그, 그랬어?"

일관적으로 첫음절이 두 번씩 나오고 있다. 아놔, 왜 이
래? 마치 조금 전에 내가 이 먹음직스러운 남자를 어떻게
하려 한 것을 떠벌리려는 것 같잖아. 아니야! 미수에서 끝
났다고! 그리고 사실 아이들도 있는데 내가 뭘 얼마나 더
진행했겠니? 어?

심지훈 쪽을 흘끔 쳐다보니 벽에 기대어 선 채 빙긋 미소
만 머금고 있다. 아띠, 뭐라고 말이라도 꺼내봐요! 나 죽다
살아난 거 맞으니까 그거라도 증언해줘! 이러다간 거짓말

쟁이 소리까지 듣겠어!

"자알 하는 짓거리다."

연화의 언성이 서서히 높아진다. 문밖에서 눈을 동그랗게 뜬 채 방 안을 살피던 아이들의 표정에도 폭풍전야를 눈치채고 두려워하는 기운이 감돈다.

"아프다던 년이 얼라들 거실에 내팽개치고 아주 신이 났구마! 뭐이 병이 나서 약을 사다 달라꼬?"

"여, 연화야아."

크엑! 결국 뚱땡이가 길길이 날뛴다. 으윽, 정말 화통을 삶아 먹은 목소리이다. 하아아, 누가 얘 좀 말려줘요! 내가 기운만 있으면 어떻게든 끌고 나갈 텐데, 팔 하나 들기도 어려울 지경이니 어쩌면 좋단 말인가, 엉엉.

"고 따위 꾀병이나 부려싸 징징징 남친 불러들였나? 제주도 갔다믄서? 어데서 거짓부렁이고? 거 있던 사람이 지금 어케 여기 있나? 헬기라도 쳐 타고 왔나?"

졸지에 꾀병으로 멀리 가 있던 남친 불러들여 뻘짓 하려던 제정신 아닌 여자가 되었다!

"그런 거 아냐!"

"아니긴 뭐이 아니고!"

이러다가는 아래층에서 무슨 일 난 줄 알고 올라올 것만 같다. 우와아, 정말 공포스럽다.

"연화야, 그만 좀 해! 은비하고 은솔이 겁먹잖아!"

212

"하! 느그 애들 생각은 하고 있었나? 생각했다는 년이 저 째매난 것들 둘 내비두고 안에서 아픈 척하며 머스마나 꼬 드기고 자빠졌나?"

"야! 말이 심하잖아!"

"니 한 짓은 안 심하나!"

사태 수습 불가. 심지훈 보기도 민망하고 아이들 보기도 미안하다. 아우우, 나 진짜로 아파서 쓰러진 죄밖에 없다 고. 눈 뒤집힌 연화 때문에 일만 점점 커지는 기분이다. 내 가 왜 얘한테 약을 사달라고 했을까? 으흑, 지금 와 후회해 본들 무슨 소용이 있으랴. 어서 심지훈을 보내고 어떻게든 다독다독 이 절친 지지배를 달래야 한다.

"연화야아, 지금 너 심하게 오해하고 있어."

욱하고 치미는 걸 내리누르며 애써서 어색한 미소를 그 려본다.

"오해? 오해라꼬? 뭐이가?"

아, 정말 오해라니까! 어쩌다 보니 상황이 묘하게 돌아갔 지만 처음부터 이랬던 건 아니란 말이야. 억울해! 젊은 남 녀가 한 방에 있다 보면 삐리리리 눈이 맞아 으쌰으쌰 할 수도 있는 거지. 너 때문에 그 으쌰으쌰 근처에 가다 말았 구만, 왜 이렇게 흥분하냐고? 누가 모태 처녀 아니랄까 봐! 정말 벌떡 일어나서 친구라는 년의 멱살이라도 잡아 잘잘 잘잘 흔들어주고 싶은데, 몸이 말을 듣지 않는 것이 개탄스럽다.

"지훈 씨, 미안한데 그만 가줄래요? 지금 여기 계셔봤자 당황스럽기만 할 것 같아요."

"그래, 얼렁 가쇼."

경계의 눈빛으로 노려보는 연화의 포스가 가히 깡패보스급이다. 으흐흑, 연화야! 너 때문에 내 연애 전선에 이상이 생기면 책임질 거니? 머리가 더욱 띠잉 아파와 미간을 찌푸렸다. 그리고 그 순간 여태 이 모든 소란을 묵묵히 관전하던 심지훈의 입술이 가만히 열렸다.

"여왕님께서 물러가라니 저는 이만 가겠습니다만."

놀랍게도 그는 내가 예상하지 못한 아군이었다.

"방연화 씨, 혹시 저 기억 못 하십니까?"

"뭐요?"

어? 이건 무슨 시추에이션?

"방연화 씨 목소리 큰 것은 전에 알아봤지만 성격까지 이렇게 급한 건 오늘 처음 알았네요. 뵐 때마다 큰 소리로 웃는 모습이었는데."

잉? 엥? 나와 연화 입에서 거의 동시에 의아하다는 음절이 튀어나왔다. 뭐야. 심지훈 선생, 당신이 얘를 알아? 아니 어떻게? 그리고 연화 너도 저런 쌔끈남을 나보다 먼저 알고 있었단 말이야? 아니 어떻게 저리 잘생긴 남자를 한번에 못 알아봤니?

연화를 뾰족하게 노려보니 애도 기억을 더듬느라 오만상을 다 쓰고 있다. 매번 장대 같은 키에 대가리 째매난 놈이라고 불러대던 방연화 씨, 정작 자세히 본 적은 없는 모양일세. 쯧쯧. 그러니 남친이 안 생기지. 사람 좀 유심히 보고 다니란 말이야. 남자는 다 나의 적! 이런 마인드 그만 좀 허물고.

"머여? 나 알아요?"

연화는 결국 생각나지 않는 모양이었지만 그래도 살짝 풀 죽은 음성으로 질문을 던졌다. 심지훈은 부드럽게 눈가를 휘고 웃으면서 고개를 살짝 기울였다. 어머어머, 이봐! 아무 여자에게나 그렇게 웃지 말란 말이야! 흠, 이거 경계경보일세. 평소 상담할 때 뭇 여성들에게 저런 표정을 항시 보인단 말인가? 그러면 안 된다고 경고해줘야겠는걸.

"봄에 한 번, 여름 끝날 무렵에 또 한 번 뵀던 것 같은데요. 한국대학병원 심다훈 과장님…….."

"아!"

처음 봤다! 연화의 작은 눈이 이토록 커지는 모습을! 여태껏 무섭게 찡그리고 있던 내 친구의 표정이 삽시간에 놀라움과 반가움이 공존하는 새로운 페이스로 변했다.

"이게 누구십니까? 심 슨생님 동상분 아니십니까? 아이고, 우짤까? 못 알아뵀네예."

어……라? 저 사람도 심 선생님인데? 아, 저번에 차남이

라고 했지? 형도 선생님이신가 보네? 그것도 한국대학병
원 과장? 헉 뭐냐, 이 스펙은? 명품 옷들이 단순히 센터의
상담 선생님 정도로 입고 다닐 만한 건 아니라고 생각했지
만 역시나 배경이, 음…….

"저야 잠깐 스치듯 뵀을 뿐이니까요. 못 알아보실 만도
합니다. 아 참, 어머님은 어떠신지요?"

"예에. 심 슨생님 덕분에 이제 멀쩡해졌다는 거 아닙니까."

바로 온화해지는 연화. 너는 머리 좋은 사람들에게 약했
던 바로 그 친구가 맞구나. 생각해보니 연화의 어머니는 뇌
병변장애 판정을 받은 분이라 대학병원에 계속 치료하러
다니고 있다. 효녀 연화는 다른 건 몰라도 자기 엄마에 대
해서라면 껌뻑 죽는다. 근데 심지훈이 그런 엄마의 주치의
선생님의 동생이라니. 당연히 최대한 아름다운 표정으로
대하게 되겠지!

그나저나 심지훈 씨. 잠깐 봤다면서 연화를 기억하고 있
다니. 기억력까지 대단하군! 하긴 연화는 한 번 보면 잊힐
인상은 아니지. 웬만한 여자 중 저런 덩치가 어디 있을까.
인상도 무섭고, 목소리도 크고. 흐흐. 이런, 또 생각이 삼천
포로 빠진다.

"조금 난처한 상황에 마주치긴 했습니다만, 미선 씨 너무
그렇게 나무라지 마세요. 제가 못 말리는 도둑놈이라 그렇
습니다. 이 집안 세 여자에게 반해서 막 들이대는 중이거

216

든요."

"예에?"

바보처럼 반문하는 연화 앞에서 그는 다시 환히 웃어 보이고 은비와 은솔이를 불러 품에 안아 올렸다. 아빠아아! 신이 나서 단박에 달려오는 우리 귀여운 딸들, 흐음. 은솔이는 몰라도 은비는 꽤 무거울 텐데, 저 남자 그런 기색도 전혀 없다. 우호호, 젊구나 젊어!

은솔은 신이 나 그의 목을 끌어안으며 아빠아빠 부비부비를 시작하고, 연화는 놀란 눈빛으로 그런 모습을 물끄러미 응시하고만 있다.

입 닫아라, 이것아. 침 떨어지겠다.

*

방 안에 고소한 흰죽 냄새가 가득 퍼졌다. 여전히 속이 메슥거리나 코로 스미는 향에 절로 침이 넘어가는 걸 보니 이제 그만 아플 모양이다.

"자, 이것 먹고 정신 제대로 차려라. 심 슨생님 동상분 계속 걱정하실라."

너, 정말 왜 그러세요? 180도 바뀐 연화의 태도 때문에 기함할 노릇이지만 일단 침대 위에 올려놓은 흰죽과 간장에 눈길이 갔다. 배부터 채우자. 너무 기운이 없어서 말대답하기도 버거우니.

"드럽게 운도 좋은 년."

"알아."

뜨거운 죽을 후후 불어가며 떨리는 손길로 입안에 숟가락을 넣는다. 아씨, 숟가락이 단번에 입안으로 골인을 못해서 턱으로 죽이 흐르잖아. 심지훈이 아직 남아 있었다면 이런 것도 떠먹여줄 수 있었을까? 흐흐흐, 어쩜 좋아. 상상만으로도 너무 좋네. 속으로 망상의 나래를 펼치는데, 친구가 톡 던진 말이 귀에 박힌다. 운 좋은 년이라고? 그래 안다. 나 행운이 깃든 여자야. 나라를 팔아먹은 차미선은 며칠 전에 짐 싸서 떠났어. 자, 보라고. 그런 남자를 다 만나고 말이지. 캬하하핫!

"애들이 아빠라고 해도 마냥 좋아좋아 하더라."

"그러게 말이야."

죽을 삼키며 영혼 없이 대답하는데, 연화가 나를 물끄러미 응시하면서 조심스레 말을 꺼낸다.

"진심이겠지? 설마 얼라들까지 저러는데 장난 같은 건 아니겠……."

내가 항상 하던 생각임에도 다른 사람 입에서 나오니 참 듣기 싫다. 모순된 감정 속에서 먹던 손길을 멈추고 딱 소리가 나게 숟가락을 내려놓으며 연화에게 시선을 옮겼다.

"지훈 씨 그런 사람 아니야."

"아이고야. 한 번만 더 요롷게 말했다가는 니 나 치겠다."

"비아냥대기는. 배 아프냐?"

"아프지."

웃는다. 웃으니까 눈이 없어지잖아, 연화야. 나 소원이 있는데, 네가 눈 뜬 채로 웃는 걸 보는 거란다. 12월이기도 하니 산타에게 빌어볼까?

"나한테도 애들한테도 크리스마스 선물 같은 사람일 거야."

"흠."

의식하지 않으려 해도 연화의 걱정 담긴 시선이 얼굴에 와 달라붙는다. 그래, 상식적으로 이해가 가지 않는다는 것 알아. 애 둘이나 딸린 이혼녀, 나이도 더 많은 한물간 여자가 뭐가 좋다고 저런 남자가 대시하는 걸까? 어디 몇 군데 고장 나지 않고서야…….

"한국병원 심다훈 과장님은 내 쫌 아는데, 간호사 슨생들 수군거리기도 하고 해서 말이지."

"응?"

연화가 슬쩍 꺼내는 심지훈의 형님에 대한 이야기에 귀가 쫑긋 섰다. 사실 나는 그에 대해 너무 모르지 않는가. 물론 만난 지 얼마 되지 않았으니 앞으로 차츰 알게 되긴 하겠지만. 그래도 흠모하는 연예인의 프로필을 검색하듯 내가 알지 못하는 심지훈의 모든 것에 호기심이 샘솟기 마련이다.

"집안이 겁나 좋다."

"그, 그래?"

또 더듬거리네. 쩝. 새로운 말더듬이 병이라도 생긴 건 아닐까? 당황하면 첫음절을 한 번씩 더 말하는 증세. 어쨌거나 겁나 좋다는 건 어느 정도이지? 의사나 판검사 집안이라도 되나? 아니면 설마 재벌 3세? 음, 내가 너무 막 나가는군.

"해서 한국병원 원장이 될 사람이라고 소문이 자자하다. 나이 서른셋에 과장 자리 꿰차고 있음 이미 대단한 거지만."

"그거야 본인이 잘났을 수도 있는 것 아냐?"

"순진하게도 말한다. 으이구."

"하하하, 아닌가?"

친구가 심각한 표정으로 의자를 끌어다가 침대 옆에 앉았다. 하고 싶은 말이 많은데 차마 다 꺼내지 못하는 눈치이다.

"내가 그 심 슨생님 동상분…… 어, 이름이……."

"심지훈."

"아, 그래. 심지훈 씨 첨에 못 알아본 게 다 이유가 있다아이가."

"뭔데?"

연화답지 않게 잠깐 뜸을 들인다. 왜 그래? 문제 있어? 뭐기에 바로 말을 못 하냐? 막 다그치려는데 연화의 입이 열렸다.

"저런 인상이 아니었다."

"인상? 잉? 그게 무슨 소리야? 얼굴이 다르다는 거야?"

"아니아니, 그때나 지금이나 잘생긴 거야 똑같지만……
그 분위기란 게."

분위기? 심지훈 분위기가 어때서? 예상치 못한 답변에
나는 눈을 깜빡이며 멍한 얼굴로 연화를 응시했다.

"겁나 쪼뼛했다 아이가. 딱 한 번 마주쳤는데 찬바람이
휑한 게……"

"지훈 씨가? 에이, 설마 잘못 봤겠지."

"간호사 슨생 실수로 그때 잘못해서 심 슨생님 방문을 열
지 않았음 못 봤을 텐데……. 안에 사람이 있는 줄 모르고
내를 안내해줬거든."

회상에 잠긴 연화는 당시를 떠올리는지 눈을 올려 뜨면
서 고개를 갸우뚱 움직였다.

"들어서던 내가 멈칫거릴 정도로 살벌했다."

"살벌해? 어떻게?"

"대판 싸운 분위기였어. 아마도 형제간에 사이가 아주 나
쁘지 싶더라. 내는 자상하기만 하던 심 슨생님 그래 화난
얼굴 첨 봐 놀라느라 동상 얼굴 자세히 못 봤던 거고. 생각
해보니 얼굴도 꽤 닮았구나. 키 큰 것도 똑같네."

형하고 사이가 안 좋아? 그래서 아까 가기 전에 연화에게 오늘 일 형 귀에 들어가지 않게 신경 써달라고 부탁했구나. 나는 그것도 모르고 조금 서운하려 했지, 뭐니.

"심 선생님 집안이 겁나 좋다는 말은 아까 그게 끝이야? 구체적으로는 아는 건 없고?"

"알긴 알지만…… 직접 물어봐라. 내야 간호사 슨생들에게 귀동냥한 거라 얼마나 정확한지도 모른다."

"간호사 샘들이 환자에게 그런 이야기까지 해?"

"내 다닌 지 워낙 오래되어 친하기도 하고. 워낙 관심이 많거든. 심다훈 슨생님이 싱글이다."

"호오. 그 나이, 그 스펙에 품절남이 아니라고?"

"돌싱……이라고 봐야지? 상처했단다."

"아, 그렇구나."

그 나이에 와이프가 벌써 저세상 사람이라고? 무슨 사연이라도 있는 걸까? 그런 일이면 집안 어른들 상심이 크시겠네. 그런데 거기다가 작은아들이 나 같은 여자를 데리고 가서 결혼 발표 같은 폭탄선언이라도 하면 그쪽 부모님들 정말 확 뒤집히지 않을까? 새삼 걱정이 몰려온다.

에휴, 이게 무슨 일이냐고. 재혼을 해도 평범한 사람과 만났어야 하는데. 심지훈에게 마음이 갈수록 머리가 아파온다. 애들이 보자마자 심지훈을 너무 좋아해서 더 걱정이다. 그렇다 해도 내 마음을 딱 자르지 못하는 건 내가 너무 욕심이 많아서겠지? 탐나는 걸 어떡해. 이 남자 보면 볼수록 매력덩어리인 걸 어쩌란 말이야?

"니 하는 짓 보아하니 말리긴 늦은 것 같고."

연화는 솥뚜껑처럼 커다란 손으로 턱을 괴었다.

"잘되길 바라야 하는데 왜 이렇게 배알이 꼴리냐?"

"못돼서 그렇지, 뭐."

"메야!"

때마침 연화의 폰이 울리기 시작했다. 거참, 벨소리 좀 예쁜 걸로 바꾸라 했는데 말을 안 들어. 하다못해 폰 안에 기본으로 제공된 여러 벨소리 가운데 하나로 바꾸는 성의라도 보이면 좋겠구만. 연화의 불쌍한 폰은 제 기능을 전혀 이용해주지 않는 주인 덕에 모든 세팅이 초기 버전이다.

"누군데?"

전화를 제꺽제꺽 받기로 둘째가라면 서러워할 방연화가 액정을 노려보기만 하고 망설이는 모습이 의뭉스러워 쳐다보니 연화가 아무도 아니라며 폰을 슬쩍 숨긴다. 어라?

"뭐야, 태성이잖아. 왜 안 받아?"

어디 내 눈썰미를 과소평가하시나? 나는 액정에 선명하게 떠 있는 '또라이'라는 세 글자를 보고 말았다.

"받아봤자 흰소리나 해댄다. 됐다."

오호, 이것 봐라! 그 불도저 아이돌이 자주 연락하는 모양이네.

"그러면 받아서 끊어버리면 되지."

"귀찮아. 아, 그노마 이야기는 그만."

연화가 불편한 심기를 드러내며 말을 끊어버린다. 그 이야기를 더 이어갔다가는 겨우 달래놓은 연화의 화통을 다시 불러낼까 싶어 입을 다물었다. 으음, 뭔가 이상한데. 성격상 속에 아무것도 담아두지 못하는 방연화. 태성이를 불편하게 여기는 느낌이 역력한 것 보니 내가 모르는 무슨 일이 있는 것 같다. 그런데 입을 꼭 다문 채 속으로 삭히다니! 조만간 밤새 한잔하자고 꼬셔봐야겠다. 술 먹고 술술 불겠지, 뭐.

"애들 좀 챙기고 올게."

"어어 그래."

때마침 연화의 폰에 휘파람 소리와 함께 문자가 왔다. 연화가 이를 들여다보며 무의식적으로 피식 웃더니 시간이 벌써 10시 가까이 된 걸 보고는 밖으로 나가 TV 삼매경에 빠져 있는 두 아이를 챙긴다. 나는 연화가 문자를 보고 왜 웃었을까 추리하려다가 그렇지 않아도 복잡한 머릿속이 파업하려고 해서 고개를 휘휘 저었다.

"출근하는 대로 강태성을 잡아 캐물어야지."

아프다는 사람에게 많이도 퍼 준 흰죽을 반쯤 먹고 옆으로 치운 나는, 다시 머리를 베개에 파묻은 채 눈을 감았다. 에이, 모르겠다. 일단 자고 나서 다른 일은 내일 생각하자.

"자나?"

"응."

"애들 재웠다. 은솔이 이제 떼놔도 되겠다. 언니랑 잘도 자네. 내는 내일 아침 일찍 다시 올게. 뭔 일 생기면 전화하고."

"고마워. 잘 가."

나는 졸면서 적당히 대답하고 다시 꿈속으로 빠져들었다. 행복한 꿈만 가득하면 좋을 텐데, 공교롭게도 많은 생각을 하다 잠들어서인지 이상한 내용을 꺼내보고 말았다. 내가 기억하는 것들과 사뭇 다른 내용을. 그것은…… 지독한 악몽이었다.

이튿날 연화가 방문을 열고 들어왔을 때 나는 침대 끄트머리에 우두커니 앉아 있었다.

"얼레? 벌써 일어났나? 설마 안 잔 건 아니겠지?"

"잤어."

"와 그라는데? 몸은 좀 괜찮아?"

"어, 많이 나아졌어."

"오늘까지는 집에서 푹 쉬어라. 애들 밥이나 준비하고. 지금 애들 깨워서 내 나갈 때 데려다줄 거구마는."

"그래."

건성건성 대답하며 유령처럼 자리에서 일어났다. 솔직히 무슨 정신으로 밥상을 차리고 애들에게 억지웃음을 보이면서 인사했는지 모르겠다. 멍한 상태 그대로 나는 다시 거실 소파에 앉았다. 어느새 시간은 9시를 넘어 10시로 가고 있었지만 연화가 먹으라고 신신당부하고 나간 전복죽을 퍼 먹을 생각도 들지 않는다. 지난밤 불청객처럼 찾아든 꿈으로 인해 머릿속이 너무 혼란스러워서 몸이 부들부들 떨리고 있었다.

　―잘 잤어요?

　"……."

　어느새 문자가 와 있었다. 도착 시간을 보니 오전 8시 30분, 벌써 한 시간이 지났다는 말이다. 이제라도 '네에, 저 잘 잤어요! 이제 멀쩡해요! 뿌잉뿌잉' 요런 상큼한 답문을 보내줘야 할 텐데. 어쩌나? 머릿속이 백지장이다.

　"나 정말 왜 이러지? 정신 차리자, 차미선!"

　손을 들어 짝 소리가 나게 양쪽 뺨을 때리면서 벌떡 일어섰다. 정신 차려! 다시 한 번 나 자신에게 소리치고 이를 꽉 다물었다. 그런데 뭘 하지? 당장 뭐라도 해야 이 혼란스러움이 가라앉을 것 같다. 아니, 최소한 그 이상한 꿈을 잊으려 노력해봐야 할 것 같다. 일단 욕실로 달려가 차가운 물로 세수를 했다. 한파가 몰아닥친 겨울에 머리까지 찬물로 감았더니 머리 가득 쥐가 나는 것처럼 찡찡 소리가 들린다.

　수건으로 젖은 머리칼을 둘둘 말고, 공들여 양치를 하고, 드레스룸에서 붉은 공단 티어드 원피스를 꺼냈다. 초저가에 눈이 멀어 화끈하게 낙찰받고는 이걸 언제 입을까 싶어 드레스룸 깊숙이 넣어둔 옷이다. 기껏해야 크리스마스 때 귀여운 루돌프 뿔 머리띠와 함께 코스튬 해서 아이들과 놀이용으로 쓸까 생각했는데, 불현듯 이 옷을 입어야겠다는 생각이 들었다.

붙박이 장롱 문 안쪽에 매달아놨던, 보헤미안룩에나 어울릴 듯한 긴 체인 목걸이도 눈에 들어와 목에 걸었다. 치렁치렁한 긴 머리칼은 자연스레 손으로 넘기고 민소매 원피스 아래로 드러난 하얀 맨살이 부담스러워 모피를 곁에 입기로 했다. 지갑과 휴대폰 정도 들어가는 클러치백도 함께 들었다.

"아, 좋아좋아."

붉은 공단은 혈색을 화사하게 만들어준다. 아픈 사람 티가 나는 허연 입술만 잘 손보면 아주 건강해 보일 것이다. 평소에는 패션 테러리스트라고 손가락질당할 수 있는 이런 스타일을 절대 시도하지 않는데, 막상 입고 보니 기분 전환이 되고 나쁠 게 없다. 나는 항상 너무 안전하게만 코디했던 거야! 혼잣말로 중얼거리면서 초스피드 화장으로 피부결만 정돈하는 BB크림을 발라주고는 옷 색에 맞춰 새빨간 립스틱으로 마무리했다. 신발장 맨 위에 올려둔, 진퍼로 장식된 9센티미터 부티를 꺼내 먼지를 털었다.

"며칠 쉬었으니 그동안 어떤 예쁜이들이 나와 있나 들러

줘야지! 쇼퍼홀릭답지 않게 백화점을 너무 오래 방치했어."

의도적으로 콧노래를 흥얼대면서 손가락에 차 키를 걸고 빙글빙글 돌렸다. 나는 기분이 좋다, 날아갈 것 같다, 지난밤에는 너무 숙면을 취하느라 꿈 따위 꾸지 않았다, 아프다고 죽 먹고 푹 쉬었더니 이렇게 생기가 돈다!

"어?"

"어!"

현관문을 여는 순간 문밖에 서서 초인종을 누르려던 사람과 딱 마주쳤다.

"심지훈 씨가 여기 어쩐 일이에요, 이 시간에?"

그는 차분하게 내 얼굴을 응시하다가 천천히 아래위를 살피더니 싱긋 웃는다.

"문자에 답이 없어 걱정되어 와봤는데, 괜찮은 모양이네요?"

아차차, 답문자를 깜빡했네. 이런 미안할 때가!

"그런데 어디 가요? 출근⋯⋯하는 복장은 아닌 것 같은데?"

"오늘 AC 백화점에서 연말 사은 행사를 한다고 문자가 와 있기에 바람도 쐴 겸 나서는 중이에요."

잠깐 침묵이 흘렀다. 뭔지 모르게 불편한 분위기이다. 그는 다시 한 번 내 복장을 머리끝부터 발끝까지 살피고 있었다. 왜? 내가 평소랑 달라 보여? 댁이 나를 아직 잘 몰라서 그렇지 나도 이런 유니크한 스타일 할 줄 안다고!

"춥지 않아요?"

팔에 스르륵 감겨오는 남자의 손바닥 안에 내 맨살이 그대로 노출되었다! 그의 따뜻한 온기가 닿는 순간 화들짝 놀라서 나도 모르게 뒤로 한 발 물러서며 팔을 빼냈다.

"안 추워요!"

손이 부끄러워졌을 텐데 그는 내색하지 않았다.

"아직 안색이 완전히 돌아오지 않은 것 같은데, 그냥 쉬지 그래요? 꼭 가야 할 이유라도 있나요?"

"어머머, 나 괜찮아요! 너무너무 멀쩡해서 어제 아팠던 게 다 꿈꾼 것 같아. 안색이 뭐가 어떻다고 그래요? 호호호호!"

내가 생각하기에도 내 말투에는 과장된 뭔가가 있었다. 가식적인 큰 웃음소리, 이상스레 높아지는 언성. 심지훈은 전문가이다. 내 이런 상태를 바로 눈치채지 못할 리 없었다. 그가 고개를 갸웃 기울이면서 눈을 가늘게 떴다.

"무슨 일…… 있는 거죠?"

"무슨 일? 일은 무슨 일이요?"

에띠, 이 사람하고의 미래는 재고해봐야겠어. 도대체 뭘 숨길 수가 없잖아.

"없어요. 아무것도."

일단은 우겨본다. 그의 수려한 미간이 살짝 찌푸려졌지만 개의치 않았다. 지금은 그저 무조건 현실에서 달아나고 싶었다. 아, 차라리 마트에 갈까? 요 근래 제대로 장을 본 기억이 없네. 필요한 것들을 다 카트에 쓸어 담고 왕창 긁어? 음, 근데 가지고 오려면 너무 무거울까?

"어느 AC 백화점인데요? 태워다 줄게요."

"어? 아니에요. 어차피 쇼핑한 것들 싣고 오려면 차를 가져가는 게 편해요."

"뭘 얼마나 사려고요?"

"그거야 가봐야 알죠. 아, 아니 그게 아니라……"

이 남자, 더듬더듬 할 말을 찾는 나를 물끄러미 계속 응시하기만 한다.

"오는 길에 마트에 들러 장을 좀 봐올지도 모르거든요."

구차한 변명을 둘러대며 손까지 내젓고 거절의 뜻을 비치니 잠깐 생각에 잠겼던 그가 이번에는 내 손을 잡아서 끌어당긴다.

"그러면, 동행할게요. 차미선 씨 쇼핑에."

"에? 아…… 뭐 나야 상관없지만, 센터에 안 나가세요?"

"화요일은 오후 근무거든요."

딱히 거절할 이유도 없었기에 나는 그대로 수긍했다. 심지훈이 이번에는 뿌리쳐도 놓치지 않을 기세로 내 손을 꼭 잡고서 긴 다리로 뚜벅뚜벅 걸음을 옮겼다. 마음이 답답하고 불안하던 나는 그의 단단한 손길에 기분이 좋아졌다. 어쩌면 산만한 내 상태를 심지훈이 바로잡아주기를 바라는 소망이 마음 깊은 곳에 자리하고 있었는지도 모른다.

그래서 우리 둘은 지난번 구세계 백화점에서 만나고 나서 처음으로 함께 백화점을 방문하게 되었다. 물론 이번에는 사이좋은 연인 관계가 되어서 말이지.

이래서 사람의 미래란 참 예측불허라니까.

"세 가지 색 다 주세요."

"네에, 사모님."

입어보지도 않은 옷을 색깔별로 다 샀다. 요건 핀턱주름이 잘 잡혀서 사고, 저건 어깨에 봉긋한 꽃 모양이 특색 있어서 사고. 이제 잔잔한 벨벳 장미 문양이 수놓인 겨울 모직 스커트가 눈에 들어왔다. 아, 얼마 전에 산 페플럼 재킷과 잘 어울리겠네! 이미 비슷한 스커트가 있지만, 세트 펠이 더 잘 날 것 같아서 또 지른다. 신상이어서인지 가격대가 높지만 상관하지 않았다.

에스컬레이터를 타고 올라가니 스포츠 매장에 사람이 많다. 스키 시즌이다 이거지? 작년에 산 날씬한 디자인의 다홍색 스키복 세트가 딱 한 번밖에 입지 않은 채 옷장 안에서 울고 있지만, 요즘 대세는 역시 보드복이니까 하나 더 장만하자. 매장을 여기저기 둘러보지도 않고 처음 들어간 곳에서 모자와 점퍼, 바지, 장갑까지 세트로 구비했다.

"센스가 있으시네요! 아직 진열도 못 한 신상품을 바로 알아보셔요."

립서비스에 열중하는 직원에게 어색한 눈웃음만 보이고 소품을 뒤적였다. 집에 있는 고글은 색이 안 맞는다고.

"어머, 근데 사모님은 저렇게 멋진 사장님하고 커플로 안 하세요? 어쩜 쇼핑하는 아내 짐도 다 들어주고 불평 한마디 없이 기다리고 계실까?"

그제야 나는 시선을 뒤로 옮겼다. 아이보리 바탕에 스트라이프가 들어간 브이넥 스웨터가 길쭉한 몸매에 부드럽게 흘러내리고 진그레이 저지면 슬랙스를 편하게 받쳐 입은 남자. 이지룩마저 멋스럽다.

그는 커다란 쇼핑백을 어깨에 세 개, 손에 여덟 개나 들고 있어도 불편한 기색 없이 가만히 서 있다가 나랑 눈길이 마주치자 빙그레 웃음만 보인다. 여태 두 시간 넘게 이 짓을 계속하고 있는데도 잔소리 한마디 없다니. 대체 이 남자 무슨 생각으로 저러고 있는 걸까?

"고글은 이걸로 할게요. 계산해주시구요."

"네, 이쪽으로 오세요."

직원은 스타일 죽이는 심지훈에게서 시선을 거두기 아쉽다는 표정으로 계산대로 총총 걸음을 옮겼다. 뭔가 석연치 않다. 손이 무거워질수록 마음이 가벼워지던 예전 쇼핑 때와 달리 뭔가가 가슴속에 켜켜이 쌓이는 것 같다. 사도 사도 답답하다. 개운하지 않은 이 기분이 결코 해결되지 않는다.

"어머, 산타 드레스네! 은솔이 사이즈도 있나?"

충을 옮겨 아동복 매장을 둘러보다가 깜찍한 디자인의 레드 벨벳 드레스가 디피되어 있는 곳에 발길이 멈췄다. 같은 재질의 벨벳 사슴이 수놓인 흰색 뜨개 망토도 함께였다. 머리띠와 신발, 스타킹과 벙어리장갑까지 풀세트로 아이들이 입은 모습을 상상하니 당장 지갑이 열렸다.

"100하고 130사이즈로 두 세트 주세요."

금액이 백 단위가 훅 넘어간다. 상관없다. 마음에 뚫린 구멍이 채워지려면 아직도 멀고 멀었다.

"저기…… 죄송하지만, 고객님 카드가 한도 초과로 나오는데요."

"어머, 그래요? 미안해요. 그럼 이걸로 해주세요."

조금 전에 다른 매장에서 겪은 일이라 별로 당황하지도 않고 다른 카드를 내주었다. 하지만 직원이 또다시 난감해하며 말한다.

"죄송한데, 이것도……."

"예?"

아? 벌써 그렇게나 많이 긁었나? 이상하다. 그럴 리가 없는데. 나는 갖고 다니는 카드 일곱 개를 모두 꺼내 계산대에 넘겨주었고, 전부 똑같은 대답을 들었다. 머릿속에서 확 땀이 올랐다. 마음이 조급해지고 숨까지 가빠진다.

"그럴 리 없어요. 여기 기계가 고장 난 것 아니에요?"

내 신경질적인 음성에 직원의 당황한 표정이 역력해졌다. 그 직원은 내 뒤에 서 있는 남자에게 주렁주렁 달려 있는 쇼핑백 열매들을 슬쩍 보면서 뭔가 말하고 싶은 눈치이지만 애써 참는 듯하다. 인내심이 가득한 얼굴의 그 여직원이 비즈니스 스마일을 그리며 입을 열었다.

"고객님 번거로우시겠지만 옆 매장 카드기로 함께 가주시겠습니까? 저희 매장 기계가 좀 오래되어서요."

"그러죠."

기죽지 않을 테다. 턱을 꼿꼿이 세우고 최대한 표정을 관리하면서 그녀를 따라갔다. 하지만 이미 예상한 대로 내 카드들이 더 이상 뱉어낼 게 없다고 비명을 지른다. 직원들의 시선이 내게로 쏟아진다. 그들의 눈동자에 '한심스러운 여자'라는 글자가 새겨져 있는 것 같다. 나는 이 사태 앞에서 어쩔 줄 몰라 허둥지둥했다.

"이걸로 해주세요."

그 순간 내 뒤에 그림자처럼 서 있던 심지훈이 자신의 지갑에서 카드를 꺼내 내밀었다. 어……. 그를 말리려 했지만 직원들이 더 빨랐다. 그녀들은 상냥한 비즈니스 스마일에 더더욱 진한 웃음을 더하면서 남자의 손에서 카드를 받아 가볍게 긁어줬다.

"계산 마쳤습니다. 감사합니다."

나는 쇼핑백을 또 받아든 채 잠시 멍청하게 서 있었다. 그가 내 한 손을 잡아당겼다.

"배 안 고파요? 점심시간이잖아요."

"지훈 씨, 나는요……."

"음, 아직 속이 별로죠? 죽집을 찾아봐야 하나? 푸드코트에 가볼까요?"

여전히 웃는 얼굴. 도대체 이 사람 무슨 생각을 하고 있는 걸까? 억울해졌다. 그는 내 속을 다 읽고 있는 것 같은데, 나는 정말 모르겠단 말이야.

"아뇨. 푸드코트는 정신없어서 싫어요."

가만히 도리질을 했더니 베트남 쌀국수를 먹겠느냐고 묻는다. 따뜻한 국물이 어떠냐면서. 무슨 할 말이 더 있을까. 나는 그가 이끄는 대로 걸음을 옮겨 엘리베이터에 올랐다. 많은 사람들 틈을 비집고 들어가느라 그가 나를 바짝 끌어안는다. 여전히 잡고 있는 손과, 맞닿은 어깨를 통해 남자의 체온이 전달되어온다.

그런데, 이상한 일도 다 있지.

아무런 말도 하지 않는 그 사람의 온기만으로 내 안의 뭔가가 부끄러워지고 있었다. 어떤 비난이나 힐책도 하지 않았거늘 갑자기 내 모든 행동을 지켜본 그를 마주할 자신이 없어졌다. 전에 백화점에서 사슬리 숄을 두고 실랑이를 벌이다 괜스레 울어버린 것처럼 또 눈물이 나올 것 같아 땅만 쳐다본 채 눈꺼풀을 깜빡였다. 그는 터덜터덜 끌려가는 나

를 돌아보다가 내가 손에 들고 있던 모피를 낚아채 내 어깨
에 얹어주었다. 그제야 나는 팔이 몹시 차갑고 몸이 추웠다
는 것을 깨달았다. 하긴 이 날씨에 민소매로 돌아다녔으니
진정한 광년이었구나!

"들어요."

어느새 그가 젓가락을 얹은 쌀국수 그릇을 디밀어준다.
나는 식탁 맞은편에 앉아 있는 심지훈을 쳐다볼 용기가 생
기지 않아 마냥 고개를 숙이고 있다가 말없이 쌀국수 그릇
을 받았다.

"왜……."

"응?"

"어째서 아무것도 묻지 않아요? 내가 하는 이런 미친 쇼
핑을 말리지도 않고……."

말끝을 흐렸으나 대답은 여전히 들려오지 않는다. 숨을
한 번 푹 내쉬었다. 무슨 말을 더 해야 할 것 같은데 단어들
이 둥둥 떠다닐 뿐 조합되어 문장으로 만들어지지 못한다.

"지훈 씨, 이런 충동구매하는 여자의 짐꾼 노릇에 화나지
도 않아요?"

기껏 나온다는 게 이런 소리. 시선은 더 아래로 깔리고 목
소리는 사그라진다. 쌀국수에서 김이 모락모락 올라오고,
평소 좋아하는 메뉴임에도 입맛이 없다.

차라리 나를 야단쳐! 아니면 제정신이 아닌 것 같다고 전

236

문가적 소견을 말하며 진지하게 상담에 임해주든지. 아, 가만히 생각해보니 정말 짜증 나네!

"궁금해요. 지금 지훈 씨가 무슨 생각으로 나와 함께 다니고 있는지. 정신 나간 여자를 구경하는 기분이 드는 거예요?"

괜한 트집이다. 알고 있지만 그냥 화가 났다. 스스로 판단하기에도 지금 나는 정상이 아니거든. 평소 쇼핑을 즐긴다해도 이렇게 모든 카드가 한도 초과될 때까지 써보기는 처음이다. 그러니까 네가 지금 나를 말려주기를 원한단 말이야. 왜 내버려두는 거니?

폭발한 나는 숨을 씩씩 골랐고, 그제야 심지훈이 가만히 젓가락을 내려놓은 뒤 내 얼굴을 물끄러미 쳐다보았다.

"힐링이잖아요."

"예?"

뜻밖의 단어가 튀어나와 바보같이 반문하고 말았다.

"그제 밤에 술을 마신 것도 그렇고, 오늘 이렇게 쇼핑을 나온 것도 그렇고. 나름대로 본인의 마음을 치유하려는 본능일 뿐이니까요. 내가 군이 나서서 나무랄 필요가 있을까요? 시간만 흐르면 이렇게 스스로도 옳지 않은 방법임을 금세 깨닫게 될 텐데."

"그, 그렇게 생각한다면 내가 왜 이러는지는 궁금하지 않아요? 어째서 물어봐주지 않아요? 나는……!"

언성이 높아지자, 그가 손바닥을 보이도록 한 손을 들어 진정하라는 제스처를 취한다. 그가 그대로 긴 팔을 뻗어 내 오른손을 잡더니 젓가락을 쥐어주었다. 뭐야? 지금 이런 상황에서 나보고 이걸 먹으라는 거니? 음식이 목으로 넘어가겠어?

"일단 들어요. 다 먹으면 데려갈 데가 있으니까."

물끄러미 응시하는 그의 눈길에 장난스러운 느낌은 없다. 뭘까? 드디어 나를 심각한 환자 상태로 봐주는 거야?

"어디요? 센터로 데려가시게요?"

"아뇨, 앞으로 차미선 씨는 나하고 정식으로 상담할 순 없어요."

뭐냐? 상담을 안 해주겠다고? 어째서?

"왜요?"

"센터의 손님하고 스캔들이 나면 안 되거든요."

"에?"

그는 피식 웃더니 자기 몫으로 주문한 볶음 요리를 먹는다. 멍하니 넋이 나가 있는 내게 손짓으로 어서 들라는 메시지도 잊지 않았다. 마지못해 나도 한 젓가락을 집어 후루룩 소리 내며 삼켰다. 음, 맛은 있네. 근데, 가만있어봐. 손님하고 스캔들? 그럼 혹시 처음 상담 갔을 때⋯⋯.

"잠깐만요, 지훈 씨. 혹시 첫 상담 때 그래서? 아니, 내 억측인가요?"

"아뇨. 내가 진지하게 상담하지 않고 미선 씨를 곧바로 쫓아낸 것, 그런 사심으로 한 일이 맞아요."

헉, 진짜? 나보고 준비가 안 되어 있다는 둥 야단치며 내 쫓은 게 사실은 내게 흑심이 있어서였다고라고라? 정말 '헐'일세. 음식을 먹다 말고 석상처럼 굳어 있는 나를 보는 남자의 눈길에 웃음이 묻어난다.

"빨리 먹어요. 조금 있다가 갈 곳에서 기운을 써야 하니 까 속이 든든해야 할걸요."

잉? 기운을 써? 기운? 힘을 쓴다고? 남녀가 함께 힘쓸 일 이 뭐…… 뭐뭐뭔 짓을 하려고? 이보세요, 총각. 힐링 핑계 로 무슨 짓 하게? 이런 짓 저런 짓……?

"큭……."

마구 상상으로 빠져드는 나를 보던 남자는, 웃음을 참다 가 사레가 들었는지 콜록콜록 하다가 물을 벌컥벌컥 마신 다. 아니, 뭘. 댁이 그렇게 말했잖우. 기운 쓸 일이 뭐 있는 데? 이 날씨에 제정신 아닌 여자랑 북한산 등반이라도? 설 마 '자, 정상입니다. 야호 하세요' 뭐 이런 건 아니겠지?

"생각 많이 하지 말고 어서 먹어요. 자."

그의 재촉에 면을 꾸역꾸역 밀어 넣는다. 그대로 체할까 봐 걱정되지만 우려와 상관없이 음식은 정말 맛있다. 따뜻 한 국물이 몸을 따스하게 해주자 여태껏 다급하게 쫓기던 기분이 약간 풀리는 기분이 들었다.

카드 긁는 일에 미쳐 있던 정신이 서서히 제자리를 찾아
왔다.

*

울고 있다. 누군가가 울고 있다. 심장이 터져나갈 것처럼
통곡하다가 이번에는 소리를 꾹꾹 삼키며 불쌍하게 흐느
낀다. 그런데 이상하게도 그 감정이 고스란히 내게 전이된
다. 속으로 불덩이가 지나가는 기분이다. 너무 울어서 눈물
과 콧물이 얼굴을 뒤덮어 휴지를 찾아야 할 텐데 그마저도
귀찮다.

뭐가 저렇게 슬프고 원통하지?

함께 울다 보니 마찬가지로 힘이 든다. 이유나 알고 당하
자 싶어서 울고 있는 깡마른 여자의 어깨를 짚어 돌려보았
다. 헉? 이럴 수가! 나잖아!

"흐으으…… 흐으으…… 죽고 싶어……."

머리는 산발한 채 얼굴은 전체적으로 퉁퉁 부을 정도로
오랫동안 통곡한 티가 난다. 왜 이렇게 못나게 울고 있어?
어째서 가슴속에 응어리가 맺힐 정도로 아프고 슬픈 거니?

그때 마침 그녀 앞에 누군가가 나타난다. 체격이 제법 큰
남성이다. 굳이 얼굴을 보지 않아도 누구인지 알 수 있다.
본능적으로 내 팔에 소름이 오소소 돋는다. 잠시 후 어두운

공간에서 남자의 굵은 목소리가 침통하게 울렸다.

"이혼하자."

그래, 내 전남편이다. 탄식 같은 그의 말투가 바닥으로 깔려서 울고 있는 과거의 내게 비수처럼 꽂힌다. 여기까지는 내가 기억하는 장면 그대로였다. 잊고 싶은데도 자꾸만 꿈에 나타나 나를 괴롭히는 장면. 하지만 그 소름끼치게 익숙한 말 뒤에 전남편이 한마디 더 덧붙인다.

"제발 부탁이다. 그냥 이혼해줘."

뭐지? 그가 이런 애원조로 내게 부탁한 적이 있었나? 기억에는 없는 장면이다. 나는 이혼하자는 남자의 말에 기다렸다는 듯 쿨하게 그러자고 대답했는데…….

"싫어! 그럴 수 없어!"

어?

"이혼하자는 말은 나보고 죽으라는 소리잖아! 난 당신 애들 엄마야! 내가 죽어도 상관없다는 거야? 그래?"

"무슨 그런 소리를 하는 거야? 지금 당신 모습을 봐. 의사가 우울증이 심각하다고 했어. 그리고 당신 우울증의 원인이 나와 내 어머니라고 하잖아. 차라리 이혼하는 게 서로에게 좋아. 얼굴 안 보고 살면 당신 상태도 훨씬 나아질 거라고."

"말도 안 되는 소리를 하고 있어! 고승찬, 너! 여자 생긴 거지? 그런 거잖아!"

바락바락 악을 써대는 여자의 얼굴은 정말 눈 뜨고 보기 괴로울 지경이다. 나는 너무 충격적인 이 장면에 두 손으로 입을 막았다. 숨이 막혀온다. 도대체 이게 뭐지? 말도 안 된다. 나는 정말 멋지고 쿨하게 그의 이혼 제의를 받아들였다. 그 남자는 정말 못되게도 아이들까지 내게 떠넘기고 모든 것을 돈으로 해결하려 들었다. 나는 그런 모습에 분노를 느꼈고, 그 분노가 지금의 나를 일으켜 세운 원동력이 되었다. 그런데 어떻게 이런 이상한 상황이 내 앞에 펼쳐질 수 있단 말인가!

"은비와 은솔이는 내가 잘 키울 테니까 당신은 홀가분하게 장모님께로 돌아가. 사실 우울증인 당신, 법적으로 이혼하려 들면 내가 훨씬 유리하지만 그런 짓은 하지 않을게. 위자료도 챙겨줄 테니까……."

"웃기지 마! 내 아이들을 어떻게 내게서 떼어놓으려는 거야! 너 이런 말 해놓고 내가 고분고분 나가면 사람 시켜서 강물에 밀어 넣어 소리 소문도 없이 죽이려는 것 아냐? 어?"

"여보."

"아니지! 내가 이렇게 거절하면 내일 내가 먹을 밥에 독약을 탈지도 몰라! 그치? 죽이고 싶지? 어? 어?"

"여보 제발……!"

"절대로 애들은 양보 못 해! 이혼도 못 해줘!"

갑자기 미친 여자처럼 희번덕이는 눈길로 주변을 둘러보던 과거의 내가 부엌으로 달려가 식칼을 꺼내들었다. 전남편의 놀라는 표정이 시야에 들어왔다.

"뭐하는 거야? 그 칼 이리 내!"

"원하는 대로 해줄게! 그냥 여기서 죽어줄게! 이렇게!"

스스로 목을 찌르려는 모습에 크게 놀란 고승찬이 달려들어 칼손잡이를 움켜쥔다. 엎치락뒤치락 한동안 몸싸움을 벌이더니 남자가 간신히 여자의 손에서 식칼을 빼앗았다. 몸싸움 도중에 칼에 찔렸는지 남자의 어깨에서 제법 피가 많이 흘렀다. 목에 작은 생채기가 난 여자가 절망하는 얼굴로 털썩 주저앉아 더 크게 목 놓아 울자, 한숨을 내쉬던 남자가 칼을 멀리 가져가 처리하고 온 뒤 여자 앞에 다가와 천천히 앉았다.

"진정해, 여보. 당신을 미워하거나 싫어해서 내쫓는 게 아니야. 제발 이런 망상이나 집착에서 벗어나 건강해지기를 바라는 거야. 내 어머니와 누나의 모든 언사에 예민하게 구는 것에서도 해방되기를 바라는 거라고. 당신이 그렇게 원한다면 아이들은 데려가도 좋아. 그렇게 되면 양육비도 지급할 거야. 대신 아이들 키우는 데 조금이라도 문제가 보이면 내가 도로 데려온다는 조건이야."

여자는 대답하지 않는다. 들썩이는 메마른 어깨가, 다시금 절망으로 빠져들어 눈물의 바다에서 허우적대는 여자의 비정상적인 현재 상태를 알려줄 뿐이었다. 나는 더 이상 내 과거의 두 사람을 지켜보지 못한 채 몸을 돌렸다. 그저 이 공간을 벗어나고 싶었다. 이건 사실이 아니야. 속으로 중얼거리는 내 목소리가 자신감을 잃고 점점 작아진다. 그리고 천천히 눈꺼풀을 걷어 올려 현실로 돌아왔을 때 조금 전 꿈에서 본 생생한 일이 어쩌면 진실일지도 모른다는 불안감으로 커다란 장막이 되어 나를 휘감는 것 같았다.

*

잠시 할 말을 잃었다. 대체 이 별천지는 어디? 화려하게 장식된 문을 보았을 때에도 뭔가가 범상치 않다는 건 짐작했지만, 실내로 들어서자 다시 실외로 나온 것처럼 잔디밭과 실개천, 아기자기한 나무다리가 너무도 예쁘게 장식되어 있어 발길이 멎었다. 더불어 각 룸으로 연결된 징검다리를 밟자 색색의 불이 들어왔다. 은비하고 은솔이를 데려왔으면 여기저기 뛰어다니느라 정신없었을 딱 그런 예쁜 곳이다.

"자, 이쪽으로 와요."

멍하니 서 있는 내 손에 남자의 따스한 손길이 감겼다. 그가 이미 예약을 해놨는지 입구에서 안내 받은 룸으로 나를 끌고 간다. 정원처럼 꾸며진 곳을 지나려니 난쟁이 도자기

244

인형들이 내게 손을 흔드는 것 같다.

"언제 예약해놨어요?"

"아까 백화점 도착해서 차미선 씨가 쇼핑을 시작할 즈음."

처음부터 내가 멋대로 쇼핑하도록 내버려뒀다가 이리로 데려올 생각이었다는 말이다. 거참, 내 머리꼭대기에서 노는 이 사람을 어쩌면 좋니? 부처님 손바닥 안의 손오공이 딱 이런 심정이었을 것이다.

잔꽃 무늬가 가득한 고운 문을 열어보니 화사한 룸이 나왔다. 한쪽 구석에 작은 스테이지와 반짝이는 은빛 드럼, 전자 기타와 신시사이저까지 놓인 그곳은 아마도 VIP룸 정도 되는 듯 제법 널찍했다. 단체로 열 사람 넘게 와서 즐겁게 놀아도 충분해 보였다.

"멋지……군요."

계속 얼떨떨한 기분에 젖은 채 안으로 들어선 나는 푹신하고 고급스러워 보이는 아이보리색 가죽 소파 중간쯤에 몸을 묻었다. 뒤이어 들어온 직원이 예쁜 모양으로 세팅된 간단한 다과와 투명한 크리스털 컵에 담긴 음료수 두 개를 놓고 나갔다.

"헤에, 뭔가 신기해요. 요즘 노래방은 이런 식으로 생겼나요?"

"저도 한 달 전에 동창 모임이 있어 나갔다가 거기 친구들에게 끌려와봤는데 좋더라고요."

"천장에 별 모양 장식해놓은 것 좀 봐요. 진짜 예쁘다."

"아이디어가 괜찮죠?"

"그러게요. 예전에는 노래방이라고 하면 지하에 칙칙하고 습한 방이었는데."

나는 계속 두리번거리며 막 상경한 촌티 작렬 섬 아가씨처럼 감탄사를 연발했다. 그런 나를 응시하던 남자가, 빙긋 미소를 그리다가 드럼 옆의 스테이지로 올라갔다. 요란한 디스코 조명이 아닌 단색 조명이 스테이지에 올라온 사람을 센서로 인식해서 강하게 비추어준다. 순간적으로 주변이 모두 어두워져 분위기가 확 바뀌었다.

"와아."

계속 놀라움의 연속인 데다 강한 빛까지 받은 남자가 참 반짝반짝 빛나 보였다. 조명발이라고 하지 않는가? 평범한 옷을 입었는데도 갑자기 그가 연예인처럼 보인다! 오오, 휴대폰 꺼내서 사진 한 장 찍으면 이상한 여자로 볼까? 음 호호호호.

"자, 시작해볼까요?"

응? 뭘? 거기 올라갔으니 멋지구리한 신곡 하나 빼고 내려오시게! 내가 신청할까? 아아, 노래까지 잘하나 봐. 저 근사한 목소리로 발라드 불러주면 죽여줄 텐데.

"제게 궁금한 것 한 가지 물어보세요."

"예?"

"차미선 씨는 노래하고 싶어요? 난 그러려고 온 건 아닌
데."

엥, 무슨 소리야? 노래방에 노래하러 온 게 아니면, 뭐?

"그럼 뭐할 건데요?"

그렇게 은밀하지도 않은데! 물론 둘만의 밀실이기는 하
지. 저번에 내 방에서는 훼방꾼 방연화 때문에 너무 아쉬웠
지! 거실에 애들도 있었고. 윽, 에고 나 왜 자꾸 이런 식으
로 나갈까? 진짜로 너무 굶은 게 원인이야? 아니야. 내 문
제가 결코 아니라고. 저 남자가 너무 섹시한 거야, 그래그
래.

"진실 게임."

엥? 뭐라고? 방금 진실 게임이라고 했어? 황당하기도 하
지. 그런데 그가 매력적으로 웃어 보인다. 흐미, 뭐야, 그런
웃음 보이면 방금 한 황당한 소리도 모두 받아들여야 할 것
같잖아.

"어릴 때 캠프 같은 데서 친구들끼리 해봤죠? 우리는 둘
이서 돌아가며 질문을 하나씩 던져 답하는 걸로 할게요. 답
하지 못할 난감한 질문일 때는 벌칙을 받기로."

뭐냐, 이 고전적인 시추에이션은? 피식 웃음이 나왔지만
아마도 그에게는 어두운 곳에 있는 내 표정이 보이지 않았
으리라.

"벌칙은 어떤 걸로 할까요?"

"벌칙이요? 어, 글쎄요."

생각도 안 해본 일이라. 내가 학생 때는 진실 게임 벌칙이라면 당연히 술 마시기였지. 흑기사도 열심히 불러대고. 지금 생각해보니 그런 행동 하나하나 모두 귀여웠던 나름 즐거운 어린 시절이었군.

"차미선 씨한테 아이디어가 없다면, 제 마음대로 하죠. 벌칙은 키스."

헉! 어머어머어머어머! 그게 왜 벌칙이야? 그건 상이라고 상! 아우, 나 대답 몽땅 안 할까 보다. 으ㅎㅎㅎ, 어쩜 좋아. 심지훈에게 물어볼 질문도 잘 선택해서 아무 대답을 못할 아쥬 난감한 것으로만 찾아봐야지! 뭐가 있을까? 응? 응?

"10초 안에 질문을 못하면 벌칙 없이 다음 순서로 넘어가는 게 룰이에요. 미선 씨는…… 2초 남았군요."

"으앗! 안 돼요! 뭐, 뭐하지? 형제! 형제가 어떻게 돼요?"

고함치듯 질문을 날렸더니 큭큭큭 웃음이 돌아온다.

"위로 형이 하나 있어요. 너무 간단한 답이니 설명을 덧붙이자면, 부모님은 서초동에 사시죠. 형은 부모님과 함께 살고, 나는 3년 전쯤 독립해 나와 있고."

으흑. 질문 하나 저렴히 날렸네. 그냥 평소에 물어봐도 충분한 걸 나는 왜 진실 게임용으로 써먹은 거냐고! 아악! 속으로 비명을 지르다가 그의 손짓에 조명 속으로 올라갔다. 아, 이런 느낌이군. 환한 빛이 벽으로 변해 주위를 두른다. 어두운 쪽은 보이지 않아서 심지훈이 어디에 앉아 있는지도 분간할 수 없었다.

"준비됐어요?"

어디선가 들려오는 남자의 듣기 좋은 음성. 나는 가만히 고개를 끄덕였다. 왠지 뻘쭘하면서도 오롯한 긴장감이 몸으로 스민다. 그는 내게 무엇이 궁금해 여기까지 끌고 왔을까? 과연 나는 성실한 대답을 하게 되려나?

"저도 간단한 것부터 시작할게요. 차미선 씨는 어릴 적 꿈이 뭐였어요?"

잉? 꿈? 뭐 그런 추상적인 질문을 한담? 고민에 빠져들었다. 아주 어릴 적에는 그저 남들이 좋다니까 따라서 여대통령이 되겠다고 했고. 머리 좀 굵어지고는 댄서가 되겠다고 잠시 설쳤네, 흐흐. 우리 엄마가 내 머리 밀어버린다고 쫓아다닌 통에 해프닝으로 끝났지만. 농구 응원단 하겠다고 가출한 적도 있었고! 헤헤. 그리고 나서는…… 음…….

"현모양처요."

한참 뒤에 가만히 대답을 뱉어냈다.

"소박하네요."

"사랑받는…… 현모양처요."

이런, 왜 갑자기 목이 메지? 별것도 아닌데 숨이 턱 막히는 느낌이 든다. 사랑받는 현모양처. 그래. 나는 아주 뜨거운 사랑을 해서 그 상대와 결혼을 하고 우리 부부를 닮은 토끼 같은 아이들을 낳은 뒤 금슬 좋게 죽을 때까지 오순도순 행복하게 사는 게 꿈이었다. 우리 부모님이 워낙에 사이가 좋으셨고, 아빠가 먼저 돌아가시는 것을 안타깝게 지켜봤기 때문에 더 그런 생각을 했을지도 모른다. 나는 폐암 선고를 받은 아빠 건강이 더 나빠지기 전에 서둘러 결혼을 했다. 지금 생각해보면 정말로 심각한 실수였다. 하늘에서 우리 아빠가 당신 때문에 서둘러 결혼한 딸이 불행한 걸 보고 얼마나 가슴 아프셨을까?

"결과적으로 그렇게 되지는 못했지만."

쓸쓸하게 뱉어내는데, 어느새 옆으로 다가온 심지훈이 내 팔을 잡는다. 눈가가 뜨거워진 느낌에 눈꺼풀을 깜빡이니 심지훈이 나를 아래로 이끌어 가만히 끌어당겨 폭 안아준다. 숨도 쉬지 못할 만큼 밝은 스테이지에서 밑으로 내려오니 잠시 아무것도 보이지 않고 그의 넓은 품만 느껴졌다. 내 아픈 마음이 다독여진다. 기분이 좋아진다.

"대답 잘했어요. 다음은 또 제가 할게요."

"아, 네."

또 그가 대답할 차례이다. 하아. 뭘 물어보지? 왜 내가 질문할 차례가 되면 머리가 하얘질까? 음, 음…… 아 참, 그렇지. 연화가 말한 내용.

"아까 말씀한 형님하고 사이가 어떠세요?"

뭐, 뭐냐 이 이상꾸리한 질문은? 그의 미간이 살짝 좁혀지는 게 느껴진다. 뭐 어찌 되었든 난감한 질문 제대로 던진 것 같은데.

"방연화 씨가 그 짧은 순간에 그런 것도 캐치하셨대요?"

눈치는 정말 죽인다니까. 누굴 탓해? 내가 어설프게 질문을 하니까 그렇지, 흑흑. 어쨌든 답하세요호. 못 하면 키스라며? 난 양쪽 다 좋거든.

"예, 사이 안 좋아요. 그것도 아주 많이요. 서로 못 잡아먹어 탈이죠."

"아니, 왜요?"

나도 모르게 또 질문이 튀어나왔지만 심지훈은 딱히 타박하지 않았다.

"세 명의 여자 때문이라고 해둘게요."

에엑? 세 명? 아니, 이건 완전 상상력 자극이잖아. 뭐니, 너희 형제? 혹시 같은 여자 놓고 서로 좋아했다든가 그런 것? 아니, 그럼 세 명이나 그런 식으로 얽혔다고? 에이 설마! 어쩜 좋지? 너무 궁금해져. 다음번 질문에는 꼭 그 사연을 캐야겠어! 그가 내려오고 또 내가 올라간다.

"그날 병이 날 정도로 술을 마신 이유?"

아아, 우려했던 질문이 나왔다. 음…… 어쩌지? 대뜸 키스하자고 덤벼?

"차미선 씨, 대답 회피하면 나도 다음 이야기 안 해줄 거예요."

속마음을 들켰다. 젠장. 일단 길게 한숨부터 내쉬었다.

"전 시어머니한테서 전화가 왔거든요. 좀 심란한 내용의 통화를 해서요."

"무슨 내용인데요?"

어둠에서 꽂혀오는 질문이 따갑다. 지금 이 분위기, 약간 취조 같긴 한데 그래도 묘하게 안정감이 느껴지는 건 아마도 심지훈 탓이겠지. 눈에 들어오는 건 어둠 속에 촘촘히 박힌 별빛 조명들뿐이다. 고요하고 평온하다. 방음도 잘되는지 옆방에서 노는 사람들 소리가 전혀 들리지 않아 적막할 정도다. 흠…… 키스하자고 덤비면 딱 좋겠는데 아깝다.

"은비하고 은솔이를 데려가고 싶대요."

"저런."

그의 호응에 괜스레 울컥하는 심기가 발동한다.

"말도 안 된다고요. 3년 만에 연락해서 한다는 소리가 정말이지."

혼자 떠들고 있자니 내 목소리가 내게로 직접 들려오는 기분이다. 아, 화나네! 어둠 속에 그 노인네 얼굴이 떠오른다. 보기 싫어! 정말 부숴버리고 싶을 정도로 싫다고!

"아니, 여태 누가 열심히 키웠는데! 관심도 없던 양반이 무슨 심경의 변화래요? 계집애들이라고 구박할 땐 언제

252

고! 새 며느리가 아들 낳아줬다며!"

"구박했나요? 어떻게?"

"네에! 이혼하고 그 다음해 생신에 그래도 애들 할머니라고 전화해서 통화하게 해드리려 했다가 욕만 먹고! 정말 개념 없는 양반인데……!"

"흠, 그러면 안 되는데."

속에 쌓였던 화가 마구 치솟는다. 생각할수록 열 받는 할머니다.

"목소리도 꼭 남자 같은 주제에! 흥! 무식하면서 아닌 척하느라 며느리나 잡고! 돈 좀 있으면 다야? 아들 위에 군림해서 제 아들을 마마보이로 만들어놓고!"

씩씩대던 나는 분노를 통제하지 못하고 바락바락 악을 쓰기 시작했다.

"아들을 장가보냈으면 며느리에게 양보할 줄 알아야지! 사사건건 내 자식 키우는 데까지 다 간섭하고는! 그래 놓고 애들이 감기만 들어도 내 탓이라 하지! 나는 자기가 입히란 대로 입히고 먹이란 대로 먹였다고! 그런 억지가 어디 있어?"

숨이 차서 말을 끊었다. 훅 스며드는 이성 앞에 서서히 민망해지고 있었다. 나 왜 이러니? 왜 갑자기 이런 오버스러운 심기가 들까? 끄응, 쌓인 게 많아서 그렇겠지. 그간 털어놓을 사람이 없었던 것도 문제일 테고. 속마음까지 다 털어놓을 만한 상대는 연화밖에 없는데, 걔는 아직 미혼이라 사실 완벽하게 공감대 형성이 안 된다.

"후우……."

맑은 눈물이 계속 흘러내려 훌쩍거리다가 고개를 숙였다.

"좀 후련해졌어요?"

그새 또 그가 내 곁에 와 있다. 나는 가만가만 머리를 끄덕였다. 다시 안긴 남자의 품은 아까보다도 따스하고 듬직하다. 그의 섬세한 손가락이 내 정수리를 차분하게 쓰다듬어주었다. 마음이 더욱 푸근해진다.

"자아, 질문 받아요."

스테이지에서 내려와 감정을 추스르느라 10초는 벌써 지났을 텐데, 그의 부드러운 목소리가 공간으로 떨어진다. 미소가 피어올랐다. 다시 한 번 심지훈을 알게 되어 너무 행복하다고, 나는 참 행운을 가진 여자라고 되뇌게 된다.

"아까 말씀한 세 여자에 대해 이야기해주세요."

"음…… 1번 어머니, 2번도 어머니, 3번은 형수님."

어머니와 관련된 문제가 많은 모양이다. 전에 그에게 명품 옷을 사주는 사람이 어머니라고 했던가? 그런 것도 연관이 있을 듯한데. 근데 저렇게 따지면 두 명 아닌가? 왜 세 명이라고 했지? 하지만 이 순간 무엇보다 내 관심을 끄는 것은 3번 형수님이었다.

"형수님은 왜요?"

"2년 전에 돌아가셨죠. 교통사고로. 배 속에 4개월 된 조카와 함께. 형하고 나는 그 원인이 서로에게 있다고 생각하거든요."

아……. 괜히 물어본 것 같은 슬픈 사연이다. 꽤 덤덤히 말하고 있으나 그의 목소리 끝이 살짝 떨려오는 기분이 들었다. 묻고 싶은 게 많은 주제이지만 함부로 언급하기도 어렵다. 어째서 이 이야기를 시작했는지 후회가 밀려왔다.

"더 묻고 싶은 게 있어요?"

사실 굉장히 민감한 문제인데, 무지막지하게 궁금한 게 있긴 하지. 두 남자 사이가 왜 형수님 때문에 벌어졌을까? 어째서 서로에게 형수의 죽음을 전가할까? 이상한 상상이 모락모락 피어난다고. 그렇지만 드라마를 보듯 그 일을 물어볼 수는 없잖니. 어찌해야 하나? 그냥 이대로 예의 바르게 '아니, 없어요' 하고 상큼 대답? 근데 어쩌니? 입이 막 근질거려.

"저기……."

"말해요. 괜찮으니까."

"오해 말고 들어요. 막장 드라마 같은 것 때문에 상상력만 늘어서 이런 이상한 질문을 하는지도 모르는데요. 그렇다고 묻지 않으면 내 머릿속에서 마구마구 망상이 플러스되어 새로운 차미선 표 드라마가 만들어질 것 같아 걱정되어 이러는 거거든요."

내 방어적인 말투에 그의 얼굴에 희미한 미소가 걸렸다. 아마 내가 무엇을 궁금해하는지 알 것이다. 하지만 어떻게 해? 그냥 아닐 거라고 넘겼다가는 매일매일 눈덩이처럼 불어나는 의혹이 나를 짓누를 텐데.

"혹시…… 심지훈 씨도 형수님을 좋아했어요?"

아악! 말했다. 말해버렸다! 뱉어놓고도 잠깐 후회가 밀려온다. 한심한 여자라고 욕할지도 모른다. 혹은 너무 예민한 문제를 건드려 화를 낼 수도 있다. 그러니까 처음부터 왜 이런 진실 게임을 시작한 거야? 앙? 원래 캠프 가서도 모닥불 앞에서 이런 것 시작하면 꼭 끝이 안 좋았다고. 누가 누구를 짝사랑한 일이 까발려져서 울고불고 하는 사연도 많았지.

"흠."

살짝 고민하는 낌새를 보이던 남자가 스테이지에서 내려섰다. 무대가 비워지자 동시에 강한 조명이 꺼지고 주변이 밝아졌다. 잠시 어리둥절해 있는데 심지훈이 바로 옆에 와서 앉는다. 엥, 뭐야? 멀뚱하니 쳐다보니 그가 고개를 돌려 나를 가만히 응시했다.

"어……."

설마! 대답 회피? 판단이 끝나기도 전에 그가 한 손으로 내 턱을 잡고 입술을 덮쳤다. 헉! 이, 이게 아닌데! 눈이 감긴다. 지그시 눌러오는 그의 부드러운 입술에 내 입이 열리

256

고 감미로운 키스가 이어졌다. 그러나 머릿속은 엉망진창으로 엉켜간다. 이럴 수가! 이걸 어떻게 받아들여야 하니? 당신, 형수를 사랑한 거야? 정말? 가슴이 쿵쿵 두방망이질을 친다. 숨이 막힐 정도로 진해지는 키스가 내 안의 혼란을 가중시키고 있다. 이윽고 우리 두 사람이 서로에게서 떨어져 나왔을 때, 심지훈이 내 귀에 대고 나직나직 단어를 열거했다.

"아뇨. 형수님을 이성으로 생각해본 적 없어요."

에? 뭐야……. 그럼 지금 행동은? 어떤 게 진실이지? 나 헷갈리잖아! 혼돈이 가득해진 내 눈빛을 살피던 남자가 킥킥 웃음을 터뜨렸다.

"키스하고 싶어서 패스했는데……. 왜 그렇게 심각하게 받아들여요? 무안해지네."

"저, 정말요?"

으아아아! 당신이 내 상황이 되어봣! 아, 정말이지. 심지훈 선생, 당신 나 은근히 잘 놀려. 어쩜 나를 이 정도로 당황스럽게 하는 거냐고! 진짜로 놀랐잖아!

"…… 흑."

울컥하는 심기에 그만 눈물이 맺힌다. 이를 지켜보던 그가 조금 놀란 표정을 드러내며 내 눈가를 손으로 닦아주다가 떨리는 내 어깨를 끌어당겨 와락 껴안았다.

"미선 씨, 미안해요. 이렇게까지 놀릴 생각은 아니었는데."

"…… 몰라요. 정말 놀랐단 말이에요."

"그렇게 얼토당토않게 상상한 것 그 자체가 웃겨서 조금 놀리고 싶었어요. 하하하…… 이런."

난처해하는 남자에게 가만히 기대어 날숨을 길게 내쉬어 본다. 하아아, 레알 다행이야.

그렇게 얼마간 심지훈에게 안긴 채 가만히 있었다. 실내에 뿌려진 청량한 방향제가 코끝을 간질인다. 더불어 이제 어느 정도 익숙해진 그의 향수 내음과 체향이 폐부로 스며든다. 내 남자의 향기다. 불과 얼마 전까지는 상상할 수도 없는 편안함인데. 이렇게 내 아픔도 공유해주고 위로해주고, 힘들 때 기댈 수 있을 만큼 단단한 버팀목이 되어 있다.

"고마워요."

진심을 담아 말하니 그가 가만히 응시하다가 환하게 웃어준다. 와아, 사람의 미소가 눈부시다는 게 이런 느낌이구나? 일렁이는 가슴속 설렘을 주체할 수 없다. 너무 예뻐서, 고마워서, 사랑스러워서……. 내 안이 꽉 찬 느낌에 모처럼 행복감이 충만하다.

"아직 묻고 싶은 게 많이 남았는데……."

"그런데요?"

옆에 앉아 고개를 갸웃 기울이는 심지훈과 눈빛을 마주치고 있자니 질문이고 뭐고 깃털처럼 후루룽 날아가버리는 기분이다. 아우, 어쩌면 좋아. 이 순간이 너무 좋아서 죽

258

어도 이상하지 않을 거라는 말이 나올 것 같다고. 나는 충동적으로 손을 뻗어 그의 목을 끌어당기며 키스를 시작했다. 심지훈이 조금 놀라는 게 느껴졌지만 상관하지 않았다. 사실 아무에게도 방해받지 않는 밀실이잖아. 이 정도 분위기면 이런 짓 저런 짓 당연히 해줘야 하는 거 아냐? 응?

오감이 간질간질하게 떨려온다. 이 사람을 원한다고, 정말로 원한다고 내면으로부터의 외침이 머릿속에 커다랗게 울린다.

"으응……."

서로의 타액이 옮겨 다니고, 내 머리칼로 들어오는 그의 거친 손길이 뜨겁게 느껴진다. 나는 좀더 적극적으로 몸의 중심을 이동해 그의 무릎 위에 올라앉았다. 겹쳐진 허벅지 위에서 조금 우위에 있는 것 같은 자세에도 부끄러움을 잊은 채 남자를 열렬하게 공격한다.

음, 내가 이렇게 먼저 애타는 모습을 보이면 안 되는데. 막 덤벼대는 여자로 보이면 어쩌나……? 마음속 고민이 뭉게구름처럼 퍼지다가 어느 순간 팍 하고 한 줌 재가 되어 날아가버렸다. 그저 지금의 감정에 충실하고 싶다. 내게 밀착된 그의 가슴속 심장박동 소리가 더없이 크게 느껴지는 게 내 착각이 아니라면 심지훈 역시 나와 같은 생각을 하고 있는 거겠지?

내가 아닌 것 같다. 이런 열정을 느껴본 게 얼마 만인가!

은비와 은솔, 어젯밤의 그 심각한 꿈까지도 모두 사소한 것처럼 뇌리에서 떠나간다. 역시 이 사람은 내게 있어 힐링 그 자체였다. 더 욕심내도 되는 거라면, 이제 그를 정말로 갖고 싶다.

턱을 기울여 더욱 깊게 키스하면서 동시에 대담하게 미끄러뜨린 내 손바닥이 남자의 셔츠 안으로 들어간다. 그의 숨결이 거칠어진다. 매끄러운 피부를 거슬러 그의 근육을 만지고 등줄기를 훑어내렸다. 단단한 몸이 움찔 반응하는 게 느껴져 흐뭇했다. 남자의 팔이 내 허리를 바싹 끌어당기더니 다음 순간 자세가 바뀌어 내 등에 소파가 닿고 그는 내 위로 올라와 있었다. 하악하악. 귓가에 울려오는 두 사람의 소리가 방음이 잘된 공간으로 퍼져나간다. 숨이 더욱 가빠진다. 떨어진 입술 사이로 깊은 키스의 여운이 아직 진하게 남아 있고, 서로의 숨결이 입술 위로 부서진다. 걷어올린 눈꺼풀 뒤에서 만난 맑고 까만 눈동자가 열망에 폭발할 듯 타오르고 있다.

그래! 나는 이제 준비가 되었어. 그러니 날 가져! 나도 너를 품어줄 거야! 무언의 외침을 겹쳐진 시선에 담아 강하게 쏘아 보낸다.

그러나…….

"어?"

잠시 숨을 고르는가 싶던 심지훈이 스스로를 진정시키며

내 어깨를 잡아당겨 앉히더니 그 옆에 자신도 다시 앉았다. 이번에는 손바닥 하나만큼 약간의 거리를 둔다. 엥? 뭐야? 한참 좋았는데. 잠깐 시선을 마주치지 못하던 남자가 고개를 살짝 돌려 나를 쳐다보았다. 아마도 내 얼굴에는 당황스러움과 의문이 잔뜩 떠다니고 있을 터였다. 반면 그의 얼굴에는 난처함이 담겨 있었다.

"자제력…… 시험하게 하지 말아요."

얼굴에 열기가 확 오른다. 잉? 내가 언제 시험했다고 그래? 자제력 같은 것 어디다 헐값에 팔아버려도 되거든! 너 왜 그래? 나 술병 났을 때 간호해주다가 좀더 진하게 진행되던 것 기억 안 나니? 아우우우 새삼스레 왜 빼는 건데? 이 누나 울고 싶단 말이다.

"그렇지 않아도 평소에 참느라 힘들거든요."

아, 힘들 필요 없다니까! 왜 참느냐고? 내가 괜찮다는데!

어쩌면 내 표정에는 가벼운 불쾌감이 떠올랐을지도 모른다. 밝힘증이라고 손가락질당하려나? 그렇지만 내가 덮친 것도 아니고, 서로 두근두근 좋았잖아. 도대체 뭐가 문제야?

"음…… 좀……."

그가 겸연쩍은 표정을 짓다가 긴 속눈썹이 드리운 눈동자를 움직여 이 고급스러운 VIP룸을 한번 둘러본다.

"여기선 싫어요. 그래도 둘이서 처음 서로를 나누는 건

데. 이런 분위기는 아닌 것 같아요. 불쾌하게 했다면 미안
해요."

잠깐 할 말을 잃었다. 어머나. 뭐, 뭐지, 이 의외로 순진하
고 귀여운 구석은? 나는 너랑 같이 으쌰으쌰 하는 거라면
공중화장실이나 건물 비상계단이라도 괜찮······ 아니지. 나
정말 왜 이러는 거야? 어떻게 보면 당연한 거잖아.

서로의 과거가 어떻든 우리의 첫 관계를 이런 노래방에
서 대충 해결하기 싫다는 그의 말에는 충분히 설득력이 있
다. 쩝. 어째 남녀가 뒤바뀐 기분도 들지만, 배려 많은 그의
성품이기에 가능한 일이겠지. 사실 20대 후반의 신체 기능
이 한창인 남자가 조금 전 같은 상황에서 중도에 관두기가
쉽지 않았을 듯한데.

"아뇨, 불쾌하지 않아요. 괜찮아요."

나는 그제야 싱긋 웃었고, 그는 그런 내 음성에 금세 얼굴
이 환해졌다. 거참 이렇게 사랑스러운 인간이 있다니. 볼매
다, 볼매.

"지훈 씨, 알면 알수록 참 새롭고 좋은 사람 같아요."

"훗, 그래요? 다행이네요. 좋은 면만 보이고 있어 그런 건
가?"

"음······."

살짝 위협하듯 가까이 다가가서 살포시 뜬 눈망울로 남
자의 까만 눈동자를 응시했다. 이런 내 태도에 심지훈은 그

262

섹시한 입술로 계속 웃기만 한다.

"난…… 지훈 씨에 대해 너무 몰라서 어떤 사람인지 정말 궁금하네요. 분명히 겉으로 보이는 좋은 면만이 다는 아닐 텐데. 이제 남은 시간은 심지훈 탐구 시간으로 할까요?"

"어떤 사람인지 아직 모르겠어요? 나 그렇게 복잡한 편 아닌데."

어느 정도는 알지. 어느 날 나한테 꽂혀 돌진한 사람. 유순한 평소 태도와 달리 그런 면은 불도저 같아.

"일단 도대체 내 어떤 면에 반했다는 건지 저는 솔직히 모르겠어요. 상담하러 간 날 제가 그렇게 눈에 띄었나요?"

진심으로 궁금해서 질문을 던진다. 사실 알면 알수록 당신은 여자의 예쁜 외모에 쉽게 반할 스타일이 아닌 것 같거든. 내가 그 정도의 경국지색도 아니고 말이지. 뭐 물론 심지훈 눈에만 세상 최고의 절세 미녀로 비칠 수도 있지만, 흠흠.

외모가 아니면 무엇일까? 내 성품? 나는 누군가가 반할 정도로 착하거나 부처님 같은 자애로움을 지니지 않았는데? 혹여 그런 면이 있다손 쳐도 저 사람이 미리 알았을 수는 없잖아. 아무리 상대 심리에 능통한 박사님이라도 말이지. 그러면 뭐냐고? 도대체 내 어떤 면이 이혼녀라는 이력이나 혹이 둘이나 있다는 점까지 다 커버할 만큼 대단한 거니?

내가 이런저런 생각에 잠겨 미간까지 찌푸려가며 나름 심각하게 물어보는데, 그가 부드러운 미소로 쳐다보다가 고개를 도리도리 저었다.

"잉? 아니에요?"

"내가 언제 그날 반했다고 했어요?"

"예에?"

나는 깜짝 놀랄 만한 정보에 용수철처럼 탁 튕겨 일어났다.

"뭐, 뭐예요? 우리가 그날 처음 만난 게 아니에요?"

그가 콧등까지 찡그려가며 진한 웃음을 그린다.

"예. 사실 만난 지 꽤 되었고, 자주 마주치기도 했어요. 미선 씨가 나를 몰라봤을 뿐이지."

아니, 어떻게 댁 같은 간지남을 내가 못 알아봤단 말이오? 이건 말도 안 돼! 절규를 삼키는 내 표정을 읽은 남자가 풋 실소한다.

"나와 마주칠 때마다 다른 데 정신이 팔려 있었으니 그럴 만도 하죠."

"어…… 혹시, 백화점?"

"정답."

뭐냐. 내가 구름같이 모여 아우성치는 여자들을 헤치고 득템하는 순간, 그 모습을 옆에서 구경하고 있었단 말이야? 호, 흐미 취향 참……. 그게 그렇게 멋져 보이디?

"타의에 의해서지만 좀 큰 행사 때마다 저도 그 장소에 있었거든요. 차미선 씨는 매번 거기서 가장 돋보였고요."

"하하…… 근데 가만, 타의라뇨? 아, 저번에 어머니 취향으로 옷을 입은 거라고 하더니 어머니께서?"

"그래요. 우리 어머니도 미선 씨 못지않게 세일 행사에 밝은 분이에요. 단지 연세 탓에 체력이 좀 달릴 텐데, 그래서 항상 저를 대동하고 가죠. 짐꾼 겸 가끔은 사람들 밀어내기용으로."

그래서 아까 내가 쇼핑할 때 쇼핑백을 무더기로 들고 다니는 게 익숙해 보였구나. 하하하 이럴 수가! 쇼퍼홀릭 어머니를 둔 상담 센터 선생님이라니. 이런 어불성설을 보았나. 그렇지만 조금 부럽네. 나도 얼른 이 남자 덮쳐서 아들 하나 만들어 나중에 그러고 다녀? 헉 나 무슨 생각을 하는 거라니? 으흐흐흐.

"음, 시간이."

그가 시계를 보더니 일어나서 손을 내민다.

"계속 있고 싶은데, 3시에 상담 예약이 있어서요."

아 맞다. 이 남자 2시 출근이었지? 나 때문에 한 시간을 공쳤나? 쪼끔 미안해진다. 더불어 그가 걸어가 챙기기 시작하는 엄청난 양의 쇼핑백에 시선이 멎자 부끄러워지기도 한다. 그래, 바로 몇 시간 전에 내가 저 미친 짓을 했구나. 아이고! 다음 달 카드 청구서 난리 나겠네. 유 여사님에게 들킬 일은 없어야 할 텐데.

"백화점부터 가요."

"에, 거긴 왜요?"

"이 물건들."

그가 양손 가득 든 쇼핑백을 내 앞으로 내민다.

"전부 반품해야죠. 충동구매는 결코 좋은 쇼핑 습관이 아 니니까."

헉……. 난 죽었다. 원래 창피해서 반품이라는 걸 못 하고 산단 말이야. 이러다가 백화점 블랙리스트에 오르지 않을 까? 게다가 매장을 열 군데도 더 들른 것 같은데 하나하나 다 찾아가서 반품해야 해? 아악 난 못 해!

"전에 내가 일대일로 쇼핑 중독 원인 찾아본다고 했죠?"

어, 언제?

—내가 차미선 씨가 가진 문제의 원인을 찾아볼까 하는 데요. 일대일 맞춤으로.

가물가물 기억이 나는 것도 같다. 그게 아마 우리가 만난 첫날 백화점 구석에서 키스하기 직전이었던가?

"오늘 노래방에서 한 진실 게임이나, 충동구매 한 제품을 반품하는 일이 미선 씨의 쇼핑 중독을 치료하는 하나의 방 법이라고 생각하세요."

아으. 이렇게까지 말하면 안 된다고 뗴쓸 수가 없잖아!

"나중에 다 반품했는지 꼭 확인해볼 거예요."

"엑, 저 혼자 가요?"

"저는 상담 예약이 있다니까요. 그리고 본인이 저지른 사태는 직접 해결해야 하는 겁니다."

웃는다. 흑, 처음으로 그의 얼굴이 얄미워 보이는구나. 그래도 할 말은 없지. 내가 생각해도 거의 쓸모없는 것들이니까. 하아아 한숨을 내쉬는데 쇼핑백 하나를 내 손에 쥐어주는 남자다.

"내 카드로 산 것만 빼고요. 이건 은비랑 은솔이 크리스마스를 위한 선물로 해요."

아아. 얄밉다니. 감히 나의 심지훈에게 그런 단어를 쓴 나를 용서할 수 없도다. 감동이 홍수처럼 밀려오려 해. 내가 너무 변덕인가?

*

"크하하하! 크하하하하하!"

"그만 좀 웃지!"

째려보면서 볼멘소리를 내는데도, 연화는 매장이 떠나가라 웃어댄다. 저 화상에게 하소연하겠다고 찾아온 내가 미친년이지. 그냥 집에 가려다가 은솔이 데려오려면 시간이 조금 남아서 잠시 연화에게 들렀다. 차 한잔 마시면서 오늘 있었던 일을 말해주었더니 오버쟁이가 쓰러질 것처럼 웃어댄다. 지지배야, 너 그러다 살 빠지겠다.

"그노마 연구 대상이네. 상담 센터 슨생이라더니 반품 불가 차미선을 바꿔놨다 아니야. 존경스럽다."

"아 몰라몰라. 완전 창피해. 얼굴 뜨거워 죽는 줄 알았다고."

"매장을 몇 군데나 갔는데?"

"열다섯."

"파하하하 웬일이고!"

"아후! 잊을 거야! 더 이야기하지 마!"

"야야. 그 정도로 많으면 고객 센터 같은 데다 야그해보지? 안 된다고 하드나?"

생각도 안 해봤다. 헉. 나 이렇게 단순한 여자였어? 아니, 평소였다면 당장 그런 꼼수부터 노려봤을 텐데, 이를 어쩔. 심지훈이 하래니 그냥 다 찾아가 반품해버렸다. 허헝……
나 멍청이인가 봐.

"흑…… 바보 됐어."

두 손에 얼굴을 파묻었더니 연화가 등을 펑펑 두드려준다.

"너무 상심 마라. 거서 안 된다고 했으면 더 쪽팔렸을 거다."

그래도 위로가 안 돼! 나 왠지 이제부터 조종당하고 살 것 같은 불안한 예감이 든다고, 정말이지……. 그 정도 생겨줬으면 내가 이 정도 감수해도 되잖아, 뭐 이런 건가?

"그래서. 그 힐링인지 무시깽인지 한다고 노래방 가서 진실 게임 했다고? 니들 무슨 고딩이냐?"

"말로 하니까 유치한데, 생각보다 꽤 괜찮더라. 덕분에 기분 많이 풀렸으니 어쨌거나 성공했지."

헤실헤실 웃어 보이자, 연화가 또다시 패션 테러리스트가 된 내 몸을 죽 살피더니 눈을 가늘게 뜬다. 어머, 왜 그래?

"노래방에 다 큰 머스마랑 그런 요상한 꼴로 단둘이 있었으면서 아무 일도 없었다고?"

"없었다니까. 뭐 아주 없는 건 아니지. 키스 정도?"

"키스만? 정말?"

"왜 이래? 모솔 주제에 인프라가 너무 야한 것 아냐? 우린 건전하게 힐링을 위해 노래방에 간 거라니까."

"하이고, 건전이 누구 동네 강아지 이름이냐? 건전아, 이리 와뿌라. 진짜 개가 들어도 웃겠다. 그노마 빙구 아니구서야 우째 고런 좋은 기회를 넘겨버리는데!"

"어마! 무슨 소리를! 지훈 씨 멀쩡한 상남자거든!"

"캬캬 상남자 다 얼어 뒤지뻤나."

비웃는다. 나의 지훈 씨를! 캬악, 정말 여기다 대고 그가 나와의 첫 관계를 더 로맨틱하게 보내려고 자제심을 발휘해주었다고 말했다가는 불에다 기름을 붓는 격이겠지? 으흐흑. 어서 연애해라, 방연화. 내가 아주아주아주아주 사소한 것까지 놀려줄 테니까! 태성이 이눔시키는 대체 뭐하느라 아직도 얘를 모솔 그대로 두는 거야?

"갈래."

토라진 얼굴로 벌떡 일어섰는데도 연화의 놀림은 그치지
않는다.

"그래, 가라. 대가리 쪼매내고 키만 멀대같이 크고 얼굴
은 겁나 곱상해서 허우대 멀쩡해 보이지만 사실 빙구인지
아닌지 알 수 없는 검증 안 된 상남자와 연애하는 차미선
씨."

"야!"

"그래 보니 이해가 가네. 와 애 둘 딸린 이혼녀에게 죽자
고 덤비는지 말이다. 니도 생각해봐라. 어디 멀쩡한 놈이
니한테 그리 열심이겠어? 알고 보면 고……."

"더 말하면 죽는다, 너!"

"하이고, 무스브라."

바닥에 쾅쾅 소리가 날 정도로 발을 디디고, 문도 부서져
라 처닫고 왔지만 분이 안 풀린다. 아우 이걸 어떻게 풀지?
'저늠 지지배하고 끝내주는 테크니션으로 한번 자주쇼' 하
고 말할 수도 없고. 아으 쇼핑이 나를 부르는구나! 하지만
그러다 또 걸려 반품해야 하면? 아흑…… 그냥 은솔이나
데리러 가야겠다.

화요일은 그렇게 지나갔고, 수요일은 12월 19일 대선이

었다. 은비 등살에 못 이겨 아침에 눈뜨자마자 투표를 하고
오니 심지훈에게서 문자가 와 있었다. 저번에 못 한 아이들
과의 맛난 저녁 식사? 오우, 무조건 콜이지! 조금 이른 저
녁인 5시에 만나기로 약속하고, 새벽에 공항에 도착할 엄
마를 생각해 온 집 안 청소를 시작했다. 엄마가 딱 일주일
비웠는데 집이 이렇게까지 달라지다니 나도 놀라고 우리
애들도 놀란다.

"겨울이라 창문도 제대로 안 여는데 무슨 먼지가 이렇게
많담?"

속절없이 투덜거리며 요란하게 진공청소기를 돌리고 스
팀으로 밀어대니 온몸이 땀으로 젖을 정도다. 우리 집이 이
렇게 넓었나? 새삼 깨달음이 오는구나! 에효.

"엄마, 빨래도 다 걷어서 개야지."

"아아 그래. 너희가 좀 걷어봐. 엄마가 이따가 갤게."

"언제? 이틀 전에 걷은 것도 저기 소파에 산처럼 쌓여 있
잖아. 엄마, 언제 다 하고 아빠랑 밥 먹으러 갈 거야?"

"우띠 고은비, 계속 잔소리할 거야? 그럼 네가 다 개서 넣
엇!"

괜히 애한테 성질 한번 내줬으나 상처도 안 받는 강철 멘
탈 딸내미다. 우우, 조금씩이라도 미리 해놓을걸. 아님, 지
금 당장 시간제로 일해줄 아줌마를 찾아볼까? 부른다고 바
로 오려나? 선거 때문에 휴일인데 그게 가능해? 아악 미치

겠다.

"은솔아, 우리 저기 가서 뽀로로 볼까?"

내 눈치를 보던 아이들이 쪼르르 사라지자, 나는 다시 두 팔을 걷어붙이고 집안일을 시작했다.

"난 정말 살림이랑 안 맞는다고!"

해서 5시에서 10분이 모자란 시간에 그가 도착했을 때 나는 초죽음 직전의 상태가 되어 있었다. 물론 밀린 집안일을 다 하지도 못했다. 살림 젬병 차미선이 당연한 거지, 암.

"무슨 일이에요? 몸이 다시 아파요?"

남자의 커다란 손이 가만히 이마에 와 닿는다. 아, 기분 좋네. 하지만 내가 기운 없는 건 어디가 아파서가 아니라고요.

"아뇨. 일단 들어와요. 내가 준비가 덜 되어서……."

뭐라도 찍어 바르고 옷 갈아입으려 흐느적흐느적 내 방으로 걸어가자니 뒤에서 아빠아빠 하고 부르는 고함에 가까운 딸들의 목소리가 팍팍 꽂힌다. 이것도 고민일세. 당장 내일부터 유 여사님께 뭐라고 설명해야 하나? 새삼스러운 것들이 나를 한숨짓게 하는군. 뭐…… 잘되겠지. 여태 그랬잖아.

"똑똑."

살짝 열린 문틈으로 그가 목소리 노크를 한다. 화장대 앞에 앉아 멍하게 얼굴을 들여다보던 나는 시선을 돌려 그를 마주보았다.

"정말 아픈 건 아니죠?"

"그냥 밀린 빨래 개고, 집 안이랑 화장실 청소 좀 하고, 침대 정리했더니 체력이 달리네요. 헤헤."

"어머님이 내일 오시나 봐요?"

"하하하, 예에."

심지훈이 마주 웃어주면서 내 옆으로 다가왔다.

"아직 덜했으면 내가 애들 봐줄 테니까 마무리해요. 저녁이야 여기서 시켜 먹어도 되고, 아니면 간식이나 챙겨 먹고 8시쯤 나가죠, 뭐."

아마 내 눈이 반짝였을 것이다. 오오옥 진정한 자상남 같으니! 일이란 게 하다 보면 끝이 없더라. 그렇지 않아도 유여사님이 돌아와서 집 안 꼴이 왜 이러냐고 잔소리하면 어떻게 할지 고민이 심각했는데, 이렇게 고마울 수가!

"당장 애들하고 같이 먹을 과자랑 차 내줄게요!"

번개같이 부엌으로 달려갔다. 흥얼흥얼 콧노래가 나온다. 어젯밤에 직접 구운 땅콩 쿠키(내가 유일하게 잘하는 것!)를 예쁜 플레이트에 올리고, 세트 찻잔에 심지훈용 허브티와 아이들용 핫초코를 마련한다. 향긋한 냄새만으로도 금세 기분이 좋아진다.

"자, 여기요."

"같이 들어요. 5분쯤 천천히 한다고 어떻게 되는 건 아니잖아요."

그가 권하자, 나는 못 이기는 척 소파 옆자리에 앉았다. 핫초코를 후후 불어 한 모금씩 마신 아이들이 일어나서 우리 두 사람에게 달려들었다. 서로 아빠에게 과자를 먹여준다며 난리가 났다.

"아빠, 아아아아! 은솔이가 줄 거야!"

"야! 내가 먼저 왔잖아! 아빠아빠 은비 꺼 먼저 먹어주는 거예요!"

"하하하! 잠깐만 공주님들."

이것들이 엄마는 완전 뒷전이구만! 내가 다 기록해놓겠어. 반쯤 농담으로 투덜대는 내게 은비가 배시시 웃어 보인다. 그렇게 너무도 행복한 가족의 모습으로 따뜻한 기운을 마구 발산하는 우리 네 사람의 귀에 '삑삑 디리릭' 하고 당황스러운 소음이 들린 건 무슨 조화였을까!

"어?"

현관문을 열고 들어선 이와, 내 입에서 동시에 의문형 한 음절이 튀어나왔다. 놀란 심지훈은 벌떡 일어서고, 두 아이들은 깜짝 놀란 얼굴로 눈을 깜빡였다.

"외할머니……? 벌써 왔어?"

은비야, 아무리 그래도 그렇지 그렇게 말하면 어떡하니?

"아니 이게……."

유 여사님은 식구들의 이상한 반응에 어이가 없어 그대로 멈춰 서 있다가 그중 눈에 띄는 낯선 남자를 발견했다.

"누구?"

아으으…… 이런 식으로 만나게 하면 안 되는데! 아니 노인네가 일정보다 일찍 왔으면 왜 전화를 안 한 거야?

"어, 엄마! 비행기 시간 앞당겨졌어요? 아니 공항에서 왜 나한테 전화를 안 하시고?"

"선거해야 한다고 다들 여행사에 항의했지! 다행히도 오후 2시에 도착하는 비행기가 있대서 남은 일정 취소하고 돌아왔다. 조금 전 동네 초등학교 가서 표도 찍었고. 그런데, 내가 모르는 손님이 와 계시네?"

"할머니! 아빠야, 아빠!"

"으악 은솔아!"

내가 얼른 애 입을 틀어막았으나 이미 늦었다. '아빠'라는 단어 선정에 유 여사님의 눈이 동그랗게 커진다. 아무 말씀도 못 한 채 심지훈만 뚫어져라 노려보시는 모습이 지금 상황이 이해가 안 가는 모양이다. 하긴 불과 일주일 전만 해도 상상조차 못 한 일 아니던가! 게다가 심지훈의 범상치 않은 외모에 더욱 놀랐을 테니. 신이시여! 제발 이 순간 솟아날 구멍을 마련해주소서!

"엄마! 그, 그러니까 말이에요!"

바동대는 은솔이를 억지로 힘들게 안고 있는데, 불쑥 그가 나보다 먼저 유 여사님께 다가갔다.

"안녕하세요, 초면에 너무 놀라게 해드렸네요. 죄송합니다."

"아, 아니에요, 네에."

유 여사님 입에서도 두서없는 단어만 나오고 있다. 이거 왠지 안 좋다, 안 좋아.

"여행 가방 제가 들어드리겠습니다. 이리로 주세요."

유 여사님이 얼떨떨한 표정으로 자기 짐을 내주면서도 잘생긴 총각을 뚫어져라 쳐다본다. 그리고 다음 말을 듣는 순간 헉 소리를 뱉으며 그대로 굳어버리셨다.

"들어와서 인사 받으십시오, 어머님."

득템은 어려워

　우리는 정신없이 집을 나섰다. 일단 집에 계속 있을 분위기가 아니었던지라 스파게티가 먹고 싶다는 은비의 말에 생각할 것도 없이 완전 오버 동의하여 후다닥 챙겨서 문밖으로 향했다. 당시 나는 무조건 그 자리를 벗어나야겠다는 생각밖에 없었다.

　덕분에 우리의 유 여사님은 온몸 가득 여독이 비명을 지르는 중일 텐데도 손녀들 손에 이끌려 좋아하지도 않는 스파게티 집으로 향하게 되었다. 주차장에 떡하니 서 있는 심지훈의 제법 근사한 외제 승용차에 한 번 더 살짝 당황해주시고 별말씀 없이 뒷좌석에 올라타신다. 은비는 당연하다는 듯 조수석에 오르고, 나는 가시방석에 앉는 심정으로 은솔이를 안은 채 유 여사님 옆에 착석했다.

"아빠! 어디로 갈 거야?"

은비까지 신이 나서 그에게 '아빠' 하며 질문을 던진다. 나는 눈을 질끈 감았다가 뜨면서 옆자리를 응시했으나 유 여사님은 별다른 말씀 없이 창밖만 응시하셨다. 속이 뒤집어지는 기분. 이대로 내가 뭔가를 먹을 수 있을까? 한숨만 깊어지는데, 심지훈이 한강변에 괜찮은 레스토랑에 예약해 두었으니 그쪽으로 간다며 행선지를 밝혔다.

"우와우와!"

반짝반짝 크리스마스 분위기의 화려한 금색 트리를 본 아이들이 흥분을 주체 못한다. 딱 보기에도 보통의 식당들 입구에 서 있는 허접스러운 트리와는 비교도 안 되어 보인다. 최고급 호텔 같은 분위기를 풍기는 그곳에서는 웨이터가 친히 나와 우리 모두를 에스코트하면서 금빛 대리석으로 장식된 깔끔한 바닥을 지나 안쪽 룸으로 안내했다. 룸의 한쪽 면이 통유리로 되어 있다. 서울의 화려한 야경과 그 빛이 내려앉은 어둠 속 한강이 물비늘로 반짝인다. 확 트여 시원스러운 전망은 잠깐이나마 내 머릿속마저 비워낼 정도로 근사했으니 아이들은 더 말해 무엇하랴.

"아빠, 나 쉬."

"어? 은솔아, 엄마랑 같이 가자."

"싫어싫어!"

헉? 야 이 녀석아. 네가 아무리 어리다지만 여자라고 여자! 곧 다섯 살이 될 텐데 이 무슨 난감 시추에이션이란 말이니?

"괜찮아요, 제가 데리고 다녀올게요."

그가 부드러운 미소를 보이며 은솔이 손에 이끌려 룸 밖으로 나갔다. 아니 나는……. 작게 삼킨 말을 곱씹다가 슬그머니 유 여사님 눈치를 살핀다. 그제야 나를 노려보시는 품새가 하실 말씀이 하나 가득인 듯한데, 뭐 이해합니다, 누구라도 이런 상황에 처한다면 궁금증이 뭉게뭉게 산처럼 피어오르시겠지요. 라핫핫.

"어떻게 된 거니?"

대뜸 그렇게 뭉뚱그려 질문하시면 제가 무엇부터 설명드릴까요? 엄마가 가라는 대로 간 상담 센터에서 제 운명을 만났다는 것부터? 아니면 거기서는 뭔가 안 좋은 것 같았는데, 내가 잘생긴 저 남자를 덮쳐서 기습 뽀뽀하고 달아났더니 백화점까지 따라와서 키스하고 그 뒤부터 올렐렐레 했다는 뭐 이런 드라마틱한 스토리? 에, 그것도 아니면 그 사람이 애들 앞에 나타나 아빠 노릇까지 천연덕스럽게 하더니 은비 생일에 아쿠아리움에 데려가주고 애들한테서 점수 제대로 딴 이야기? 그것도 아니면 속상한 일이 있어 술병이 났는데 제주도부터 중요한 학회고 뭐고 다 마다하

고 날아와 욕실에서 죽을 뻔한 나를 구해주고 간호까지 해
준 것? 그리고 또……. 아니 왜 만난 지 얼마 되지도 않았는
데 이렇게 할 이야기가 많은 거냐고!

"내게 말도 안 하고 사귀는 남자가 있었어? 대체 언제부
터?"

에휴, 그렇게 보이시겠죠. 사실은 이제 9일 된 것 같은데
요. 뭐 그 사람이야 나를 전부터 알았다고 하지만, 어쨌거
나 나는 지난주 화요일에 처음 본 걸로 기억하니까. 열흘도
안 된 사람들이 벌써 진도가 많이도 나간 것 같죠? 사실 아
직 심각한 신체 접촉은 이루어지지 않았어요. 예에, 의외로
귀여운 구석이 있는 남자라서…….

"그렇게 꿀 먹은 벙어리처럼 가만히 있지만 말고 말 좀
해봐!"

"할머니, 왜 그래요? 엄마한테 화났어요?"

"화난 거 아니야, 은비야. 엄마한테 물어볼 게 있어서 그
래. 어른들 말씀하시니까 잠깐만 가만히 있으렴."

지원군 고은비가 억류되었다. 젠장.

"그게…… 좀 되었어요. 사귄 지는 얼마 안 되었는데 애
들이 워낙 좋아하다 보니 집에도 몇 번 오고."

사실을 모두 말하기엔 꺼려지는 요소들이 있다. 나는 거짓
말도 참말도 아닌 적당한 선에서 둘러대기로 마음먹었다.

"나이는?"

"스물아홉이요."

"뭐하는 사람인데? 아까 보니까 입은 옷 하며 차도 그렇고…… 직업이 좋은 거니, 집안이 부유한 거니?"

둘 다 맞는 것 같은데요. 흐흑 어째 말하기가 점점 어려워지냐고요.

"미선아."

아우, 재촉 좀 말라고 엄마. 나도 생각하며 답을 합시다.

"직업은 전에 엄마가 가보라고 한 상담 센터의 선생님이고요. 집도 괜찮게 살아요."

"그래? 거기 선생님이라고? 가만…… 아까 이름이……."

"심지훈! 아빠 이름은 심지훈!"

은비가 대신 답해준다. 미간을 살짝 찡그리던 유 여사님이 갑자기 생각난 듯 작게 아 소리를 내더니 다시 시선을 내게로 꽂으신다. 엄마…… 무서워요. 왜 그렇게 보세요?

"혹시 저 사람, 한국병원 심다훈 과장 동생 아니야?"

"엥? 엄마가 그걸 어떻게 아세요?"

"맞다고? 정말로? 아니 어떻게 그런?"

유 여사님이 기가 막힌 듯이 한 손으로 입을 막으신다. 엥, 뭐야뭐야? 엄마도 심다훈 의사샘을 알아요? 그분 그렇게 유명한가?

"아니 그…… 심다훈 과장 동생이면 총각일 텐데. 그 집에서도 너랑 사귀는 것 알아?"

"아, 아직요."

서로 안 지 며칠 되지도 않았는데 어찌 벌써 그랬겠습니까? 속으로 눈물이 나지만 일단 어색하게 웃어 보인다. 허나 나를 응시하는 유 여사님 표정이 점점 굳어만 간다. 이를 어쩌나?

"엄마, 왜 그래요? 무슨 문제라도?"

"그래서 그때 그렇게 거절을 했나?"

"예?"

"아니…… 아니야."

유 여사님이 손사래를 치며 입을 다무시는 것과 동시에 문이 열리면서 은솔이가 뛰어 들어왔다. 일단은 상황 종료. 그 남자 뒤로 웨이터들이 음식을 갖고 들어오기 시작한다. 심지훈은 아무렇지도 않은 얼굴로 아이들까지 챙겨가며 식사를 했고, 나와 유 여사님은 모래알을 씹는 표정으로 음식만 꾸역꾸역 입에 집어넣었다. 뭔가 아주 비싸고 맛날 것 같은 정식 코스인데, 아아 눈물이 앞을 가리는구나. 엄마가 도움을 주시는 게 아니라 난관이 되어주실 것만 같다. 이 남자, 정말 괜찮은 사람이라고요. 내가 전에는 눈이 좀 낮아서 이상한 인간이랑 결혼까지 한 건 맞는데! 이번에는 아니라고요. 정말이라니까!

어느 정도 예상했으나 집에 돌아와 심지훈을 보낸 뒤 다시 맞닥뜨린 유 여사님은 완강함을 표출하셨다.

"좋은 사람이에요, 엄마아아."

"나쁜 사람이라는 이야기가 아니야. 내가 그 집안도 좀 아는데, 너 데리고 장난치거나 할 아들을 키울 분들은 아니니까."

"그럼 뭐가 문제인데요?"

"몰라서 묻니?"

아뇨, 잘 알죠. 뭐가 염려되시는지 모를 리가 있나요. 그런데요. 저도 처음에 그런 생각 안 한 게 아니거든요. 근데…… 저 사람이 믿으래요. 괜찮대요. 자기만 따라오면 된대요. 그래서 그럴 생각이에요. 내가 은비 애비 같은 이상한 남자랑 결혼했고, 쇼핑에나 매진하고 애들 키우는 것도 엉망진창에 살림도 꽝이고 우울증 5년이나 앓았고 기타 등등, 엄마 눈에는 한없이 걱정만 안겨주는 불효녀인 건 맞지만, 정말 그렇지만…… 마지막으로 한 번만, 딱 한 번만 더 믿어주면 안 될까요?

"엄마, 그냥 내 선택이고 우리 두 사람 문제니까 일단 지켜봐주시면 안 돼요?"

"설마 연애만 해보자고 만나는 건 아닐 테고. 애들까지 다 알게 된 것 보면 결혼도 생각한다는 것 아니냐?"

"그렇죠."

목소리가 작아진다. 우띠, 죄 지은 것도 없는데 내가 왜 이래야 하지?

"미선아."

"예."

"사귀는 건 두 사람만의 문제 맞아. 하지만 결혼은 현실
이야. 네가 그걸 모를 리가 없을 텐데?"

"…… 알아요."

"그럼 날 설득해보렴. 단 한 가지라도 그 심지훈이라는
사람보다 미선이 네가 나은 게 뭐가 있니?"

헉, 잠시 할 말을 잊었다. 그런 건 생각해본 적 없는데! 나
은 것, 나은 것……. 어쩜 좋아, 아무것도 생각이 안 나! 그
는 나보다 잘생겼고, 키도 크고, 직장도 좋고, 아마 집안도
좋은 것 같고, 돈도 많고, 나이도 젊고, 심지어 깨끗한 미혼
이지……. 쳇, 비참해지잖아!

"없지? 냉정하게 들리겠지만 내 새끼라고 싸고돌기엔 네
가 너무 허점이 많구나."

"엄마아아, 그래도."

"그래도 뭐? 네가 어영부영 끌려만 다니다가 헤어지게
되면? 너만 상처받니? 은비랑 은솔이 저 불쌍한 것들 생각
은 안 해? 잊지 마. 넌 두 아이 엄마야. 알겠어?"

유 여사님은 말씀을 마치시고는 피곤하다며 방으로 들어
가버리신다. 어흑. 이거 큰일이네! 저쪽 집안 어른들 상대
하기 전에 내 엄마부터 이렇게 완전 반대임을 표하실 줄이

야! 아군이 없다. 이러다가 심지훈 부모님까지 확실히 반대하시면 나는 진퇴양난, 사면초가……. 어쩔 수 없게 될 텐데 어쩐담?

*

"어머니가 반대하신다고?"

"응."

"의외네. 잘생겼지, 젊지, 자상하지. 겁나 좋아하실 줄 알았구만."

"그 사람을 싫어하는 건 아니고. 현실적이시잖아. 그냥 내 수준에 맞는 남자를 찾았으면 좋겠대. 걱정되시는 거지."

밤새 또 고민에 허우적대느라 다크서클이 시커멓게 앉은 내게 연화가 커피를 건네며 토닥토닥 위로해준다. 연애는 왜 이렇게 힘들지? 에너지 고갈이 느껴진다. 처음부터 너무 힘에 부치는 사람을 만난 게 분명하다. 자꾸만 엄마 말씀이 뇌리에서 자라난다. 부정하기 힘든 진실의 무게에 짓눌려 숨이 막힌다.

"힘내라. 사람 마음이라는 게 참 이상해서 안 되는 일에 더 마음이 가더라고. 머리로 내리는 명령을 당최 듣지 않으니, 원."

"응?"

갑자기 들려온 연화의 말에 고개를 갸웃 기울이고 말았다. 어라? 평소의 방연화라면 우리 엄마가 그렇게 반대한다고 할 때 당연히 유 여사님 편을 들어야 맞다. 어른 공경을 최우선으로 치는 타입이니까.

"왜 너답지 않은 소리를 하냐?"

"몰라, 나도."

그러고 보니 태성이가 매장 쇼윈도 밖에 있었다. 이 추운 날씨에 바깥에 무슨 손님이 있다고 매대를 내놓고 특가품 판매를 시킨대? 멀리서 보기에도 추위를 견디느라 발을 동동 구르는 게 보인다.

"쟤 저러다가 감기 걸리겠어. 오늘 체감온도 영하 20도라던데."

"자업자득이지. 꼴 보기 싫어서 꺼지라고 했더니 매장 안이 안 되면 밖에서라도 일한다잖아. 그러든지 말든지."

연화는 말은 이렇게 하면서도 엄청 신경 쓰이는 눈치. 조금 전에 들은 '안 되는 일에 마음이 더 가더라'는 연화의 말을 곱씹으며 눈을 가늘게 떴다.

"너희 무슨 일 있었지?"

"아니."

단박에 자르는 듯한 대답이 어쩐 더 수상하다.

"저번에 태성이 전화 안 받은 것도 그렇고. 나는 다 털어놓는데, 치사하게 이럴 거야?"

채근해봐도 연화는 뚱한 표정으로 입을 꼭 다물고 있다. 어라라라.

"말 안 해주면 멋대로 상상해버린다고. 뽀뽀? 키스? 아니면 설마 그 이상의……?"

"아 시끄럽고! 흰소리할 거면 너도 꺼져라."

연화의 표독스러운 눈빛 앞에서 움찔 말을 멈추었다. 무서워라. 안 되겠네. 조만간 한잔하자고 쳐들어가야지. 맨정신으로 말해줄 분위기가 아니니 이쯤에서 일단 물러나야겠다. 어차피 지금은 내 사정만으로도 머리가 꽉 차 복잡하기 그지없으니.

"그래, 일이나 하자. 잡생각을 떨치기엔 일이 최고잖아."

"잘 생각했네. 안 그래도 니 요즘 불성실해서 일이 쌓였거든."

연화를 매장으로 보낸 뒤 컴퓨터를 붙들고 파일들을 열어보기 시작했다. 사이트에 갔더니 답변이 늦다고 게시판의 원성이 장난이 아니다. 인터넷 쇼핑족들의 특성은 답변을 한나절도 못 기다려준다는 것이다. 참 성질들도 급하지. 그럴 거면 차라리 전화하란 말이야. 왜 글을 올려놓고 세월아 네월아 기다리며 스트레스를 받을까?

"그래도 글을 남기는 고객들은 대부분 구매자니까 기분 좋게!"

아자아자 화이팅을 외치며 첫번째부터 리플을 달아준다.

답글이 늦어 죄송합니다. 이모티콘 적당히 써가고 살살 웃음 날리며 상냥함과 친절함의 가면을 쓴다. 사회생활이란 이런 게지. 내 성질대로 했다가는 쇼핑몰 폭삭 말아먹을 거야. 하하하하.

"응? 누구세······?"

마침 노크 소리와 동시에 사무실 문이 열렸다. 안으로 들어서는 사람과 눈이 마주치자 할 말을 잃었다. 잠시 눈을 의심했다. 어쩜 사람이 3년이 지났는데 하나도 변한 게 없지? 이마가 훤한데도 올백으로 넘겨 세워놓은 머리칼, 고집스러워 보이는 두꺼운 턱선, 면도한 지 두 시간만 지나면 거뭇거뭇하게 올라오는 수염. 바로 어제 봤던 사람처럼 옷차림까지 그대로인 것만 같다. 연상하지 않으려 해도 예전의 지옥 같던 시간들이 떠올라 소름이 쫙 돋는다.

"연락도 없이 여기까지 어쩐 일이에요?"

내 날카로운 목소리에 구석에서 일을 보던 직원 둘이 이쪽을 흘낏 쳐다본다. 가까이 다가오던 남자가 살기등등한 내 눈빛에 잠시 멈칫거리며 마지못해 입을 열었다.

"전화하면 만나주지 않을 것 같아서."

아, 잊고 있었다. 이 사람, 이런 남자였지. 덩치랑 어울리지 않는 소심함, 낮은 톤의 목소리와 매치되지 않는 우유부단한 성격. 여기까지 찾아온 것만으로도 많이 발전했다고 박수 쳐줘야 하는 건가?

"그렇지 않아도 내가 연락하려고 생각하고 있었어요. 당신 어머니가 며칠 전에 내게 전화했었거든요."

"그 문제 때문에 왔어."

"나가요. 여기서 이야기할 건 아닌 듯하네요."

외투를 집어 들고 내가 먼저 문을 나섰다. 그래, 진작 연락해서 만나봤어야 했는데 요즘 연애한답시고 잊었다. 나는 아직 이 남자와 해결해야 할 문제가 남았다. 그 대단하신 전 시어머니 때문에 정말 마주 보고 싶지 않은 전남편과 이렇게 대화라는 걸 해야 한다.

"대체 당신 어머니라는 분 왜 그러세요?"

근처 카페에 앉자마자 차를 시키기도 전에 나는 표독스러운 질문부터 던졌다.

"아니 그게."

"그게 뭐요?"

"어머니가 갑자기 애들이 보고 싶다는데……. 당신이 몰라 그렇지 3년 새 많이 늙으셨어."

픽이나! 그때 전화 통화를 녹음해서 들려줬어야 하는데! 오히려 더 기세등등해진 느낌이었거든!

"데려다 키우겠다고 하시던데요? 그게 말이나 돼요? 당신 와이프가 그러자고 해요?"

"그건 아니지. 은효 엄마에게는 아직 말 안 했어."

아들 이름이 은효인 모양이지? 왜 우리 애들이랑 같은 돌림자를 쓰고 그래? 기분 나쁘게.

"아직? 뭐야? 당신도 애들 데려갈 생각이에요? 도대체 그 집안 사람 중에는 제정신 박힌 사람 없어요?"

"말이 지나치잖아. 그리고 언성 좀 낮춰."

카페 안에 있는 사람들이 무슨 일인가 싶어 다들 힐끗대지만 상관없다. 지금 그게 문제냐고.

"애들 사춘기 지나 성인 되면 그때 의사 물어서 데려가요. 지금 안정적으로 잘 크는 애들이라고요. 도대체 무슨 짓을 하려는 거예요? 당신은 정말이지 여전하군요. 당신 어머니가 하자고 하면 그대로 할 줄밖에 모르는 병신."

"뭐라고?"

"의견 좀 내보라고! 애들 데려다가 잘 키울 자신이나 있어?"

흥, 발끈해봤자 어쩔 건데? 나도 예전의 차미선이 아니야. 네 엄마라는 드센 여자 앞에서 벌벌 기던 며느리도 아니고, 우유부단하면서도 가장 대접 받겠다고 꼴같잖게 구는 네 비위 맞춘다고 목소리 죽이던 마누라도 아니라고.

"당신 참 많이 변했군."

"이게 원래 나거든. 그 집에서는 미쳐 죽어가고 있었던 거지."

시큰둥하게 말하다가 다가올 타이밍을 재는 알바생을 보고 손짓해 시원한 아메리카노를 주문했다.

"당신 어머니는 고승찬 씨가 알아서 설득해요. 애들 때문에 법정 싸움까지 가고 싶지 않으면."

"어머니는 법정 싸움이라도 하실 생각이셔."

"뭐? 아니 갑자기 왜 그런대요? 진짜 노망나셨어? 여자애들이라고 관심도 없었잖아!"

"노망은 아니신 것 같고…… 그게 좀 그럴 일이 있어서."

"도대체 그럴 일이 뭔데?"

전남편이 말하기 어려운 문제인 듯 입을 닫는다. 아우우 답답해. 대체 노인네 심경 변하게 한 원인이 뭐야? 갑자기 집안이 모계사회로 변하기라도 한 거야? 대를 이을 여자애들이 필요해졌어? 너희 뭐니?

"법정에 서건 뭘 하건 맘대로 해봐. 나도 호락호락 당하고 있지는 않을 테니까. 변호사도 선임할 거고. 당신 나하고 이혼하기 전에 바람피운 것 도덕적으로 따지고 들 거야. 내가 정신병원에서 상담한 것 가지고 걸고넘어지려는 모양인데 이미 완치 판정 받았고, 애들 성장하면서 별문제 없거든! 결코 내가 불리할 거라고 생각 안 해. 애들이 어릴수록 친모 쪽 손 들어주는 거 알지?"

시름에 잠긴 표정으로 머리만 긁적이는 남자를 보고 있자니 참 한심스럽다. 야, 이 사내야, 너는 사실 애들 데려갈 생각 터럭만큼도 없잖아. 정말 병신처럼 어머니가 하란 대로 해야 하는 거냐? 당신 평생에 당신 의견대로 하고 살아볼 생각은 없니? 그래서야 노인네 저세상 가고 나면 어쩔 건데? 큰 의류 회사 대표씩이나 하면 뭐하니? 그 능력 제 어머니에게 갖다 바치는 주제에.

"어머니께 다시 말씀드려볼게."

"그래요, 잘 생각했어요."

시무룩하게 답변하는 남자에게 최대한 호응해준다. 별 기대는 안 한다만 그래도 이 인간까지 적극적으로 친권소송에 임할까 봐 염려했거늘 그 정도는 아닌 모양이라 한시름 놓는다. 나는 사실 그것 말고도 묻고 싶은 게 있는데, 지금 꺼내도 될지 걱정되네.

"주문하신 아이스 아메리카노 두 잔입니다."

마침 주문한 커피가 나왔다. 잠깐의 침묵이 오가고 나는 커피를 한 모금 홀짝인 뒤 무겁게 입을 열었다.

"내가 고승찬 씨에게 물어보고 싶은 게 하나 있는데요."

"어? 어 그래."

어떻게 말을 꺼내야 할지 고민하다가 천천히 입술을 뗀다.

"우리 이혼할 때…… 당신이 내게 먼저 이혼하자고 했었죠?"

"그랬지."

"내가…… 바로 그러자고 했어요, 아니면 못 한다고 했어요?"

의문을 담은 눈길이 돌아온다. 아, 그래 이상하겠지. 뭐 그런 걸 묻느냐고? 나도 이러고 싶지 않은데 너무 궁금해서 못 살겠거든.

"당신이…… 그때 이혼 싫다고 했었지, 처음에는."

윽, 이런.

"내가 식칼 들고 설쳐서 고승찬 씨 어깨가 다쳤고요?"

"그랬지? 크게 다친 건 아니어서 그냥 집 안에서 응급처치만 하고 말긴 했는데……. 당신 왜 그래? 설마하니 그게 기억이 안 나?"

"아니에요. 내가 혹시 착각하나 싶어서 그냥 확인한 거예요."

이럴 수가! 우려하던 게 현실로 다가왔다. 뭔가가 속에서 쿵 떨어지는 소음을 뱉는 것 같다. 목 안에 깔끄러운 가시가 걸린 것처럼 침을 삼키기가 어려워진다. 숨결에 모래가 섞인 것 같고 귀에서 이명이 들린다. 내가 기억하는 게 진실이 아니었다! 그때 꿈에서 본 게 사실이었어! 어떻게?

딸랑딸랑.

그러나 내 상념은 길어질 수 없었다. 요란한 카페 문소리와 함께 누군가가 이쪽 자리로 다급하게 뛰어오는 발소리가 들렸고, 동시에 내 맞은편에 앉은 고승찬의 눈동자가 동그랗게 커지며 무슨 말을 뱉으려 했다. 그리고 순간,

퍽!

나는 황당하게도 뒷머리를 한 대 정통으로 맞았다.

"엄마야!"

아웃! 아파! 뭐야? 리브똥 이봐클러치로 갈기네! 아 이거 눈물 나게 아프잖아! 뒷머리를 감싸 쥔 채 눈물을 찔끔 흘리며 영문을 모르겠다는 눈길로 고개를 돌려보니 얼굴이 잔뜩 상기된 젊은 여자 하나가 금세라도 나를 잡아 죽일 기세로 씩씩대면서 서 있다. 카페 안에는 새로운 인물의 등장으로 흥미진진한 물결이 퍼지고 있었다. 아놔, 여기 드라마 찍으러 온 거 아니거든! 넌 또 누구니?

"은효 엄마!"

전남편님이 벌떡 일어나 이제야 그녀의 팔을 잡아챈다. 아하, 당신이 바로 고승찬 씨 새 마누라요? 거참, 반가운 사이는 아닐지 모르나 그렇다고 초면에 날 후려치쇼?

"당신 여기 어떻게 알고 왔어?"

"내가 이럴 줄 알았어! 당신 외근 나간다고? 왜 나한테 거짓말해? 이 여자였어? 그런 거야?"

얼씨구! 여자가 엉엉 꺼이꺼이 흐느끼면서 자리에 주저앉는다. 이보셈. 지금 울어야 할 사람은 댁이 아니라 나 같거든? 머리에 혹 생기겠다고. 눈앞에 별이 빙빙 도는 기분인데 폭력 행사한 댁이 주저앉으면 남들이 나를 뭐로 보겠어? 내가 철의 여인이라도 되는 건가?

"오해하지 마! 은비 엄마라고! 애들 문제 때문에 할 말이 있어서 만난 거야!"

"뭐 누구? 그 거짓말을 나보고 믿으란 말이야?"

에고고……. 당신 문제 있는 것 맞네, 고승찬. 이번에는 의부증이니? 어째 같이 사는 여자들마다 미쳐! 두 명째 이러는 걸 보니 댁이 문제 있는 듯하네. 치료는 고승찬 씨가 받아야 되겠어. 어쨌거나 뻘쭘해진 나는 화를 내야 할 타이밍도 애매하고 그냥 사라지기로 했다. 부부 사이 문제는 알아서 해결하라지. 난 정말로 이제 그쪽 집안 사람들하고 관계를 맺고 싶지 않거든. 사랑하는 심지훈이랑 보낼 시간도 모자라 죽겠는데 이 무슨 소모전이람.

"야! 어딜 가려고?"

"으악!"

돌아서 말없이 걸어가려는데 이 미친 여자가 어느새 내 머리채를 휘어잡았다. 아악! 머리카락들이 뿌리째 뽑혀 나가는 아픔에 눈물이 핑 돌았다! 놔! 이거 놓으라고! 미친 여자가 악착같이 붙어서 아예 한 손을 더 집어넣어 내 머리를 마구 흔들어댄다. 아아악, 너무 아파! 눈물이 핑 돌고 온 세상이 흔들린다. 이거 TV로 보던 것과 비교도 안 되게 아프고 쪽팔리네. 야, 고승찬 너 뭐해? 안 뜯어내?

"은효 엄마! 그만해! 이게 무슨 짓이야!"

"이거 놔! 내가 이년을 죽여버리고 말 거야!"

"아우, 그만 좀 해! 아파! 아프다고!"

이게 웬 날벼락이야. 나 조용히 살고 싶은 사람이거든!

너희 정말 다 죽을래? 이미 당하고 있는 입장이라 손을 휘둘러도 이 여자 옷자락밖에 안 잡힌다. 게다가 악력도 대단하다. 나보다 체격이 작은 것 같은데 뭔 힘이 이렇게 세냐고! 누가 나 좀 살려줘어어!

"무슨 일입니까?"

그 순간 들려온 구세주 같은 목소리! 고승찬과 달리 적극적으로 달려든 남자 덕에 은효 엄마라는 여자가 떨어져 나갔다. 눈물 콧물 범벅이던 나는 그제야 한숨을 내쉬며 까치집이 된 머리를 잡았다. 아흐, 너무 아프잖아. 게다가 뭐니, 한 움큼씩 빠지는 이 머리카락! 가뜩이나 애 둘 낳고 숱이 확 줄었는데에에!

"괜찮아요?"

"으흑, 지훈 씨……!"

억울하고 민망하고 슬프고 기타 등등 복합적 감정인 채로 나는 무조건 그의 품에 확 안겨버렸다. 아, 몰라몰라. 다들 제대로 구경났어, 아주! 그러거나 말거나 나는 내 남자 품만 있으면 된단 말이야!

내 남자의 품은 너무나 넓고 따뜻했다. 이제는 주변 누가 뭐라 하든 상관없었다. 그저 그의 팔 안에 폭 숨은 채로 이 황당한 상황에서 탈출하고 싶을 뿐이다.

"지금 여기서 벌어진 일들에 관해 모두 설명해줄 수 있으십니까?"

평소 들어본 적 없는 낮게 깔린 어투가 그의 몸에서 직접 울려 나온다. 내게 하는 말이 아니다. 그래서 다행이라는 생각이 들 정도로 말투나 분위기에서 무섭도록 화난 기운이 묻어난다. 반면 심지훈과 맞대한 저 소심한 고승찬의 표정은 아마 볼만해졌겠지? 지금 그 꼴같잖은 모습이 내 시야에 들어오지 않아 안타깝다는 사악한 생각까지 들었다.

"누구……신지?"

헐. 고승찬이 한다는 말이 저 지경이다. 야, 이 바보 멍텅구리 같은 인간아! 지금 이런 장면을 바로 눈앞에서 보고도 그런 질문부터 나와? 이 사람이 뭐로 보이는데? 나를 보호해주고 있으니 내 오빠나 아빠라도 되는가 싶어 물어보는 거니? 아님 차미선 같은 별 볼일 없는 여자의 연인이라기엔 너무 훌륭해 보여 확인이라도 해보고 싶은 거야? 그래?

"심지훈이라고 합니다."

그는 이 와중에도 예의 바르게 인사한다. 물론 품속에 나를 안고 있는 그의 팔에 가볍게 더 힘이 들어간다. 아웅 어쩜 좋아. 그냥 이런 행동만으로도 기분이 하늘로 닿을 듯 올라간다. 나만의 기사님! 으후 닭살 돋네.

만일 심지훈이 잔뜩 흥분해서 차미선의 전남편인 고승찬을 멋지게 한 대 갈겨버렸다면 내 마음이야 후련했겠지만 당황스러운 이 사태에 하등 도움이 안 되었을지 모른다. 고로 이 정도가 딱 좋다. 그냥 분위기만으로도 모든 설명이 되고 있잖아. 으흐흐, 다들 봐라 이거야. 이런 남자가 내 거야! 나는 저 찌질한 고승찬 엑스마누라따위가 아니라 이제 이런 멋진 남자의 예비 마누라라고! 하하하!

어……라, 근데……?

"……."

근데, 내가 심지훈에게 정식으로 청혼받았던가?

문득 완벽하게 확실하지 않은 진실이 나를 뒤덮었다. 첫눈에 반했다고 고백은 했다. 자주 만났고 내 아이들에게 아빠 노릇까지 했다. 너무 정신없이 빠르게 관계가 형성되어 제대로 따져본 적이 없는데 말이야. 그러고는? 저런 정황적인 연인 분위기 말고 확실하게 나를 심지훈의 피앙세로 만든 어떤 게 있었나?

이런 젠장. 없는 것 같다.

더불어 유 여사님의 완강한 반대가 뇌리를 스쳐간다. 하아아. 갑자기 애매한 현실이 팍 와 닿는 건 뭐지?

"차미선 씨가 곤란한 상황에 처했을 거라고 방연화 씨가 제게 연락해서 달려왔습니다."

"그러니까 누구시냔 말이오? 나는 그 차미선 전남편인데."

가만히 그의 가슴에 뺨을 묻은 채 조용히 내 남자의 화끈한 대답을 기다려보지만 교묘하게 피해가는 느낌만 찾아왔다. 내가 이상한 걸까?

"알고 있습니다."

"말귀를 못 알아듣나? 누구냐니까? 어디서 기생오라비처럼 생긴 게."

얼씨구. 고승찬은 꼴에 시비를 건다. 허나 심지훈은 이 정도 도발은 상대할 가치도 없다는 분위기이다. 그렇지만…… 그렇지만 왜 대답 안 해줘? 당신이 차미선의 애인이라고. 우리 결혼할 사이니까 그쪽이 상관하지 말라고.

어째서 그렇게 말 못 해?

"그 질문에 제가 대답을 해드려야 합니까?"

"뭐야?"

"지훈 씨, 그만해요."

더 험악한 분위기로 나아가기 전에 내가 끼어들었다. 이미 기분이 완전 다운된 나는 그의 가슴을 살짝 밀면서 물러섰다. 심지훈의 시선이 곧바로 내게로 떨어진다.

"미선 씨 괜찮아요? 어디 안 다쳤어요?"

"네에. 전 괜찮아요."

정말로 이렇게 순식간에 급 우울로 돌아설 수도 있구나. 스스로 감탄스러울 정도의 감정 변화이다.

"저 사람들 더 상대하지 말고 가요, 그만."

그래, 가만히 생각해보니 심지훈은 자신이 내 연인이며

예비 남편이라는 직접적인 단어는 한 마디도 비치지 않았다. 뭘까, 이 느낌은? 곰곰이 되새겨보자. 지난 열흘간 그는 나와 아이들 주변에 언제나 나타났고, 상냥하게 잘 대해주며 곧 우리의 가족이 될 것이라는 분위기를 팍팍 풍겼으나 정작 직접적으로 결혼하자는 말을 꺼내진 않았다. 그가 확실하게 언급한 것은 자기가 차미선에게 첫눈에 반했다는 과거의 이야기뿐이다. 사실 그것도 정확히 언제인지는 말이 없었다. 정말 바보 같군. 나 왜 지금에서야 그런 걸 깨닫는 건데?

깊은 상념에서 깨어나보니 그가 조금 이상하다는 표정으로 나를 응시하고 있었다. 그런 남자를 올려다보던 나는 어색한 미소를 그린 채 고개를 뒤로 돌려 얼이 빠져 보이는 전남편 고승찬과 바닥에 주저앉은 채 계속 울고 있는 여자를 눈길에 담았다.

"고승찬 씨, 다시는 나랑 보지 말자. 부탁이니까."

"어…… 어?"

전남편이나 그의 아내 때문에 받은 상처와는 비교되지 않는 어떤 실망감이 온몸을 훑는다. 그냥 무조건 벗어나고 싶다. 사실 지금 이런 상황에서 내가 저들에게 사과를 받아야 한다거나 아니면 저 인간 뺨이라도 한 대 후려갈겨야 한다는 생각 따위는 이미 발치로 밀려났다. 나는 헝클어진 머리나 옷매무새를 가다듬을 생각도 없이 엉망이 된 마음만 끌어안고 몸을 돌려 걸음을 옮기려 했다.

"잠깐만 기다려, 여보!"

그런데 갑자기 고승찬이 빠르게 다가와 내 팔을 확 낚아챈다. 아, 이 인간 왜 이래? 나 좀 잡지 말라고! 게다가 누구한테 지금 여보라는 거야? 순간 화르륵 열이 올라 욕이라도 퍼부어주려 인상을 쓰고 시선을 무섭게 만드는데, 이런 내 행동보다 옆에 있던 남자가 더 빨랐다.

퍽!

헉?

사태 파악이 되었을 때는 이미 고승찬의 육중한 몸뚱이가 꽈당 하고 넘어져 꼴사납게 엉덩방아를 찧은 뒤였다. 고승찬은 괴로워하는 신음을 삼킨 채 왼쪽 턱을 손으로 감아쥐고 있었다. 아하하! 이, 이게? 놀라서 동그란 눈으로 심지훈을 쳐다보자, 그는 홧김에 꽂아버린 주먹이 조금 아픈지 오른손을 가볍게 터는 중이었다.

"어디다 손을 대는 겁니까?"

공간에 싸한 기운이 돌 정도로 차갑고 메마른 음성이다.

"차미선 씨 함부로 대하지 마십시오. 법적으로도, 인간적 관계로도 하등 이럴 권리 없는 분이지 않습니까."

"지훈 씨."

말려보려 했으나 나조차 다가서기 힘들 정도로 남자의 눈빛에는 노기가 만연해 있었다.

"앞으로 한 번만 더 이렇게 미선 씨를 사적으로 불러내면 제가 그쪽 와이프 되시는 분보다 더한 추태를 부릴 수 있으니 주의해주시기 바랍니다."

어머나, 웬일이니? 참 곱게만 보이는 남자인데 이런 면도 있었네. 나는 새삼스러운 기분으로 그를 올려다보았다. 내 레이저 같은 눈길을 받은 그는 할 말을 마쳤는지 그제야 약간 머쓱한 얼굴로 변해 있다.

아후, 나 정말 중증이구나. 눈빛 교환 한 번 만에 금세 기분이 풀리고 있어. 정말 이럴 땐 귀여울 수밖에 없다고. 카리스마가 사라진 뒤의 저 심통 난 어린아이 같은 표정 좀 보라지.

"아씨 아파. 당신, 대체 저놈 뭐야? 어?"

고승찬이 짜증 가득한 목소리로 물어보지만 귀에 들어오지 않는다. 나는 그냥 아플 것 같은 내 남자의 손만 가만히 잡아주었다. 빨갛게 부은 손가락에서 따끈한 열감이 느껴졌다. 그런 나와 시선이 마주친 심지훈이 슬며시 웃는 것 같다. 새삼스러운 두근거림이 몸을 타고 기분 좋게 울려간다.

"저는 차미선 씨의 두 딸인 은비와 은솔이 현재 아빠라고 부르는 사람입니다."

심지훈이 눈길은 여전히 내게로 둔 채 정확한 음성으로 공간에 파문을 일으켰다. 나는 잠시나마 그가 한 말의 뜻도 모른 채 몽롱하게 눈앞의 남자만 쳐다보고 있었다. 내 뇌리에서 그 조각조각의 단어들이 문장으로 만들어지기까지 시간이 꽤 걸렸다. 따라서 나보다 먼저 반응한 건 고승찬이었다.

"…… 뭐라고?"

"앞으로도 그 아이들에게 계속 그렇게 불릴 거고요."

어엉? 뭐뭐뭐뭐뭐? 이, 이게 무슨 소리야?

여러 의미가 들어간 그의 말이 내 머릿속에서 둥둥 떠다니다가 퍼즐처럼 딱 맞춰지는 순간, 나는 숨을 흡 들이마셨다.

어쩜 좋아. 지금 나 청혼받은 거니? 이 상황, 이 몰골 다 말도 안 되는데……. 게다가 나한테 대고 꽃다발이라도 들이밀면서 무릎 꿇어준 것도 아닌데! 진정한 감동이 촬촬촬 흘러내리니 어쩌면 좋을까!

"지훈 씨……."

감격에 겨운 내 묵직한 음성에 그가 한쪽 눈썹을 살짝 찡그리며 장난스러운 미소를 보이더니 내가 쥐고 있는 자신의 손가락을 움직여 반대로 내 손을 꼭 부여잡는다.

"그만 가요."

심지훈의 한마디에 내 주변이 모두 시야에서 사라진다. 저번에 찾아간 그 노래방에서 어둠의 장막이 쳐진 것처럼. 이 사람, 사실은 마술사가 아닐까? 심지어 고승찬이 뭐라 뭐라 떠드는 것조차 TV를 무음으로 돌려놓은 것처럼 음소거 되어버렸다.

내 손이 앞으로 쑥 당겨졌다. 그의 큰 걸음이 성큼성큼 카페 밖으로 향한다. 밖의 차가운 공기가 뺨으로 와 닿는 순간, 느닷없이 눈가가 뜨거워지기 시작했다.

　ㅡ저는 차미선 씨의 두 딸인 은비와 은솔이 현재 아빠라고 부르는 사람입니다. 앞으로도 그 아이들에게 계속 그렇게 불릴 거고요.

이 말이, 내 아이들의 아빠가 되어주겠다는 간단한 이 말이 이토록 감동적으로 와 닿다니! 나는 진심으로 내 지난 세월 모두를 합친 기억 가운데 가장 크게 감격했다.

사실 그의 성격 탓에 나는 심지훈이 언제든 아주 로맨틱하게 청혼하지 않을까 내심 많은 기대를 했다. 그런데 세상에서 어떤 멋진 청혼을 받은들 지금 이 청혼보다 더 완벽하게 가슴에 와 닿을 수 있을까? 짜증스러운 전남편에게도 보란 듯이 한 방 먹이는 청혼이라니. 하하하하 브라보!

"왜 계속 그렇게 복잡한 얼굴이에요?"

그의 차 조수석에 올라타고, 그가 연화에게 간략하게 사건 보고하는 통화 내용을 조용히 들으면서도 나는 일절 말 한마디 꺼내지 않았다. 그랬더니 이런 질문이 들려오네.

"사실 나는 미선 씨에게 조금 화가 났는데."

"저한테요?"

"예."

그제야 고개를 들었더니 나를 물끄러미 응시하는 새까만

눈동자가 가까이에 자리하고 있다. 매일 보던 눈빛인데도 갑자기 부끄러워진다. 으헤헤, 나 정말 웃기는구나.

"흠."

그가 짤막한 한숨을 뱉는다. 왜요? 낮게 물으니 그가 어깨를 살짝 으쓱거린다.

"왜 그 상황에서 전남편에게 내가 누구인지 말 안 했어요?"

"에…… 그거야."

"미선 씨가 진지하게 만나고 있는 사람이라고 했어야죠."

조용한 음성이지만, 왠지 그 끝이 날카로운 느낌이다.

"그렇……죠?"

"은비와 은솔이 아빠가 될 사람이다. 이렇게 해도 되는 거였고."

그거야 완벽하게 확신이 없었으니까, 라고 말했다가는 야단만 맞겠지? 라하하, 아이고 나도 몰라.

"내가 직접 미선 씨 전남편에게 말해주기를 기다린 거예요?"

"뭐 좀…… 약간은."

"흐음, 왜 그랬을까? 제가 그렇게 확신을 못 드렸나요?"

계속 더듬더듬 말꼬리를 흐리던 나는 짤막한 한숨을 뱉다가 입을 열었다.

"네에, 아주 아닌 건 아니에요. 사실 나한테 정확하게 청혼한 것도 아니고, 우리가 만난 지 오래되어 자연스레 결혼 이야기 나올 커플도 아니고. 이래저래 좀 그렇잖아요."

솔직하게 털어놨더니 고개를 살짝 기울인 그가 팔꿈치를 운전대에 대고 손에다 턱을 괸다. 오옥 어떡해? 내 시선에 잡힌 그의 각도가 예술이잖…… 아윽, 나 또 왜 이래?

"여자들은 꼭 말로 들어야 한다더니. 아무렴 제가 그렇게 공을 들이면서 미선 씨와 결혼 생각도 안 하는 것 같았어요?"

"체엣! 말했다시피 여자들은 말이든 행동이든 확실하게 뭔가를 보여줘야 한다고요."

툴툴거려보자 피식 웃음소리가 돌아온다.

"사실은……."

그답지 않게 말을 시작하다가 조금 망설이는 느낌에 고개를 갸우뚱 기울였더니 그가 겸연쩍은 듯 한 손으로 턱을 매만진다.

"어제저녁에 간 식당에서 제대로 프러포즈할 생각이었거든요."

"에엑? 헉, 정말요?"

"아이들 옆에서 무릎도 꿇을 생각이었고 반지도 준비했고 원래 룸도 거기가 아니었……."

"으아앗! 뭐야? 그런 이벤트가 날아간 거라고요?"

내 목소리는 비명에 가까웠다. 아악! 이렇게 아까울 수가! 빌어먹을! 유 여사님 비행기가 연착하지 않은 걸 슬퍼해야 하는겨? 엉엉엉엉! 엄마! 미워어어!

"많이 아쉬워요?"

"당연하죠!"

눈물이 그렁그렁 맺힌다. 평생 최고의 로맨틱한 기회를 놓친 기분에 정말 통곡이라도 하고 싶은 심정이다. 그가 옆에서 가만히 웃는 게 느껴지지만 상관없다고! 아무리 심리학 박사라도 여자들의 이런 심리까지는 이해 못 하는구나. 흐흥흥…… 내 프러포즈 물어내. 물어내!

"그럼 다시 갈까요?"

혼자 눈가를 찍으며 훌쩍대느라 잠깐 그의 말이 이해가 되지 않았다.

"예?"

"낮이라 분위기가 좀 덜하겠지만, 대신 손님이 적어서 원래 원했던 룸을 곧바로 대여할 수 있을 거예요."

"아니, 꼭 굳이 지금……."

"마음과 다른 형식적인 거절은 하지 말 것."

"형식적이 아니라 지금 내 몰골을 보라고요! 이건 아닌 것 같은데요!"

까치집 헤어스타일을 한 여자의 절규에 그가 시동을 걸면서 하하하하 크게 웃는다.

"걱정 마요, 충분히 예쁘니까. 전에 백화점에서 마스카라다 번진 얼굴보다야 훨씬."

"끄액, 뭐라고요?"

아뇨 그 찐한 구석탱이 첫키스 말씀이십니까? 새삼스레
그날 이야기는 왜 꺼내? 사람 민망하게끔.

"그, 그날 나 진짜 끔찍했죠?"

"아니요, 오늘보다 그냥 조금 덜 예뻤어요. 아무렴 내가
끔찍한 여자랑 키스했을까."

"거짓말!"

…… 해서 도착해버렸다. 그때 그 으리번쩍한, 한강변의
호텔 같은 레스토랑에. 물론 그때 모래알 씹는 기분으로 음
식을 먹어서 언제고 졸라서 다시 오리라 결심하긴 했지만
이런 몰골로 올 곳은 아닌 것 같다고! 게다가 낮이라 손님
이 적을 것이라더니 그건 아니잖아. 남 이야기 좋아하는 아
줌마들이 홀과 룸에 가득 들어차 있다. 으흑…… 저치들은
우리를 대체 뭐라고 생각할까?

그나마 차 안에서 대충 매무시를 다듬었다고 조금 안심
하려 했는데 그마저도 안 되게 생겼다. 맨 위 단추 두 개가
어디론가 날아간 구깃구깃한 블라우스에 엉성하게 묶은 머
리칼, 화장 다 지워진 얼굴의 후줄근한 여자가 딱 보기에도
삐까뻔쩍한 남자와 짝을 이루어 이런 최고급 레스토랑에
들어오는 모습이라니. 뭐라고 수군거릴지 상상도 안 되네.

심지훈을 알아본 웨이터가 다가와 인사를 하고 곧 지배

인으로 보이는 중년의 아저씨도 나온다. 음, 뭐지? 여기 단
골이었어? 누구랑 자주 왔던 거야? 나는 이런 상황에서조
차 제대로 알지도 못하는 그 미지의 상대를 향해 맹렬한 질
투를 느꼈다.

"자."

주변 분위기에 아랑곳없이 그가 가만히 내 손을 잡아 이
끈다. 에휴 몰라. 앞으로 이 사람 만나려면 항시 긴장해야
할 것 같다. 연하인 것도 신경 쓰이는데 진짜 잘나기까지
했잖아. 주변의 눈총을 받지 않으려면 아주 잘 꾸미고 다니
든가 아님 돈이라도 많아 보여야 하는……. 윽, 이렇게 생
각하면 안 되지. 쳇.

"와! 진짜 멋져요!"

룸으로 안내되는 순간 감탄의 멘트가 절로 입 밖으로 튀
어나온다. 저번에 유 여사님 모시고 왔던 룸도 전망이 좋고
근사했다. 하지만 이곳과는 비교가 되지 않아. 아마도 제일
좋은 위치에 있는 룸이겠지? 역시나 한쪽 벽은 전체 통유
리로 한강의 물결까지 느껴질 정도로 시원스레 트여 있고,
현대적 감각의 금속 부조가 깔끔하게 붙어 있는 나머지 세
면의 벽은 보석을 뿌려놓은 듯 찬란하게 반짝인다. 그리고
길쭉한 룸의 구석에 놓인 그랜드피아노는 일부러 그런 색
을 입힌 듯 옅은 금색 바디에 설탕가루 같은 펄이 그러데이
션처럼 색을 달리해 장식되어 있다.

"여기 노을이 질 때 끝내주거든요. 그걸 보여주고 싶었는데."

"헤에, 그럴 것 같아요."

그나저나, 나 프러포즈 받을 걸 다 알고 와버렸으니 어쩌지? 왠지 재미가 덜하다. 두근거리는 긴장감도 없고. 의도적으로라도 깜짝 놀라는 서프라이즈도 불가능해졌잖아. 역시나 이벤트는 제때 제대로 했어야 하는 거다. 김샌 느낌이 들어 낮은 한숨이 깔렸다.

"음, 역시 미리 알고 오니 재미없죠?"

"그러네요. 아직 밥때도 아니고 디저트만 즐기기엔 아까운 곳인데."

"그럼, 제가 약간의 예상치 못한 이벤트라도 보여드릴까요?"

"어머 정말요? 어떤?"

"그렇게 잘하는 건 아닌데."

눈웃음을 짓는다. 뭐? 뭐하려고? 이런 리얼 큐티맨 같으니. 사실은 나한테 뭔가 보여줄 게 있었구나? 즐거운 기대감으로 테이블에 팔꿈치를 얹어 턱을 괴고 쳐다보니 과장되게 허리를 숙여 인사를 한 심지훈이 피아노 쪽으로 걸어간다.

어? 설마 피아노곡 연주라도? 어머나 그런 것도 할 줄 알아?

310

"듣고 웃으면 안 돼요."

"절대로 안 웃어요."

은근히 자신이 없구나 싶었다. 그가 피아노 앞에 앉아 건반을 하나씩 눌러보면서도 살짝 긴장한 표정을 보이는 것이, 나한테 웃으라고 동요라도 연주하려는 건가? 약속과 달리 피식피식 미소가 피어올랐다. 하지만 내 소소한 웃음들은 그의 연주가 시작되면서 그대로 사라지고 말았다. 오우…… 맙소사. 잔잔한 선율을 타고 아름다운 리듬이 귀로 흘러들어온다. 그리고 동시에 그가 나를 향해 조용한 음색으로 노래를 하기 시작했다!

> She
>
> May be the face I can't forget
>
> A trace of pleasure or regret
>
> May be my treasure or the price I have to pay
>
> She may be the song that summer sings
>
> May be the chill that autumn brings
>
> May be a hundred different things
>
> Within the measure of a day.
>
>
> She
>
> May be the beauty or the beast

May be the famine or the feast

May turn each day into a heaven or a hell

She may be the mirror of my dreams

A smile reflected in a stream

She may not be what she may seem

Inside her shell

She who always seems so happy in a crowd

Whose eyes can be so private and so proud

No one's allowed to see them when they cry

She may be the love that cannot hope to last

May come to me from shadows of the past

That I'll remember till the day I die

She

May be the reason I survive

The why and wherefore I'm alive

The one I'll care for through the rough and ready years

Me I'll take her laughter and her tears

And make them all my souvenirs

For where she goes I've got to be

The meaning of my life is

She, she, she."

⟨Notting Hill⟩ OST 'She', Elvis Costello

그가 노래를 모두 마치고 반주가 끝났음에도 나는 얼마
간 꼼짝할 수 없었다. 어느새 눈물이 뺨을 적셔왔다. 그가
자리에서 일어나 내게로 다가와 바로 앞에 한쪽 무릎을 꿇
고 반지를 내민 순간까지도 나는 흐려진 시선 속에서 모든
것을 관조하기만 할 뿐 물결치는 감동에 잠겨 아무런 움직
임을 만들어낼 수가 없었다. 내 뿌연 시야 속에서 심지훈이
가만히 웃어 보이더니 내 왼손을 잡아 약지에 반지를 끼워
주었다. 반지가 어떻게 생겼는지 눈에 들어오지도 않는다.
오직 쿵쾅거리는 내 심장 소리만 귀에 가득하고 그의 눈동
자만 시선에 담겨 있다.

"나 떨고 있는 것 안 보여요? 계속 그렇게 아무 말 안 할
거예요?"

말하고 싶은데 머릿속에서 단어 생성이 파업했다. 입도
떨어지지 않는다. 어떡하지? 너무너무 감동했는데 표현할
방법이 없네! 이힝 바보처럼 눈물만 나와. 콧물도 나온 것
같아! 어떡해! 그에게 잡히지 않은 오른손을 테이블로 뻗
어 냅킨으로 눈가를 마구 문질렀더니 그가 그 냅킨을 빼앗
아 내 얼굴을 꼼꼼하게 닦아준다. 우띠 나한테도 아빠처럼
굴면 미워할 거야.

"차미선 씨, 내 청혼…… 받아주실래요?"

아, 당연하지! 미치지 않고서야 어떻게 당신이란 남자를 거절해! 내 인생 로또가 바로 눈앞에 있다. 정말이지 쇼퍼홀릭 평생에 이렇게 멋지고 고급스럽고 아름다운 걸 득템한 적이 있던가? 없는 것 같아. 정말이라고!

"…… 네."

겨우 입술을 떼어내 조그맣게 대답하자 그가 눈부실 정도로 환하게 웃어준다. 그러고는 곧 몸을 약간 일으켜 내 입술에 살포시 베이비 키스를 남겨놓는다. 우잉 아쉬워. 이런 역사적인 순간인데, 좀더 진하게 키스하자고. 나를 언제나 놀리는 심지훈 씨!

그러나 내 이 망상은 그의 다음 말에 의해 모두 날아갔다.

"오늘 밤, 집에 가지 말아요."

*

—무슨 일인데 집에 못 들어오겠다는 거니?

"신상품 들여오느라 일이 많아서요. 애들 좀 부탁드릴게요."

—그래? 너 혹시 그 남자랑 있으려고 이러는 건 아니겠지?

흐미 노인네…… 눈치도 빠르셔.

"아니에요, 엄마. 앗, 가봐야겠네! 내일 아침에 전화드릴

314

게요. 저 이제 휴대폰 못 받아요!"

대답도 듣지 않고 통화를 끝내버렸다. 죄송해요, 흑흑 흑……. 이 불효녀 오늘도 거짓의 죄를 짓나이다. 아 정말 딸내미가 이렇게까지 좋다는데 그냥 쌍수 들고 환영해주 시면 안 될까요, 유 여사님? 이거야 원 내가 순진무모한 10 대도 아니고 말이지.

"통화 끝났어요?"

문을 빠끔 열면서 심지훈의 고개가 살짝 들어온다. 눈길 이 마주친 순간 배시시 웃음이 터져버렸지만 안 부끄러워. 아잉 좋아라. 이제 우리 둘만의 공간에서 마음 놓고 함께 있게 되었어. 고개를 가볍게 끄덕인 나는 그의 손을 잡고 거실로 나갔다.

싱글남 혼자 살기에는 꽤 넓은 오피스텔이다. 강변에 위 치해 있어서 한강이 보이도록 북동쪽 조망이 잘되어 있는 어느 정도 럭셔리함을 갖춘 집이다. 그런데…… 내가 놀란 것은 고가의 오피스텔이라거나 교통의 요지에 이렇게 살 기 괜찮은 주거지가 있다는 사실 같은 것이 아니라 내부 인 테리어였다.

"저기 말이죠. 혹시 이거 다 지훈 씨 취향인가요?"

진심으로 염려가 담긴 질문을 던지자 그가 손으로 머리를 긁적이며 멋쩍게 웃는다. 아, 그러니까 대답하라고. 정말로 댁 취향이 이런 거야? 정말? 나 그러면 결혼이고 뭐고 도망

칠 수도 있어! 이런 거 피곤해서 어떻게 감당해?

"물론 아니에요."

"그럼 혹시…… 어머님?"

끄덕인다. 으으 그렇겠지. 그렇다면 대충 이해는 가는데, 그래도 당신 어머니면 내 미래 시어머니잖아.

"좀…… 충격적이죠?"

"네에, 아니 이런 집에서 조심스러워 어떻게 살아요?"

"하하하…… 익숙해지면 그런대로 괜찮아요."

그러니까 시간의 태엽을 조금 감아 내가 현관문으로 들어서기 전으로 돌아가보자. 우리는 그 레스토랑 최고급 룸에서 진한 스킨십 살포시 나누고 이른 저녁 식사를 한 뒤 멋지구리한 노을까지 잘 감상하고는 오는 길에 간식거리와 와인 한 병을 사 들고 심지훈의 오피스텔에 도착했다.

그가 바다도 볼 겸 좀 멀리 놀러 가자고 꼬드겼으나 왠지 미스터리한 심지훈이 평소 어떻게 사는지 너무 궁금해진 내가 그의 집으로 갔으면 좋겠다고 우겼다. 사실 그럴 일이야 없겠지만 혹시라도 한밤중에 은솔이가 나를 너무 찾는다든가 하면 달려갈 수도 있다는 전제가 가볍게 깔린 엄마의 마음도 있었다.

어쨌거나 그가 살짝 난감해하는 게 느껴졌으나 그냥 집을 안 치우고 나와서 그런 걸 거라고 쉽게 넘겼다. 오피스텔 지하에 주차하고 엘리베이터를 통해 문 앞까지 도착했을 때만 해도 아주 분위기 좋았다. 그랬는데.

"헉, 도대체 이게 다 뭐예요?"

문 뒤에 나타난 별세계에 나는 정말로 이렇게 물었다. 아 정말! 연인의 집에 처음 방문해서 상큼하게 감탄사를 날려 준 뒤 분위기 잡고 와인 한잔 홀짝인 뒤 그대로 뜨거운 눈 빛 교환 후 삐리리…… 아님 그런 형식적인 것 다 생략한 채 현관부터 뜨겁게 들러붙어 영화처럼 터프하게 벽이 침 대인 양 격한 사랑을 나누거나…… 뭐, 이런 걸 상상했다 고! 근데 현관문 열자마자 두둥 드러난 고려 시대 청자 때 문에 그걸 멈춰야겠어?

"그것 진품이에요."

그래, 왠지 그래 보여. 천장 조명도 바로 도자기 위에 떨 어지도록 장치해놨고 말이지. 신발을 벗으면서도 혹시 팔 로 건드리기라도 할까 봐 조심스럽다. 처음에는 좀 어이없 었지만 거기까지는 그냥 뭐 그런가 보다 했다. 현관이야 손님이 가장 처음 대하는 장소이니 얼굴이나 마찬가지 아 닌가. 고급스럽게 치장하고 싶을 수 있지. 그래그래. 그런 데…….

"여기…… 지훈 씨 집 맞는 거죠?"

"…… 예."

여기가 골동품 전시장이지 어떻게 사람 사는 집이야! 물 론 물품들을 괴상하게 겹겹이 쌓아뒀다든가 하는 건 아니고 나름 스타일리시하게 여기저기 조명도 설치했고, 벽면에 걸린 고풍스러운 유화 액자들과 조화를 이룬 청동 조각이나 조선 시대 유물들이 널찍한 거실 주변에 늘어져 있긴 하다. 그러나…… 이건 〈순간포착 세상에 저런 일이〉에서나 볼 수 있는 특색 있는 사람들의 집 안 풍경이 아니던가!

"자, 잠깐 전화 좀 하고 올게요."

부르르 떠는 액정에 유 여사님이 등장하자 나는 얼른 현관 앞에 있는 방으로 들어가 문을 닫았다. 옥! 여기는 그냥 딱 보기에도 비싸 보이는 병풍형 수묵화가 떡하니 자리를 잡고 있다. 나는 그 곁으로 다가가지도 못하고 적당히 서성이면서 엄마와 통화를 마무리했다. 자 이제 감겨졌던 시간의 태엽이 모두 풀린 지금, 나는 이 사태에 대한 설명이 필요했다.

"어머니께서 고미술품을 좋아하세요."

"에…… 그렇군요. 그런데 왜 아들 오피스텔에다가?"

"아버지는 또 이런 걸 아주 싫어하시거든요."

"그, 그럼 전문적인 시설에 보관을 하셔야지, 왜?"

"직접 보고 관리하셔야 좋아하는 분이라. 둘 데를 찾다가 제가 잠만 자고 나가는 이 집을 생각해내셨다고 해야 할까요? 아직 박물관이나 전시관 같은 시설을 차리기에는 수량이 너무 적으니 그냥 잘 놓고 보며 즐기자는 거죠."

아하하하하…… 아하하……. 이거 참, 쓰레기를 쌓아놓

은 것도 아니니 뭐라고 할 수도 없고. 저런 건 진가를 모르는 내 입장에서야 쓰레기랑 다를 바 없지만. 어쨌거나 실내 온도가 그다지 따뜻하게 느껴지지 않는 것도 그런 이유인 모양이다. 잘은 몰라도 저런 유물들은 적절한 온도와 습도가 유지되어야 하겠지?

게다가 집 이곳저곳 그의 어머니 손길이 안 닿은 곳이 없는지 벽지조차 평범한 곳이 없다. 꼼꼼하게 작품 하나하나에 어울리는 뭔가 특색 있는 입체적 벽지가 다 다르게 붙어 있었다. 그를 따라 들어선 부엌의 식탁도 무슨 바로크 시대에나 나올 것 같은 완전 엔틱 스타일로 화려하기 그지없는 철제 테이블이었다.

"청소도 보통 일이 아닐 텐데."

"직접 와서 하세요."

"얼마나 자주요?"

"일주일에 두 번 정도? 제가 워낙 어지르는 게 없으니 별로 치울 것도 없고 그렇거든요."

들을수록 점입가경일세. 여기에 들어서기 전까지의 에로틱함이 모두 날아갔다. 흑…… 그냥 그의 말대로 바닷바람이나 쐬러 갈걸. 왠지 나 엄청 잘못한 것 같아.

"어머니랑 많이 친한 모양이에요."

"예, 어려서부터 좀 유별난 모자지간이었어요."

으흑, 난 그거 싫어해. 싫어한다고! 대놓고 불평할 수도 없고. 아휴……. 이기적이라 할 수도 있지만, 나는 며느리에게 아들을 완전히 맡길 수 있는 분을 선호한다. 아들 이만큼 잘 키워놓으신 거야 칭찬받을 만하나 친밀함이 지나친 모자 관계는 결국 고부 갈등만 불러일으킨다. 아직 만나 뵙지도 않은 분을 이렇게 멋대로 판단하면 안 되는 줄 알지만, 내가 너무 크게 데인 과거가 있는지라 불안감이 들지 않을 수 없다.

"어머님이 보시기에 내가 지훈 씨 짝으로 너무 모자라면 어쩌죠?"

처음으로 내 걱정을 털어놓았다. 전남편은 아홉 살이나 어린 나를 두 달 가까이 죽어라 쫓아다녔다. 철없던 나는 그의 어머니를 만나자마자 무서워했고, 당시 내게 눈멀었던 남편은 무조건 걱정 말라며 나를 안심시켰다. 물론 나는 그의 말을 철석같이 믿었다. 허나 결과는 말할 필요도 없다. 결혼 후 그 지독한 간섭과 구박에 나는 완전하게 망가져간 것이다.

"흐음…… 그럴 리는 없을 것 같은데. 미선 씨가 어디가 어때서요?"

이, 이보셈. 내가 어떤 흠이 있는지는 나도 알고 당신도 알고 우리 엄마도 안단 말이야. 내가 저번에 당신 말대로 열심히 쇼핑한 것들을 쉽게 반품했다지만 내 과거란 그런 물품들과 달리 반품 불가란 말이지. 게다가 남들이 혹이라고 칭하는 아이들도 둘이나 딸렸고. 설마 당신 어머니에게 그 모든 걸 숨긴 채 결혼하자는 건 아니겠지? 그럼 나는 받아들일 수 없어. 아무리 내 행복을 원한다지만 내 아이들을 저버릴 수는 없으니까.

"지훈 씨, 현실적으로 봤으면 해요. 오늘 감동적인 청혼은 정말 좋았지만, 결혼은 우리 둘만 좋다고 가능한 게 아니거든요."

그는 보기에도 깨뜨리면 너무너무 아까울 것 같은 무겁고 화려한 접시들을 착착 포개어 들고 가서는 식기세척기에 세워 넣는다. 음, 저거 저렇게 넣어서 막 돌렸다가 깨지는 것 아냐? 아마 엔틱 스타일의 가구에 맞춰 장만한 듯 접시며 컵이며 모두 세트에 금띠 두른 것도 있고 아주 비싸 보인다고.

"그렇게 우리 부모님이 걱정된다면 이번 주말에 같이 만나 뵙죠."

내 복잡한 상념 속으로 햇살처럼 비쳐드는 그의 말에 구겨져 있던 내 미간이 확 펴졌다.

"그래도 될까요? 나야 괜찮지만."

"은비랑 은솔이도 같이 데려가요."

잠깐 나는 내 귀를 의심했다. 뭐냐, 이 대단한 남자는? 일단 나를 혹 둘 딸린 이혼녀가 아니라며 부모님을 속이지는 않을 속셈이군. 그러다가 우리 세 모녀 앞에서 어르신들 한

꺼번에 기절하시는 사단이 나지 않을까? 이 남자 원래 이렇게 대책 없었나?

"내가 내일 본가에 들어가 미리 말씀드려놓을 테니 괜한 걱정은 말아요."

또다 또. 내 표정 다 읽었어, 으이구. 아무튼 한시름 덜었다. 그는 정말로 자기 부모에게 나를 소개하는 데 일말의 망설임도 없으며 심지어 내 새끼들까지도 거리낌 없이 데려갈 태세다. 저 정도로 느긋한 걸 보니 부모님의 반응에 진짜 확신을 가진 것도 같은데. 무슨 아메리칸 스타일이라도 되나? 도대체 내 상식으로는 이해가 안 간단 말이지.

"대체 지훈 씨는 어떤 사람이에요?"

내 뜬금없는 질문에 그가 시선을 맞추며 빙그레 웃음만 보인다. 나는 조금 복잡한 감성을 담아 그에게로 다시 입을 열었다.

"어떻게 나 같은 여자를 그렇게까지 아무렇지도 않게 다 받아들일 수가 있어요? 심지어 다른 남자와의 사이에서 태어난 내 딸들까지? 난 보통의 남자들이라면 꺼릴 수밖에 없는 조건을 가졌어요. 남편과 헤어진 것도 시댁과의 불화가 원인이었다고요. 게다가 우울증까지 앓았고, 지금도 스트레스만 받았다 하면 백화점으로 달려가는 쇼핑 중독에 빠져 있고……."

"쉬이."

어느새 울먹울먹하는 내 곁으로 다가온 남자가 내 손을 부드럽게 감싸 잡는다. 정말이지 심지훈, 너 같은 사람이 어디 있니? 혹시 나 지금 꿈꾸고 있는 걸까? 그렇다면 깨어나고 싶지 않을 정도로 이 사람은 달콤하다. 너무너무 달콤해서 헤어날 시도조차 하지 못할 것만 같아.

그래, 나 이젠 쇼핑이 아닌 심지훈에게 중독되어버린 거야.

"내가 원망스러워요. 지훈 씨 같은 사람 만날 때까지 아무도 없었으면 좋았을걸. 아니면 조금만 더 일찍 당신을 알았다면 좋았잖아. 지금 이 순간, 경솔했던 내 과거가 너무도 후회스러워요. 지훈 씨 앞에서 완벽하게 당당할 수 없음이 안타깝다고요!"

"그런 말 하지 말아요."

그는 몸을 숙여 내 시선 앞에 자신의 눈동자를 가져다놓았다. 어둡고 깊은 그의 눈동자. 맑고 까맣고 아무런 흔들림도 보이지 않는다. 심지훈, 이 사람은 정말로 올곧게 나만 쳐다보고 있다.

"일찍 만나고 늦게 만나는 건 아무 의미가 없어요. 중요한 건 지금 우리가 이렇게 같이 있다는 거니까."

조용조용한 그의 음성이 무엇보다도 크게 내 마음에 울려간다.

"그거 알아요? 유럽 사람들은 아주 비싼 신발을 선호한답니다. 특별하고 가치가 높은 신발을 꼭 신는다고 하더군요. 왜냐하면 자기 자신을 가장 아래에서 받쳐주고 있는 신발이 싸구려이면 스스로도 그만큼 가치가 떨어진다고 생각하거든요."

그가 몸을 더욱 숙이더니 내 발에 손을 갖다댄다. 나는 가볍게 놀랐지만 움직이지 않았다.

"미선 씨는 조금 더 비싼 신발을 신어야 할 필요성이 느껴져요. 당신은 충분히 괜찮은 여자, 멋진 사람인데 단순히 주변의 시선 때문에 스스로 자존감을 너무 내려놓고 있는 것 아니에요?"

그의 차분한 음성을 듣던 나는 한숨처럼 대답을 뱉었다.

"세상 사람들이 다 지훈 씨처럼 생각해주는 건 아니에요. 당신은 차미선이라는 이혼녀를 만났기 때문에 이런 나로 인해 많은 사람들의 구설수에 오르내릴 수도 있어요."

"남이 무슨 상관이에요? 내 님만 생각하면 되는 거지."

고개를 들어 나와 눈길이 마주친 채 그가 웃었다. 아 정말 너무나도 환환 웃음에 내 안의 그늘이 모두 달아나는 것만 같다.

"미선 씨가 만일 결혼에 실패한 과거도 없고 우울증으로 많이 아팠던 적도 없고 그저 그런 보통의 아주 평범한 여자였다면, 오히려 내 눈에는 안 들어왔을지도 몰라요. 내가 미선 씨에게 끌리는 가장 큰 이유는, 당신에게 내가 필요한 것 같아서예요."

"예?"

"심지훈은 그냥 지금 있는 그대로의 당신이 좋아요, 차미선 씨. 그러니 스스로를 비하하지 말아주세요."

순간, 대답할 말이 아무것도 생각나지 않았다. 그저 눈앞의 이 사랑스러운 내 남자를 말끄러미 응시할 뿐이었다. 시간이 정지한 느낌이다. 공기의 흐름조차 느껴지지 않는다. 지금 이 순간 우리는 주변의 모든 것과 동떨어져 있는, 그저 한 남자 심지훈과 한 여자 차미선인 것이다.

누가 먼저 시작했는지도 모르게 키스가 이어지고 있었다. 가쁘게 숨결이 옮겨 다닌다. 그가 나를 원하고 내가 그를 원하는 마음만이 공간에 가득하다. 진하게 겹쳐졌던 입술이 살짝 떨어진 틈으로 호흡을 내뱉는 사이 그가 내 몸을 번쩍 안아 올려 방으로 들어갔다. 가만히 내려주는 내 몸 아래 매트리스의 푹신함이 기분 좋다. 잠시 침대 옆에 놓인, 19세기를 배경으로 한 영화에나 나옴직한 고풍스러운 스탠드에 눈길이 멎었지만 그런 건 나중에 생각하기로 하고 현재에 충실하자고 마음을 다잡았다.

"저기…… 이런 말하기는 좀 그렇지만, 샤워부터 하면 안 될까요?"

머뭇머뭇 말을 꺼냈으나 내 옷을 벗겨내는 남자의 손길에는 거침이 없다.

"지훈 씨?"

"싫어요. 난 미선 씨 그대로의 냄새가 좋은데."

으헤헥? 아이고 애 뭐래니? 왠지 너무 야하다. 순식간에
내 얼굴은 토마토가 되어버렸다. 어스름한 스탠드 조명 아
래라지만 아마 내 익어버린 얼굴이 바로 드러났을 것이다.
앙 어떡해? 순진한 처녀로 돌아간 것만 같다. 심장이 터질
듯 격하게 뛴다. 어느새 마지막 속옷이 벗겨지고 나는 부끄
러움에 눈을 질끈 감았다.

"눈 감지 마요. 나를 봐요."

속삭임이 귓바퀴를 간질인다. 천천히 걷은 눈꺼풀 뒤에
그의 실루엣이 나타난다. 아름다운 내 남자다. 그의 여자가
될 수 있음에 너무도 감사한다.

나는 손을 들어 그의 어깨와 가슴을 가만히 쓰다듬었다.
움찔거리는 남자의 몸이 가볍게 떨리는 것 같다. 그래 이
사람도 긴장한 거야. 조금은 안심이 된다. 이제 이대로 그
와 내가 하나가 되면 조금 더 행복한 미래를 꿈꾸어도 되는
거겠지?

"지훈 씨, 나……."

나, 당신을 진짜로 사랑하게 된 것 같아요. 이런 순간 이
렇게 로맨틱하게 고백해야겠다고 마음먹었다. 아까 청혼
을 받고 바로 이렇게 화답했어야 했는데 너무 행복해서 넋
이 공중부양 중이었다. 진짜 정신이 하나도 없었던 거야.
이제라도 그에게 살며시 말해주자. 그래 이렇게…….

딩동.

"어?"

그런데 이런 순간에 너무도 황당하게도 초인종이 우리 사이로 파고들었다. 그는 살짝 당황하며 "이 시간에 올 사람이 없는데……" 하고 중얼거리고는 그냥 무시하려는 듯 나를 보고 웃었다. 물론 초인종은 더 울리지 않았다. 하지만 그 다음 소리가 더욱 공포스럽게 확 와 닿았으니.

띠리릭 띡띡. 철컥.

"으앗!"

그와 나는 서로 뜨거운 것에라도 닿은 듯 잽싸게 떨어졌다. 오, 맙소사! 대체 누가 온 거야? 아 정말 이러다가는 도어록 노이로제에 걸릴 것 같다고. 대체 이게 몇번째야? 저거 누가 발명했는지 새삼 원망이 덮쳐온다. 어헝헝헝…….

"이런."

심지훈은 이미 누군지 짐작한 듯 미간을 찌푸리면서 얼른 던져놓은 옷들을 챙겨 입기 시작했다.

"누, 누가 온 거예요?"

"방에서 나오지 말아요."

그리고 우리의 대화와 거의 동시에 밖에서 들려온 목소리는.

"어머, 신발이 있네? 아들? 집에 있니?"

더헉! 이런 일이! 지금 현관에 미래의 시어머니께서 와

계신 것이다! 아아악! 어쩜 좋아! 이런 식의 첫 만남은 아니아니 아니 된다. 우리 두 사람, 이미 유 여사님과도 황당한 첫인사를 치렀거늘. 이건 어째 훨씬 더 당황스럽잖아. 젊은 남녀 둘이 방에서 얼쑤얼쑤 좋다고 뒹굴고 있었던 건 누가 봐도 뻔한데. 앙…… 우째 이런 일이!

"당황스럽겠지만 나오지 말고 그냥 여기서 기다려요. 금세 가실 거니까."

그는 애써 태연한 척 싱긋 웃어주고는 문을 열고 거실로 나간다. 그렇지만 닫히는 문틈으로 등만 보이는 남자의 분위기에서 약간의 긴장감도 느껴진다. 나는 대충 옷을 걸친 뒤 바깥 상황이 궁금해 문으로 다가가 귀를 갖다 댔다. 좀 웃기지만 궁금한 걸 어떡해!

"아들! 있었네! 왜 초인종 눌렀는데 대답을 안 했어?"

코, 코맹맹이 소리다. 무슨 중년 여성이 다 큰 아들에게 저렇게 애교가 주르륵 흘러내린담? 아우 자꾸 선입견 갖기 싫지만 어쩐지 아득해진단 말이야.

"오셨어요. 저녁때는 잘 안 오시더니 어쩐 일이세요?"

"근처에서 모임이 있었거든. 오래간만에 얼굴 좀 볼까 하고. 오늘 마침 일찍 들어와 있었나 봐?"

"예."

상냥하게 답하는 그의 목소리에 역시나 한숨이 나왔다. 아음 진짜 친한가 봐. 나 정말 안심하고 있어도 되는 거야?

좌불안석, 부뚜막에 앉은 어린 송아지가 따로 없다. 방 안에 갇힌 채 안절부절못할 수밖에 없는 거다.

이대로 두 사람의 대화가 길어지면 내가 안에 있는 걸 어머님께서 눈치챌 수도 있고, 그러면 어색하게 인사까지 나누어야 하는 게 아닐까? 어쩌지? 다 큰 아들이 여자 데려올 수도 있다고 호탕하게 넘어가주시려나? 여태 심지훈에게서 느껴진 부모님의 이미지는, 서양 영화에서 보던 완전 개방적인 분들이었는데. 실상은 안 그렇다면? 일단 나를 정숙치 못한 여자라고 마구 이상하게 보는 건 아닐까? 흐헝헝. 그러면 안 되잖아. 아 진짜 그냥 하자는 대로 바닷가로 놀러나 갈걸! 극심한 후회로 고개를 푹 숙였다. 오늘 왜 이렇게 자꾸 꼬이지? 멋들어진 청혼도 받았는데!

"근데 아들, 현관에 여자 신발 봤어, 나."

"아, 보셨어요."

아, 보셨어요? 뭐니, 심지훈! 그렇게 편하게 말할 내용이야? 내가 안에 있는 걸 완전 눈치챘잖아! 정말로 파렴치한 여자로 찍히면 어쩌지? 끝까지 숨어 있을 수 있나? 아니면 지금이라도 얼른 나가야 해?

"뭐야 우리 아들, 여자랑 있는 거야? 나도 보여줘!"

"아직 안 돼요. 일단 돌아가시면 나중에 소개할게요."

"안 보여준다 이거지? 나 그럼 여기서 이렇게 계속 버티면서 무드 깨게 방해한다!"

"어머니."

험, 뭐랄까. 저분…… 굉장히 유쾌하시구나.

나는 들려오는 소리만으로 대충 예비 시어머니의 모습을 상상하면서 방 안에 걸려 있는 럭셔리 극치를 보이는 거울에 나를 가만히 비춰보았다. 구깃구깃한 옷과 화장기 없는 얼굴……. 우우 좀 예쁘게라도 꾸민 날이면 좋은데. 하필.

"하…… 그래도 인사는 해야겠지. 자아, 자신감을 가져 차미선. 심지훈이 몇 번이나 말했잖아. 너 괜찮은 여자라고."

내게 말을 걸어본다. 폐부를 열어 숨을 한번 크게 들이마시고 길게 내쉰다. 그리고 아주 천천히 문으로 걸어가 손잡이를 돌린다. 서서히 열리는 문의 틈새로 두 사람이 드러나고, 그들의 시선이 곧 내게로 쏟아진다.

사실은 내가 쇼핑당한 걸까

잠깐 동안 흐르는 정적에 숨이 막히는 기분이었다. 꼴깍, 침 넘기는 소리가 머리까지 울린다. 동그란 얼굴 속의 동그란 눈매를 더욱 동그랗게 만들면서 나를 빤히 응시하는 심지훈의 어머니는 예상보다 작은 키에 살짝 통통한 몸매를 지닌, 사람 좋아 보이는 인상의 아줌마였다.

심지훈 당신, 아버지 닮았구나! 하마터면 이런 말이 입 밖으로 나올 뻔했다. 그 정도로 저 훌륭한 기럭지에 자그마한 머리를 가진 아들과 이 어머님이라는 분은 도대체가 닮은 구석이라고는 하나도 안 보였던 것이다. 그나저나 입은 옷들은, 예상은 했지만 모두 명품이다. 그것도 브랜드 네임이 쉽게 보이지 않는, 뭔가 클래식에 오리지널스러운 느낌.

안타깝다면 뚱뚱한 편도 아닌데 작은 키 때문에 그 가격만큼의 옷맵시가 나지 않는다는 점이랄까. 순간적으로 직업 정신이 발휘되어 이런저런 코디를 하고 싶어졌다.

"안녕하세요."

조금 쭈뼛거리다가 꾸뻑 고개를 숙인 채 인사말을 건네니 나를 가만히 관찰하듯 응시하던 눈이 부드럽게 휘면서 웃음 가득한 얼굴로 변한다. 와, 뭔가 느낌이 아주 좋은데! 여자의 직감이 말하고 있었다. 유쾌할 뿐만 아니라 넉넉하고 푸근한 사람일 거라고. 급 안도의 기운이 몸으로 훈훈하게 퍼져간다.

"반가워요! 어머어머! 나 이 녀석 엄마예요!"

어머님이 덥석 내 손을 잡고 마구 흔드신다. 얼떨떨하게 이 열렬한 환영 인사에 웃어드리며 옆에 가만히 서 있는 남자에게 시선을 옮기자, 생각에 잠긴 그의 차분한 시선이 내 얼굴에 달라붙어 있다. 그런데 뭘까? 그의 눈동자에 담긴 것은, 나처럼 기뻐하는 마음이 아닌 가벼운 염려 같았다. 어째서?

"이 엉큼한 녀석이 여자 친구가 생겼다는 말도 안 했는데! 좋아하는 사람 생기면 내게 제일 먼저 보여준다더니 다 거짓말이었어요. 집에 남자 친구들조차 데려온 적이 없었거든. 지금 나 너무 놀란 것 있죠? 게다가 아가씨 인상이 너무 맘에 들어!"

"아하하…… 가, 감사합니다."

"어머 내가 너무 주책없죠? 지훈이 여자 친구를 처음 봐서 너무 흥분해 그래. 이럴 게 아니다. 우리 저기 소파에라도 앉아요. 나 정말로 너무너무 궁금한 게 많아! 얘, 너는 가서 마실 거라도 가져오겠니?"

"어머니, 주말에 정식으로 인사하게 할 거니까 지금은 좀…….."

"아니 왜? 내가 눈치 없게 둘이 데이트하는 거 방해해서 그래?"

"예."

"헉, 지훈 씨."

당황한 내가 그를 향해 눈썹을 살짝 찡그려 보이자, 그의 어머니가 깔깔대며 박장대소를 터뜨렸다.

"아하하하! 재미있어라! 지훈이 얼굴 좀 봐!"

하하하……? 같이 웃었다가 저 남자 화내는 것 아니겠지? 뭔가 상당히 난감한 분위기가 이어지는데, 내가 괜히 나왔나? 그렇다고 계속 콕 박혀 있다가 나중에 만나 뵀을 때 더 민망하면 어쩌라고?

"앉아요, 앉아."

그의 어머니가 내 손을 잡아 거실 소파에 앉게 한다. 역시나 엔틱하기 그지없는 철제 문양이 돋보이는 리얼 가죽 소파다. 보기보다는 푹신하네. 나중에 여기서 그와 얼렐렐레

해도 되겠…… 윽, 지금 이런 생각할 타이밍은 아니지. 오
홋홋.

"얘기 좀 해봐요. 둘이 언제부터 만났어요? 어디서, 어떻
게? 아니지 일단 이름이 어떻게 돼요? 나이는?"

질문이 쏟아진다. 무엇부터 대답해야 할까? 통성명이 우
선이겠지?

"예, 이렇게 뵙게 되어 몹시 민망한데요……."

"어머 아니에요. 다 큰 아들 집에 마음대로 쳐들어온 내
가 잘못이지. 걱정 말아요. 조금만 있다가 갈게요. 안 그러
면 저 녀석이 날 너무 노려봐서 무서워 죽겠거든."

"에?"

말없이 우두커니 서 있는 그는 심통 난 어린아이 같았다.
나는 웃음이 나오려는 걸 눌러 참으며 다시 그의 어머니에
게로 시선을 두었다.

"이름은 차미선이라고 합니다. 나이는 올해…… 서른하
나구요."

"오호 연상이네? 하긴 두 살 차이 정도야, 뭐. 이름이 차미
선 씨라고 했죠? 반가워요. 나는…… 아…… 어? 잠깐만."

좋은 분위기가 평원의 냇물처럼 부드럽게 흘러가다가 내
이름을 밝힌 순간, 뭔가가 중간에 탁 막히는 느낌이 들었
다. 그의 어머니가 내 손을 천천히 내려놓더니 "차미선?"
하고 다시 중얼거린다.

"가만……. 어디서 들어본 이름 같은데."

잉? 들어보셨을 리가요. 미선이라는 이름이야 워낙 흔하긴 한데 차씨가 그렇게 많지 않아서 차미선은 겹쳐본 적이 없는 이름인데요. 나는 내 이름에 반응하는 그의 어머니에게 조금 어색한 웃음을 보였다.

"차미선이면…… 아!"

혼자서 입속으로 계속 "차미선차미선……" 하면서 내 이름을 암기하듯 읊조리던 그의 어머니가 드디어 답을 찾은 듯 감탄사를 내뱉자, 나는 다행이라는 생각과 함께 '저를 어찌 아시나요' 하는 표정으로 쳐다보았다. 그런데 심지훈은 아니었다. 표정이 확 굳는 어머니 앞으로 심지훈이 얼른 나섰다.

"어? 지훈 씨?"

"어머니, 제가 다 설명할게요."

그의 어머니는 이미 완전히 딱딱해진 얼굴로 심지훈을 응시하고 있었다. 할 말이 많아 보인다. 나는 대체 무슨 일인지 몰라 어리둥절한 눈빛으로 두 사람을 번갈아 쳐다보았다.

"내가 기억하는 차미선 씨가 맞는 거지?"

"…… 예."

"맞아? 맙소사. 너 그래서 그때 그렇게 반대를!"

심지훈의 얼굴에 낭패의 빛이 떠올랐다. 뭐지? 이 사람

어머니도 나를 알아? 게다가 뭘 반대했다는 거야? 순간 묘한 기시감이 스쳐간다. 얼마 전 유 여사님의 반응과 어딘지 모르게 비슷하다.

—혹시 저 사람, 한국병원 심다훈 과장 동생 아니야?

—그래서 그때 그렇게 거절을 했나?

당시에는 그냥 심지훈의 형이 굉장히 유명한 의사인가 보다 생각하며 적당히 넘겼다. 엄마가 혼잣말하듯 거절이라는 단어를 언급해도 별로 심각하게 여기지 않았다. 근데 지금 이런 상황을 접하고 보니 그게 아니었던 모양이다. 뭐지? 알고 보면 두 어머님끼리 아는 사이인가? 아닌데. 내가 모르는 우리 엄마 친구분은 없는데. 하긴 꼭 친구여야만 아는 사이인 건 아니다.

"하다 하다 이제 이런 짓까지 하니? 정말 다훈이나 너나 이제 그만할 때도……!"

"아니에요, 그런 거!"

처음이었다. 그의 언성이 이렇게 높아지는 걸 목격하다니! 그는 언제나 조용한 어투로 조곤조곤 말했다. 심지어 아까 낮에 내가 전남편과 그의 아내에게서 황당한 일을 당했을 때도 가라앉은 목소리로 내뱉은 사람이다. 오래 알아온 건 아니지만 직감적으로 이 남자가 거의 흥분하지 않는 스타일이라는 걸 알 수 있었다.

그랬는데, 지금 그가 본인 입으로 각별하다고 한 어머니

336

와 다급한 분위기로 언쟁을 벌이고 있다. 바로 나 때문에. 이해할 수 없는 그들의 대화 내용보다 나는 그 점이 더 가슴 아팠다. 결국…… 부디 아니기를 바랐던 현실이 내 앞에 거대한 쓰나미가 되어 덮쳐왔다. 어쩌면 이미 짐작한 일들인지 모른다. 이런 현실을 얄팍한 살얼음으로 가리고 환상의 공간에서 마냥 즐거워하던 심지훈과 나는, 결국 이렇게 녹아버린 가림막 뒤의 진실의 무게에 깔리고 말았다.

"지훈아."

"어머니께서 오해하시는 거예요. 어떤 식으로 생각할지 알지만, 아니에요."

"아니라고? 지금 내게 그 말을 믿으라는 거니?"

"미선 씨에 대한 제 감정은 오래되었어요. 우린 이미 예전부터 알던 사이고요."

"그럼 왜 여태 말을 안 했어?"

"하고 싶었지만, 아직 준비가 덜된 상태였어요."

믿기 어렵다는 듯 나를 다시 한 번 쳐다보는 그의 어머니의 눈길이, 내 손가락에 걸린 작은 반지에 멎는다. 순간 오른손으로 그것을 가려봤지만 이미 늦은 듯했다. 중년 여성은 생각이 많은 눈빛을 보이며 가만히 고개를 저었다.

"지훈아, 아무리 그래도 난 이해가 되지 않는구나. 차미선 씨는 네 형수가 될 수도 있었던 사람이야."

엑? 이건 또 무슨 이야기?

"절대 그럴 리 없다는 건 어머니도 잘 아시잖아요. 형에겐 정원이밖에 없어요."

"그래도 그렇지. 너는 네 형과 달라. 차미선 씨는 이미 결혼한 적도 있는 데다 아이도⋯⋯."

내가 듣고 있음을 인지했는지 그의 어머니가 말꼬리를 흐린다. 뭐 이젠 놀랄 것도 없다. 내가 이혼녀에 아이 둘을 데리고 있다는 것까지 다 아시는 모양인데, 내 신상이 어디 길거리에라도 붙어 있나? 참 쉽게도 밝혀지네. 왠지 그냥 허탈하기만 했다. 나 지금 그냥 집에 가면 안 될까? 다 맞는 말이긴 해도 바로 앞에서 내 이야기를 이런 식으로 들어야 하다니 몹시 불쾌했다.

"다른 사람도 아닌 어머니가 그렇게 말씀하실 줄 몰랐어요. 누구보다 저와 미선 씨를 이해하실 수 있으리라 생각했는데요."

"잘 아니까 더 쉽지가 않구나. 실망스럽겠지만 이게 내 대답이야. 미안하다, 지훈아."

아들을 대하는 시선에서 분노의 기운보다는 안타까움이 더욱 묻어난다. 하지만 심지훈의 눈빛은 슬픔과 완고함으로 가득 차 있다. 이를 느낀 듯 잠시 한숨을 내쉬던 중년 여성이 아들에게서 눈길을 떼어내 내게로 향했다.

"이런 모습 보여서 미안하게 생각해요, 차미선 씨. 지금은 일단 너무 경황이 없으니 나중에 한번 따로 만났으면 해요."

"…… 예에."

그래도 황당한 막말 등으로 나를 내치지 않으시는 고마운 지훈 씨 어머님, 어쩌면 어머님과 제가 다시 만날 필요는 없을지 몰라요. 저는 이미 머릿속에 이 남자와의 헤어짐을 생각하기 시작했거든요. 약하고 비겁하다고 심지훈이 나를 욕할지 몰라도 저는 이제 어려운 길은 모두 돌아가기로 마음먹은 채 살아가고 있답니다. 인생에서 암흑기는, 거친 굴곡은 한 번만 접해도 충분한 것 같아서요.

"실례 많았어요. 이만 가봐야겠네요. 지훈아, 나중에 연락하마."

그의 어머니가 사라진 공간에는 우리 두 사람과 썰렁한 침묵만이 남았다. 여태 내 웃음을 자아냈던 고미술품들과, 그와 나의 뜨거운 숨결로 가득했던 이 공간이 이제는 너무도 잔인하게 낯설고 차갑다.

"나도 가볼게요."

생각보다는 이 말이 쉽게 나왔다. 그가 아픈 얼굴로 우두커니 서 있는 걸 보고 있으면서도 나는 참 간단하게 이 상황에서 벗어나려 한다. 내가 생각해도 못된 짓 같지만 머릿속과 가슴속이 너무나 심하게 엉켜버린 지금, 나는 이 사람까지 보듬어주기에는 모자란 인간이었다. 그저 집에 가고 싶어졌다. 이런저런 생각을 하면서 현 상황에 대해 모든 것을 정리하고 답을 찾고 싶었다. 물론 그 답이 명쾌하지 않

을 수 있고, 아주 슬픈 결말로 나아가리란 걸 알면서도 이
대로 찜찜하게 지지부진하게 끌려가긴 싫었다.

"가지 마요."

그의 조용한 음성이 내 발목에 감겨왔으나 나는 어금니
를 꽉 깨물었다. 흐지부지 넘어갈 수 없는 문제다. 앞으로
어떻게 해야 할지는 면밀히 검토할 필요가 있다. 그리고 이
런 상태로 그와 함께 밤을 보내는 건 모든 결정에 하등 도
움이 되지 못한다. 나는 묵묵히 현관으로 걸음을 옮겨 앵클
부츠에 발을 넣었다. 그가 뱉은 네 음절이 외면하려는 가슴
속 미안함에 불을 지핀다. 눈물이 날 것만 같다. 심호흡하
듯 숨을 크게 들이마셔본다.

"가지 마요!"

높아진 언성이 내게로 확 덮쳐온다. 갑자기 숨쉬기조차
어려울 정도로 사지가 굳는다. 그렇게 내 모든 행동이 정지
된 화면처럼 멈추었을 때 그가 바쁜 걸음으로 뛰듯 내게로
성큼성큼 다가와 등 뒤에서 와락 끌어안았다. 아, 이럴 수
가. 밀어내야 하는데 몸이 의지대로 움직여주지 않는다. 참
았던 눈물이 금세 볼을 타고 내려올 것만 같다. 어쩌면……
이렇게 잡아주기를 기다린 것일지도 모른다. 내가 이대로
돌아가지 못할 이유가 필요했던 것인지 몰라.

"가지 마요……."

하지만, 그저 질질 끌려가는 것 또한 용납이 안 된다. 모

든 것은 명확할 필요가 있는 거니까. 특히 인생을 좌지우지하는 큰일일수록.

"놔줘요."

"안 돼요."

"나 그냥 가도록 내버려둬요. 얘기할 게 있으면 나중에 해도 되잖아."

"나중? 그런 건 믿을 수 없어요."

꽉 잠긴 음성이 돌아온다. 그에게서 안타까움이, 아픔이, 슬픔이 너무도 고스란히 내게로 전이되어 더 이상 말을 잇기 어려울 지경이다.

"지훈 씨 제발, 내게 생각할 시간을 줘요."

"생각할 시간을 달라고요? 절대로 그럴 수 없어요!"

"지훈 씨……."

그가 억센 힘으로 나를 확 돌려세워 서로의 시선이 부딪치게 했다. 나를 뚫어져라 응시하는 눈빛의 애절함에 나는 잠시 입을 다물었다.

"생각할 시간은 절대 줄 수 없어! 생각 같은 것 하지 못하게 여태 그렇게 열심히 밀어붙인 거라고!"

강한 힘이 실린 어투가 이색적이다. 낯선 그의 모습에서는 여태까지와 다른 남성적 색채가 물씬 묻어나온다.

"당신에게 생각할 여유를 줬다간 내게서 달아날지도 모른다고 판단했으니까!"

그래, 그랬던 거야? 느긋해 보이는 분위기이면서도 언제나 조금 성급하지 않나 생각될 정도로 모든 행동이 나보다 한발 앞섰던 게 그 때문이었어?

고함에 가까운 그의 이야기를 듣고 있자니 놀라움이 덮쳐온다. 동시에 그는 이미 이런 상황이 닥칠 것을 어느 정도 알고 있었을 거라 생각하니 아픔도 커진다.

"심지훈 씨, 너무 조급해하지 마요."

최대한 딱딱한 말투를 만들어 입 밖으로 뱉어냈다.

"오늘 하루 잠깐 떨어져 있다고 내 마음이 어떻게 변하지는 않아."

"아니, 거대한 성을 무너뜨리는 건 작은 벽돌조각 하나일 때도 있는 거야. 그리고 나는 그걸 받아들일 수 없어."

"어째서 이렇게 불안해하는 거야?"

나는 천천히 손을 들어 그의 뺨을 감아쥐었다. 떨림이 느껴진다. 그의 눈동자는 지독한 두려움에 물들어 있다. 무엇이 이 사람을 이토록 힘들게 하는 걸까?

"모르겠어? 난 이제 차미선이라는 여자가 아니면 안 돼. 당신이 이런 식으로 나가버리면, 그리고 이후 우리의 관계에 대해 재고해보자고 한다면 난 미쳐버릴지도 몰라."

그는 애절했지만, 나는 쓴웃음을 지었다.

"그렇지 않아. 당장 죽을 것 같아도 어느새 모든 걸 잊고 살아갈 수 있는 게 사람이야."

새까만 눈동자가 어둠에 물들어간다. 그는 아름다운 밀랍 인형처럼 창백해진 얼굴로 표정을 모두 거둔 채 내게서 조금 물러섰다.

"그래, 당신은 아직 나에 대하여 아무것도 모르니까."

여태까지와 확 다른 울림이다. 조용하게 속삭임처럼 가라앉은 목소리가 공간으로 전달된다. 무슨 뜻일까? 조금 당혹스러움을 느끼는 사이, 심지훈이 천천히 몸을 돌려 터벅터벅 침실로 들어갔다. 덩그러니 현관에 남겨진 나는 갑자기 찾아온 빈 공간의 황량함에 멍한 상태가 되었다.

종잡을 수가 없다. 그렇게 격렬하게 나를 잡던 사람이 갑자기 모든 기력이 쇠하기라도 한 것처럼 시들시들 가버리고 말다니. 그는 이제 나를 잡을 의지가 없는 것처럼 보였다. 그럼 나는 이대로 문을 열고 가버려도 되는 걸까?

"그냥 갈 수 있을까?"

하지만 그럴 수 없는 나를 발견했다. 그의 완벽했던 껍데기가 벗겨져나가고 대신에 그의 상처받은 내면을 엿본 나는, 이대로 발걸음을 옮길 수 없다. 마치 발바닥에 진득한 풀이 엉겨 붙은 것처럼 나는 그 자리에서 멈춰버렸다.

"저렇게 들어가버리면 어쩌라는 거야. 정말이지."

사실 이제껏 나는 그에게서 받기만 했다. 저 남자는 믿기 힘들 정도로 큰 사랑을 내게 계속 퍼붓기만 하고, 언제나 웃는 얼굴로 상냥하게 나를 위해주었다. 전남편에게 주기만 하고 받는 걸 모르는 채 결혼 생활을 했던 내게, 그것은 너무도 달콤한 중독이었다.

그러나 어느새 나는 넘치는 사랑을 연속해 받으면서 사치스럽게도 그런 심지훈에게 익숙해졌다. 차미선은 그 사랑을 당연하게 누리면서 심지훈이 그냥 항상 그 자리에 머물 것으로 여겼다. 그의 시선은 언제나 내게 있었지만, 내 시선은 그렇지 않았다. 나는 그를 소중하게 여기지 않고 그저 형식적으로 감사하며 받아먹기만 한 것일 수도 있다. 그런데…….

그런데 지금은 다르다. 그가 한 번도 보여준 적 없는 얼굴로 소리를 지르고 애처롭게 매달리고 화내고 급기야 아픈 모습으로 돌아서 가버리니 도저히 눈길을 뗄 수 없다. 너무 마음이 쓰여 냉정하게 버려둔 채 이대로 가버릴 수가 없다.

"바보 차미선, 땅을 치며 후회할지 몰라."

스스로에게 중얼거려봐도 마음이 변하지 않는다. 어느새 내 안에서 피식 웃음까지 새어 나온다. 나는 다시 부츠를 곱게 벗어놓고 집 안으로 걸음을 들여놓았다. 그의 침실 앞에 당도하여 문을 살며시 열어보았다. 그는 마치 상처받은 어린아이처럼 침대 옆에 웅크리고 앉아 팔에 얼굴을 파묻고 있었다. 우는 걸까? 어쩌면 그럴지도 모른다는 생각이 든다.

"지훈 씨."

그 남자 앞에 무릎을 대고 앉아 손을 내밀었다. 남자의 넓은 어깨가 살짝 떨리며 반응한다. 나는 손으로 그를 가만히 쓰다듬었다. 마치 구석에 웅크린 고양이를 달래는 것만 같다.

"나 아무 데도 안 갈게요. 여기 당신 옆에 있을게요. 어떤 생각도 하지 않은 채 그대로 머물게요."

현명하지 못한 선택일 수도 있다. 어쩌면 앞으로 험한 가시밭길을 걸어야 할지도 모른다. 이 사람을 선택함으로써 나는 다시 한 번 시커먼 암흑으로 빠져들지도 모를 일이다. 하지만 그렇다 해도 어떻게 이 남자를 이대로 두고 갈 수 있을까? 이렇게 나로 인해 너무나 아파버린 사람을. 내가 없으면 절대로 안 된다는 이 여린 영혼을.

"괜찮아요. 아까는 제가 흥분해서 이상한 말을 했어요. 내 걱정 하지 말고 그냥 가도 돼요."

얼굴을 파묻은 그대로 남자의 목소리가 탁하게 울려온다. 진심이 아니라는 걸 안다. 그는 구멍 난 가슴을 끌어안은 채 애써 괜찮은 척 연기하고 있다. 그새 나도 심지훈의 감정을 읽는 게 많이 늘었는지 그의 연기 정도는 꿰뚫어보게 된 것 같다.

"후."

나는 밭은 한숨을 내쉬다가 무릎걸음으로 그에게 바짝 다가간 뒤 그의 머리를 잡아 억지로 고개를 들게 해서 시선을 마주쳤다. 울고 있지는 않지만 눈동자가 젖어 있다.

표정을 모두 지운 채 영혼이 빠져나간 것처럼 굴지만 지독히도 슬퍼 보인다. 나는 희미한 미소를 띤 얼굴로 그를 뚫어져라 응시하다가 살며시 그 입술을 빼앗았다. 그가 움찔 놀라는 것이 느껴졌다.

"사랑해요, 지훈 씨."

머리가 시키는 게 아니라 심장이 시키는 소리를 뱉는다. 모든 가식과 걱정을 벗고 그만을 쳐다보기로 결심한다. 어떤 오해와 아픈 진실이 저 너머에 있는지는 아직 명확하지 않지만 그의 손을 잡고 언덕을 한번 넘어보자고 생각했다. 힘들겠지만 이렇게 둘이니까. 그와 내가 기댈 수 있다면 그것으로 괜찮지 않을까.

편안한 길을 택한 뒤 훗날 후회의 눈물로만 삶을 돌이키고 싶지 않다. 내 짧은 생각으로 내린 판단 때문에 평생의 반려를 놓쳤다며 자괴감에 빠져 살 수는 없다.

그래 이젠 그렇게 생각하기로 했다.

*

추억마저 없다면 우리 살아온 게 너무 불쌍하다고, 예전 모 드라마에서 말하는 걸 들은 기억이 있다. 남자 주인공은 사형수였고 그를 사랑한 여자 주인공은 다른 세력 회장의 딸이었다. 그들의 사랑은 너무도 처절했으나 또한 그렇기 때문에 지독히도 아름다웠다. 아마도 남자는 죽는 순간 자신이 목숨보다 사랑했던 그녀를 떠올렸을 것이다.

"사랑해요, 지훈 씨."

다시 한 번 말해본다. 가슴에서 우러나온 그대로 내 목소리에 힘을 실어 그에게 전달한다.

"그러니까 그렇게 울 것 같은 얼굴, 내게 보여주지 말아요."

결과적으로 당신 손을 놓아야 하는 안타까운 상황이 올 수도 있겠지만, 우리의 의지와 상관없이 이대로 헤어져야 한다고 느끼게 될 수도 있지만……. 함께한 순간만큼은 아름다운 추억으로 만들고 싶다. 너와 나의 숨결이 부딪치던 지금을 오래도록 기억에 담아두고 싶다. 언젠가 이날을 떠올리면 미소 지을 수 있는 그런 마음을 안아두고 싶다.

그래. 그것이 이 순간 나의 솔직한 심정이다.

"나도 사랑해요."

달콤하게 와 닿는 심지훈의 나지막한 고백. 그가 손을 뻗어 자신 앞에 꿇어앉은 내 양쪽 팔을 잡는다. 마주한 눈동자가 어느새 선명하게 바뀌어 있다. 영혼이 떠나간 인형의 눈처럼 탁하기만 하던 그의 눈에 다시금 빛이 살아난다. 이를 깨달은 나는 깊은 안도감을 느꼈다.

"반칙이잖아요."

"뭐가요?"

"내가 먼저 찾았는데, 내가 먼저 미선 씨 알아보고 사랑하기 시작했는데. 이렇게 미선 씨가 먼저 고백하고 내가 뒤늦게야 답하면 왠지 억울해져요."

별게 다 억울하네. 웃음이 피식 새어 나왔다. 아주 가끔 어린애 같은 면이 보이더라니. 그렇지만 콩깍지가 단단히 씌어서인가? 이런 유치한 심통도 마냥 예쁘게만 보인다.

"언제나 내가 받기만 했으니까. 가끔은 이렇게 먼저 손 내밀 때도 있어야 할 거 같아서요."

"그렇지 않아요. 미선 씨는 존재만으로도 내게 너무나 감사한 사람이거든요."

헉, 순간 나 온몸에 닭살 돋았어! 어쩜 저런 오글 멘트를 표정 하나 안 바꾸고 잘도 하네.

그래도 내 쪽에서 더 감사할 건 감사할 거라고. 양보할 수 없다. 오늘 나 때문에 상처가 드러난 이 남자, 내가 위로해 주고 싶은 마음이 더욱 진해져만 갔으니.

나는 그에게 팔을 잡힌 그대로 손을 뻗어 그의 접혀진 긴 다리의 무릎을 눌러 가만히 펴주고 넓은 어깨에 손을 올려놓은 뒤 싱긋 웃음을 보였다. 모처럼 그가 내 다음 행동을 예측하지 못하고 궁금해하는 눈빛을 보인다. 후훗, 간파당하지 않으니 은근히 기분 좋네. 그래 아주 가끔이라도 예측 불허 돌발 행동을 보여줘야 더 매력적이겠지? 아, 또 생각이 산으로 간다.

혀끝으로 살짝 내 윗입술을 핥았더니 이를 지켜보던 심지훈이 품 하고 웃음을 터뜨려 내 얼굴이 확 달아올랐다. 여태 그런대로 진지하게 흘러가던 무드가 단박에 개그로 탈바꿈한다! 악! 어디서 본 것 괜히 흉내 냈어! 얼른 이 부끄러운 상황을 무마하려고 머리를 굴리다가 무턱대고 그의 단단한 허벅지 위로 휙 올라탔다. 내 과감한 모션에 심지훈이 조금 당황하는 게 느껴졌지만 상관하지 않은 채 저돌적으로 다가가 그 입술을 머금고 진한 키스를 하기 시작했다. 그러나 느낌상 이 남자, 웃음을 참고 있는 것만 같다.

아, 뭔가 이게 아닌데? 머릿속이 엉망으로 엉킨 기분이다. 가슴이 떨리고 온몸이 저릿저릿해지는 야시시 분위기 속에서 내 남자와 달콤한 키스를 하고 내 모든 것으로 그를 만족시켜주고 싶었거늘! 그런 건 연애다운 연애를 한 번도 못 해본 차미선에게 불가능이었나?

내게 떠밀려 침대 옆면에 대고 비스듬히 기대앉은 형상이 된 심지훈이, 뭔가가 어색하기 그지없는 내 행동 앞에서 잠시 머뭇거리다가 천천히 내 허리를 감싸 끌어당겼다.

"억지로 뭔가 하려는 것보다는 미선 씨 그대로의 모습이 좋아요, 나는."

소곤소곤 그의 숨결을 타고 내 귀로 나직한 음성이 스며들어온다. 두근두근두근두근……. 치밀하게 맞닿은 우리 두 사람의 몸에서 심장이 함께 뛰었다. 다시금 겹쳐진 입술

사이로 뜨거운 숨결이 엉기고, 끈적하게 감기는 혀의 촉감에 가슴속으로 찌르르한 감성이 전율한다.

"내가 잡아먹을 거니까 가만히 있기만 해요."

나름 나직하고 섹시한 어조로 말하면서 도발적인 시선으로 쳐다보는 데도 이 남자 계속 웃음을 참는 표정이다. 뭐냐고, 나 전혀 성적인 어필이 안 되는 거야? 흐흥, 거참. 남자 위에 떡하니 올라타고 있으니 지금 꽤나 민망한 포즈이긴 한데! 지금은 방 안에 클래식한 전등만이 희미하게 비추고, 누구의 방해도 없이 우리 둘만 있는 밤 10시가 넘은 야심한 시각이잖아. 이 상황이 왜 더 섹시하게 흘러가지 않는 건데?

허리에 손을 얹은 채 바로 코앞의 상대를 노려보던 나는 다시 마음을 다잡고 남자의 티셔츠를 말아 올려 벗겨냈다. 흐릿하게 드러나는 윤곽이 새삼 가슴이 두근거릴 정도로 멋지다. 손끝에 닿는 복근이 말 그대로 조각 같은 초콜릿이다. 가슴도 탄탄하고 보기 좋은 모양으로 잡혀 있다. 내 무게까지 버티느라 뒤로 짚은 남자의 팔근육도 예술적이다. 아, 정말 이런 게 내 거구나! 나도 모르게 침이 꼴깍 넘어가고 말았다. 공교롭게도 그 소리가 이 조용한 공간에 크게 울려 퍼졌으니.

"하하하하!"

순간 그의 맑은 웃음소리가 빵 터졌다. 에잉 왜 웃어? 미간을 찌푸렸더니 그런 내 이마에 쪽 소리가 나도록 뽀뽀를 남겨준다.

"너무 달콤한 고문이라 그냥 계속 당하고 싶기는 한데."

"예?"

아니 뭐가 고문이라는 거야? 흥, 쳇, 피.

"지금 이런 상황에서 멀쩡한 남자한테 손 놓고 가만히 있으라는 건 완전 고문이에요. 차라리 나를 묶어놓든가."

"헉 정말이오? 에…… 나 그런 거 잘 모르는데? 뭐로, 어디다, 어떻게 묶어요……?"

"풉, 농담이에요. 미선 씨, 왜 이렇게 진지해요?"

계속 놀린다. 우씨 화나려고 하네. 아까 상처받고 슬픈 모습 보인 것 다 쇼 아니었어? 그냥 집에 확 가버리고 애 좀 태워줄걸. 역시나 내가 이 사람 손바닥 안에서 놀아나고 있었어. 슬그머니 부아가 치밀려는데 갑자기 몸을 확 일으킨 심지훈이 나를 번쩍 안아 올려 침대에 던지듯 내려놓았다. 으앗 뭐야!

"더 이상 시간 끌면 내가 못 참을 것 같으니까."

응? 응? 어 아닌데…… 내가 덮치려고 했는데. 당신 따뜻하게 안아주려고 마음먹고 현관부터 되돌아왔단 말이야, 내가. 근데 아잉 그렇게 뜨거운 눈빛으로 쳐다보면 어떡해? 온몸이 오글오글 벌레라도 기어 다니는 것처럼 간질거려 허리부터 배배 꼬일 것만 같아. 어머머! 옷은 아까 벗겨봤다고 쉽게도 벗겨내네. 목과 쇄골에 키스를 남겨주니 찌릿찌릿하면서도 기분이 좋다. 그리고, 그리고……

"앗, 자 잠깐만요!"

그의 부드러운 입술이 쇄골을 지나 가슴 언저리에 머무르는 순간 나는 그만 소리를 지르며 손으로 그의 어깨를 꽉 잡고 말았다. 고개를 살짝 젖힌 그의 얼굴에 의문이 실린 눈동자가 걸려 있다. 에효……. 순진한 처녀처럼 굴면 우습다는 건 아는데, 사실 내 전남편은 밤에 사랑을 나누는 데 있어 아내를 위하는 친절한 사람이 아니었다. 그는 자신의 욕구에만 관대했고 나를 위한 봉사에는 아주 인색했다. 결혼한 이후로는 키스를 하는 것조차 귀찮아한 인간이다.

즉, 나는 이론상으로만 이런 전희를 접해봤을 뿐 직접 받아본 적이 한 번도 없었다는 말이다.

"나 계속 기다려야 해요?"

화가 나거나 짜증이 난 음성은 아니었지만 괜스레 미안해진 나는 안 돌아가는 머리를 마구 굴려가며 뭔가를 생각해내려 애썼다. 그래 일단 빛을 없애자! 그럼 덜 민망하겠지? 하아 나 정말 생각이 너무 많아서 탈이야. 이를 어쩐담?

"전등! 저것 좀 끄면 안 될까요?"

무턱대고 조명 탓을 해본다. 그가 잠시 생각에 잠겼다가 말없이 일어나더니 가볍게 바닥으로 내려서 침대 옆으로

걸어갔다. 헙…… 그러고 보니 완전 나체다. 그, 그러니까
다 보인다고! 나 왜 이렇게 부끄러운데? 근데근데 또 시선
이 자꾸 따라가. 아 정말 예전에 책에서 본 다비드 상 같아.
조각 같은 몸매와 그…… 그 아래…… 형형……. 왜 이러니,
차미선? 아 몰라. 나도 나를 모르겠다고!

"사실은 필요하지 않나요? 전등빛."

짓궂은 어투가 날아왔다. 으익, 내 시선을 눈치챘나 봐!
나는 금세 얼굴이 또 화르륵 타올랐다. 어슴푸레한 조명 아
래서 이런 내 상태가 보이지 않기만 바랄 뿐이다.

"자, 됐죠?"

소등 후 어둠 속에서 그의 음성이 낮게 감겨온다. 아 생각
보다 이런 블라인드 느낌도 괜찮네. 맞아 이 남자. 목소리가
엄청 섹시했지. 통화할 때마다 그의 목소리만으로도 야릇
하게 흥분되었던 것 같다. 시각을 뺀 나머지 감각들이 그의
숨소리와 몸의 움직임을 기민하게 잡아낸다.

잠시 후 다시 침대에 무게가 실리며 형체가 거의 보이
지 않는 미지의 남자가 내 위로 올라왔다. 뭐랄까 실루엣
이 모두 보일 때보다 왠지 더 긴장되고 있었다. 그가 고개
를 숙여 내 귀에 살짝 키스를 남긴다. 간지러움에 목이 움
츠러드는데, 어느새 남자가 내 왼쪽 가슴을 점령했다. 아으
으……. 생경한 이런 느낌을 뭐라 표현할 수 없을 것 같다.
자꾸만 입 밖으로 소리가 새어 나오려 한다. 나는 한 손을

들어 입을 틀어막으려다가 그에게 제지당했다.

"들려줘요."

"에…… 에?"

그의 음성이 살짝 허스키하게 쉬어 있다. 당황하는 내 말투에도 조금 거친 숨결이 섞였다.

"미선 씨, 그동안 참아온 게 너무 많군요. 사랑을 나눌 때 소리를 지르는 건 창피한 게 아니에요. 그리고 지금 여기엔 우리 둘밖에 없잖아요."

알지만 그래도 부끄러워. 게다가 난 거의 5년째 수절 상태라고! 무언의 항의를 하고 있는데 어느새 그의 행동이 대담해진다. 내 손을 잡지 않은 그의 다른 한 손이 내 옆구리와 아랫배를 가만가만 더듬다가 두 다리 사이로 침범한 것이다. 아앗! 의도하지 않았는데 두 무릎에 힘이 들어갔다. 흐응……. 입에서 절로 요상한 신음이 뱉어지고 엉덩이와 허리가 들썩였다. 여태까지 이런저런 복잡하게 얽히던 상념이 순식간에 하얀 백지가 되어버린다.

"아웃, 지훈 씨……!"

멋대로 움직이는 내 다리를 그의 두 손이 지그시 누르더니 여린 속살에 남자의 숨결이 와 닿는다. 눈을 질끈 감았다. 그가 주는 자극 하나하나가 촉감을 통해 완벽하게 전달된다. 내 입에서 나도 처음 듣는 것 같은 교성이 새어 나온다. 내 두 손이 그의 머리칼을 감아쥐고, 등이 휘어질 만큼 내 어깨와 고개가 뒤로 꺾인다.

"아아아!"

첫번째로 찾아온 절정에서 나는 애무가 주는 이 엄청난 희열에 소리를 질러댔다. 허리를 흔들어대며 마구 바동거린다. 그의 이름을 몇 차례나 부르고, 내 위로 올라온 남자의 등을 무조건 와락 끌어안았다. 넓고 단단한 그의 어깨에 얼굴을 묻은 채 서서히 내 안으로 들어오는 그의 일부를 받아들인다.

완벽하게 하나로 만들어지는 느낌이다. 희열로 가득한 몸과는 달리 가슴속이 따스한 뭔가로 메워진다. 행복한 기운이 손가락 하나하나 끝까지, 내 작은 새끼발가락 아래까지 모두 퍼져 나가는 것만 같다.

"괜찮아요?"

"…… 네에."

수줍게 얼굴이 상기된 걸 느끼며 힘겹게 대답을 뱉어내자, 그가 다시 한 번 긴 키스를 남기고는 상체를 일으키더니 내 한쪽 다리를 자신의 어깨 위에 걸쳤다. 흐윽, 더욱 깊게 삽입되는 느낌에 짧은 비명이 터져 나온다. 남자의 허리가 서서히 운동을 시작하고 내 입에선 쉴 새 없는 교성이 반복되었다.

어두운 방 안에서 세상이 빙글빙글 도는 것만 같다. 그의 숨결이 내 소리와 함께 손을 맞잡은 채 온 방 안에서 춤춘다.

나도 모르게 움켜잡은 그의 몸에선 땀방울이 흘러내리고 있었다. 어느새 내 등에도 송골송골 땀이 맺힌다.

칠흑처럼 어두운 방 안이거늘 이상하게도 그의 얼굴에서 빛이 나는 착각이 들었다. 심지훈의 얼굴 윤곽이 시선의 끝에 들어오는 것만 같다. 내가 만들어낸 착시라고는 해도 그 모습이 너무 아름다워 눈물이 났다. 이 사람이 얼마나 사랑스러운지 가슴이 죄어오는 것처럼 감정이 북받쳤다.

"지훈 씨……."

가쁜 호흡과 함께 울먹울먹 그의 이름이 내게서 새어 나온다. 이를 느낀 듯 남자의 행동이 살짝 멈칫거렸지만, 나는 다리로 그의 허리를 감으며 가벼운 반동으로 함께 움직이기 시작했다.

"…… 고마워요."

나를 다시 여자로 만들어줘서.

"아앗……!"

그 순간, 벌써 몇 번째인지도 모를 절정이 새롭게 찾아든다. 이번에는 그도 마지막에 다다랐는지 신음을 흘리며 내 몸을 강하게 끌어안았다. 나는 상체를 약간 일으킨 채로 그의 리듬감 있는 허리 움직임에 힘을 실어주며 가쁘게 숨을 내뱉었다.

눈을 감아도 세상이 빛에 싸인 느낌이 든다. 찬란하게 내리쬐는 태양빛 아래 심지훈과 차미선이 서로를 가장 소중한 것처럼 부둥켜안고 있다. 내가 사랑하는 사람, 나를 사랑하는 사람. 우리는 완벽한 사랑을 확인하며 하나가 되었고, 깊어진 밤은 이를 숭고하게 받아들인다.

*

"정말 궁금한 게 있는데요."

그의 팔에 한쪽 머리를 댄 채 가만히 올려다보니 남자의 까만 시선이 이미 내 얼굴에 머물러 있다.

"말해요."

부드러운 음성과 미소. 워메, 나 또 몸이 달아오르네! 이러면 안 되잖아, 차미선! 정신 차려!

"우리 언제 처음 만났냐고 묻고 싶어요?"

"윽, 정말 독심술사 맞는 것 같아요."

"미선 씨에게만."

그가 눈가를 휘며 웃는다. 에이 정말…… 나무랄 수도 없게 말이야. 작게 투덜거리는데 그가 다시 입을 열었다.

"3년하고 2개월 좀 넘은 것 같아요."

"엥? 그렇게 오래되었다고요?"

"놀이공원에서 봤거든요, 우리."

놀이공원? 어라? 나 놀이공원이라고는 이혼하고 집에서 애들 데리고 나온 날 가본 것밖에 없는데. 그날 내가 쓰러지는 바람에 은비가 놀이공원에 트라우마가 생겨서 그 뒤로는 한 번도 가보지 못했거든. 그렇다면 이 남자가 거기에 있었다는 거야?

"저기…… 그날 나 거기서 쓰러졌는데."

"알아요. 솜사탕을 든 은비가 옆을 지나고 있던 내게 도와달라고 했었죠."

"에에!"

나는 그만 자리에서 벌떡 일어났다. 뭐야! 당신이었다고? 그날 나를 병원까지 데려다준 사람이? 병원비 계산에 우리 애들 밥까지 챙겨 먹이고는 이름도 안 남겨놨던 젊은 남자가 너였어?

"지훈 씨였다고요? 그날 나랑 애들 도와준 은인이?"

그가 빙긋이 웃기만 한다. 놀라움과 감격에 젖어 그대로 멈춰 있던 나는 눈을 깜빡이며 그에게 다가가 가만히 그 까만 눈동자를 들여다보면서 그의 매끈한 얼굴을 만지작거렸다.

"어떻게 이런 일이 있어요?"

"저번에 은비가 주차장에서 나를 봤을 때 만난 적이 있다고 했잖아요. 왜 딸이 한 말을 안 믿어요?"

"아니 그날은 그냥…… 지훈 씨가 거짓말하는 줄 알았어요. 내 친구처럼 행세하느라고."

"저는 원래 거짓말 안 해요."

'벙찌다'라는 말은 정말 이런 때 하는 거구나! 이 남자 진짜 물건일세. 아니 그런 인연이었으면 처음부터 말하지그랬냐고!

"아니 왜 애초에 우리 그렇게 아는 사이라고 말을 안 했어요?"

"그런 식으로 접근하면 내게 은혜를 갚으라고 강요하는 것 같아서요. 게다가 그때는 저 역시 도움을 받았거든요."

알쏭달쏭한 그의 말을 들으며 나는 몸을 일으켜 앉았다. 그가 다시 누우라는 뜻으로 자신의 팔을 툭툭 쳐 보인다. 에이 몰라. 나는 슬그머니 다시 팔베개에 응하면서 손을 뻗어 그의 허리를 끌어안았다.

"지훈 씨가 쓰러진 저한테서 무슨 도움을 받아요? 굳이 그렇게 말 안 해줘도 돼요. 이젠 당신 내 거라서 그냥 뻔뻔하게 다 받아들일 거니까."

낮은 웃음소리가 내 머리칼에 내려앉는다. 그가 작은 목소리로 "아니요, 정말로 도움 받았는데……"라고 중얼대며 내 정수리에 키스를 남겼다. 물어볼 것이 아직 산더미처럼 남아 있는데, 그 순간 천근만근 무거워진 내 몸이 제발 쉬라고 비명을 질러댔다.

"아웅 졸려. 아직 자면 안 되는데. 궁금한 게 너무너무 많아요."

"차근차근 해요. 앞으로는 물어보지 않아도 미리 알려줄게요."

"응······ 약속."

눈꺼풀이 점점 감겨온다. 그를 더 바짝 끌어안아 가슴 위에 귀를 대고 심장의 진동을 자장가처럼 듣는다. 기분 좋다. 그의 체취, 그의 감촉, 따스한 이 온기까지 모든 것을 놓치기 싫어진다.

"어머니는 너무 걱정하지 말아요. 좀 놀란 데다 오해가 있어서 그런 거니까 걱정하는 그런 일은 없을 거예요."

그의 달콤한 위로가 진실이기를 바란다. 암흑 같은 결혼생활은 한 번으로 충분한 것 아닐까. 심지훈이 3년이나 걸려 내게 날아온 거니까 이제는 제집을 찾아온 비둘기처럼 인정받았으면 좋겠다. 그래, 뭐 그렇게 되겠지.

그러나 내 무의식은 내 영혼의 행복을 시기하는 모양이다. 보고 싶지 않은 내 과거의 아픈 모습이 다시 한 번 나를 찾아왔다. 또다시 하염없이 울고 있는, 거식증 환자처럼 보기 싫을 정도로 깡마른 나와 만나고 말았다. 머리는 푸석푸석하고 눈에는 초점마저 흐리다. 해골처럼 두 볼이 움푹 파였다. 이혼하자는 남편의 말을 듣고 넋이 나가 식칼을 휘둘렀고, 밤새 울면서 마음속으로 두 아이와 함께 죽을 결심까지 하고 있다.

이런 건 싫은데······. 어째서 진실은 내가 기억하는 것과 다를까? 왜 나는 쿨하지 못했을까? 어째서 그런 거지 같은 남편과 시댁에게서 상큼한 태도로 벗어나지 못했을까?

후회가 커다란 바위로 변해 나를 짓누른다. 지우고 싶은 과거에서 뒷걸음치다 더 이상 물러날 곳이 없는 절벽 앞에서 어쩔 수 없이 멈춘다.

여기서 떨어지면 누가 나를 받아줄까?

아득한 암흑이 무섭다. 잠깐이라도 한눈을 팔면 나를 집어삼킬까 두렵다. 달아나야 해!

어느새 세상은 회색빛 도시가 되어 거대한 빌딩들이 내 걸음을 멎게 한다. 그리고 내 바로 앞에 찬란하게 금색으로 빛나는 백화점이 나타난다. 훈훈한 바람이 불어온다. 마음에 안정이 찾아온다. 가벼운 걸음걸이로 행사장부터 달려가 새롭게 세일에 들어간 제품들을 무조건 집어 든다. 타임 세일을 한다는 호객 소리가 울리고, 나는 많은 인파를 마구 헤치며 득템한다. 순간의 기쁨에 가슴 가득 행복이 몰려온다. 설렌다.

이런 기분이 정말 찰나라는 건 알지만 멈출 수가 없어. 나를 위로해주는 건 쇼핑질뿐이야!

─정말로 행복해요?

바로 그때 들려오는 누군가의 목소리.

바삐 움직이던 내 손길이 멎는다. 느닷없이 심장이 아프다. 숨이 막힐 것 같다. 가쁘게 호흡을 조절하느라 손에 주렁주렁 들고 있던 물건들이 모두 떨어지는 것을 막을 수 없다. 다시금 발아래 시커멓게 벌어진 새까만 공간이 나를 위협한다.

무서워! 무섭다고! 소리를 질러야 하는데 입만 벌어질 뿐 목소리가 나오지 않는다. 어떡하지? 나 이제 어떡해야 하지?

—내가 받아줄게요.

시선조차 움직이기 어려워 이 부드럽게 울려오는 음성의 주인을 쳐다보지 못하지만, 두 눈으로 확인하지 않아도 누구인지 알 것 같다. 잠깐이나마 가벼운 망설임이 든다. 하지만,

나는 이제 누구를 믿어야 할지 알고 있다.

—두려워 말고 뛰어내려요.

낮은 속삭임이 천둥보다 크게 내 안으로 울린다. 점점 넓어지는 새까만 암흑. 그러나 절망은 사라졌다. 희미한 빛이 저 아래 까마득한 곳에 있는 누군가의 실루엣을 보여준다. 나를 향해 두 팔을 벌린 남자. 그는 세상 누구보다 든든하게 느껴진다.

그래, 괜찮아. 이제 나에게는 저 사람이 있잖아.

주변에 화려하게 진열된 물건들이 녹아내린다. 평소였다면 이게 무슨 일이냐고 비명을 질렀을 테지만. 이제는 상관없어. 무섭지 않아.

공중으로 발돋움하여 날아오른다. 솟구치던 몸이 방향을

바꿔 중력의 법칙을 받아들인다. 점점 빠른 속도로 아래쪽으로 떨어지지만 신기하게도 온몸에서 진심이 가득 담긴 웃음이 쏟아져 나오고 있었다.

*

어깨가 강하게 흔들리는 느낌에 겨우 눈을 떴다. 낯설고 어두운 천장이 먼저 시야에 들어온다. 몸은 식은땀으로 축축하고, 심장은 아직도 튀어나올 것처럼 요동치고 있다. 뭐야, 내가 정말 뛰어내렸나? 여기는 어디지? 내가 죽었나? 아직 꿈에서 헤어나지 못한 정신이 사태를 파악하지 못한다.

"괜찮아요?"

갑자기 들려온 목소리에 소스라치게 놀랐다. 아? 어…… 그래, 여기 심지훈의 방이었던가? 그제야 기억이 하나둘씩 떠오른다. 지독한 꿈에 가위눌리다가 깨어났는데, 이 공간에 혼자가 아니라는 사실이 갑자기 와 닿는다. 나는 고개를 돌려 남자의 얼굴을 확인하고는 무작정 그 품으로 기어들어갔다.

"…… 나 좀 꽉 안아줘요."

나를 감싸는 그의 팔을 통해 나를 염려하는 마음이 전달되는 것 같다. 폐부를 통해 깊은 숨이 내쉬어진다. 안도의 한숨이다.

"나쁜 꿈 꿨어요?"

"응……. 내가 버리고 싶은 게 따라다녀서요."

"버리고 싶은 게 뭘까? 혹시 나?"

"설마."

피식 김빠지는 소리와 함께 씁쓸한 미소가 피어났다. 버리고 싶은 것이라……. 과거의 남편과 시댁?

아니, 그건 바로 차미선, 과거의 여리고 어리석었던 나 자신이다.

"내게 말해봐요. 안에 담아두는 건 좋지 않아요."

그를 가만히 응시했다. 무엇부터 시작해야 할지 아득하다. 역시나 심지훈은 재촉하지 않았다. 그저 고요한 눈길로 나를 마주하면서 잔잔한 미소만 그리고 있다. 그리고 손을 뻗어 긴 손가락으로 내 얼굴에 붙은 머리카락들을 떼어내준다. 가슴이 뭉클하다. 그에게서 사랑받고 있음에 따스한 뭔가가 속에서 차오르는 기분이다.

"지훈 씨는 확신하고 있던 과거의 기억이 잘못되었던 적 있어요? 그러니까……."

설명의 난해함을 느끼자, 그가 살짝 도와준다.

"내가 식사할 때 젓가락으로 반찬을 집어 먹은 줄 알았는데 나중에 보니 포크로 먹었더라 뭐 이런 건가요?"

반쯤은 장난스러운 말투에 피식 웃음이 튀어나왔다.

"뭐…… 비슷해요. 그 정도로 간단한 착각이랑은 다르지만."

"흠."

그는 상체를 일으켜 앉더니 나를 내려다보았다.

"인간이라는 동물은 과거를 기억하는 게 아니라 해석한다고 여기죠. 학자들은."

"해석이요?"

내가 멀뚱하니 쳐다보자, 그가 다시 한 번 미소를 보여준다.

"심하게 싸우고 헤어진 지 5년이 된 남녀 열 커플을 데려다가 각자에게 헤어질 당시의 상황을 물어보면, 그중 아홉 커플은 남녀가 완전히 다른 이야기를 해요. 헤어진 시간이나 장소까지 다르게 말하는 사람들도 있어요. 분명히 본인들의 이야기인데."

"헤, 정말요?"

"리플리 증후군이라고도 하죠. 허구로 만든 세계를 어느새 진실이라고 믿어버리는 거예요. 특별히 큰 중증의 정신병 같은 건 아니고 누구에게나 일어날 수 있는 방어적인 증세죠. 앞서 말한 커플들의 경우도 둘 중 누가 틀렸는지는 알지 못해요. 그 순간을 객관적으로 봐줄 수 있었던 제삼자가 등장하지 않는 한."

아마도 생각에 잠기면 하는 버릇인 듯 그는 고개를 살짝

기울인 채 자신의 턱을 가만히 만지작거렸다. 그런데 그게
또 너무나 사랑스럽다. 아아, 나 정말 중증이구나.

"이런 실험도 있었어요. 열기구를 탄 적이 없는 성인에
게 멀리서 찍은 열기구를 탄 어린 꼬마 사진을 쥐어주는
거예요. 그리고 실험에 협조하기로 한 친구가 무조건 '이
거 기억나지? 네가 탄 사진이잖아'라고 거짓말을 해요. 처
음에는 모르겠다고 하던 사람도 주변 사람들이 계속 동의
하고 나서 재차 물어보면 '어, 그랬던가. 기억이 나는 것
같아'라고 답을 하죠. 심지어 스스로 탄 적이 있다고 인정
한 이후에는 사진을 통해 추론하며 있지도 않은 이야기를
막 지어낸다는 겁니다. 실험 종료 후에 진실을 말해주어도
오히려 아니다! 내가 탔던 게 맞다! 라고 우기며 혼란을
느껴요."

"그게 가능해요?"

"논문까지 발표된 신빙성 있는 이야기인걸요."

"말도 안 돼."

"군대에 다녀온 남자들의 군대 이야기 중 50% 이상은 허
구예요. 그건 본인들이 인지하면서 말한 거짓말이지만, 그
또한 어느새 자기 자신의 이야기로 각인해버리죠. 기억이
란 얼마든지 자신을 위해 조작 가능하고, 혹은 힘든 뭔가
를 가리기 위해 바뀌고, 또 재구성되거든요. 즉, 아픈 과거
를 사실과 다르게 기억하고 있다는 건 창피한 것도 아니고

병적이라며 심각하게 여길 것도 아니에요. 그건 자기방어
니까."

내 속을 모두 들여다본 것처럼 그가 명쾌한 해답을 내놓
는다. 자기방어라. 그래, 아마도 내가 과거를 있었던 그대
로 모두 머릿속에 담고 있었다면 이제껏 이렇게 멀쩡하게
살아남지 못했을지 몰라. 나는 살기 위해 당시의 이야기를
재구성한 것이다. 남편에게 매달린 나를 버리고, 쿨하게 그
들에게서 돌아선 내가 된 거야. 그건 이 사람의 말대로 창
피한 게 아니다.

"음, 그리고 이건 좀 다른 이야기인데……."

"응?"

그가 뭔가 오래전 일이라도 생각해내는 표정으로 눈동자
를 옆으로 굴리다가 다시 입을 열었다.

"내가 처음 보았을 때 미선 씨는 쓰러지면서 정신을 잃어
가던 중이었어요."

"어, 그렇죠."

갑자기 그때 이야기는 왜 꺼내지?

"내게 처음으로 뱉은 말이 이거였어요. 남편한테 알리면
안 돼요."

"아, 그건……."

"난 그 모습에 반했고."

"예에?"

"그때 반해서인지 내 기억에 그날 쓰러져서 내 팔에 안긴 미선 씨는 천하절색의 미녀로 얼굴에서 광채가 나고 몸에선 꽃향기가 풍겼으며……."

"으아앗! 그만해요! 말도 안 돼! 난 그때 꼬챙이처럼 말랐고 지독한 우울증에 먹은 것이 없어 영양실조로 걸어 다니는 게 신기할 정도였다고요!"

"그러니까 이건 내가 필요해서 해석해낸 내 과거의 재구성인 거죠."

씨익 웃고 있는 그의 얼굴을 다시 쳐다본다. 설마 지금 한 말 진담은 아니겠지? 그 모습에 반했다는 것 말이야! 그렇다면 심각한 변태 성향이 있는 것 아니냐고 묻고 싶어지지만! 일단 지금은 그게 중요한 게 아니니까.

나는 김빠진 한숨 소리를 내다가 차분한 미소를 그리며 말을 이어갔다.

"고마워요, 덕분에 머리가 맑아지고 기분도 좋아졌어요. 심리 상담 전문가다운 모습을 보니 새삼 멋있는데요."

"제가 좀 많이 멋있어요."

"뭐라고요?"

우리는 함께 마주 보고 깔깔 웃었다. 아, 정말로 심지훈이 사람을 못 만났으면 나는 어떻게 됐을까? 속에 맺혔던 응어리가 풀리는 기분이다. 그래그래, 어차피 지나간 일이잖아. 잊어버리자. 앞으로 그 원수 같은 고씨 집안 사람들

다시 만날 일 없으면 그만이다.

"몇 시나 됐어요?"

그가 침대 옆의 시계를 들여다보더니 4시라고 답해준다. 하아, 모두 잠들어 있을 이르디이른 새벽이구나.

"잠이 완전히 깨버렸는데 아무 이야기나 좀더 해줄래요?"

"지금? 이 시간에?"

"뭐 어때요? 침대 안이 포근포근해서 기분도 좋고, 지훈 씨 목소리도 듣기 좋고. 아, 혹시 졸려요? 그러면 그냥 자든가요."

가만히 말이 없는 남자를 슬쩍 쳐다보니 야릇한 미소를 품고 있다. 잉, 뭐야 저 처음 보는 표정은? 조금 어리둥절해 있는데 몸을 천천히 숙이던 심지훈이 갑자기 내 몸 위로 올라와 내 얼굴 양쪽에 두 팔을 짚는다. 헉? 아니 이보세욧! 난 그런 뜻이 아니라고!

"지, 지훈 씨! 이야기해달라는 건 이런 뜻이 아니에요오."

"이렇게 하고 얘기하면 안 돼요?"

"아, 안 될 거야 없지만."

말끝을 흐리다가 살짝 미간을 찌푸렸다.

"정말 이러고 이야기를 한다고요?"

"그렇진 않겠죠."

"엑."

참으려 해도 자꾸 얼굴에 화끈화끈 열이 오른다. 얘 왜 이러니? 하긴 뭐든지 처음이 어려운 거지. 그다음은 쉽……어머 무슨 생각을?

"흥…… 눈빛이 늑대 같아. 남자들은 다 짐승이라더니."

나무라는 투로 내뱉으니 그가 이번에는 팔을 접어 양쪽 팔꿈치로 바닥을 짚으며 얼굴을 바로 내 코앞에 갖다 댄다. 아잉, 어떡해? 심장이 또 쿵쾅쿵쾅 튀어나올 것처럼 뛰기 시작했다.

"저 늑대 맞아요. 한 마리 외로웠던 짐승이죠."

"오……호호호, 왜 그래요?"

"남자들을 그렇게 말하는 건 속설이 아니라 정설이거든요."

"아니, 저기……."

"미선 씨 말이나 표정으로는 거절을 뜻하는 것 같은데, 몸에서 느껴지는 반응은 승낙이고. 그럼 코이니스^{coyness}인가?"

뭐? 뭐냐, 처음 들어보는 단어인데. 내 호기심 어린 눈동자를 들여다보던 남자가 짓궂은 얼굴로 입을 열었다.

"우리말로는 내숭이라고 하죠."

"뭐예요?"

"하하하!"

또 놀리지! 아, 정말 이 남자 나를 너무 잘 갖고 논다고 오! 분명히 내가 나이도 더 많고, 세상 경험도 더 많을 것 같은데 왜 심지훈 앞에만 서면 작아지는 거냐? 왠지 억울하다. 히이잉.

"무슨 이야기를 또 듣고 싶은데요?"

그는 어느새 내 얼굴 바로 앞에다 손을 모으고 자기 턱을 괴고 있다. 뭡니까요? 이러고 정말 대화할 생각?

"3년 전부터 저한테 반해 있었다면서요."

"예, 그랬죠."

"그럼 왜 이제야 내 앞에 나타났어요?"

"음……."

잠깐 생각에 잠겨 고개가 또 비스듬하게 기운다. 호호호…… 이 모습 꽤 귀엽단 말이야.

"궁금해요?"

"물론이죠."

"궁금하면……."

엥? 서, 설마 당신 내가 아는 그 단어를 뱉으려는 거야?

"잠깐만요! 지금 혹시 내가 생각하는 그 식상한 유행어를 말하려는 건 아니겠죠?"

"어, 맞는데요."

"하지 마요! 으이구! 지훈 씨하고는 너무 안 어울려!"

궁금하면 오백 원 따위 말하지 말란 말이야. 그가 호탕하게 웃었고 나도 어이가 없어 따라 웃고 말았다.

"아직 준비가 덜 되었다고 생각했거든요."

어쨌거나 여전히 민망한 자세에서 대화가 이어졌다.

"준비? 어떤?"

"미선 씨랑 은비, 은솔이 데려올 준비. 부모님으로부터 완전한 독립이라든가 내 식구들 먹여 살릴 만큼의 제대로 된 직업? 그리고 기타 등등 뭐 그런 거죠."

어머, 정말? 아니 왜 또 이렇게 감동을 주고 그래? 이대로라면 당장이라도 결혼식장으로 달려가자고 말하고 싶소. 어째 하는 말마다 더욱더 사랑스러워지기만 하는지 모르겠네.

"아직도 확실하게 다 준비되었다고 말할 수 없지만, 이번에는 중간에 애매하게 꼬일 만한 일이 있어서 내가 먼저 미선 씨를 낚아챘지요."

"꼬여요?"

왠지 아까 저녁때 그의 어머니와 그가 나눈 대화와 관련이 있을 것 같아 귀를 쫑긋 세웠다.

"있어요, 그런 것."

어라, 이것 봐라? 스리슬쩍 어딜 넘기려고? 나는 두 손을 뻗어 바로 앞의 얼굴을 잡았다.

"다 말해준다고 해놓고 지금 슬그머니 빠져나가는 거예요?"

"미선 씨 예상외로 집요한 데가 있네요."

그가 싱글싱글 웃기만 한다. 아니, 이번에는 그런 살인미소에도 넘어가지 않을 거야. 인상을 찡그리고 노려보려는데 느닷없이 그가 턱을 괴었던 손을 움직여 내 양쪽 손목을 잡아 베개 옆으로 확 내리눌렀다.

"엄마야!"

"지금 내가 훨씬 유리한 위치에 있는 걸 잊으셨군요."

"잠깐만요!"

"나 늑대라니까. 그새 잊었어요?"

"냐요. 지금 우리 이야기하고 있던 중……."

그의 입술이 떠들어대는 내 입술을 덮어 눌렀다. 이런다고 내가 궁금한 걸 그냥 포기할 것 같……네. 어쩜 좋아. 반항 같은 것, 머릿속에 감히 머무르지를 못한다. 호흡이 가빠지고 맥박이 빨라진다. 바동대던 손에서 힘이 빠져나간다. 아잉, 이러면 반칙이잖아. 몇 시간 전 일이 다시 기억의 꽃으로 피어오르는 것만 같다.

"계속 얘기만 나누고 싶어요?"

낮고 나른한 목소리가 내 입술에 부서진다. 가물가물 정신이 아득해지는 기분으로 나는 조그맣게 "아니요"라고 대답해버렸다. 내가 너무 불리해. 어떻게 이런 남자를 당해내겠어?

"도대체…… 어디 숨어 있다가 나타났어요?"

그래도 마지막 정신을 추슬러 질문을 던져본다. 그는 "저요?" 하고 반문하더니 웃으며 답을 말해준다.

"백화점에요."

"예?"

뭔 소리야? 설마 나 보려고 매일 백화점으로 출근이라도 했수?

"쇼윈도에 디스플레이된 마네킹이 바로 나였어요. 미선 씨가 그런 내게 다가와 숨결을 불어넣어줬어요."

컥. 숨이 막힌다. 어떻게 이런 진지한 얼굴로 저런 소리를 내뱉을 수 있냐고! 근데 점입가경으로 "진짠데······" 하고 말끝을 흐린다. 어쩌니······. 이런 유치찬란하고 닭살 돋는 멘트에도 가슴속 심장이 탈출할 지경이야. 차미선 정말 폴링 인 러브인가 봐.

"그럼 대화는 이만 종료."

그가 내 어깨에 입술을 묻는다. 엄마야, 간지러워! 나는 까르륵 넘어가는 소리를 내며 손을 뻗어 그를 끌어안았다. 앙, 너무너무너무 좋아 어떡해. 그냥 이대로 모든 근심 따위 날려버리고 시간이 멎어버렸으면 좋겠다. 아침 해가 다른 때보다 훨씬 늦게까지 자주면 좋겠다. 정말로 꿈결 같은 이 순간이 아아아아주 오래 지속되었으면 싶다.

그러나 아침은 여지없이 같은 시간에 찾아왔다. 포근한 어둠에 파묻힌 꿈속의 행복감에서 미처 헤어나기도 전에 아침 해가 잔인할 정도로 찬란하게 덮쳐온다. 숨기고 싶은 미세한 얼굴 주름까지 모두 드러내도록 말이지.

"으음, 눈부셔."

건물이 동남향인지 짙은 색 커튼 틈새로 들어온 빛이 새하얗게 부서지며 방 안을 밝히기 시작했다. 손을 들어 눈가를 비비던 나는 피곤에 무겁게 짓눌린 어깨를 털며 몸을 일으켰다.

"후우."

4시 이후로 한숨도 못 잤다. 조금 전에야 옆에서 곯아떨어진 남자가 엎드린 채 쌕쌕거리며 잠들어 있다. 그래도 어쨌거나 기쁘다. 아쉬움 담긴 아침이 밝았다 해도, 아 정말 이 모든 게 꿈이 아니구나! 새삼스러운 감정에 미소가 피어올랐다.

매일매일 이렇게 이 사람과 함께 아침을 맞았으면 좋겠다. 내 아이들이 행복하게 아빠라고 부를 수 있는 사람이 우리 식구 곁에서 함께 숨 쉬면 좋겠다.

어쩌면 보통의 여자들에게는 너무도 당연한 일인 것을.

"와…… 이게 다 뭐야?"

부엌에 가서 잠시 어느 문이 냉장고인지 고민하던 나는, 전날 저녁에 심지훈이 열었던 것 같은 원목 무늬의 고풍스러운 문을 기억 속에서 더듬어 찾아냈다. 그런데 이건 뭐……. 너 정체가 뭐니? 분명 냉장고는 맞는데 별천지를 보는 기분이었다.

"으음, 어머님 취향이 이 정도로 깔끔하신가?"

부디 그 사람 어머님 취향이기를 바랄 정도로 냉장고 안이 완벽하게 정리되어 있었다. 고미술품들을 늘어놓은 것처럼. 이게 심지훈 성격이면 나 몹시 피곤할 것 같은데. 그렇게 될 경우 그냥 부엌을 그에게 맡겨야 할 것 같아. 호호호, 그럼 더 좋은 건가? 마치 CF에 나오는 냉장고처럼 내부엔 쾌적하게 진열된 채소와 과일과 선홍빛 육류들을 보면서 나는 어느새 진땀을 흘리고 있었다. 심지어 똑같은 크기의 투명 그릇에 라벨까지 딱딱 붙여서 각종 샐러드 재료를 분류해놓았다. 냉장고 문에는 우유와 유제품들이 종류별로 나란히 나란히 노래를 하는 상태. 심지훈 어머님 솜씨라면 제발 우리 집도 정리해주세요, 라고 부탁하고 싶은 지경일세그려.

"국거리부터 찾고."

냉동실도 역시 완벽하게 정리된 상태다. 국물용 멸치와 기타 등등 재료가 2인분으로 따로따로 포장되어 있다. 아, 정말 냉장고 하나만으로도 나는 기가 죽고 있었다. 원체 살림과 친분이 없다. 할 수 있는 요리도 그다지 쓸 만한 게 없지만 특히 정리 정돈과 청소라면 주위의 어느 주부와 견주어도 최악일 것이다.

예전에 시달린 시월드의 가장 큰 불만은 내 살림 실력이었다. 하지만 애초에 살림에는 관심도 없는 데다 시모와 시누이가 이것저것 참견해대는 통에 숨 막히는 분위기에서 주눅까지 들어서 사실 나는 살림해주는 아주머니의 심부름꾼 노릇만 했을 뿐 제대로 된 요리 하나 할 줄 모르게 되었다.

"음…… 새 요리를 했다간 못 먹게 될 가능성이 많겠지?"

이 부엌에서는 어떤 재료든 찾을 수 있을 것 같지만 나는 그냥 할 줄 아는 걸로 결정했다. 깔끔한 백색 바탕에 금색 꽃자수가 놓이고 고급스러운 레이스 장식이 더해진 앞치마를 둘렀다. 생일도 아닌데 너무 손쉬운 미역국은 차마 못 끓이겠다. 그냥 수제비나 끓여보자.

분명 몇 번이나 해본 요리인데도 살짝 긴장한 탓인지 기억이 안 난다. 테이블에 놓아둔 폰을 꺼내 검색을 시작했다. 수제비 맛있게 끓이는 법. 바로 뜬다. 참 좋은 세상이야.

멸치, 새우, 다시마로 육수를 만들고, 마늘을 다진 뒤 당근, 호박, 감자, 양파, 파 등을 꺼내 재료를 준비한다. 가장 만만한 감자 수제비다. 밀가루 반죽을 만들어놓고 잠시 고민에 빠졌다. 반죽한 것을 실온에 30분 이상 둬야 한다. 시간이 벌써 8시를 향해 뛰어가고 있다. 끙……. 계획으로는 8시 정각쯤 모든 준비를 마치고 김이 모락모락 나는 수제비를 준비한 다음 앞치마를 두른 모습 그대로 사랑스럽게 그를 키스로 깨워주고 싶었거늘!

"8시 반으로 하자. 어차피 아직 못 일어날 것 같으니까."

그나마 다행인 건 심지훈이나 나나 아침에 일찍 출근해

야 하는 보통의 직장인은 아니라는 사실이다. 반죽을 내놓고 콧노래를 흥얼거리며 온갖 재료를 작게 썰었다. TV에서 보면 당근 같은 걸 하트나 별 모양으로도 자르던데. 아, 그런 재주가 새삼 아쉽다.

띡띡띡띡.

헉! 이 이른 시간에 또 현관문을 여는 소리가 들린다. 악! 뭐, 뭐지? 심지훈 어머니가 또 오신 거야? 형……. 어제 그래 놓고 내가 안 가고 여기 있는 것 보면 무지하게 뻔뻔하다고 여길 텐데 어째? 어쩌지? 어쩌지? 어째야 하냐고! 숨을까? 숨으면 어디? 화장실? 거실 소파 뒤? 냉장고 안?

띠. 삐.

어쩔 줄 몰라 허둥거리던 나는 어제와 달리 열리지 않는 문소리에 멈칫했다. 어라, 뭐야? 또 띡띡띡띡 삐이이. 이거 번호가 틀린 거지? 당황스럽다.

뭐 일단 어머님은 아니라는 이야기인데. 누가 집을 잘못 찾은 걸까? 한밤중도 아니고 아침 일찍부터 술 먹고 자기 집을 잘못 찾는 이웃이 있나? 이런저런 망상에 젖는데 마침 초인종이 울렸다. 인터폰을 들여다본다.

엄…… 누군지 알 것 같다. 딱 누군가가 연상되는 얼굴이 나타난 것이다.

"아…… 저…… 누구세요?"

이 바보 같은 질문은 뭐람? 저 사람 얼굴에 누구라고 쓰

378

여 있잖아! 그래도 울리는 초인종 소리에는 답할 말이 이
것밖에 없지 않은가. 애매하다고 '헬로?' 할 수도 없고 말
이지.

—지훈이가 또 번호를 바꿨네요. 문 좀 열어주시겠어요?

인터폰 스피커를 통해 부드러운 음성이 울려온다. 이 형제들은 외모뿐 아니라 목소리도 비슷……이 아니고, 지금 낯선 여자가 누구냐고 묻는데도 흐트러짐이 없네! 뭐야, 이 남자? 혹시 심지훈이 여자를 자주 데려오나? 아닌데. 어제 어머님 이야기로는 남자 친구도 데려온 적이 없다고…….

"그냥 열어주세요."

"어, 지훈 씨 일어났어요?"

아직 잠이 덜 깬 얼굴로 뒤에서 나타난 그가 버튼을 눌러 도어록을 해제한다. 그러고는 나를 내려다보며 부드럽게 웃은 뒤 "아웅, 졸려" 하고 중얼대는데 그게 또 너무 귀엽다. 그가 기다란 몸을 기대오면서 내 허리를 느슨하게 끌어안았다. 서늘한 공간에서 등허리에 다가오는 남자의 넓은 몸이 따뜻하다.

"누구 맘대로 내 옆에서 사라지래요?"

귓바퀴를 간질이는 그의 속삭임에 어깨를 움츠렸다. 아잉, 몰라. 너무 좋잖아. 이런 애정 행각 중에 집 안으로 들어서던 이와 눈이 마주치자 정말로 민망했다. 나는 시선을 내리깔면서 심지훈을 팔꿈치로 쿡쿡 찔렀다. 그는 꼼짝도 않은 채 그냥 내게 달라붙어 있다. 아놔, 이 첫 만남 어쩔 거야? 어젯밤에는 어머님과도 당황스러운 첫인사를 나누었는데, 이 사람 형과도 꼭 이렇게?

"사진보다 실물이 미인이시네요."

잠깐 그대로 서서 우리 둘을 보던 그의 형이 싱긋 웃으며 한마디 내뱉었다. '안녕하세요'나 '처음 뵙겠습니다' 같은 말보다 나를 훨씬 더 자극하는 그 말. 나른한 포즈로 백허그를 하고 있던 심지훈 역시 공간을 잠식하는 묘한 분위기에 내게서 떨어져 나갔다.

"저기, 뭐라고 하셨죠? 제 사진……이요?"

"너 뭐야?"

내 작은 목소리는 심지훈의 날 선 반문에 묻혀버렸다. 처음 들어보는 그의 무서운 반응에 내가 깜짝 놀라 돌아보았다. 요즘 들어 그의 눈매가 날카롭다는 걸 잊고 있었는데 차갑게 변한 그의 눈빛이 서늘하게 보인다. 강한 적대감이 었다. 문득 얼마 전에 연화가 한 말이 떠올랐다.

─겁나 쪼뼛했다 아이가. 한 번 마주쳤을 뿐인데 찬바람 휭 하는 게……. 아마도 형제간에 사이가 아주 나쁘지 싶더라.

그런 건가? 근데 사이가 나쁘다는 형이 이 이른 아침부터 여기는 왜 왔대? 그리고 내 사진을 봤다고? 어디서? 왜? 의혹만 가득한데, 심지훈의 살기 어린 분위기 따위 상관하지 않는 듯 그와 닮은 또 다른 남자는 그저 싱긋 웃기만 했다.

가만 보니 심지훈의 형은 둥근 눈매 때문에 인상이 좀더 후덕하고, 눈가에 있는 표정 주름 탓인지 어딘지 모르게 연륜도 느껴진다. 몇 년 지나면 심지훈도 이런 느낌이 들까? 내 남자의 미래 모습일 수도 있다는 생각이 들어 눈길을 뗄 수 없다.

"맛있는 냄새가 나는데 저도 좀 주세요. 어머니께 말씀 듣고 아침도 안 먹은 채 달려온 터라."

아, 어머님께 들었구나. 형은 부모님과 산다고 했지?

"수제비 끓였는데요."

"잘됐네요! 저 수제비 아주 좋아해요."

이 이상한 분위기는 뭐란 말이냐. 등으로 식은땀이 흐른다. 잔뜩 성난 느낌의 심지훈. 반면에 생글생글 신이 난 듯

한 그의 형. 그런 두 남자 사이에 낀 나라는 여자. 어색하기
그지없구만.

　인사조차 나누지 않은 채 우리는 그렇게 식탁에 둘러앉
았다. 물론 흐르는 공기에는 숨 막힐 정도의 묘한 긴장감이
가득하다.

　"맛있어요."

　그의 형이 후다닥 한 그릇 해치우고는 또 달란다. 예의
상 이러는지 진심인지 알 수 없어 난감한 가운데 나는 의례
적으로 웃으며 남은 걸 박박 긁어 줬다. 이러고 있자니 내
가 심지훈의 와이프이고, 그의 형님인 아주버님이 아침나
절부터 찾아와 함께 식사를 하고 있는 그림이 되고는 있는
데……. 요는 이 삭막한 분위기란 말이다. 결혼 전에 풀어
야 할 숙제인 걸까? 지금 내 위치에서 이들 형제 사이에 어
떤 식으로 개입해야 할지 감이 서지 않았다.

　"김치도 드세요. 맛있게 익은 것 같더라고요."

　칼로 썰 때 아사삭 하는 느낌에 감탄했던 김치를 슬며시
들이밀면서 심지훈의 눈치를 살폈으나 이 남자 말없이 꾸
역꾸역 음식만 입에 넣고 있다. 거참……. 잘 넘어가니? 난
지금 먹는 게 다 체할 지경이구만.

　"고마워요. 아, 근데 차미선 씨는 저랑 맞선 볼 뻔한 것 알
고 계셨어요?"

　"…… 예?"

처음에는 '안녕하세요' 인사하듯 건네는 어투에 무슨 말
인지 알아듣지 못했으나 곧 그 의미가 뇌리로 전달되자 한
숟갈 넘기던 것이 목에 딱 걸렸다. 참으려 해도 콜록콜록콜
록 눈물이 나도록 기침이 나왔다.

에이씨, 뭐야 이거? 눈앞에 컵이 두 개나 나타난다. 생각
없이 아무거나 집히는 대로 잡아 물을 벌컥 마시고 나니 조
금 언짢은 표정을 짓고 있는 심지훈의 얼굴이 시야에 등장
했다. 응? 의도한 바가 아니었거늘 내 손이 그가 건넨 물컵
이 아니라 그의 형이 건넨 물컵을 잡은 모양이다. 아니, 뭘
그런 걸로 그렇게 기분 나쁜 표정이 되니?

"어……."

탁.

심지훈이 보란 듯이 내 손에 들린 컵을 채가더니 부서져
라 설거지통에 집어 던졌다.

쨍그랑!

"헉, 지훈 씨!"

요란하게 컵이 깨지는 소리에 나는 깜짝 놀라 눈을 동그
랗게 뜨고 말았다.

"그냥 가라."

동생의 공격적인 어투에 형은 킥킥킥 웃고만 있다. 아, 정
말 이 둘 왜 이러니? 여태껏 무거운 공기 아래 아슬아슬하
게 이어지던 분위기가 내 콜록콜록으로 금이 간 것 같다.

"이러지 마요, 지훈 씨."

"문 열어준 게 실수였어."

"번호 바꿨으면 끝까지 열어주지 말았어야지. 마음 약하
긴."

"구경 다 했으면 꺼져."

"싫은데."

싱글싱글 웃는 형을 노려보던 그가 숟가락을 내려놓고
일어섰다.

"미선 씨 나가죠. 데려다줄게요."

"지훈이 꽃단장하려면 오래 걸려요. 제가 모셔다 드릴게
요."

"야! 심다훈!"

"네 살이나 많은 형한테 너라느니 야라느니 하는 것, 남
들에게 안 좋게 보일걸. 이미지 관리하셔야지, 심지훈 선
생."

그의 형이 일어서면서 내게 인사말을 건넸다.

"잘 먹었어요. 이렇게 수제비 잘 끓이는 분인 줄 알았으
면 그때 그냥 나가서 선보고 데이트하는 거였는데."

"저기…… 제가 지금 혼란스러워서 그러는데요, 심지훈
씨 형님과 제가 전에 맞선을 보기로 약속이 잡혔다는 말씀
인가요?"

"예, 꽤 진행되어 시간까지 정해졌다가 제가 미루는 바람

에 흐지부지되었죠. 지훈이도 워낙에 반대했고. 지금 보니 왜 그렇게 반대했는지 그 이유를 확실하게 알겠네요."

심다훈이 벗어놨던 코트를 집어 들며 아쉽다는 듯한 표정을 지었다.

"아, 아깝다. 맞선까지 제대로 봤어야 이 녀석을 확실하게 놀려먹는 건데. 차미선 씨하고의 연결 고리를 끊어주기도 좋았고."

정말 아쉽기라도 한 것처럼 콧등을 찡그리며 고개까지 설레설레 흔드는 남자. 그러고는,

"어쨌거나 난 이 결혼 완전 반대."

저런 소리를 하면서 무조건 사람 좋게 웃다니. 기가 턱 막혔다. 나는 너무 어이가 없어서 현관으로 걸어가는 심다훈을 곧바로 따라갔다. 내 남자가 얼른 손목을 잡았으나 이를 가볍게 뿌리치고 살짝 화난 심기로 입을 열었다.

"이것 보세요, 심다훈 씨. 왜 이렇게 얄궂게 굴어요, 동생에게? 지금 참으로 무례했다는 건 아시죠?"

내 성마른 음성에 긴 다리의 걸음이 멎는다. 돌아보는 표정에서 모처럼 웃음기가 가셔 있다. 순간이나마 싸늘해진 공기는 조금 전 심지훈에게서 풍겨 나오던 적대감보다 조금 더 위압적으로 느껴졌다. 약간 두려움이 다가왔지만 나는 눈을 흡뜨면서 우리 결혼의 장애물로 보이는 상대를 향해 말을 이어갔다.

"아무리 형이라 해도 동생 연애사까지 이렇게 참견할 권리가 있나요? 지나쳐 보이는데요."

심다훈이 뻐딱해진 시선으로 나를 잠깐 노려보더니 뒤따라온 심지훈을 내 어깨 너머로 쳐다보고는 다시금 싱긋 웃는다.

"앞으로 알게 되겠지만 우리 둘 사이가 좀 많이 안 좋아서요."

사실 나는 이미 알고 있었다. 그렇다고 이렇게 아침부터 쳐들어와서 염장을 질러? 어쩜 그 고운 얼굴을 해서는 심보가 그렇게 못됐니?

"왜 그렇게 동생을 미워해요?"

"미선 씨 그만."

심지훈이 내 손을 잡아끈다. 그렇지만 생각할수록 이 불한당처럼 구는 남자에게 점점 화가 치민 나는 그의 만류에도 따지는 걸 그만두기 싫었다.

"어제 어머님이 저를 보고 놀라신 건 큰아들 맞선 상대로 생각했던 여자가 작은아들하고 연인 사이인 걸 알았기 때문이군요. 방금 심다훈 씨 덕분에 궁금했던 점이 이해되었네요. 그렇다고 형님께서 아침부터 불한당처럼 들이닥쳐서 우리 두 사람 사이를 이렇게 훼방하고 가야 하나요? 제 친구 연화에게 듣기로 한국병원 심다훈 과장님은 명망도 높고 환자에게도 친절한 선생님이라던데, 그건 대외용인 모양이죠? 지금 모습은 마치 심술부리는 초딩 같다고요!"

내가 무슨 소리를 하는지도 모르겠네. 아무튼 나는 댁이
맘에 안 들어. 내가 심다훈 댁하고 선볼 상대였든 아니었든
어쨌거나 결과적으로는 선보지도 않았잖아! 뭐가 문제니?
그리고 왜 내 남자를 괴롭히는데? 난 정말이지, 언제나 내
게 따뜻하고 사랑스러운 심지훈이 지금 저렇게 찬바람 쌩
쌩 부는 얼굴로 딱딱하게 굳어 있게 한 댁을 용서할 수가
없다고!

하고 싶은 말의 절반도 못 뱉은 채 눈에서 레이저빔을 발
사하고 있는데, 심다훈은 피식 웃기만 한다. 그래도 왠지
그의 눈빛에서 내 의외의 행동에 놀란 느낌이 들었다. 흥,
이 차미선이 고분고분하게 당하기만 하다가 댁이 간 다음
에 펑펑 울면서 심지훈에게 우리 헤어져요, 하면서 신파라
도 찍을 줄 알았어? 천만의 말씀 만만의 콩떡이셔!

"차미선 씨."

"네!"

차분하게 호명하는 내 남자의 형님에게 나는 뾰족한 어
투로 호전적인 대답을 뱉어줬다. 심다훈은 모르는 사람이
우연히 보면 마냥 싱그러워 보이는 미소를 또 그리고 있다.

"세상 어떤 남자가……."

말을 하다 말고 잠시 숨을 들이키며 성큼 내 앞으로 다가
오는 심다훈 때문에 뒤로 반보 물러서니 등에 심지훈이 닿

왔다. 미간이 좁혀졌다. 세상 어떤 남자? 무슨 헛소리를 하려고? 심다훈의 눈동자가 천천히 움직이더니 내 등에 닿아 있는 동생을 직시한다. 찰나의 시간 동안 삭막한 공간 안에 보이지 않는 긴장의 끈이 드리워진 기분이었다.

"…… 자기 아내의 첫사랑인 놈을 좋아할 수 있을까요?"

에?

"아무리 그게 친동생이라 해도 말이에요."

뭐……라고?

잠시 이해가 가지 않는 상황에서 눈만 빠르게 깜빡이고 있는데, 팽팽한 끈 한쪽에 날카로운 파문만 일으킨 남자가 동생을 향해 가볍게 손을 흔들며 몸을 돌린다.

"나 이만 간다."

할 일을 끝마쳤다는 듯한 뉘앙스. 현관문이 닫히는 소리가 들린 뒤에도 나는 한참 동안 그 자리에 못 박힌 듯 서 있기만 했다. 옆에서 가볍게 한숨을 내쉰 심지훈은 내 이성이 돌아올 때까지 가만히 기다리고만 있었다.

하. 그러니까 뭐야, 저번 노래방에서 내가 한 의심이 결국 맞았단 말이야? 형수님을 사랑했느냐는 질문에 대답을 못 하고 벌칙으로 키스를 택하는 모습이 영 찜찜하더라니. 그래, 그랬던 거구나? 그냥 키스하고 싶어서 나를 놀렸다면서? 사실은 거짓말하기 싫어서? 아니면 진실을 밝히지 못하겠으니까?

"기가 막혀서 정말."

후. 나는 돌아서서 그를 한번 째려보고 현관으로 걸음을 옮기려 했다. 그가 막아선다. 뿌리치려는 나를 그가 꽉 잡는다. 억센 남자의 손아귀에서 벗어나는 건 불가능했다. 나는 씨근거리며 입을 열었다.

"놔요."

"화내지 말고 이야기를 들어봐요."

"무슨 이야기요? 날 어떻게 설득할 건데요? 하긴, 말로는 심리 상담사 심지훈 박사님을 못 당하겠죠?"

이렇게 비아냥거려도 잔잔한 미소를 띤 그의 얼굴에는 변화가 없다. 우이씨, 뭐야 이 인간. 불타는 밤을 보낸 사이라서 이젠 내가 화내도 안 무서워? 어젯밤에 내가 돌아가겠다고 했을 때 나를 대하던 '불쌍 버전' 태도와는 사뭇 다르다. 뭐냐고? 이제 자기 여자라 이건가? 무슨 조선 시대냐? 어?

확 기분이 상한 내가 막무가내로 가겠다고 하니 그는 그저 힘으로 제압하며 빙긋이 웃기만 한다. 이봐, 심지훈, 나지금 심각하다니까!

"어차피 출근 때문에 가야 하거든요!"

"그래도 오해는 풀고 가요."

"오해는 무슨 오해! 이거 놓으라고!"

"못 놔요."

아예 그의 품으로 나를 와락 끌어안는다. 나는 그의 단단한 가슴에 얼굴이 쿡 박힌 채 버둥버둥 벗어나려 애쓰지만 내 어깨를 안고 있는 그의 팔이 완강하다. 조금 전까지 자기 형이랑 으르렁대더니 언제 그랬냐는 듯이 나를 무슨 어린애처럼 다루고 있잖아. 캬악! 정말 이렇게 나오면 어쩌란 말이냐! 으으…….

"무식하게 힘으로 여자를 잡아요?"

"할 수 있는 모든 방법을 동원하는 것뿐이에요. 제발 부탁이니 얘기 좀 하고 가요. 응?"

일단 항복. 도대체 벗어날 방법이 없다는 걸 인정한 나는 알았다고 대답하며 그에게서 조금 물러났다.

"무슨 이야기를 어떻게 해서 내가 뭘 오해하고 있다는 건데요?"

으…… 나 지금 뭐래니? 마구 단어가 뒤섞인다. 아으아으, 흥분하니까 말도 조리 있게 안 나오고 죽겠네. 역시나 그는 웃음을 참는 얼굴이다. 쳇, 짜증 나.

"소파로 갈래요?"

"싫어요! 그냥 여기서 말해요!"

"눈높이 맞추며 이야기 나누고 싶은데. 힘들잖아요."

허리를 숙여 큰 키를 줄인 그가 두 손으로 자기 무릎을 짚은 채 내 눈앞에다 시선을 맞춘다. 으음, 이렇게 뚫어져라 쳐다보려니 왜 또 바보 같은 심장이 쿵쾅쿵쾅 머리까지 울리는 걸까? 작은 얼굴 아래 목울대가 섹시하다. 편안하게 걸친 브이넥 면 티셔츠가 몸매를 따라 흐르고, 깊게 파인 목선 사이로 남자의 쇄골이 도드라진다.

아, 졌다 졌어. 이 사람에게 화내는 건 정말로 힘든 일 같아. 인정.

"내가 거짓말했다고 화난 거죠? 그런데 난 거짓말 안 한다고 했잖아요."

"맞잖아요! 형수님을 이성으로 본 적 없다면서요! 근데 아까 지훈 씨 형님은······!"

흥분해서 새된 목소리가 나온다. 하지만 멈출 수 없어. 난 정말 실망했다고! 차라리 처음부터 사실을 인정하지그랬니? 그랬더라면 오히려 지금보다 덜 상처받았을 텐데! 나도 과거 있는 여자잖아. 좀 특이한 사연이긴 하지만 그런네 과거를 못 받아들일 것 같니? 오히려 당신도 그런 일이 있었느냐고 좋게 여길 수도 있었어!

그러나 이렇게 따져 묻던 나는 그가 뱉은 말 한 방에 쓰러졌다.

"왜 나보다 심다훈 말을 더 믿어요?"

낭랑하게 울리는 목소리와 은근한 눈빛. 아····· 어······.

"······ 예?"

이렇게 공격하면 어쩌라는 거야? 아니, 그게······. 그 상황에 그 말을 안 믿으면 어쩌라고? 뭐지? 알고 보면 심다훈 씨 심각한 거짓말쟁이? 아님 정말로 우리 두 사람을 놀리려고 연기하고 간 건가? 아니지, 세상에 어떤 인간이 죽은 자기 마누라 갖고 그런 농을 던져?

"상식적으로 그런 말을 장난으로 했을 것 같지는 않은데요."

"장난은 아니에요. 형수님인 정원이의 첫사랑이 나인 건 맞을 테니까. 단지 나는 아니었다는 거죠."

잉? 뭐시여? 그럼 그 형수님이라는 분이 그냥 그대를 짝사랑했다는 거야? 그걸 그 남편 되는 형님이 질투했고? 그럼 뭐냐. 동생을 좋아하는 여자랑 결혼한 심다훈 씨는 또 뭐래? 아, 몰라. 이 형제 뭔가 복잡해.

"정원이는 제 오래된 친구였어요. 뭐 그런 관계를 친구라고 규정할 수 있는지는 잘 모르겠지만. 제 고등학교 동창이었는데, 어느 날부터인가 걔가 내가 돌아보는 곳에 항상 있었죠. 딱히 더 가깝지도 않고 그렇다고 멀어지지도 않는 묘한 사이."

그가 내 손을 잡아끌어 거실 소파에 앉혔다. 생각에 잠겨 미간을 찌푸린 나를 가만히 쳐다보더니 손가락으로 눈썹 사이를 눌러 주름을 펴준다. 그러고는 그 손길 그대로 내 머리칼을 가만히 쓸어 넘겼다. 나는 거짓말처럼 기분이 좋아지고 있었다.

어디선가 머리칼을 만져주면 화가 누그러진다는 걸 읽은

적이 있다. 아마 전문가니까 그런 것도 잘 알겠지? 쳇, 안 되는데. 이렇게 쉽게 풀어지기엔 의혹이 너무 짙다고. 사랑과 우정 사이? 그런 것도 충분히 위험하거든! 으윽, 어느새나 유치하게 질투 버전으로 바뀐 거지?

"단순히 그 정도로 깨끗한 관계라면 형님께서 왜 저렇게 지훈 씨를 미워하는데요?"

"형과 나의 견원지간의 역사는 좀더 뿌리가 깊지만."

새까맣게 맑은 눈이 가벼운 슬픔에 아롱진다. 뭐야, 형수님이었다는 그 정원 씨라는 여자 외에도 또 뭐가 있니? 너희 진짜로 뭐야 대체.

—1번 어머니, 2번도 어머니, 3번은 형수님.

문득 전에 노래방에서 그가 말한 세 여자가 떠올랐다. 당시에는 3번 형수님이 너무 강렬해서 앞에서 말한 어머니라는 단어에 크게 신경 쓰지 않았다. 그런데 새삼스레 의아해진다. 1, 2번이 모두 어머니라면, 그는 왜 '세 여자'라고 했을까?

"물론, 가장 큰 원인은 형수님의…… 죽음 탓이에요."

심지훈의 조용한 대답에 잠시 외출했던 내 정신이 돌아왔다. 형수님의 죽음이라. 너무 심각한 문제라 함부로 끼어들 수도 없고, 뜬금없이 노래방에서 한 어머니 이야기를 꺼내기도 어려운 상황이다. 이런저런 의문이 내 뇌리에 뿌리를 내리고 줄기까지 자라나기 시작했으나 마땅히 어떤 식으로 물어봐야 할지 감이 안 잡혔다.

"좋아요. 그럼 내가 오해하지 않도록 자세히 이야기해 주세요. 나도 지훈 씨 사정은 들어보지도 않은 채 멋대로 화내기는 싫으니까."

일단은 그의 이야기를 들어야겠다는 판단이 들었다. 나는 귀를 세우고 경청 모드로 돌입했다.

"후우……"

심지훈이 낮게 한숨을 깔았다. 얼마간 답답한 침묵이 흐른다. 다그쳐 묻고 싶지만 그럴 수는 없었다. 언제나 내 이야기를 기다려가며 침착하게 잘 들어주는 사람이니 이럴 때 나 역시 입 밖으로 튀어나오려는 호기심을 잠시 눌러줘야겠지? 일단 이 사람이 형수를 사랑한 건 아니라니까 살짝 안도감이 든 상태다.

"……"

그는 얼마간 생각에 잠겨 있었다. 과거로 기억을 더듬어가는 것일까. 내 인내심이 슬슬 바닥을 보일 무렵에야 그의 입술이 무겁게 열렸다.

"정원이는 정말 공기처럼 내 곁에 머물렀어요."

그답지 않게 내 눈치를 살피면서 살짝 난처한 얼굴이 된다. 무슨 말을 하고 싶어서?

"내가 지금 같은 상태만 되었어도 그 애가 특별한 감정을 가지고 나를 위해줬다는 사실을 깨달았을 텐데, 그때는 전혀 몰랐어요. 어린 시절에 나는 내 안에 너무 갇힌 나머지 대인 관계가 원활하지 못했거든요."

내 안에 갇혀? 대인 관계가 원활하지 못했어? 진짜? 와, 지금 봐서는 상상도 안 되는데.

"지훈 씨가 자기 안에 갇혔다고요? 그럼 그건……."

"자폐 범주성 장애의 일종이죠. 흔히들 말하는 자폐증이랄까."

내가 차마 꺼내지 못한 단어를 말하는 심지훈의 입가에 겸연쩍은 웃음이 걸린다. 아, 완벽하게만 보이던 이 남자에게 이런 면이 있다니. 뭐랄까, 갑자기 가슴속에 뭔가가 뭉근하게 얹히는 기분이다.

자폐? 어린 시절 그의 모습이라는 건가? 나는 자폐증이 정확히 어떤 증세를 보이고, 어떤 아이들에게 나타나는지 자세히 알지 못한다. 그저 나도 두 딸의 엄마 입장에서 그런 증세를 가진 아이를 키우는 엄마들이 얼마나 힘들지 넘겨짚을 뿐이다. 생각해보면 자폐증을 앓는 당사자에 대해서는 더더욱 알지 못한다. 기껏 대입해보는 것이 영화 〈말아톤〉 정도?

"대중적으로 잘 알려진 것처럼 자해를 하거나 이상행동을 보이는 행동 장애 유형은 아니었어요."

내 생각을 읽은 그가 편안하게 말을 이어간다.

"나는 그야말로 그냥 내 안에 갇힌 아이였거든요. 외부의 자극에 반응하지 않고 대인 관계를 맺을 수도 없는, 물어보는 질문에 감정 없이 대답할 수는 있으나 사람과 사람 사이의 관계 형성은 불가능한 상태였죠."

내가 또릿또릿한 눈길로 입을 꼭 다물고 말없이 쳐다보자니 심지훈이 빙그레 웃으면서 부연 설명을 해주었다.

"무관심한 성향이 강한 증상으로, 나 자신에게 필요하다고 판단되는 것을 원할 때를 제외하고는 자발적인 주변 교류가 없었다고 보면 돼요. 가족을 포함한 타인의 접근을 거부하는데, 그렇다고 신경질적이지는 않아요. 그냥 아무 반응이 없을 뿐."

목소리의 고저 없이 가만가만 이어지는 그의 이야기가 오히려 더 내 안에서 소용돌이치는 격류로 변하고 있었다. 담담하게 말하고 있지만 지금의 정상적인 모습을 찾기 위해, 아니 오히려 일반적인 사람들보다 훌륭해지기 위해 심지훈은 얼마나 노력했을까? 짐작도 못 하겠다.

"어머니는 항상 그런 나를 내 안에서 *끄집어내려* 애쓰셨고요. 하지만 소용없었죠. 고등학생 때까지 병원 상담도 정기적으로 다니고 방학 때마다 획기적인 치료를 시도한다는 외국의 큰 병원들을 찾아다녔으나 차도는 보이지 않았어요."

왠지 상상이 되는 것도 같다. 인형 같은 외모의 소년에게 이런저런 질문을 던져봐도 반응이 없는 상태. 그걸 지켜보는 어머님의 안타까움과 실망감은 대단했겠지.

"그래도 학교생활이 지속되었던 건 내가 조용히 앉아 공부하는 게 가능했기 때문인데, 다행히도 성적이 아주 좋았죠. 초중고교 12년간 세 번을 제외하고는 모두 전교 1등을 했으니까요."

너무나도 심각하게 경청하는 나를 위해 그가 슬쩍 장난스러운 미소를 그려준다.

"그렇다 해도 친구란 건, 당연히 나한테 불가능한 존재였어요. 다행 아닌가요?"

"에? 뭐가요?"

"이 정도 생겨줬는데 지금처럼 성격까지 좋았으면 친구가 많을 뿐 아니라 희대의 카사노바가 되었을지도 모르니까."

"지, 지훈 씨. 지금 심각한 이야기 하다가 그런 농담이 나와요?"

허걱 하는 심기에 콧등을 찡그리며 타박했더니 그가 고개를 숙여 내 얼굴 위로 그림자를 드리우며 입술을 슬쩍 훔쳐간다. 멀뚱멀뚱 눈을 뜬 채 기습 뽀뽀를 당한 나는 어리둥절한 표정으로 바로 앞에 자리한 남자의 눈동자만 들여다봤다.

"내 이야기를 듣는 미선 씨의 얼굴이 금세라도 울 것만 같아서."

속삭임이 귓가를 메운다. 조금씩 멀어지는 그의 얼굴을 뚫어져라 응시하던 나는 간신이 입을 열어 말을 꺼냈다.

"아, 그거야……."

어느새 그의 이야기에 깊이 동화되어 가슴 가득 아픔이 차버렸으니 그렇지. 당신의 어린 시절과, 곁에서 너무 힘들었을 당신의 어머니 이야기에.

"듣는 걸 그렇게 힘들어하면 제가 더 이상 이야기를 이어가기 싫어지잖아요."

"그, 그래도! 들을래요!"

살며시 고개를 젓는 심지훈에게 고집스러운 표정을 지어 보였다.

"지훈 씨에 대해 내가 얼마나 궁금한 게 많은데요! 이야기하다가 마는 건 절대 네버 안 돼요."

"그러면 어린 시절 말고 다른 궁금한 사항에 대해 답을 드리면 안 될까요?"

"아뇨아뇨. 절대로 그만둬선 안 돼요. 음, 아까 어디까지 말했지?"

중간에 딴 길로 새기 전에 무슨 이야기까지 했더라? 그렇지, 친구가 하나도 없었다는 말을 했어. 어…… 진짜 친구가 하나도 없었다고?

"정말로 초등학교 때부터 친구가 한 명도 없었어요?"

"예."

물어본 사람이 무안할 정도로 간단한 대답이다. 정말이야? 그게 가능해? 주변에서 댁 정도로 잘생기고 공부도 잘하는 엄친아를 내버려뒀다고? 우워어, 이해가 안 돼!

"그럼 형수님이신 정원 씨는요?"

"그러던 어느 날 정원이가 내 앞에 나타났죠. 고1 때였어요."

다시 이어지는 심지훈의 이야기. 나는 그 듣기 좋은, 사람 나른해지게 하는 음성에 완전히 몰입했다. 물론 슬픈 눈빛이 되지 않으려 무던히 노력하면서.

"언제나처럼 나는 무심하게 대했지만 그 애는 다른 아이들과 달랐죠. 내 무반응에도 개의치 않았어요. 어느새 나는 정원이와 함께 다니고 있었고요. 그뿐이에요."

친구도 하나 없는 엄친아와 어울리기 시작한 특별한 소녀. 아직 어린 나이였을 텐데 그녀는 어떤 생각으로 심지훈의 곁에 머물렀을까?

게다가 그의 외모로 미루어보아 어렸을 때 그림처럼 아름다운 소년이었을 것이다. 표정이 없고 항상 먼 곳을 응시하는 신비로운 존재. 흐음, 여학생 꽤나 울렸겠는걸. 아무것도 모르고 고백한 애들도 많았겠지? 그랬다가 말없는 심지훈에게 지쳐 떨어져 나갔을까? 그녀 문정원만 빼고?

"그나저나 지훈 씨 여학생들에게 대시 많이 받았죠?"

"친구도 제대로 없었다니까요."

"아니 그런 의미가 아니라……."

"음, 내가 그걸 피부로 느낀 적은 없었고, 그냥 당시에 같은 구에 사는 중고대학 여학생이 나를 모르면 간첩이라는 소리는 농담처럼 들었어요."

"헐."

이해는 간다. 내가 인근 학교에 다녔다면 당연히 그를 알았을 것 같으니까. 왠지 당시의 그가 궁금해지고 있었다. 나중에라도 앨범 있으면 보여달라고 해야지.

"그래서요? 그…… 정원 씨는 고1 때부터 계속 지훈 씨 곁에 머물렀다고 했잖아요. 그런데 어떻게 지훈 씨 형님과 결혼했어요?"

"서로 다른 대학교에 입학하면서 자연스레 정원이와 멀어졌는데, 정원이가 나를 보고 싶다면서 집에 놀러 오기 시작했어요. 부모님도 반대할 이유가 없으셨죠. 그나마 내가 정원이와는 대화라는 걸 하고 살았으니."

또 회상에 잠긴 얼굴. 그런데 이번에는 살짝 심기가 불편해진다. 어쨌거나 그 정원 씨가 대화 상대가 된 단 한 명의 각별한 친구였다는 건 분명하지? 아후, 별것 아니라는데도 자꾸만 질투가 나니 어쩌면 좋아?

"뭐 거의 일방적으로 정원이 혼자 말했지만요. 그런데 아마 그런 정원이의 모습이 형에게 좋게 보였나 봐요. 형이나 나나 서로 얼굴도 잘 안 보고 사는 사이였는데, 어느 날 형이 나를 불러내더군요."

"호, 그래서요?"

왜……왠지 흥미진진해! 내 남자가 아닌 다른 이들의 연애 이야기로 주제가 전환되자 금세 기분이 환기되었다. 나는 반짝이는 눈빛으로 그를 빤히 응시했다.

"처음으로 형이 내게 부탁을 했어요. 가지고 싶은 여자가 생겼다, 근데 그 여자가 네 여자인지 궁금하다, 만일 그런 사이가 아니라면 내가 진지하게 만날 수 있도록 도와달라."

"가, 가지고 싶은 여자요?"

아니, 관심이 있다든가 아니면 예쁘다든가 좋은 표현 많잖아!

"원래 그 인간 말투가 좀 그래요. 그 빌어먹을 성격에 그 정도로 말했다는 건 진짜로 관심 있다는 뜻이었을 테니."

흠, 하긴 아까 우리에게 한 짓거리 봐서는 속이 보통 배배 꼬인 인간이 아닐 것 같더라.

"그래서요?"

"나는 상관없다고 말했죠. 정원이를 좋아한다면 네가 어떻게 대시해도 괜찮다고."

아……. 뭔가 그 상황이 안타깝게 다가왔다. 나중에 그 정원이라는 여성이 이런 사실을 접했다면 어떤 기분이 들었을까? 자신이 몇 년을 마음에 두고 어떻게든 가까이 지내보려고 했던 상대가 아무렇지도 않게 형과 자기를 연결해주려 했다면? 게다가 스무 살 꽃띠 시절이다. 아직은 사춘기의 틀에서 완전히 벗어나기 전, 너무도 감성이 풍부하던 그때 말이지.

"정원 씨 상처받았죠?"

물어보지 않을 수 없었다. 이미 고인이 된 사람이라지만 그 넋이라도 위로하고 싶어지는 내 이 요상한 심리 상태가 비정상일까?

"그랬던 것 같아요."

기억을 더듬는 남자의 눈길이 천장에 닿는다. 나는 다시 한 번 스무 살의 정원 씨에게 동정하는 마음이 피어났다. 나에 대해서라면, 처음 마주친 날 내 딸이 솜사탕을 들고 있던 일이며 내가 던진 한마디 말까지 모두 기억하는 남자다. 그런데 몇 년을 함께한 단 하나의 친구에 대해서는, 그것도 자신을 열심히 좋아해주던 여자에 대해서는 자세한 것들이 기억나지 않는지 머릿속을 뒤지고 있는 것이다. 이걸 참…… 마냥 좋아할 수도 없고, 그렇다고 그의 속사정을 다 알게 되었는데 무심하다고, 못됐다고 비난할 수도 없고.

"그 뒤로 정원이가 우리 집에 오는 횟수가 줄어들었어요. 아예 발길을 끊은 건 아니었지만."

"형님은요?"

"정원이와 따로 만나 무슨 이야기를 나누었던 것 같아요. 그후 어느 정도 거리를 두더군요. 정원이가 올 때면 일부러 외출하기도 하고. 무관심하던 나까지도 뭔가 불편한 공기의 흐름을 느낄 정도였으니까."

그녀가 동생을 마음에 두고 있으니 심다훈과는 안 된다며 선이라도 그었을까? 자세한 내막은 알 수 없지만 그래도 참 대단한 여자라는 생각이 들었다. 어쩌면 당시 정상적이지 않은 심지훈이 결국에는 자신과 맺어질 수밖에 없다고 판단했을지도 모르지. 기다리면 내 것이 된다, 뭐 그런 마음이었을지도.

"그런데 미선 씨가 나타났어요."

"엥? 저요?"

이런저런 유추를 하던 중 갑자기 그의 입에서 흘러나온 생뚱맞은 내 이름에 화들짝 놀랐다.

"제가 나타났다는 게 무슨 소리예요?"

"날씨가 아주 화창한 10월이었죠. 집에만 있는 내게 정원이가 놀이공원에 가고 싶다며 연락을 했어요. 귀찮았지만 어머니도 좀 나가보라고 성화여서 마지못해 놀이공원에 갔어요. 별생각 없이 그저 사람들 구경이나 하고 있는데, 미선 씨가 아이 둘을 데리고 지나가는 게 보였죠. 이상하게도 눈에 확 띄었어요."

아아, 그날이구나. 난 별로 기억하고 싶지 않은데. 쩝. 이 사람에게는 참 특별한 날인 모양이다.

"눈에 들어온 건 뭔가 아주 위태로워 보였기 때문이에요."

"예…… . 뭐…… 그날 좀 상태가 안 좋았죠."

이혼한 뒤 무턱대고 아이 둘을 데리고 나와서는 갈 데도 없는 주제에 제대로 먹은 것도 없이 비실거리면서 느닷없이 애들이랑 평소 가본 적도 없는 놀이공원에 갔다. 지금 생각해보면 정말 미친 짓이었다.

"계속 쳐다보면서 생각했죠. 무슨 사연일까? 아파 보이는 젊은 여성이 두 아이를 데리고 남들은 모두 즐거워하는 놀이공원에서 혼자 슬픔에 젖어 있다. 아이에게 솜사탕을 사주더니 펑펑 울음을 터뜨린다."

"그만해요. 별로 듣고 싶지 않아요."

나는 꿈결처럼 중얼거리는 그의 감미로운 목소리에 제동을 걸었다. 그러나 다시 내게로 시선을 돌린 남자는 말을 멈추지 않았다.

"아니요, 이야기는 지금부터인데요."

"무슨 이야기요?"

"내가 당신 때문에 깨어난 이야기."

"…… 예?"

그가 웃는다. 금방이라도 빛 속으로 녹아들 것처럼 아름답게 미소를 그린다. 여태까지 정원이라는 여성을 애도하던 중 잠시 그런 심지훈의 얼굴에 매료되어 넋을 놓으며, 그녀의 남자가 될 수도 있었을 이 사람을 차지한 데 대한 미약한 죄책감이 뇌리에서 흐려지고 말았다. 이 사람만으로도 꽉 차는 내 단순한 머릿속이 바보 같지만 나 원래 이런 여자인 걸 어쩌겠어.

"은비가 말했죠. 도와주세요. 우리 엄마가 쓰러졌어요. 우리 엄마 죽으면 안 돼요."

"그랬……어요?"

문득 그날의 기억이 하나의 장면이 되어 내 주변에 파도처럼 밀려들었다. 낯설기만 한 놀이공원, 천진난만한 내 아이의 웃음, 솜사탕, 은비를 부둥켜안고 터뜨린 눈물, 그리고…….

―정신 차리세요!

허물어지는 내 어깨를 잡아준 미지의 손길. 그게 이 사람이었다.

"도와달라는 그 말이 처음으로 내 가슴까지 와 닿아서 나는 어떻게 해야 할지 모르겠더라고요. 무작정 아이 옆으로 달려가 쓰러지는 당신을 안아 든 순간, 이상하게도 마음에 감격이 가득 차올랐어요. 더없이 연약해 보이는 한 여성이, 본인이 처한 위기를 남편에게 말하지 말라고, 자기한테서 아이들을 떼어놓지 말라고 하더군요. 보기와 달리 남에게 기대지 않는 사람이구나, 자기 몸보다 아이들이 우선이구나 하고 감동했죠."

남편이야 그렇다 쳐도 아이들에 대해서라면 어떤 엄마든 그랬을 거라고 말하려다가 참았다. 과거의 기억에 푹 빠진 심지훈이 아까 자신의 어린 시절에 대해 말할 때와는 사뭇 다르게 열에 들뜬 사람처럼 잔뜩 흥분해 있었으므로 끼어들 엄두가 나지 않았다.

그가 정말로 그때의 내게 첫눈에 반한 게 맞는 모양이다. 사람의 인연이란 참으로 알 수 없다더니. 나는 인생 최악의 순간에 최고의 인연을 만난 것이다. 물론 그로부터 3년도 더 지난 다음에야 알게 된 사실이지만.

"미선 씨를 병원에 데려가고 은비를 진정시키고 깨어난 은솔이에게 밥을 먹였어요. 그때까지의 나로선 상상도 못 할 행동이었죠. 나 자신이 아닌 다른 사람을 위해 내 시간을 할애한다는 것 말이에요. 옆에서 지켜보던 정원이도 깜짝 놀라고 있었어요. 처음에는 감격했죠. 심지훈이 타인에게 관심을 갖는 걸 처음 목격했으니까. 하지만 당신에게 첫눈에 빠져든 내 상태를 정원이가 깨닫는 데에는 오랜 시간이 걸리지 않았어요."

"저런."

"어느 날부터 정원이가 내 앞에 나타나지 않았지만, 나는 그 사실조차 몰랐어요. 미선 씨 앞에 정상적인 사람이 되어 등장할 생각으로 하루하루가 바빴거든요."

헤에, 놀랍다. 그럼 뭐야? 나한테 오는 데 준비할 시간이 필요했다는 게 이런 뜻이었어? 그는 정신없이 공부에 매진하여 중도 포기했던 박사 학위를 따낸 것부터 작은 사무실에 심리 상담 센터를 세운 이야기, 그걸 키우느라 집에서 독립한 이야기, 그 와중에도 어머니의 운전사이자 짐꾼 평계를 대며 백화점에 동행해 나를 지켜본 이야기를 계속 해 주었다. 가만히 듣고 있자니 스토커가 따로 없다.

"이 정도 생겼으면 스토커 정도는 해도 되잖아요."

"으익, 그런 유행어 따라하지 말라니까요."

"나름 TV도 열심히 시청하면서 화법을 연구한 건데요."

"그냥 지훈 씨 평소 말투가 좋아요. 제발."

거참, 들어보니 인간 승리가 따로 없네. 자폐아가 있는 듯 없는 듯 조용히 자라다가 어느 날 운명적인 상대를 만나 정신 차리더니 공부도 열심히 하고 한국에서 불모지나 다름 없는 심리 상담 센터를 건립해서 크게 성공했다!

근데 이런 말하기 좀 그렇지만, 하필 왜 난데? 이혼녀에 애가 둘이나 딸리고 나이도 많은 여자. 뭔가 다른 이유가 있는 건 아니겠지? 그냥 내가 봉 잡은 것 맞지? 정체를 알 수 없는 가벼운 불안감이 드는 건, 그냥 내 성격 탓일 거야.

"근데, 그 심리 상담 센터 지훈 씨가 센터장이었어요?"

"예, 아버지 투자금이 많이 들어가 있긴 하죠. 꾸준히 갚고 있어요."

"그래서 지훈 씨 상담에 추가금이 붙는 거고요?"

"뭐 사실은 제가 환자를 별로 많이 받고 싶지 않아서 수를 쓴 거예요."

"에에? 말도 안 돼."

아, 그건 그렇고 우리가 아까 무슨 이야기를 하고 있었더라? 그래서 정원 씨는 그 뒤에 어떻게 됐어? 이야기는 마무리해야지. 내 추가 질문에 그가 답을 이어갔다.

"1년쯤 지났을 때 형이 결혼할 여자가 있다며 데리고 나타난 사람이 정원이었어요."

"어머, 그럼 지훈 씨에게서 떠난 정원 씨를 형이 위로하며 가까워진 거예요?"

"그런 사정까지는 잘……."

웃는다. 으이구! 이 무심한 남자야.

"어차피 형 성격상 한 번 마음을 준 여자 말고는 다른 여자를 사랑할 수 없어요. 나나 우리 부모님이나 그런 걸 알기 때문에 반대하지 않았어요."

"다른 여자를 사랑할 수 없다뇨?"

"음…… 그런 게 있……."

"또! 그냥 얼렁뚱땅 넘어가려고!"

버럭 소리 지르면서 두 손으로 그의 양쪽 뺨을 잡아 내쪽으로 고개를 돌렸다. 나는 두 볼을 한껏 부풀리고는 눈을 가늘게 뜨며 노려보았다.

"무섭다기보다는 귀여운데?"

"이야기 시작했으면 무조건 다 털어놔요."

"시간이……."

"가려던 나 잡고 이야기하자고 한 사람은 지훈 씨잖아요."

"소기의 목적은 달성했는데요."

"잉? 소기의 목적?"

"미선 씨, 오해 풀렸잖아요."

에, 그, 그거야……. 오해만 풀렸나? 심지훈이 나를 처음에 어떻게 좋아하게 되었는지도 알게 됐고, 어렸을 때 자폐 증세가 있었다는 것도 들었고 나름대로 알찬 대화였지, 암. 근데 이 남자 알면 알수록 희한한 진실이 툭툭 튀어나오는데 도대체 언제까지 벗겨내야 속살이 모두 드러나는 거야? 그렇다고 딱히 진실을 숨기는 것도 아니다. 물어보면 물어보는 대로 다 대답해주니까.

"미선 씨, 미안한데요. 2부는 나중에 하죠. 나 오늘 강의 있어요. 지금도 준비 시간이 모자랄 것 같거든요."

호오, 강의도 나가시나 보네? 그런 건 확실하게 시간이 정해져 있는 거니까 다 필요 없다고 마구 밀어붙이기엔 무리가 있군. 크흠. 난 마지못해 몸을 일으키며 뾰로통한 얼굴로 그를 응시했다.

"강의 몇 시에 끝나요?"

"4시에요. 하지만 끝나고 교수 회의에 참석하기로 해서요. 그리고 저녁에는 본가로 들어가 어머니를 봬야 할 것 같고. 아마 오늘밤은 거기서 자게 되지 않을까요?"

아, 나와 사귀는 문제를 해결해야 하는 건가?

"부모님과 내 이야기 어떻게 진행되는지 나중에 꼭 보고 해줘야 해요."

"그럴게요."

"내일 내 퇴근 시간에 딱 맞춰 와서 2부도 진행할 것."

"예, 주인님."

장난스레 대답한 그가 차 키를 주머니에 넣으며 내 손을 잡아끌었다. 바쁜 사람이 뭘 바래다 주냐고 타박하니 그 정도 시간은 있다고 웃으며 현관을 나선다. 나는 머쓱하게 고려청자에게 작별 인사를 하고 문을 나서서 엘리베이터에 올랐다. 가만히 그의 옆구리에 손을 둘렀다. 자연스레 심지훈의 팔이 내 어깨에 얹어진다. 그의 향이 코끝을 배회하고, 기댄 몸에서는 미미하게 맥박 소리가 들려온다. 내 안의 뭔가가 차분하게 가라앉는다.

처음에는 무조건 완벽해 보이기만 하던 그저 멋진 사람이었을 뿐인데.

자폐를 겪었단다, 친구도 없이 외롭게 자랐단다, 형수와의 묘한 관계로 형과도 완전히 틀어졌단다, 그러더니 나 때문에 세상 밖으로 깨어났단다, 내게 당당하기 위해 공부도 하고 성공도 했단다.

이런 모든 사연이 기묘하게 와 닿는다. 여태까지보다 훨씬 더 그에게 끌리고, 그의 표면적인 모습만이 아닌 내면의 마음을 어루만지고 싶어진다. 어떤 면으로는 이 모든 게 흠

일 수도 있지만, 그래서 더 좋으니 어쩌란 말인가. 그래, 나만 흠 있는 이혼녀가 아니라는 사실 때문에 더 매력적으로 느껴지는 것일지도 모른다.

"한 가지만 더 물어볼게요."

그의 시선이 내게로 내려온다.

"나 같은 여자라서 억울하다는 생각 든 적 없어요?"

"무슨 뜻이에요?"

"조건이 좀더 훌륭하고 지훈 씨에게 어울릴 만한 여성이 아니라서. 아니, 어쩌면 정원 씨 같은 괜찮은 여성에게 운명을 못 느끼고 애 둘 딸린 이혼녀에게 꽂혀서 억울한 적 없냐고요."

심지훈은 미간을 살짝 찌푸리더니 내 이마에 알밤을 콩 하고 먹인다.

"그런 생각한 적 없어요. 단 한 번도. 그리고……."

아야야 하고 엄살을 떠는 내게 나긋나긋 속삭여준 남자가 시선을 잠깐 멀리 보내며 뭔가를 생각하다가 나를 또 내려다본다.

"정원이는 결혼 전에 날 사랑한 적 없다고 고백했어요."

"에에? 정말요?"

이건 또 무슨 반전이야?

"나와는 완전히 다른 감정이 들었대요, 형에게. 물론 형은 그런 말을 믿어주지 않았지만."

믿어주지 않았다는 말이 이상하게 와 닿는다. 정원 씨는 믿음 없는 남편과 살았던 것일까? 결국 교통사고로 죽었다는 그녀의 사인에 갑자기 의문이 들었다. 정말로 그냥 단순한 교통사고가 맞는 거지? 더 이상 질문을 던질 수 없음이 아쉽다. 내일 만나면 이것부터 물어봐야 할 것 같다. 간단히 답을 듣기엔 나름 심각한 문제인 것 같으니. 아, 나 그때까지 궁금해서 어떻게 기다리지? 이런 말하면 안 되는 것 아는데, 무슨 인기 드라마보다도 더 흥미진진한 것 같아. 내 인생에 있어서는.

그러고서 둘이 함께 밖으로 나왔다. 괜찮다는데 굳이 따라와서 같이 쇼핑을 해주는 이 남자.

"이렇게 입어요. 미선 씨에게 잘 어울려요."

"어머나 남자 친구분 안목이 높으시네요."

그가 새파란 실켓남방을 추가로 권하자, 숍 직원이 꺄아아 하며 옆에서 장단을 맞춰주었고, 나는 그 모습이 심히 눈에 거슬렸다. 니들 내 남자 자꾸 그렇게 뚫어져라 쳐다볼래? 닳거든!

"지금 내 코트랑 안 어울려서 싫어요. 내 스타일도 아니고."

집에 들어가지 않은 탓에 외투가 그대로이다. 다크베이지 색의 미디코트라 블루 톤과는 영 매치가 안 되는데 굳이 이런 걸 권해주는 이유가 뭐지? 나는 손에 들고 있는 화이트 앙고라 니트스웨터를 흔들어 보이며 인상을 살짝 찡그린 채 고개를 가로저었지만, 심지훈은 미소만 짓는다.

"시간도 없으니 얼른 계산하고 나갈래요. 자꾸 이것저것 골라주지 마요. 나 이것만 산다니까요."

안에 입은 옷 가운데 블라우스가 심하게 너덜거려서 이 너라도 새로 하나 사 입으려고 차를 세우고 클럽모니끄에 들어왔더니, 반짝반짝 눈이 빛나는 여직원이 둘이나 달라붙었다. 물론 오전이라 손님이 별로 없어서라고 이해해보지만 그네들의 황홀한 시선이 누구를 향하는지 안 이상 왠지 불쾌해서 빨리 나가고 싶은 마음뿐이었다.

"코트까지 같이 사요. 니트도 하나만 입기엔 좀 얇은 것 같으니까 이렇게 매치하고. 팬츠도 해야겠네."

심지훈이 숍 안을 천천히 걸어다니며 이것저것 챙겨왔다. 내가 고른 베이직한 스웨터 안에 받쳐 입을 짙은 블루 색상의 실켓남방, 스웨터와 세트 빨 나는 화이트 스키니팬츠, 그리고 언더 칼라에 남방과 같은 진블루가 매치된 블랙 하프코트까지. 딱 봐도 이 정도면 메인 디피 감이다. 아니나 다를까 신상 카탈로그를 흘깃 보니 제일 첫 페이지에 나온 그대로 찾아왔다. 미리 보고 찾아온 것도 아닌데 패션 센스는 참 나무랄 데가 없을 정도네그랴.

"자요. 입어봐요."

사이즈까지 딱 맞춰온 남자가 해맑게 웃는다. 이거야 원 거절하기도 그렇고. 평소 무채색 계열의 시크한 스타일과

초 럭셔리 큐티한 스타일, 이렇게 극과 극 두 가지만 즐기던 내게 레어 아이템이 되겠는데? 잠깐 네이비 피코트에 시선이 멎었지만 그가 권한 스타일이 메인 디피답게 멋진 것도 사실이므로 그대로 받기로 한다. 더치블루의 색감이 꽤 유니크하기도 하고.

그리하여 매장에 도착한 나는 연화를 비롯한 직원들의 눈길을 확 끌고 말았다.

"오호, 이게 누구고? 외박한 차미슨 아이가? 근데 집 밖에서 잤으면 꾀죄죄해야지, 우째 이리 쎄련되어졌나?"

"엄마 전화하셨어?"

"조금 전에. 니 전화 안 된다던데. 바떼리 다 되었나?"

"어. 어제 낮에도 간당간당했거든. 아침에 죽어버렸지."

나는 가방에서 폰을 꺼내 충전기에 연결했다.

"그래서 뭐라고 말씀드렸는데?"

"적당히 창고에 있다고 말했더니 니 갈아입을 옷 갖다 준다고 하시더라만. 미슨이가 어떤 앤데 옷을 후줄근히 입겠냐고 걱정 마시라 했다마는 정말 이래 빼입고 올 줄이야 알았나?"

끙……. 거울에 비춰보니 확실히 눈에 띈다. 화장을 대충 핸드백 안에 있는 걸로만 엷게 했는데도 얼굴색이 살아 보인다. 그렇지만 뭐냐고, 이 열렬한 반응들은? 은근 자존심 상하네. 왠지 평소 내 코디보다 각광받는 기분이 드는데?

"니 만날 입고 오는 옷들보다 훨 낫……."

"그만!"

인상을 찡그리면서 코트를 옷걸이에 걸었다. 나불나불
큰 목소리로 잘만 떠들던 연화는 느닷없는 내 일갈에 잠깐
멍한 표정을 보이다가 사악하게 웃는다.

"그노마가 사줬구나."

분명히 속닥속닥 말하는 어투인데도 주변에 다 들리는
기분이다. 우이씨.

"그래."

"아따. 그 슨생 평소 입고 오는 거 보고 짐작은 했지마는
눈썰미 좋네. 차마 평소 잔소리 못 한 차미슨의 단점을 어
쩜 이리 잘 카바했나!"

"뭐시라?"

"솔직히 니한테 시크는 별로였다 아이가. 니가 워낙 좋아
하니께 내 말 몬 했었지."

헐……. 이거야, 원.

"야, 서울말 쓰는 시크녀가 되겠다며? 사투리 도루 다 튀
어나온다?"

"흥, 말 돌리기는."

"나한테 항상 지적질 해달라며? 사투리사투리사투리!"

"어허 이제 고마해도 된다. 시크녀는 개뿔. 그냥 생긴 대
로 살란다. 서울말 쓰고프면 쓰고 사투리 쓰고프면 쓰고.

416

편하게."

엉? 뭐지 이 반응은? 수상한 냄새가 폴폴 난다. 여자의 촉이 연화의 상태에 대한 어떤 메시지를 받아들이고 있었다. 띠띠띠…… 그대 심경 변화의 원인은 무엇?

"흐음 수상한걸. 왜 그토록 오랫동안 원하던 도시 시크녀를 포기한 건데? 계기는?"

혹시 드디어 매장 안으로 진입한 저 아이돌 때문 아니야? 목구멍까지 걸린 뒷말을 삼켰다.

"봐라. 원래 쓰던 사투리 계속 쓰는 내보다는 옷 스타일까지 확 변한 니가 더 수상한 기라. 어서 꼬투리고?"

"뭐야?"

"주변서 별 반응 없어도 굳건히 큐트 아니면 시크 스타일하고 다니던 니가 하루아침에 바뀐 거 봐라. 인정할 건 인정하자. 솔직히 까놓고 말해 니나 내나 시크는 아니었던 게다."

어이가 없어 웃다가 말발로는 못 이길 것 같아 외면하고 냉큼 자리에 앉았다. 쳇, 일이나 해야겠다. 아무리 그동안 연화가 나를 대신해 답글 달고 코멘트 해주고 디자인 선별을 했다고 하나 솔직하게 미덥지 않단 말이지. 게시판을 뒤적이던 나는 역시나 짧은 비명을 지르고 말았다.

"방연화! 이거 뭐야 이거!"

"엥? 뭐라 카노?"

"연그레이 남방에 레드 스카프를 두르면 많이 이상한가
요? 라는 질문에 '그렇게 입으면 당연히 열라 촌스럽습니
다'라니!"

"뭐가? 사실이잖아."

"아무리 사실이래도! 그러면 정중하게 '이번 신상으로 나
온 연그레이 폴로풍 남방에는 그 레드 스카프보다는 그린
계열의 사랑스러운 폼폼 넥워머를 추천해드립니다'라고
쓰든가!"

"그게 니나 가능하지 내가 되나? 지가 할 일을 내가 대신
해줬더니 어따 잔소리고? 니 똑바로 해봐라."

아우, 이 웬수탱이야! 사장이라는 게 저 지경이다. 매장
에서도 가끔 손님에게 입바른 소리를 해서 다른 직원들을
당황시키더니. 여태 이만큼 장사가 잘된 건, 타고난 복 덕
분이라니까. 정말 조상님 묏자리를 잘 쓴 것 아냐!

"앞으로는 답글 밀려도 내가 폰으로 달든가 할 테니까 넌
절대 손대지 마!"

"알따."

열이 확 올라와도 내가 부처님 같은 마음으로 참아야지
어쩌겠나. 심지훈을 떠올리며 마음을 가라앉히자. 나는 열
렬한 연애 중이잖아? 저 모태 처녀 심술을 너그럽게 받아
줘야 한단 말이지. 그간 밀린 게시글을 하나하나 클릭해가
며 단골들과, 빈정상한 듯한 회원들을 선별해서 쪽지를 보

냈다. 무슨 뻔한 선물을 주는 것보다 5,000원 캐시가 그녀들의 마음을 녹일 것이다. 그리고 토요일 10시에 게릴라 이벤트로 선착순 100명에게 고급 스카프를 증정한다는 광고를 띄운다. 대신 배송비는 다른 물품과 함께 주문할 때만 무료이다. 물론 독하게 배송비 2,500원을 내고 스카프만 받아 챙기는 이들이 없는 건 아니지만 대다수는 묶음 무료 배송을 위해 티셔츠라도 한 장 사게 된다. 이런 게 온라인 기획 영업이란 말이쥐.

"점심 먹으러 가자."

어느새 시간이 12시 반이나 되었다. 하지만 나는 아침에 먹은 수제비가 영 소화가 되지 않아 모니터에서 눈길도 돌리지 않고 손을 내저었다.

"너나 다녀와. 오는 길에 뜨거운 아메리카노 한 잔 사오고."

"와, 이젠 잘나신 애인 생각만 하면 배가 떵떵 부르나?"

"으이구. 밥 안 먹고 일한다는데도 시비야! 커피 됐으니 어서 나가쇼. 태성아, 얘 좀 데려갓!"

슬그머니 우리 둘 옆에 다가와 있는 아이돌을 향해 버럭 내뱉었더니 짜식이 싱긋 웃는다. 연화는 마지못해 태성이를 흘깃 쳐다보고는 앞장서서 매장 입구로 걸어가 미리 기다리고 있던 다른 직원들과 합류한다. 태성이는 입에 지퍼라도 달았는지 아무런 말 없이 생글거리며 그 뒤를 따랐다.

"저것들도 뭔가 사연이 아주 많아 보이는데, 내 사정이 복잡해 캐묻지도 못하네, 정말."

저 멀리 사라지는 그들의 뒷모습을 한번 째려봐준 뒤 다시 모니터로 고개를 돌렸다. 이제 사무실에는 나와 11시 반에 나가서 밥을 먹고 온 직원 한 명만 남아 있다. 조용한 가운데 타닥타닥 자판 두드리는 소리만 가득해진다.

"음."

더부룩한 속 때문에 영 답답했다. 아무래도 근처 테이크 아웃 커피점에서 아주 진한 에스프레소라도 사 와야 할 것 같아 자리에서 일어나 코트를 걸쳤다.

"나 지금 나가서 커피 사 올 건데, 한 잔 사다 줄까?"

"어, 아니에요. 아까 마시고 들어왔어요."

그때 직원의 휴대폰에서 귀여운 아이 목소리로 '1시!' 하는 소리가 울린 순간, 사무실 문이 살며시 열렸다.

"응?"

차가운 바깥의 공기와 함께 들어선 문 뒤의 낯선 사람을 쳐다보았다. 귀여운 얼굴을 가진 여성이다. 찰랑이는 단발 머리에 빨간 니트모자, 체크무늬의 남방원피스에 버건디 색상의 조끼를 레이어드했으며, 후드에는 라쿤 퍼가 풍성하게 달려 있다. 그런 그녀가 사무실에 사람이 너무 없어서 당황스러웠는지 잠시 열린 문 뒤에서 멈칫거리다가 안으로 걸음을 옮긴다.

"어떻게 오셨죠?"

내가 먼저 질문을 던졌다. 그녀는 실내로 들어오며 아직 조명 변화에 익숙지 않은 듯 몇 번 눈을 깜빡이다가 안쪽의 나이 어린 직원을 한번 쳐다본 뒤 내게로 시선을 고정했다. 그런데 그 귀여운 얼굴이 순식간에 바깥 공기만큼 싸늘하고 비장한 표정으로 변한다. 엥, 뭐지? 그 놀라운 변화가 재미있으면서도 의아해서 물끄러미 응시만 했다.

"누구세요? 그쪽이 여기 사장님이신가요?"

잉? 이봐, 질문은 내가 먼저 한 것 같은데? '그쪽'이라는 심히 불쾌한 호칭과, 내 앞선 질문 따위 깡그리 무시한 언사에 조금 기분이 상했으나 여기에 찾아온 용건이 궁금했으므로 한 번은 그냥 넘어가주기로 했다.

"사장 찾아요? 무슨 일로?"

아마도 내가 님 자를 생략하고 '사장'이라고 말해서 자신의 추리가 맞았다고 여겼는지 그녀가 대답 없이 뚜벅뚜벅 내 앞으로 다가온다. 어라? 얘 왜 이래? 저 눈동자에 가득한 적의는 무엇?

"그쪽이 우리 태성 오빠를 꼬신 대책 없고 분수 모르는 여시가 맞단 말이지?"

"잉?"

이 무슨 시추에이션? 사장이 아니라고 말할 타이밍을 놓친 나는 그대로 멱살을 덥석 잡혔다.

"무슨 소리예요? 강태성 말하는 건가?"

"그래 맞아! 댁 같은 불여시가 꼬드길 상대가 아니란 말이야! 이름도 함부로 부르지 마! 닳아!"

커헉. 어이가 없어 그대로 서 있으니 그녀가 멋대로 나를 앞뒤로 뒤흔든다. 그 순간 문이 벌컥 열리지 않았다면 나는 아마 상당히 험한 꼴을 당했을 것이다.

"누나!"

때마침 소식을 전해 듣고 제일 먼저 달려와 문을 열어젖힌 건 바로 태성이었다. 어허라? 이것 봐라? 요 대책 없는 여자사람은 뒤통수에도 눈이 달렸는지 아이돌이 들어서자마자 털썩 주저앉으며 꺼이꺼이 울음을 터뜨린다. 가증스러운 것! 사무실 쳐들어와 대뜸 내 멱살을 잡은 채 남의 이야기 듣지도 않고 악다구니를 퍼부은 주제에 어디서 청순가련 여주인공 흉내를 내느냔 말이다.

"허헐."

진심으로 이런 두 음절이 내 입에서 튀어나왔다. 그런데 내 이런 억울함의 의성어가 한 방에 먹히는 소리가 아이돌의 입에서 튀어나왔으니.

"너 지금 여기서 뭐하는 거야?"

흐미, 아이돌 그대 투시력 가졌음? 어떻게 보지도 않고 이전 상황을 모두 아는 듯 내가 아닌 울고 있는 그녀에게 화를 내는 것일까? 어쨌거나 평소 상글상글 예쁘게 웃기만 하던 태성에게 이런 의외의 면이 있는 걸 보고 나는 숨을 죽였다. 태성이 무섭도록 남성적인 얼굴로 변해 있다. 워낙에 약간 허스키하고 낮은 목소리를 지닌 태성이, 모처럼 그에 어울리는 터프함을 풍기는 분위기로 돌변한 것이다. 이는 나만의 느낌이 아닌 듯 때마침 문으로 들어서던 연화가 멈칫거렸다.

"오빠아아! 나한테 정말 왜 이래?"

사슴처럼 커다란 그녀의 눈망울에 물기가 보석처럼 맺혀 있다. 그러고 보니 우는 모습마저 예쁜, 투명 피부의 귀염상이다. 서클렌즈라도 꼈는지 동그랗고 커다란 홍채와 촉촉하게 젖은 눈가가 청순도를 엄청나게 업그레이드시키고 있었다.

'흠, 본인의 장점을 잘 아는 너구리일세.'

귀여운 얼굴 탓에 여우보다는 강아지나 너구리 같은 느낌이다. 그거 뭐더라? 아 그래, 라쿤. TV에서 보던 그것 같네. 누구에게나 어필할 것 같은 외모와 분위기인데, 이런 생각만 하고 있는 나라는 인간은 아무래도 사회의 때가 많이 묻은 아줌마가 맞는 모양이다.

"일어나! 여기 내가 일하는 직장이야. 도대체 이게 무슨 짓이야? 어서 집에나 가라고."

"직장은 무슨! 연규 오빠한테 다 들었어! 여자 때문이라며! 알바비도 안 받으면서 좋아하는 여자한테 정신 나가 봉사 중이라고 하던데!"

방연규, 이놈 자식. 저 여자애에게 대체 무슨 소리를 어떻게 한 거야? 알려주려면 똑바로 알려주든지. 제 누나에게 반해서 저런 상태라고는 쏙 빼놓고 말한 모양이지? 그리고 알바비는 아직 한 달이 안 채워졌으니 안 준 거지. 아무렴 연화가 그 정도로 박할까? 암튼 그건 그거고. 이거야 원. 태성이 전 여친이라도 되나? 보아하니 20대 초반 같은데. 연규까지 아는 걸 보니 같은 대학 후배?

"게다가 뭐야? 저 깡마른 여자는? 나한테는 통통한 게 좋다며! 내가 그래서 오빠 때문에 다이어트까지 포기하고 이렇게 열심히 먹어서 찌웠는데! 흐엉엉엉!"

어헐, 연화가 들으면 반대로 멱살 잡힐 소리를 하고 있다. 찌다니, 어디가? 많게 봐도 나랑 몸무게가 비슷할 것 같은데. 아무리 남자들한테라도 통하지 않는 거짓말이 있는 거란다, 아가야.

"이봐요. 번지 수 잘못 찾았다니까. 나 아니야!"

"오빠, 나한테 설명해봐!"

절규해봐도 안 먹힌다, 뎬장. 잠깐이나마 내가 투명인간인가 하고 고민하게 하잖아. 뭐야, 이게?

"예쁜 여자 안 좋아한다며? 저 여자 예쁘장하게 생겼잖아! 오빠 순 거짓말쟁이!"

"컥."

이번에는 연화 입에서 나온 소리다. 나한테 예쁘다 하니 감사할 따름이다만 그렇다면 상대적으로 연화는 뭐가 되니? 그냥 좋아할 수만도 없게시리. 아니나 다를까 그들을 지켜보던 연화의 낯빛이 점점 까맣게 내려앉는 것 같다.

"야! 혜린이 너 헛소리 그만하고 집에 가!"

"싫어! 여기 그만두고 같이 가주지 않으면 나 그냥 있을 거야!"

심지어 바닥에 대자로 드러눕는다! 어머나 세상에. 그나저나 저 아이는 귀를 장신구로 달고 다니나? 아직까지도 뾰족하게 나를 노려보는 품새가 사람 잡아먹을 귀신 눈빛 같다. 아 글쎄, 오해라니까. 내가 아니래도! 진지하게 이비인후과에 가보는 게 어떻겠니?

"잘되었네. 또라이, 니 갸 데리고 언능 꺼지라."

그 순간, 연화의 입에서 묵직한 문장이 튀어나왔다. 이상할 정도로 살기가 느껴져서 나도 태성이도 심지어 그 귓구멍 막아버린 여자애까지도 잠깐 말이 없었다. 그러나 그건 찰나였다.

"뭐야, 태성 오빠한테 지금 또라이라고 한 거야? 아니, 아줌마는 누군데 울 오빠한테 또라이라고 불러요? 응?"

겁을 상실했구나, 쯧쯧. 당돌하게 덤벼드는 어린 여자를 직시하는 연화의 표정에 불쾌감이 스민다.

"여기 사장이다만. 지금 영업 방해 중인 거 아나, 니?"

"에에에?"

딱 보아하니 저 아이에겐 다른 모든 단어와 음절은 귓등으로 튕겨졌고 '사장'이라는 한 단어만 뇌리로 쏘옥 들어간 모양이다. 그제야 그녀는 나를 한번 쳐다보고 연화에게로 시선을 옮기더니 말도 못 한 채 입을 뻐끔거리며 검지를 들어 삿대질을 한다. 버릇없는 아이로구나, 너! 어디 열 살은 차이 날 것 같은 어른에게 쯧쯧.

"오, 오, 오, 오빠…… 서, 서, 설마 아, 아, 아니지?"

가벼운 한숨을 뱉으며 손으로 얼굴을 가린 채 고개를 숙인 아이돌의 온몸에서 낭패의 기운이 뻗쳐 나온다. 큰일이구나! 강태성. 이런 대형 사건이 발생했으니 앞으로 연화의 마음을 어떻게 잡을 거니? 뭐 어떻게 보면 철옹성 앞에서 지금 무너지는 게 너를 위해선 나은 일일지도 모르지만. 저렇게 예쁜 여친 놔두고 왜 싫다는 연화에게 목매는데?

"죄송합니다, 죄송합니다. 얼른 얘 보내고 올게요."

"그냥 같이 꺼지라니까!"

버럭! 화통 삶아 먹은 음성이 공간을 쩍 가르며 울려 퍼졌다. 연화 주변에 붉은 기운의 오라가 타오르는 것 같았다. 사무실에 있던 모든 사람의 시선이 연화와 태성이 그리고 그 여자애 세 사람에게로 모아졌다. 연화의 얼굴이 불속에 던져 넣은 고구마처럼 시뻘겋게 달구어진다.

"연화 씨……."

"그 연화 씨 소리도 집어치우고! 깍듯하게 사장님이라고

426

불러! 그기 아니믄 친구 누나니까 누나라고 하든가! 보자 보자 했더니 니 나를 보자기로 알지! 어디 말 안 통하는 걸로는 지랑 똑 닮은 가스나를 데불꼬와서!"

듣고 보니 그러네, 하하.

그러나 태성이의 변명성 애원보다 그 여자애의 말이 더 빨랐다.

"오빠, 그런 거야? 오빠 유별난 사정 다 알고도 받아줄 여자 찾다 보니 저런 아줌마한테 도매금으로 팔려 가는 거야? 왜 그래? 내가 있잖아! 나 정말 다 상관없다니까!"

"뭐……야, 너 그만 좀 해."

속사포처럼 이어지는 여자의 말을 끊기에는 태성이도 역부족이었다. 그의 소년 같은 얼굴에 진땀이 확 오르는 것이 보였다. 이상한 소리를 하는 그들을 보며 연화까지도 화를 누른 채 경청하는 모드로 점차 변하고 있었다.

"오빠네 아빠가 국제 테러리스트라는 것까지 다 알면서도 괜찮다고 했어, 저 아줌마가?"

"으악, 야!"

"오빠가 10대 때 진짜 총으로 사람 쏜 이야기도 다 알아, 저 아줌마?"

"심혜린!"

에엑? 잠시 사무실 내부에서 바깥보다도 더한 찬바람이 분다. 티딕티딕 공기가 얼음으로 변해 사람들을 얼리기 시작한다.

"이, 이게 무슨 소리야? 느그들 무슨 드라마 찍나?"

살얼음 낀 공간을 가르고 튀어나온 연화의 얼떨떨한 질
문에 심혜린이라는 여자의 얼굴에 미묘한 미소가 걸렸다.

"흐음, 뭐야아. 저 아줌마 아무것도 모르는구나!"

승리감에 도취된 심혜린과 달리 강태성의 얼굴에는 지독
한 피로가 몰려와 있었다. 나를 포함한 나머지 사람들은 딱
히 놀라지도 못하고, 피부에 와 닿지 않는 이야기들에 멍청
하게 서 있기만 했다.

뭐? 아버지가 국제 테러리스트? 10대 때 사람을 총으로
쏴? 그런 게 일반적인 한국 사람의 프로필이야? 분명히 귀
로 들었는데도 전혀 이해가 가지 않는다. 설마 헛소리겠지
싶으면서도 이 상황과 분위기 때문에 묘하게도 저 심혜린
이라는 여자의 말이 사실처럼 느껴졌다. 왜 이런 황당한 스
토리가 진짜 같을까?

하지만 그녀의 다음 말에 구경꾼처럼 옆에서 지켜보고만
있던 내 입장이 확 바뀌고 말았으니.

"사실대로 말해봐. 오빠, 저 아줌마 좋아해서 여기에 온
거 아니지? 지훈 오빠가 뭔가 시켰지?"

순간적으로 태성의 얼굴에서 핏기가 싹 가셨다. 다 마신
뒤 밟아버린 캔처럼 남자의 얼굴이 구겨졌다. 그러고는 이
미 도가 지나친 여자를 노려보면서 그녀의 한쪽 손을 꽉 감

아쉰다.

"나중에 따로 연락드릴게요. 실례했습니다."

예의 바르게 꾸벅 인사를 한 태성이 심혜린을 우악스레 끌고 밖으로 나가버린다. 열린 문으로 들어온 지독하게 차가운 공기가 그들이 남겨놓은 진한 파장을 흔들었다.

"이게 대체……?"

어이없어하는 연화가 토해내듯 말을 뱉었지만 귀에 들어오지 않았다. 내 뇌리에는 저 심씨 성을 가진 여자가 언급한 '지훈 오빠'라는 단어만이 빙글빙글 돌아다니고 있었다.

그렇게 요란한 폭풍이 몰아친 이후 연화와 나는 계속 저기압이었다. 태성이는 그 심씨 성을 가진 여자애와 나간 뒤 소식이 없었고, 사무실이나 매장의 누구도 이에 대해 언급하지 않았다. 오늘은 기록적인 한파가 몰아닥친 날이라는데, 실내에는 그보다 더 싸늘하고 무거운 공기가 흘러다녔다.

―지훈 오빠가 뭔가 시켰지?

지훈 오빠. 지훈 오빠라고 말했다. 어느새 다른 말은 모두 훨훨 날아가고 저 문장 하나만 머릿속에 껌딱지처럼 딱 붙어 자리를 잡았다. 그 지훈이 진짜로 심지훈일까? 아닐까? 내 괜한 억측인가? 사실 지훈이라는 이름은 미선만큼이나 흔한 이름이잖아? 하지만 왜 또 그 여자애는 성이 심씨인데? 여동생이 있다는 말은 못 들었으니까 사촌? 아닌가?

그와 연관해서 태성이에 대한 것도 이것저것 따져보게 된다. 태성이 왜 하필 내가 심지훈을 처음 만난 날 우리 매장에 나타났지? 물론 연규한테서 전부터 연화를 만나보고 싶어 하는 친구가 있다는 말은 들었지만, 왜 딱 그날 나타난 거야?

곰곰이 생각해보니 태성이가 여기 나타난 그 시각, 나는 원래 백화점 특가 상품을 향해 가고 있었다는 사실이 떠올랐다. 연화의 전화를 받고 사무실까지 왔다가 허겁지겁 돌아갔을 때 백화점에 거짓말처럼 심지훈이 나타났다. 단순히 스치듯 마주친 정도가 아니라 내가 원하는 물건을 바로 앞에서 보란 듯이 낚아채갔다.

그게 우연으로 가능한 일일까? 정말로 운명처럼 심지훈이 주위에 있는 그 많은 백화점들 중에서 왜 하필 그 백화점, 그 매장에서 하는 타임 세일 행사의 숄을 사러 왔을까? 당시에는 우연 말고는 가설을 세울 수 없어 넘어갔지만 혹시 내가 여기서 연화에게 생각 없이 흘린 정보를 옆에서 강태성이 귀동냥으로 듣고 있었다면…….

"3년 동안 나를 스토킹했다고 본인 입으로 말했으니까 정보원 하나 심어두는 건 일도 아니었을까?"

—직접 이야기를 해봐야 알겠지만 그냥 딱 보기에는 진짜 괜찮아 보이는걸. 원래 남자는 남자가 봐야 아는 거야.

430

뭘 망설여? 자, 우리 연화 씨 말마따나 그냥 가서 자빠지라니까.

그래. 강태성 그 녀석, 심지훈이 매장으로 찾아온 날 이렇게 설레발쳤지. 생각해보면 매장 안으로 들어오지도 않고 쇼윈도 건너편에 있었던 남자를 그렇게 자세히 보았다는 건 거짓말이다.

물론 확실한 건 없다. 아직까지는 그냥 모두 내 상상일 뿐이다. 그럼에도 불구하고 가슴속에 먹물이 한 방울 떨어진 것처럼 의심이 넓고 진하게 퍼져갔다. 이성은 분명하지 않은 일을 확대해석 하지 말라고 명령하고 있었지만 자꾸만 내 가슴이 어떤 결론을 내리려고 했다.

이젠 누구도 믿을 수 없다는 생각까지 들었다. 사무실에 있는 다른 직원들 중에도 카톡이나 메신저를 통해 쉼 없이 내 현 상태를 모두 보고하는 누군가가 있을지도 모를 일이다! 그렇다면? 아마도 지금의 내 불안정한 모습을 보고 받은 심지훈에게서 바로 연락이 오겠지?

띠리링.

기가 막힌 타이밍이었다. 폰의 문자 알림음이 벼락 소리처럼 내 심장을 때렸다. 화면을 향해 움직이는 손끝이 덜덜 떨려왔다.

—별일 없죠?

정말로 그이였다. 아주 간단한 안부 문자. 평소였다면 그냥 웃으며 답해주었을 그런 문장. 그런데 지금은 저 '별일' 이라는 단어가 화면 전체에 꽉 찰 정도로 커다랗게 보였다. 무슨 별일? 심지훈은 정말로 강태성에게서 조금 전 사건을 보고 받았을까? 그래서 이런 식으로 사람 심리를 떠보는 문자질을 하는 걸까? 아니면 지금 이 사무실 직원 중 누군 가가⋯⋯.

"아, 나 왜 이래?"

중얼거리며 눈을 감았다. 정말 별것도 아닌 일에 확대해석을 하고 있다. 감고 있는 눈 속에서 우울증에 과대망상까지 시달렸던 과거의 내가 희뿌옇게 나타났다. 내가 왜 점점 더 미쳐갔는지를 잊어서는 안 된다. 남편에 대한 믿음 부족. 근원을 따지자면, 의심병일 테지.

심지훈은 전남편과 다르다. 그저 전날 밤을 함께 보낸 연인으로서 내 현재 상태를 궁금해할 뿐이다. 그는 내게 누구보다도 솔직하다. 나는 그를 완벽하게 신뢰해야만 한다. 혹시라도 의문스러운 점이 있다면 직접 물어보면 그뿐이다. 괜스레 이런저런 상상을 갖다 붙여 의혹을 짙게 만들 필요는 없다. 나는 마음을 가다듬고 평온하게 답문자를 보내주었다.

—언제나처럼 사무실은 나를 너무 반기는 것 같아요. 오늘 지훈 씨가 사준 옷 덕분에 매력도가 '업'되었답니다.

그에게서 보고 싶다는 답문자가 다시 도착했고, 나 역시

비슷한 문장을 만들어서 보낸다. 얼굴을 마주하지 않은 채 기계를 통해서 나누는 이런 대화는 감정을 숨기기에 적절해 보였다.

"먼저 들어가겠습니다."

퇴근하는 직원의 인사에 퍼뜩 정신이 들었다. 밖은 이미 어스름하게 어둠으로 물들어 있었다.

"미슨이 니 내랑 둘이 저녁 먹으러 나갈래?"

연화가 뭔가 할 말이 많은 눈치였다. 그렇지 않아도 최근에 캐묻고 싶은 게 많기도 했다. 물론 현재는 내 복잡한 머릿속 때문에 아무런 질문이 떠오르지 않고 있지만.

"밥은 되었고, 술이나 한잔하자."

잠깐 생각에 잠겼던 연화가 고개를 끄덕여 보이고는 매장에 가서 이런저런 지시를 남기고 왔다. 반드시 셔터는 본인이 내려야 직성이 풀리는 연화에게 오늘은 매우 이례적인 이른 퇴근이다.

"연규 오늘 안 들어온다 했으니 우리 집으로 가자."

유 여사님께 전화를 걸어 조금 늦을 것 같지만 외박은 하지 않을 테니 걱정 마시라고 말하고는 문을 나섰다.

연화가 전투적으로 술을 벌컥벌컥 마셔댔으나 다른 때와 달리 말릴 수 없었다. 나도 나지만 연화 역시 상당히 복잡한 심기를 끌어안고 있는 느낌이었다. 잠깐씩 접했을 뿐이

라 태성이와 연화 사이에 흐르는 공기를 그다지 심각하게
여기지 않았는데, 내 판단보다 그들 두 사람은 꽤 진전된
모양이었다.

'옆에서 문자 확인하며 웃을 때 알아봤어야 하는 건데.'

연화는 그렇게 알코올을 흡입하는데도 취기가 별로 돌지
않는 것 같다. 저러다가는 갑자기 꼭지가 돌아 대화고 뭐고
불가능한 상태가 되지 싶었다.

"너 태성이랑 무슨 일 있었어?"

결국 내가 먼저 질문을 꺼냈다. 처음에는 내 머릿속이 복
잡해서 그간 품었던 궁금증 따위 휙 날아간 줄 알았건만,
이늠지지배가 땅이 꺼져라 한숨을 내쉬며 안주도 없이 벌
컥벌컥 깡소주고만 진하게 사귀어주시는데 어찌 질문이
나오지 않을소냐.

"없었어."

음, 몸과 입이 다른 소리를 뱉어내시네! 뭐야, 더 마시고
나서 제대로 혀 꼬부라진 뒤에 물어봐야 하는 건가?

"아니, 있었어."

"잉?"

"아냐아냐, 없었어."

커헐. 정신 분열 증세까지 보인다. 얘 왜 이래?

"연화야."

가볍게 채근하니, 연화가 아이씨 중얼중얼 욕을 내뱉으

며 자신의 솥뚜껑만 한 손으로 이마를 퍽퍽 때린다.

"미슨아, 내 와 이러노?"

"으악! 하지 마! 빨갛게 부어오르잖아!"

"아, 정말 미치고 팔짝 뛰겠네!"

벌떡 일어나더니 마구 거실을 서성인다. 나는 눈을 깜빡이며 쳐다보고만 있었다.

"지난주 토요일에 매상이 겁나 좋았거든. 기분 진짜루 좋아서 있는데 또라이 시키가 영화표 있다믄서 심야 영화 보자고 하대."

은비 생일날 말이군. 난 심지훈과 아쿠아리움에 갔었지.

"영화가 쫌 보고팠던 거라 가자 캤지. 내 그 오밤중에 얼라들이 그렇게 거리를 싸댕기는 거 그날 첨 알았다."

연화는 장황하게 처음 가본 심야 영화의 경험담을 늘어놓고 있었다. 주차할 곳이 없어 헤맨 일 하며 영화관 자리가 어떻다는 둥 옆자리에서 시끄럽게 떠들던 팝콘족 이야기까지. 나는 가볍게 지루해지기 시작했지만 꾹 참으며 친구가 주절주절 떠드는 걸 경청했다.

그러고도 영화가 시작하고 나서 어둠 속에서 화면에 집중한 이야기, 영화 앞부분 스토리까지……. 결국 나는 분 단위로 모든 설명을 들어야 할 것 같은 위기감을 느끼고서 친구의 술주정 비슷한 방언 중간에 이렇게 치고 나갔다.

"그래서 혹시 키스했어, 너네?"

"헉."

그걸 어떻게 알았냐는 뒷말이 생략된, 한 음절의 숨 들이키는 소음. 나는 눈을 비비면서 안주로 내놓은 프렌치프라이를 집어 먹었다. 아참, 나 어젯밤에 거의 못 잤구나. 어쩐지 피곤하더라.

"남자가 작업 중인 여자한테 심야 영화 보러 가자고 하면 그게 뻔한 수작이잖아."

"그게 그런 거냐?"

"2차는 안 갔고?"

"무, 무, 무, 무슨 소리고! 2차라니! 내 그 자리에서 어퍼컷을 날리고 도망 나왔구마!"

이번엔 내 쪽에서 허억이다. 아니, 꼭 2차가 그런 방향으로 해석될 건 아니지 않나? 영화 끝나고 한잔하러 간다든지. 호호호, 요거 봐라. 키스가 상당히 에로틱했나 보지? 어둠 속에서 슬그머니 다가와 더듬더듬? 푸흡. 덕분에 웃는다, 내가.

"어퍼컷이라니⋯⋯. 아예 극장을 들었다 놨다 하지그랬어?"

아랫입술을 비죽 내민 연화 얼굴이 활활 타오르고 있었다. 흐흠, 그래서 내가 앓아누웠을 때 옆에서 태성이 전화도 안 받고 나중에 온 문자에는 피식피식 웃고⋯⋯ 그랬던 거구나! 처음 해보는 연애 감정에 한껏 들떠서 말이지.

그랬는데 아까 낮에 그런 상황을 접했으니 너도 참 심란하겠다.

"나 워쩌면 좋을까?"

여러 의미가 함축된 힘 빠진 질문에 나는 쉽사리 답하지 못했다. 이미 발끝까지 휘청휘청 흔들릴 정도로 한쪽 감정을 내준 모양인데, 그 마음 준 상대에게 조강지처 필 나는 곱상한 여자 친구가 나타나지를 않나, 그놈이 연화에게 작업하는 척하며 사실은 다른 일을 꾸민 것 같질 않나.

"아까 걔가 애인일까? 아닌 것 같기도 하더라. 아무럼 자기 여자를 그렇게 막 대하겠어?"

"모르지. 원래 성격이 그래 몬된 놈인지."

문득 처음 심지훈이 들이댈 때 자꾸만 나쁜 식으로 생각을 몰고 가며 도망치려 했던 내 모습이 떠올랐다. 연화에게서는 그때의 내가 겹쳐 보인다.

"끙끙대지 말고 직접 태성이에게 물어봐. 혼자 이렇게 고민한다고 답이 나오는 거 아니잖아."

"전화 안 받는다."

"어, 안 받아?"

"아니, 아예 꺼져 있드마. 여친 달래고 있납다 싶고."

연화는 아예 그 여자애를 애인으로 기정사실화하고 있다. 쩝, 그럼 뭐야. 아이돌 그 녀석은 애인도 있는 주제에 연화에게 반한 척 들이대면서 사실은 매장에 나를 감시하러 왔다고? 내가 무슨 정부 요직의 망명자라도 되냐? 아니면 내가 흉악범의 내연녀라서 형사가 동태를 살피러 잠입 수사 하고 있는 중? 또 드라마 쓴다, 정말! 이번에는 영화 스토리인가? 헐헐.

"근데, 미슨아. 내가 정말이지 못 견디게 화가 나뿐다."

"화나지. 누구라도 너 같은 상황 닥치면 화낼 거야."

나는 얼른 호응해줬다.

"눈앞에 아무것도 안 보이고, 그노마 얼굴만 둥둥 떠다니고, 그 여시 같은 것을 어느새 내가 주먹으로 퍽퍽 때리는 상상을 하고, 결국에는 아무 일도 없었다고 웃으며 또라이 그기 가게 문 열고 들어오는데……."

어느새 연화의 눈시울이 붉게 물들어 있었다.

"내가 와 이라노 싶어 고개를 휘휘 저어봐도 이 생각이란 게 내 뜻대로 안 되는 기라. 나 정말 바보 같제. 겨우 입 박치기 한번 해봤다고 영혼까지 죄 퍼준 것 같다 아이가."

결국 덩치가 산만 하지만 실상 속은 여린 내 친구가 목 놓아 펑펑 울기 시작했다. 울지 말라고 투덕투덕 등을 두드리던 나도 술기운 탓인지 갑자기 뜨거운 뭔가가 울컥 치밀어 같이 껴안고 엉엉 통곡하고 말았다.

해서 강태성이 사실은 심지훈과 관계있는 놈이 아닐까 하는 의문은 꺼내볼 엄두도 내지 못했다.

다음 날 묵직한 머리를 털면서 간신히 점심시간 전에 출근을 했다. 술기운도 남아 있는 데다 편두통 때문에 자꾸 인상이 구겨졌다. 그냥 하루 쉴까 하는 마음도 있었으나 그 대로 집에 있다가는 유 여사님 잔소리에 질식할 것 같아 허겁지겁 도망치듯 사무실로 오고 말았다.

"아우, 머리야."

자리에 앉는데 윙윙 이명까지 들리는 것 같다. 도대체 울면서 얼마나 더 퍼마셨던 걸까? 기억이 나지 않았다.

"게다가 이 사람은 왜 연락이 없는 거야?"

문자도 전화도 없다. 회식 후 본가로 들어간다고 했으니 함부로 먼저 닦달하기도 그렇다. 토요일에는 출근 안 하는 것 같던데, 어머님 뵈러 간 김에 늘어지게 늦잠이라도 자는 걸까?

"숙취 해소에는 꿀물이 최고지용."

"에잉?"

탁 소리와 함께 유리병에 담긴 꿀물이 내 앞에 놓인다. 얼떨결에 손으로 잡아보니 따끈따끈한 것이 편의점에서 바로 사 왔나 싶었다. 그러나 무엇보다도 놀란 것은 꿀물을 건네준 사람에게 있었으니!

"강태성 너!"

"응? 왜에? 누나?"

"왜에에? 내가 왜 놀라는지 몰라서 물어? 너 대체 어제 어떻게 된 거야? 연화가 얼마나 속상해했는지 알아?"

버럭 소리를 질렀으나 태성은 언제나처럼 방싯방싯 웃음만 머금고 있다.

"그리고 여기 어떻게 있어? 연화가 아직 너 못 봤니? 죽이겠다고 덤빌지도 몰라. 네가 잘 몰라서 그렇지 걔 화나면 진짜 무섭거든!"

"내가 왜 몰라. 우리 연화 씨 화나면 진짜진짜 무섭다는 거 너무나 잘 알지."

이놈 봐라? 여전히 우리 연화 씨일세. 허허허. 카리스마 방 사장님 어디 있지? 뭔 사단이 나기 전에 내가 알아서 이 녀석을 내쫓아야 하는 건가? 그러나 이런 생각은 이미 한 타이밍 늦었으니.

"미슨이 니 왔나? 눈이 많이 와서 오는 길 막혔을 텐데, 생각보다는 빨리 왔네."

밖으로 통하는 문을 열고 연화가 들어선 것이다. 나는 속으로 흡 숨을 들이마시며 두 사람의 눈치를 살폈다. 아마도 연화는 재고 정리 하러 창고에 다녀오는 길인지 코끝이 얼어 빨갛게 물들어 있었다. 곧 흥분해서 연화 얼굴이 온통 저 색으로 변하겠지? 나는 두근두근하는 심기로 태성이를 향해 피하라는 턱짓을 보냈으나 이 녀석 고개만 갸우뚱 기울이며 미동도 없다.

"어제 내 땜에 니까지 고생이 많았지. 속은 어떻나?"

"아, 응. 이거 먹으면 좀 나아지겠지, 뭐. 괜찮아."

빨리 가라고! 기회가 있을 때 나가라니까! 태성이를 향해 무언의 비명을 눈빛으로 쏘면서 나는 연화에게 꿀물을 들어 보였다. 근데, 어라? 태성이가 대뜸 연화 앞으로 걸음을 옮겼다. 뭐하는 거야, 저 녀석?

"어떡해, 우리 연화 씨. 몸이 꽁꽁 얼었잖아."

크에엑? 내 눈이 동그랗게 커지거나 말거나 우리 매장의 아이돌 강태성은 연화 옆에 서서 그 길고 날씬한 팔로 연화의 몸을 감싸 안았다. 당장 패대기칠 줄 알았던 연화는 얼굴 전체가 순식간에 선홍색으로 바뀐다. 뭐지?

"뭐, 뭐, 뭐야 너희들!"

내가 경악하거나 말거나 연화의 거친 손을 잡아 자신의 두 손 안에 가둔 채 호호 불어주던 태성이 급기야 연화의 손을 자기 옷 속으로 집어넣었다!

"연화 씨, 따뜻하지?"

그러더니 태성이 입을 떡 벌리고 있는 나를 흘끔 쳐다보면서 회심의 다음 대사를 코맹맹이 소리까지 만들어가며 읊어댄다.

"이 안에 연화 씨 있다!"

으아아악! 진심 어린 비명을 속으로만 지른 건지, 진짜로 입 밖에 내뱉어버린 건지는 나도 모르겠다. 조금 전보다 훨씬 더 후끈 달아오른 연화의 얼굴은, 거대 토마토가 따로 없었다. 사무실 사람들은 내가 출근하기 전부터 이미 이 둘의 애정 행각을 접한 듯 놀라지도 않고 웃음 담긴 시선으로 흘깃거리고만 있었다.

"이게 어떻게 된 건지 누가 나한테 설명을 해줘!"

결국 내가 바락바락 고함을 지른 뒤에야 방연화 강태성 커플이 슬쩍 떨어졌다. 흠흠 멋쩍은 소리를 내던 연화가 그제야 내 옆으로 다가와 속삭이듯 입을 열었다.

"어쩌다 보니 그케 되었다."

"뭘? 어떻게? 언제?"

"새벽에 니 가고 쟈가 찾아왔었거든."

새벽에 네가 떡실신해 있었는데 태성이 찾아왔다고? 가만있어봐, 기억이 가물가물하지만 대충 여명이 어스름히 밝아올 즈음 내가 택시 타고 집에 간 것 같은데? 아니 뭐야? 불과 몇 시간 만에 둘이 급 화해하고 연인 관계로까지 발전한 거니? 도대체 어떤 방법으로?

"설마! 만리장성이라도 쌓았니?"

실시간으로 화르륵 타오르는 방연화! 흐미 웬일? 소방차 불러야 되게 생겼구나!

"큼큼…… 야, 뭐 꼭 그래서라기보다는 둘이 많은 대화를 했다 아이가. 서로에게 쌓인 오해는 모두 풀었제."

대화는 개뿔. 미심쩍어 노려보자 연화가 눈을 한일자로 만들어 배시시 웃기만 한다. 으허헉, 뽕 갔구만 뽕 갔어!

"우리 연화 씨, 하루 새에 나 때문에 얼굴이 반쪽이 되었으니 영양 보충해주고 올게. 점심 먹으러 가자!"

아하하하! 이거야 원. 진정한 멘붕이 찾아왔으나 신이 나서 밖으로 향하는 저 둘을 막을 수는 없었다. 어느새 다른 직원들도 하나둘 일어나 밖으로 나간다. 나야 뭐 워낙에 늦게 출근한 데다 아직도 속이 뒤집어지는 것 같아 자리만 지켰다. 그러다 보니 사무실에는 나 혼자 남고, 매장에는 점심을 늦게 먹으러 가는 직원 둘만 남아 있었다. 잠시 후 벽시계가 1시를 가리켰고, 나는 길게 기지개를 켜며 일하기 싫은 월요병 환자처럼 마냥 축 늘어지게 되었다.

철컥.

그때 외부로 통하는 문이 거칠게 열리며 찬바람이 확 불어닥쳤다. 아니 누가 이렇게 교양 없이 문을 끝까지 열어젖히는 거야? 가뜩이나 숙취 때문에 몸이 안 좋아 어깨에 한기가 느껴지는데 어떤 불청객인가 싶어서 짜증 서린 눈빛으로 돌아본 나는, 다음 순간 깜짝 놀라 벌떡 일어서고 말았다.

"흥, 여기가 맞네! 엄마! 엄마!"

바깥을 향해 소리를 지르는 낯익은 젊은 여자. 아, 정말 쟤네들 왜 이러니? 나 좀 조용히 살게 해주면 안 되는 거야? 그렇지 않아도 두통이 몰려오던 머리에 꽈르릉 천둥 번개까지 치기 시작한다.

"아우, 뭐 이렇게 좁아터졌어? 이 냄새는 또 뭐야?"

또각또각 걸어 들어오는 발에 감긴 건 무릎 아래까지 송치로 되어 있는 패션 테러리스트들이나 신고 다닐 부츠였다. 여자는 매우 비싸 보이는 윤기 촬촬 천연 밍크를 두껍게 두르고 있는데, 색상이나 디자인이 전혀 어울리지 않는 명품 장신구와 핸드백으로 치장해서 돈은 돈대로 들이고도 촌스러움을 그대로 풀풀 풍기고 있었다.

집안이 의류 유통으로 먹고살면 나름 세련되어가는 맛이라도 있어야 하는 것 아닐까? 어쩜 예전보다 나아진 게 하나도 없는지. 신혼 시절에 내가 잠시 코디해준 적이 있는데, 남들이 다 세련돼 보인다고 하는 데도 뭐가 불만인지 그 자리에서 벗어버리던 인간이니 말 다했지.

잠시 후 그 여자와 매우 흡사한 얼굴과 패션을 보이는 젊은 할머니가 나타났는데, 완고한 입매와 날카로운 눈빛이 인상적이다.

아아아, 정말 지긋지긋한 고씨 집안 인간들!

"무슨 일로 여기까지 오신 거죠?"

침착하려 해도 메마른 목소리가 갈라진다. 내게 5년이라는 암흑기를 제공한 장본인들이 동시에 등장한 것이다. 생각조차 떠올리기 싫은 전 시어머니와 그 딸인 전 시누이. 그들을 3년 만에 바로 앞에서 대면하자 의연하려 해도 발끝부터 미세한 떨림이 시작되고 있었다. 주먹을 꽉 쥐어보지만 별다른 도움은 안 된다.

"몰라서 물어?"

눈을 희번덕이며 소리를 빽 지른다. 나 귀 안 먹었거든! 게다가 뭐냐 이건? 두 여자 뒤로 새까만 양복을 껴입은 어깨들이 둘이나 보인다. 노인네가 아직 일수하던 때 버릇을 못 버렸나 보네? 아니 대체 무슨 일이기에 여기 오면서 깡패들까지 대동해? 나는 인상을 쓰면서 긴장 때문에 꽉 쥐었던 주먹을 펴서 손바닥을 옷에 슬슬 문질렀다. 정말 추운 날인 데도 손에 땀이 제법 배어나고 있었다.

"야, 이 앙큼한 게! 우리 승찬이를 엿 먹였다고? 어?"

대뜸 전 시누이께서 내게 달려들어 손으로 어깨를 팍 밀어젖혔다. 내 몸이 저절로 반 발자국 뒤로 물러서진다. 나는 기분이 상했으나 이를 앙다문 채 대답을 생략했다. 정말 상대하기 싫다. 보나마나 이틀 전에 나를 찾아왔다가 심지훈에게 한 대 맞은 고승찬 그 찌질이가 엄마한테 쫄래쫄래 달려가 일러바친 것이리라. 산만 한 덩치를 가진 남자가 하는 짓치고 참 고상하다.

거기다 아들이 징징대며 이른다고 두 팔 걷어붙이고 찾아온 엄마라는 사람은 또 뭔데? 그래도 혼자 오기는 좀 그랬나 보지? 젊은 딸년 앞세우고 어깨들까지 거느렸다. 흐으, 대체 내가 얼마나 무서우셔서?

내 앞에서 앙앙대는 시누이라는 여자는 얼굴만 봐서는

20대다. 이름도 잘 기억 안 나네. 고승희였던가? 아무튼 나보다 나이가 열 살이나 많은 양반인데 얼마나 보톡스를 맞아댔는지 표정 주름조차 없고, 말할 때면 입 근육만 따로 움직인다. 당연히 보기 좋은 얼굴이 아니거늘 본인은 전혀 모른다. 딱 봐도 인조인간이구만.

"긴말 필요 없다. 이거나 줘라."

언제 들어도 불쾌한 낮은 목소리가 공간에 울린다. 고매하신 양반께서 나랑은 상대하기도 싫은지 굳이 딸에게 전달하라는 뉘앙스를 풍긴다. 웃기셔. 나야말로 저기, 위화감 조성해서 영업 방해되는 시커먼 것들이랑 얼른 꺼져주었음 싶거든! 근데 저건 뭘까? 흘깃 시선을 옮겨보니 커다란 사파이어 반지를 낀 주름 가득한 손에 종이 한 장이 들려 있다.

"엄마아, 쟤 머리끄덩이라도 잡아야지. 저걸 그냥 내버려 둬?"

아, 무슨 스트레스 해소라도 하러 왔니? 고승찬에 이어 줄줄이 여기 찾아오는데 아주 죽겠다고. 니들은 남의 직장에 대한 최소한의 예의라는 것도 몰라? 내가 여기 직원들 얼굴 보기도 아주 부끄럽다니까.

"휴우."

원래부터 제 엄마 하는 짓만 따라하고 기껏해야 나한테 음식 못한다는 타박이나 해대던 덜떨어진 여자가, 나를 잡

446

아먹을 듯 노려본다. 말로라도 한 방 먹이고 싶지만 그냥 조용히 있자. 괜히 내 직장에서까지 몸싸움해가며 골치 아픈 문제를 고스란히 드러내기 싫거든. 문가에 떡 버티고 서 있는 시커먼 놈들 때문은 절대로 아니라고.

하아. 연화야, 밥을 언제까지 먹을 거니? 태성이랑 닭살 애정 행각 부리느라 세월아 네월아 하는 중 아니겠지, 설마? 밥 빨리 먹기로는 둘째가라면 서러운 방 사장님인데.

지금 운 좋게 저 문으로 우리의 덩치녀께서 들어서는 상상을 해보지만, 안타까운 현실은 달라지지 않는다. 연화라면 저런 무서운 깡패들이라 해도 기죽지 않고 대들 텐데 참 아쉽네. 매서운 할머니 어깨 너머에서 매장에 남아 있던 직원이 가만히 휴대폰을 꺼내드는 게 시야에 들어왔다. 참 굼뜨시오. 이제 연락해본들 다들 여기로 달려오는 데 5분은 걸리겠지?

"자, 어서 사인해."

슥 내미는 종이를 일단 받았다. 이거 뭐냐니까? 눈으로 물어보니 피식 웃는다.

"꼴에 쳐다보는 눈길 달라진 것 봐라. 천박하게 남자 생겼다더니 뵈는 게 없니? 빨랑빨랑 사인이나 해. 귀찮음 지장 찍어도 되고."

"뭐예요, 이게?"

"친권 포기 각서."

"뭐라고요?"

기가 막혀서 고개를 들자 눈가 주름조차 없는 표독스러운 눈동자가 가까이 와 있다.

"어떤 등신 같은 놈 만났는지는 몰라도 너 또 시집간다며? 지금 내 사랑스러운 조카들을 그놈 밑으로 데리고 들어가겠다는 거야? 그게 말이나 된다고 생각하니? 당장 여기 사인해. 이번 주 내로 은비랑 은솔이 우리가 데려갈 테니까."

어이가 없다. 등신 같은 놈? 그거야 네 남동생 이야기겠지? 훌륭한 심지훈을 보면 네 동생하고 비교되어 입이 딱 벌어질걸! 바로 이런 말이 튀어나오려 입술이 간질거렸지만 무조건 참았다. 정말 참을 인 자 세 번이면 살인을 면한다고, 내 속에서 사리가 생기는 소리가 들리는 것 같거든.

"무슨 소리 하는지 모르겠네요. 내 아이들 친권을 내가 왜 포기해요? 양육권도 제게 있는 거 아시죠? 괜한 수고 말고 어서 돌아가세요."

"이게 진짜!"

짝!

순간적으로 뭔가가 뺨을 화끈하게 스쳐갔다. 고개가 휙 돌아가고, 별이 반짝거리며 주변을 떠돈다. 조금 지나서야 얼굴에 아픔이 확 번진다. 아, 내가 지금 따귀를 맞은 거야?

"어머 어떡해? 무슨 짓이에요!"

"여기서 왜 이래요? 경찰 부를 거예요!"

남아 있던 직원들이 비명에 가까운 소리를 질렀으나 개의치 않는 뻔뻔한 모녀다. 직원들은 이쪽으로 오려다가 문가의 시커먼 어깨들이 무섭게 노려보자 멈칫거린다. 하아아. 정말 짜증 나네.

"사장님! 사장님! 빨리 좀 오시라니까요! 여기 진짜 큰일 났어요!"

직원이 다시 전화를 거는 소리가 들려오지만 별 소용은 없어 보인다. 정말로 이 위기를 어떻게 타개해야 하지? 고민에 빠져 있는데 입안에서 찝찌름하게 피 맛이 났다.

"야, 잘 들어. 네 그 기둥서방인지 뭔지 하는 놈이 내 동생 때려서 지금 입원했거든! 애를 어떻게 반 죽여놓니? 너 깡패랑 사귀어?"

입원이라고? 나는 정말로 푸후 숨을 뱉으며 허무한 웃음소리를 내버렸다. 정말로 황당 그 자체였다. 턱을 한 대 맞긴 했지만 곱디고운 심지훈 손에 맞았다고. 그렇게 큰 충격이 간 것 같지도 않던데. 끌끌, 고승찬 지금 병원에 드러누웠니? 혹시 병신처럼 굴었다고 제 엄마에게 맞아서 입원한 건 아니고? 새로운 직업으로 자해공갈단이라도 시작한 거야? 덩치가 아깝다, 이 인간아.

"말도 안 되는 소리 마세요. 내가 맞는 거 옆에서 봤는데, 고승찬 씨 입원할 정도 아니었거든요."

"웃겨. 네가 의사라도 돼? 아무튼 됐고! 이거나 어서 사인해. 우리도 바쁜 사람들이거든!"

허허, 그런 식이면 나도 지금 따귀 맞았다고 무조건 진단서 끊어 입원해주리?

"안 해요. 정말 이런 식으로 굴면 경찰 부를 거예요."

"경찰? 불러라 불러! 우리도 네 그 깡패 남자 친구 고소할 거니까. 어?"

여태 딸이 하는 짓을 가만히 보고만 있던 노인네가 어느새 내 앞으로 다가와 있었다. 그녀는 조용히 금테 안경 너머로 나를 노려보더니 가방에서 뭔가를 꺼낸다. 새빨간 인주다.

"지장으로 해야겠구나. 어서 찍어라."

"이게 무슨 짓이에요? 이렇게 본인 의사 상관없이 강제로 하는 건 법적으로 아무 소용없는 것 몰라요? 그런 문서 따위 휴지 조각이나 마찬가지라고!"

"소용이 있는지 없는지는 두고 봐야지. 뭣들 해? 이리 와서 이년 잡아!"

이것들이 단체로 미쳤나? 뒤로 한 발 물러서며 잽싸게 도망가려는데 어느새 문가의 어깨들이 성큼 다가와 내 양쪽 팔을 꽉 잡는다. 구둣발로 정강이를 걷어차봤지만 어깨들은 꼼짝도 하지 않았다. 그사이 나는 고승희에게 손목까지 잡혀버렸다. 뭐야뭐야! 차미선 바보 같으니! 힘으로 안 되면 머리를 굴려! 어떻게든 방법을 찾아봐! 이 여자들이라면 이따위로 억지 지장을 찍어가서 무슨 짓을 할지 모른다고! 공포에 질려 이쪽을 주시하고 있는 저 어린 직원들이 나중에 증인이나 되어줄까? 순간적으로 머릿속에 별의별 생각이 떠돈다.

"안 돼! 안 된다고!"

소리를 바락바락 질러대는 나를 억센 네 개의 손이 마주 잡이로 옥죄어왔다. 그사이 고승희가 강제로 내 엄지를 세워 인주를 칠해놓고 지장을 찍겠다고 요란을 떤다. 안 돼! 절대로 이대로 당할 수는 없어!

"아으윽! 무슨 손가락 힘이 이렇게 세! 가만있지 못해?"

"싫다고, 싫단 말이야! 이거 놔!"

그런데 어쩌지? 미친년처럼 발악을 해대도 소용이 없다. 연화처럼 체력 좀 키워둘걸! 마른 몸이 이 순간처럼 원망스러운 적이 없다. 이런 상황에 나를 도와줄 사람이 있을까? 누구라도 좋아! 제발 나 좀 이 나쁜 것들에게서 구해줘! 놓으라고! 놔!

"놔아아!"

촥!

"으악!"

"꺅!"

엥? 버둥대며 악악 소리소리 지르는데, 갑자기 누군가가 내게 덤벼든 인간들에게 물을 끼얹었었다! 촤아악 물소리와 동시에 원수 같은 예전 시누이가 꺅 비명을 지르고 나서 자신의 비싼 밍크를 살피느라 정신이 없는 사이, 나는 덩치들에게서 간신히 벗어났다. 뭘까? 이 순간에 끼얹어진 구원의 물세례는?

"지금 이게 대체 무슨 짓들이에요! 깡패 같은 사람들!"

앙칼진 여성의 목소리가 공간을 찢는다. 정신을 차릴 새도 없이 누군가가 내 어깨를 끌어안고 무식한 놈들에게서 멀찍이 떼어낸다. 누구세요? 향긋하고 기분 좋은 향수 내음과 따스한 손길을 가진 사람이었다.

"아가, 괜찮니?"

어? 어? 낯익은 목소리, 그리고 곧 시야에 들어오는 얼굴은 바로 지난밤 심지훈의 집에서 뵌…… 그의 어머니?

"어디 다친 데 없어?"

"아, 네에……. 저는 괜찮아요."

얼떨떨하게 대답하고 있는데, 저 사나운 모녀가 경계의 눈빛으로 심지훈의 어머니를 노려보고 있다.

"누구야, 당신은?"

씩씩대며 성질 급하게 먼저 말을 꺼낸 건 당연히 젊은 쪽이다. 하긴 거의 다 되었는데 그야말로 찬물을 쳐 맞았으니 엄청 화났을 거야. 그치? 쌤통이다. 어울리지도 않는 고급 모피코트나 걸치고 와서는 쫄딱 젖은 생쥐 꼴이 되셨네! 아, 할 수만 있다면 지금 당장 이 자리에서 깔깔깔 큰 소리로 비웃어주고 싶다.

"그러는 당신들은 누군데 우리 새아가에게 이런 짓을 하는 겁니까?"

헉, 어, 어머님? 새아가라니! 제게 며느리라고 하시는 건가요?

나도 놀라고 저들도 놀란다. 누구보다도 전 시어머니가 가장 놀란 얼굴을 하고 있었다.

"야, 이 늙은 년이! 너야말로 누구기에 이따위 짓거리야! 너 이게 얼마짜리인 줄이나 알고……."

"승희야, 잠깐만."

젊은 여자가 정신 나간 듯 따지고 드는 걸 오히려 그 여자의 엄마가 막는다. 잉? 뭐지?

"혹시…… 이정숙 이사님?"

누구? 고씨 집안 노인네의 호명에 내 예비 시어머니께서 고개를 갸웃 움직였다.

"저를 아는 모양이군요."

"아, 예. 지난달 패스트패션 창립 기념회에서 뵀습니다만."

말투가 완전히 공손해져 있었다. 패스트패션은 고승찬의

회사인 KST어패럴의 최대 갑님으로 패션 의류업계의 대기업이다. 그곳 창립 기념회에서 만났다니. 심지훈의 어머님도 의류나 잡화 쪽과 관련이 있으신가?

"죄송하게도 뉘신지 모르겠으나 저와 면식이 있다면 제 얼굴을 봐서라도 여기서 더 이상 이런 무례한 행동 그만하고 가주셨으면 하는데요."

단호한 어투에 힘이 실려 있다. 저들의 표정에 낭패의 기색이 깃들다니 정말 기분 좋은 일이었다. 고씨 집안 노인네가 어깨들에게 나가라는 손짓을 한다. 와하, 진짜 이 순간 여기서 푸하하하 웃어버리면 정녕 미친년으로 보이겠지? 아, 근데 입이 근질거려. 나 어쩜 좋니.

연화가 헐레벌떡 사무실까지 뛰어왔을 때는 이미 상황이 종료된 이후였다.

"가시나야, 뭐꼬? 다 끝나버렸네."

"어어."

"에잉? 소매가 다 젖었네! 그리고 얼굴은 또! 야, 이거 와 이라노? 니 따귀 맞았나?"

호들갑을 떠는 내 친구 뒤로 다시 문이 벌컥 열렸다.

"허억허억, 와 진짜 빨라! 연화 씨! 육상 선수 출신 아니야?"

뒤따라 들어오던 태성이가 거친 숨과 말을 함께 뱉으며

눈빛으로 나와 주변을 훑는다. 어느새 세트가 되어버린 그들을 향해 입을 열었다.

"괜찮아, 이젠."

내가 조금 기운 빠진 목소리를 내면서 슬며시 웃었다. 연화는 묘하게 가라앉은 내 분위기가 이상했는지 미간을 찌푸리다가 그제야 사무실 안의 낯선 아주머니를 발견했다.

"누꼬?"

"지훈 씨 어머님이셔. 어머님, 여기는 저희 사장인 제 친구 연화예요."

"앗, 심 슨생님 어머님이십니까?"

연화가 꾸벅꾸벅 허리를 숙여 인사했다. 그의 어머니는 괄괄한 연화를 향해 인자한 미소를 그리며 가볍게 인사말을 건넨 뒤 내게로 시선을 옮겼다.

"실례가 되지 않는다면 차미선 씨, 잠깐 밖에서 따로 얘기했으면 하는데요."

새아가라고 불러주신 게 환청이었나? 하는 생각이 들 정도로 예의 바른 말투에 왠지 서운했지만 애써 그런 티를 내지 않으며 나는 방긋 웃었다.

"네에, 괜찮습니다. 연화야, 잠깐만 나갔다 올게."

"그래라."

어른을 모시고 갈 만한 점잖은 커피숍이 어디쯤 있을지 속으로 생각하며 밖으로 걸어 나왔다. 날씨가 또 궂어졌다.

거센 눈보라가 한차례 쏟아질 것만 같다. 우중충하게 드리워진 회색 커튼 뒤에 있을 맑은 하늘이 보고 싶다는 생각을 하면서 나는 그의 어머니와 보폭을 맞췄다.

"조금 걸어야 하는데, 차로 이동하시겠어요?"

"아니, 괜찮아요."

새벽에 내린 눈이 아직 많이 쌓여 있어서 걸음걸음 뽀드득하는 소리가 들렸다. 곳곳의 빙판에 어른이 미끄러질까 신경 쓰며 걸으니 그런 내 태도를 보고는 빙긋 미소를 머금으신다.

"지훈이에게도 평소 이렇게 신경 써주나요?"

"어, 아니요. 지훈 씨가 저를 많이 챙기죠. 제가 좀 어설퍼서요."

멋쩍어하며 머리를 긁적였더니 그의 어머니가 가벼운 한숨을 뱉으신다. 음, 무슨 의미일까?

"지훈이는 자상하죠. 배려심도 많고 눈치도 빠르고 어떤 상황에서 어떻게 행동하는 게 백 점짜리인지 아주 잘 아는 아이예요."

"네에. 사실 너무 완벽해서 가끔 사람 같지 않아 보여요."

내 딴에는 장단을 맞춰드린 건데 잠깐 침묵이 이어진다. 실수한 건가? 어색함에 입술이 실룩거렸다. 마침 길 건너에 작은 수제 커피숍이 눈에 들어왔다. 그나마 장소라도 편하고 안락해야 이 난관을 타개하기에 좋을 것 같아 내 표정이 환해졌다. 차를 시키면 지금처럼 정적이 감돌 때 후루룩 마시기라도 하지!

"저기예요. 너무 춥죠. 빨리 가요."

장갑을 깜빡하고 나왔더니 손끝이 빨갛게 얼어 있었다. 어른 앞에서 주머니에 손을 찔러 넣기도 뭐해서 그냥 두 손 바닥을 슬슬 비비적대기만 했다.

"지훈이 그런 성격은 제 아버지를 꼭 빼닮았어요."

차분한 음성이 뽀얀 입김과 함께 공중으로 날아올랐다.

"아, 그래요?"

외모까지 똑같은 건 아니고요? 라는 말이 튀어나오려는 걸 간신히 눌렀다. 하하하, 결례가 되는 언사가 나오지 않 게 입단속에 신경을 써야겠군.

"지훈이나 다훈이나 생긴 건 그 애들 친엄마를 많이 닮았 고요."

에……? 아, 이런. 물론 저번에 '1번 어머니, 2번 어머니' 를 곰곰이 되새기며 어머니가 두 분이 아닐까 생각은 했다. 그러다 보니 상상이 꼬리를 물어 사이 나쁜 형제간이 사실 은 이복형제인가 보다 뭐 그런 결론도 혼자 내렸고. 그런데 둘은 친형제가 맞고, 지금 어머님이 그 둘과 피 한 방울 섞 이지 않은 새어머님이란 말씀?

"지훈이가 나 새엄마라는 이야기 안 하던가요?"

지금 나를 떠보는 건가? 결혼할 것처럼 굴면서 실은 그에

무르기 힘든 하자품 457

대해 아무것도 모르는 가벼운 사이가 아닌가 뭐 그렇게 생각하시나? 대답을 고르느라 눈동자가 흔들리는 기분이었지만 침을 꼴깍 삼키고 다시 입을 열었다.

"미리 말해준 건 아니지만 짐작은 하고 있었어요. 아마 제가 지훈 씨에게 물어봤으면 솔직히 다 말해줬을 거예요. 지훈 씨, 그런 사람이니까요."

내 단호한 대답에 어머님이 다시금 의미를 알기 어려운 미소를 보이면서 카페의 자동문 스위치를 눌렀다.

"들어가죠. 숍이 예쁘고 아기자기하네요."

따뜻한 공기와 함께 원두커피 향기가 얼굴로 밀려왔다. 예쁜 화분들과 더불어 레드와 그린 볼 두 가지로만 동글동글하게 장식된 단출한 화이트 트리가 실내 인테리어와 어울려 좋은 분위기를 뿜냈다. 하지만 나는 마냥 편하지만은 않은 기분을 느끼면서 고운 방석이 얹어진 왕골 의자에 앉았다.

"무슨 이야기부터 꺼내야 할까요?"

커피 주문을 마친 그의 어머님은 고민에 찬 음성을 뱉어냈다.

"여기서 다훈 아버지와 내 이야기를 시작하면 생뚱맞을까요?"

맞은편에 앉은 어른의 말투에서 한숨이 묻어난다. 꼼꼼하게 칠한 마스카라의 속눈썹 밑으로 드리운 그늘 아래 자

잘한 주름이 보이는 것 같았다.

"그저께 강변 오피스텔에서 미선 씨 만나고 돌아간 뒤 조금 알아봤어요. 지훈이가 그간 무슨 짓을 해왔는지."

멀리 창밖으로 향했던 그녀의 시선이 내게로 돌아왔다.

"벌써 3년째 미선 씨 주변에 머무르고 있더군요. 이것도 알고 있었나요?"

"네에, 3년 전에 놀이공원에서 처음 만났어요."

"그럼 둘이 그간 계속 알아온 사이였어요?"

"아니요, 최근에 다시 만나고서야……."

이상하게 자꾸 목소리가 기어들어간다. 내가 죄를 지은 것도 아닌데 명확하게 대답하기가 힘든 기분이랄까.

"꼭 다훈 아버지를 보는 것 같아요. 둘이 비슷하다는 건 알고 있었지만 어쩜 사람 사랑하는 방식까지도."

"무슨…… 말씀을 하고 싶으신 건지."

"집착과 소유욕, 치밀함 같은 것 말이에요. 그런 생각은 한 번도 안 해봤어요?"

나는 대답 없이 고개만 천천히 가로로 내저었다.

"그래요, 지금은 어쩌면 내 이런 말이 하나도 귀에 들어가지 않을 수도 있어요. 그 애는 사람을 홀릴 만큼 매력적이니까. 누가 보더라도 완벽하고 지나칠 정도로 똑똑하죠. 20년 넘게 옆에서 지켜본 내 눈에도 흠잡을 데가 보이지 않아요."

하지만 내용과 달리 그의 어머님 말투에서는 자랑스러움 같은 게 느껴지지 않았다.

"그 애 아버지도 그랬죠, 젊은 시절에. 나는 아직도 그 사람이 내게 처음으로 말을 걸어왔을 때를 잊지 못해요."

나도 모르게 심지훈과 처음 만났을 때를 떠올리고 있었다. 상담실 문을 열어젖힌 순간 눈부시게 빛나며 내 앞에 등장했던 그 남자를.

"허나 지금은 이렇게 생각하죠. 차라리 그때 내가 그 사람 눈에 띄지 않았다면, 그랬다면 어땠을까?"

"왜 그렇게 생각하세요? 어머님 지금 아주 좋아 보이시는데."

그녀가 희미하게 웃음을 보였다.

"지훈이와 결혼을 한다면 20년 뒤 미선 씨가 나처럼 말하게 되는 건 아닐지 모르겠어요."

"예?"

"차라리 다훈이라면 좋았을걸. 그 애는 최소한 자기감정에 솔직하고 보통 사람처럼 표현하고 살아요. 따뜻한 사람을 새로운 반려로 맞는다면 평범하게 살아갈 수 있을 것 같았어요. 자기 핏줄 낳는 걸 지독히도 싫어하니 예쁜 아이들이 있는 미선 씨 같은 사람과 인연이 닿아 행복한 가정을 꾸리길 바랐지요."

이해할 수 없는 언사에 내 미간이 살짝 구겨졌다. 분명히 심지훈은 어머님과 사이가 아주 좋다고 말한 것 같은데. 사실은 큰아들만 편애하셨나? 도대체 심다훈 그 심술궂은 인간이 내 남자보다 나은 게 뭐가 있는데? 반발심이 자라났다. 내가 왜 이런 이야기를 듣고 있어야 하는지 시간이 아까울 지경이었다.

"다훈 아버지는 소시오패스적인 성향이 있는 사람이에요. 가지고 싶은 것, 이루고 싶은 것을 위해선 수단 방법을 가리지 않아요. 나와의 결혼이 이루어지지 않자 그는 아무렇지도 않게 지금 애들의 친모와 결혼했어요. 그러고는 집안에서 원하는 아들인 다훈이를 낳자마자 그녀를 버렸죠."

헉, 이건 또 무슨 이야기야? 게다가 소, 소시오패스? 어디서 들어본 것도 같은데. 사이코패스랑 비슷한 거라고 했던가? 나는 대충 어머님 말 속의 문맥으로 그 단어의 뜻을 이해하려 노력했다.

"그는 또한 나를 되찾기 위해 내 전남편을 죽음에 이르게 한 사람이에요. 내 전남편이 하던 사업을 완전히 망하게 만들었고 다른 여자와 바람이 나게 유도했어요."

드라마보다 더 드라마틱한 이야기가 흘러나오기 시작했다.

"물론 당시의 나는 아무것도 몰랐죠. 그저 전남편에게 상처받고 아파할 때 다시 나타난 첫사랑과 순진하게도 또 결혼했어요. 모든 사실을 알게 된 건 돌이킬 수 없을 만큼 한참 시간이 흐른 뒤였지요."

어려운 이야기를 하느라 그의 어머니는 손에 들린 핸드백을 두 손으로 꽉 움켜쥐고 있었다. 손가락 마디마디가 하얗게 드러날 정도였다. 내 마음속 깊은 곳에서 그런 어른을 말려야 한다는, 더 이상 듣지 말라는 외침이 들려오는 것 같았으나 나는 입술조차 달싹이지 못한 채 망부석처럼 그 자리에 굳어 있었다.

"어머님, 이런 말씀 죄송하지만 그건 아버님 이야기잖아요."

나는 여태껏 답답할 정도로 숨을 참아왔던 사람처럼 힘겹게 말을 토해냈다. 버릇없게 보여도 어쩔 수 없다. 이대로 내가 사랑하는 사람이 매도당하는 걸 계속 들어주고만 있기 싫었다. 마치 이건 범죄자의 아들이 앞으로 같은 범죄를 저지를 것으로 예견되니 미리 잡아넣으라는 말 같지 않은가?

"아무리 지훈 씨가 아버님과 비슷한 면이 많다고는 해도 이건 아닌 것 같아요. 어떻게 닮았다는 것만으로 아버님과 비교해서 그 사람과 제 장래를 결론 내릴 수 있는 거죠? 모르겠어요. 제게 왜 이런 말씀을 해주시는지."

침착하게 응수하고 싶었으나 자꾸만 목소리가 떨려 나왔다. 어쩌면 은연중에 나 역시 불길함을 감지하고 있었던 것이다. 피하고 싶었다. 저런 무서운 이야기를 듣고 난 다음에 심지훈이 제 아버지와 똑같은 사람이라는 결론 따위는 내리고 싶지 않았다. 이 가슴속으로 파고드는 불안함이 어느새 뿌리를 내리고 갈비뼈 밖으로 튀어나오는 것은 싫었다. 여태까지 그와의 꿈같았던 모든 나날이 주마등처럼 스쳐가면서 그 중간중간 수상했으나 외면했던 일들이 떠오르는 걸 인정할 수 없었다.

"그만 일어나야겠어요. 자리를 너무 오래 비워두면 다른 직원들에게 미안해서요."

나는 허둥지둥하다가 커피잔을 손으로 쳐서 반쯤 남은 갈색 액체를 확 쏟고 말았다.

"엄마야!"

테이블로 번진 커피가 내 옷자락에도 왈칵 묻어났다. 숍의 주인이 잽싸게 뛰어왔고 그의 어머님은 주인이 가져온 깨끗한 걸레 중 하나를 넘겨받아 묵묵히 내 옷의 커피만 닦아냈다.

"그냥 제가 할게요."

"가만있어요. 빨리 지워야 얼룩지지 않아요."

아무 의미 없이 뱉어내신 말씀일 수도 있지만 순간적으로 심지훈과 빨리 정리하라는 뜻으로 들렸다. 나나 그에게 더 큰 얼룩이 생겨나기 전에. 그러나 난 그럴 수 없다고요.

"이, 이리 주세요. 제가 한다니까요."

"지훈이 친엄마는 이혼 후 자살했어요."

어머님의 손에 들린 걸레를 빼앗으려던 내 손길이 공중에서 멈칫한다.

"지훈이가 보고 있는 바로 앞에서 손목을 그었지요."

나도 모르게 침이 꼴깍 넘어간다.

"하지만 그 애는 엄마가 죽는 순간까지 지켜보고만 있었어요."

한숨 같은 말씀을 하면서 어머님이 다시금 나를 응시한다. 잠깐이나마 머리에 어지럼증이 몰려왔다. 나는 지금 연타를 허용하여 그로기 상태에 빠진 권투 선수처럼 휘청거리고 있었다.

"그, 그건…… 그때는 자폐증이었다고 지훈 씨가 그랬어요……."

자세한 사연은 모른다. 나는 그에게 모든 것을 상세히 물어볼 필요성을 느꼈다. 일단은 억지스럽더라도 그를 위한 변명을 꺼내어 이 위기를 모면하고 싶었다. 이렇게 심각하고 어려운 이야기라면 그의 어머니가 아닌 그 사람 본인에게 듣고 싶었다. 하지만 어머님은 나를 놓아주지 않았다.

"자폐증이라서 엄마가 그렇게 죽어가는데 그저 지켜보고만 있었다라. 맞는 이야기일 수도 있죠. 하지만 다훈이는 이해해줄 수 없었겠죠. 그래서 형제간에 사이가 아주 나쁜 거고요."

그녀는 잠깐 그들 형제의 이야기를 언급하다가 다시 원래의 화제로 돌아갔다.

"지훈이는 내가 데려와서 그후 15년간 별짓을 다해가며 정상적으로 돌려놓으려 했지만 예후가 아주 나빴어요. 담당의마저 내게 그만 희망의 끈을 놓아야 삶이 편할 것이라고 했었지요. 그랬는데……."

마주하는 눈동자가 찰랑이는 물결처럼 흔들리고 있었다. 내가 사랑하는 남자와 조금도 닮은 면이 없는 그의 어머니의 입에서 내 남자의 이면에 대한 이야기가 계속해서 흘러나왔다.

"3년 전 미선 씨를 만난 이후로 무섭도록 변했죠. 본인이 원하는 목표를 위해. 단순히 이걸 기적이라고 받아들이면 되는 걸까요?"

내 옷의 얼룩을 다 닦아낸 그녀가 다시 자리에 앉더니 핸드백을 챙겨 들었다.

"어쩌면 나로선 미선 씨가 우리 지훈이와 결혼하는 걸 막을 이유가 없을지도 몰라요. 이런 이야기 전혀 언급하지 않은 채 새사람으로 맞아들이면 그뿐이었을지도요. 허나 나는 지금 내 남편을 만나 너무도 오랜 세월 힘들었어요. 그걸 미선 씨가 답습할 거라 생각하니 마음이 편치 않았어요."

단호하게 말을 맺은 그의 어머님이 한숨을 내쉬며 자리에서 일어났다.

"지훈이는 어쩌면 제 아버지와는 다를 수도 있어요. 내 걱정과 달리 미선 씨를 만나고 나서 인성 장애가 거의 치유되었는지도 몰라요. 사람 감정을 몰라 TV를 보면서 호응하는 걸 흉내 내고 웃음을 지어야 하는 포인트도 학습하고 다른 이의 생각을 읽기 위해 심리학을 전공한 것과는 달리, 정말로 진짜 기적처럼, 완치가 불가능하다는 자폐증에서 벗어난 것일지도 모르겠어요. 하지만, 그렇지 않을 가능성도 있는 거죠. 인생을 걸고 도박을 할 수는 없잖아요. 게다가 미선 씨에게는 아직 어린 두 아이들도 있고요."

"감……정을 학습했다고요?"

날카로워진 내 질문에도 기분 나빠진 기색 없이 그녀는 고요하게 답을 해주었다.

"그 애는 감정이 없어요. 아니 사실은 슬프고 기쁘고 하는 감정을 전혀 모른다고 봐야 해요. 영특한 머리로 그런 상황을 학습해서 그때마다 반응하는 법을 배운 것뿐이에요. 그게 반복되어 지금은 거의 정상인과 구분이 안 갈 정도가 된 거랍니다."

어떻게 보자면 친어머니가 아니기에 저 정도로 냉정하게 다 말해줄 수도 있는 것일 테지. 하지만 반대로 친어머니가 아니기에 그의 모든 면을 객관적으로 볼 수도 있으리라.

격하게 뛰는 심장을 진정시킬 수 없었다. 반박하기 어려운 진실 앞에서 숨이 막혔다. 생각지도 못한 엄청난 천재지변에 집을 통째로 잃은 것만큼이나 심한 충격이 온몸을 두드렸다.

"……"

나는 입에 자물쇠를 채운 것처럼 가만히 서 있기만 했다. 그때 내 옆으로 다가온 그녀가 마지막으로 한마디를 남겼다.

"선택은, 차미선 씨 몫이에요."

그렇게 홀로 카페에 남겨진 나는 얼마나 오래 그렇게 맥없이 서 있었는지도 몰랐다. 자리에 앉지도 않고 마냥 우두커니 서서 넋을 놓고 창밖을 보고 있었더니 보다 못한 숍의 주인이 다가와 말을 걸고 나서야 정신줄을 챙겨 매장 사무실로 돌아왔다. 오는 내내 머릿속이 포화 상태가 될 정도로 생각이 가득했으나 도대체 정리가 되지 않았다.

"태성이 어디 있어?"

문을 열자마자 연화에게 다그치듯 물으니 의아해하면서 턱짓으로 손님 상대 중인 남친을 가리킨다. 당연히 매상을 올리고 있는 그 녀석을 기다려줄 거라 여긴 것 같은데, 나는 그런 판단력을 이미 상실했다.

"강태성, 너 나 좀 봐."

"에?"

"야야, 니 지금 뭐하는 거야?"

내가 무턱대고 태성이에게 걸어가 그 팔을 덥석 잡자 놀란 연화가 달려와 속삭이듯 말하며 나를 끌어가려고 했다.

"놔! 나 지금 얘한테 물어봐야 할 게 있어!"

"미슨아."

손님과 더불어 연화도 태성이도 눈을 동그랗게 뜨며 미

친년처럼 소리 지르는 나를 응시했다. 태성이가 미간을 살짝 찌푸리더니 연화에게 손님을 인계하고 내게 "가자" 하고 말하면서 사무실 쪽으로 걸음을 옮겼다. 불안함에 손으로 얼굴을 훑으니 물기가 느껴진다. 오, 맙소사! 나는 어느새 눈물을 흘리고 있었다.

"누나, 왜 그래? 무슨 일이야?"

사무실 문을 지나자마자 걱정스러움이 담뿍 담긴 태성이의 질문이 돌아왔지만, 나는 그런 걱정 따위는 뇌리에서 받아들일 틈이 없었다.

"그저께 나한테 전남편 찾아왔을 때, 네가 지훈 씨에게 연락했니?"

"…… 예?"

당황하는 표정이 눈에 들어왔으나 깊게 생각할 틈 따위 주지 않을 마음이었다.

"연화가 그 사람 연락처를 알 리가 없어서 이상하다는 생각이 들었는데, 이제야 이해가 가네. 다시 정리해서 물어볼까? 네 전 여자 친구 심혜린이 오빠라고 부르는 심지훈에게 이 사무실에 근무하는 차미선이라는 여자에 대해 꼬박꼬박 보고한 게 너지?"

굳이 대답을 들을 필요도 없이 태성이의 얼굴은 사색이 되어 있었다.

"아니 그, 그게……. 누나 사실은 지훈이 형이 시킨 게 아니라 내가 그냥……."

"됐어."

무 자르듯 태성이의 어쭙잖은 변명을 잘라버린 나는 딱
딱한 얼굴로 자리에 가서 앉아 모니터를 쳐다봤다. 뒤늦게
등장한 연화는 어리둥절한 얼굴로 우리 두 사람을 번갈아
본다. 태성이가 안절부절못하며 할 말이 많은 눈치였지만
상대하지 않았다.

자꾸만 내 남자가 두려워지는 이 마음을 다잡기가 어려
웠다. 사정을 들을수록 가슴 아프도록 그가 안쓰러웠지만
동시에 나를 감시하도록 사람까지 붙이는 그 용의주도함
이 소름 끼쳤다.

오후 5시가 다 되어서야 심지훈이 매장에 나타났다. 조금
씩 흩뿌리기 시작한 겨울비를 맞았는지 항상 깔끔하게 정
돈되어 있던 앞머리가 눈썹 사이로 흘러내려와 있었다. 그
모습대로 또 색다른 매력이 있었다. 평소와 사뭇 다른 분위
기로 입은 남자. 딱 떨어지는 느낌의 연그레이 모직 투버튼
의 싱글 피코트는 어제 내게 사주었던 클럽모니끄의 맨스
라인이다. 배색이 들어간 목 부분이 포인트, 전체적으로 핏
되는 느낌이 그의 기름한 몸매를 부각시킨다. 타탄체크 남
방깃이 살짝 보이고, 그 위에 단가라 니트스웨터를 입어 댄
디한 분위기를 풍긴다. 팬츠는 슬림한 핏이 돋보이는 차콜
색의 모직 슬랙스, 구두는 클래식함이 묻어나는 옥스퍼드

화인데 어깨끈을 길게 한 양가죽 맨스백과 같은 색상이다.

"어제 강의는 어땠어요? 강의실에 가면 누가 학생이고 누가 교수님인지 구별이 안 가겠는데요."

매장 안 손님들과 직원들의 쏟아지는 시선에 이어 웅성웅성 수군거림을 귓등으로 흘리며 그에게 어색한 농을 건넸다. 아직 나의 이상한 분위기를 깨닫지 못한 심지훈이 잔잔한 미소를 그리며 어깨를 살짝 으쓱한다.

"처음에는 구설수에 많이 오른 편인데, 요즘에는 교내에서 꽤 유명해져서인지 인기만 좋던데요. 강의도 인원초과예요."

"무슨 수업을 하시는데요?"

"상담심리학이라는 과목이에요. 제 직업과 연계되죠."

대화를 나누고 있자니 저쪽에서 내 눈치를 보고 있던 연화가 슬금슬금 옆으로 다가왔다.

"슨생님도 오셨는데, 그만 가라."

완전히 가라앉아 있었던 내 분위기 때문에 말도 못 붙이던 연화였다. 그 사정을 모르는 심지훈은 연화의 배려에 기쁜 낯으로 입을 열었다.

"미선 씨 조기 퇴근시켜도 되는 겁니까?"

"아, 예에. 피곤할 거예요. 낮에 그런 일도 있었고."

"그런 일이라뇨?"

"어이 사장, 급한 일은 다 마무리했거든. 봐서 내일 특근

하든지 할 테니까 나 그만 간다?"

그의 질문에 연화가 답할 틈도 없이 나는 벌떡 일어나 코트를 집어 들고 남자의 손을 잡아끌었다. 그는 "어어" 하면서 연화를 향해 인사말을 남기고 내 뒤를 따른다. 물론 난 그가 태성이 쪽으로 의문이 담긴 눈길을 잠깐 던지는 것을 놓치지 않았다.

"비가 멎을 것 같지 않네. 놀이터는 안 되겠어요."

"응? 놀이터는 왜요?"

하늘로 시선을 향한 채 중얼거리는데, 내 뽀얀 입김 너머로 그가 흐릿하게 보인다. 휴…… 나도 모르게 나온 한숨이 입가를 더 흐렸다. 그제야 내가 약간 이상한 것을 눈치챘는지 심지훈의 표정이 어두워졌다.

"미선 씨, 무슨 일 있는 거죠?"

잠깐 그를 말없이 응시했다. 이런저런 생각이 가슴으로 옥죄어온다. 다시 마음이 약해지려 해. 이러면 안 되는데.

"네."

짧고 간단한 대답에 심지훈이 살짝 당황하는 분위기였으나 금세 그런 기색을 지우는 게 보였다. 평소의 나였다면 전혀 눈치채지 못했을 남자의 이런 반응. 예민해져서인지 그의 소소한 표정 변화까지 모두 눈 안에 들어오고 있다.

"바로 앞에 제 차가 있으니 그리로 가요. 아직 따뜻할 테니까 안에 들어가 시동 걸고 잠깐만 기다려줘요."

언제나처럼 옅은 미소를 그린 그가 내게 차 키를 주고 어디론가 사라진다. 하아아. 깊은 한숨이 내뱉어진다. 아직 심각함을 전혀 모르는 남자 때문에 마음이 무겁다. 하지만 복잡하디복잡한 내 뇌리에서는 이미 어느 정도 결론이 도출되어 있다. 나는 그와 심각한 주제를 가지고 진지한 대화를 해야만 한다. 아니 어쩌면 대화를 가장한 일방적인 통보를.

─여기서 다훈 아버지와 내 이야기를 시작하면 생뚱맞을까요?

당황스럽게 대화를 시작한 그의 어머니가 떠오른다.

─집착과 소유욕, 치밀함 같은 것 말이에요. 그런 생각은 한 번도 안 해봤어요?

갑자기 '새아가'에서 '미선 씨'로 호칭이 바뀌기에 드라마 같은 데서 보던 사모님들처럼 봉투라도 쥐어주고 헤어지라는 건 아닐지 조금 불안했다. 그런데 그분은 엄청난 사연만 언급하셨다. 어떻게 보자면 소소한 봉투 따위보다는 내게 큰 영향을 끼칠 수 있는 이야기였다. 차라리 완강한 반대에 부딪쳤다면 이리 고민되지는 않으련만. 아마도 반발심 같은 게 작용해서 더욱더 이 남자를 포기할 수 없다고 우겼을지도 모르겠다.

하지만, 그의 어머니는 그렇게 하지 않았다.

─지훈이와 결혼을 한다면 20년 뒤 미선 씨가 나처럼 말하게 되는 건 아닐지 모르겠어요.

어떤 회사의 이사님이라고 했지? 동글동글하고 인상 좋은 아주머니로만 보이는 외모였거늘, 대화하는 순간에는 알 수 없는 위압감도 느껴졌다. 그녀의 말투는 연설하는 정치가처럼 설득력이 있었다. 나는 그의 어머니가 들려준 모든 이야기를 어느새 기정사실로 받아들이고 말았다.

─선택은, 차미선 씨 몫이에요.

가슴이 너무 아파서 자꾸만 눈물이 날 것 같다. 그가 너무 가여워서, 안타까워서 마음이 무거웠다. 이 사람이 얼마나 애쓰고 있는지 알 것 같아 더없이 슬퍼졌다. 하지만, 그의 어머니가 말한 것처럼 나는 두 아이의 엄마이기에 심지훈을 내 연인이자 남편뿐만 아니라 은비와 은솔이의 아빠로서 심각하게 고민하지 않을 수 없다. 솔직히 아직은 명확한 결론이 나지 않았다. 그를 만난 뒤 숨쉬기도 힘들 정도로 몰아쳤던 지난 며칠간과 달리 천천히 여유를 두고 생각해야 한다.

똑똑.

멍하니 깊은 심상으로 잠수해 있는데 이질적인 소음이 나를 깨웠다. 무의식중에 시선을 오른쪽으로 향하니 웃음을 머금은 남자가 손에 따뜻한 음료수를 든 채 창문이 열리길 기다리고 있다. 또 왈칵 눈물이 쏟아질 것 같아 얼른 눈을 깜빡이며 윈도우 버튼을 눌렀다. 지이, 소리와 함께 그와 나를 가로막고 있던 유리가 내려간다.

"오래 기다렸죠? 이쪽 지리를 잘 몰라서 가게를 찾다 보니."

받아 든 컵의 온기가 내 손을 따뜻하게 데워준다. 그의 마음도 이렇게 따뜻할까? 심지훈의 이 자상함은 그의 내면에 있는 진정한 자아가 만든 것일까, 아니면 단순히 몸으로 익힌 연기일까? 아직도 나는 잘 모르겠다.

"고마워요, 핫초코네요."

운전석에 앉는 남자를 향해 의례적인 인사말을 건넨다.

"기분이 가라앉아 보여서요. 이럴 때는 단것이나 카페인이 도움이 되거든요."

그가 또다시 미소 짓는데 갑자기 그 모습이 너무나 안타까웠다. 나는 가만히 손을 들어 심지훈의 뺨을 쓰다듬었다. 그는 살짝 의아해하는 표정을 지었지만 거부하지는 않았다. 그가 나른한 고양이처럼 기분 좋은 표정을 짓자, 내가 무거운 입술을 떼어 말을 건넸다.

"이렇게 할 수 있기 위해서 얼마나 노력했어요?"

공간으로 떨어지는 내 말뜻이 명확히 전달되기까지 시간이 조금 걸렸다. 떨리는 말끝을 침과 함께 꼴깍 삼키는데, 작은 파문이 일고 있는 그의 눈동자가 내게 향했다.

"…… 미선 씨?"

결국 눈가가 뜨거워지고 만다. 코끝에도 찡한 느낌이 강해지고 있다. 막을 수 없는 눈물이 한 줄기 뺨을 타고 흐르는 걸 느끼며 나는 억지로 웃었다.

"지훈 씨 미안해요. 나 잠깐만…… 잠깐만 울게요."

가슴이 먹먹해져 말을 잇기 어렵다. 아랫입술을 깨문 채 그의 까만 눈동자를 뚫어져라 응시하다 눈길을 내리고 그렇게 숨죽여 흐느꼈다. 심지훈은 당황한 표정을 짓다가 내 이상스러운 반응을 가만히 지켜보는 것 같더니 차분하게 입을 열었다.

"혹시…… 어머니께서 여기까지 찾아오셨나요?"

체념한 듯한 말투. 예상은 했지만 사랑하는 사람이 아파하는 모습을 보니 송곳으로 후벼 파듯 가슴이 아프다. 흐느낌이 짙어지지 않기 위해 안간힘을 써본다. 이야기를 해야 했다. 이렇게 흐지부지 지나칠 수 없다는 것을 너무도 잘 알기에.

"다…… 말씀하시던가요?"

"네."

그가 가만히 눈을 감더니 손을 들어 자신의 얼굴을 감쌌다. 몹시도 괴로워 보이는데, 동시에 저렇게 힘들어하는 것이 진실인지 의문이 든다. 이러면 안 되는데. 이 남자를 못 믿으면 안 되는데. 그러나 이렇게 혼란스러운 상태가 앞으로도 계속될 테지? 아니 어쩌면 이 남자를 점점 더 이상하게 볼지도 몰라. 그러기는 싫어. 차라리 아무것도 몰랐더라면 이제껏 그러했듯 앞으로도 마냥 행복할 수 있었을 텐데. 오, 맙소사. 갑자기 모든 이야기를 들려준 그의 어머니가 너무나도 원망스럽다!

　─그 애는 감정이 없어요. 아니, 사실은 슬프고 기쁘고 하는 감정을 전혀 모른다고 봐야 해요. 영특한 머리로 그런 상황을 학습해서 그때마다 반응하는 법을 배운 것뿐이에요. 그게 반복되어 지금은 거의 정상인과 구분이 안 갈 정도가 된 거랍니다.

　솔직히 말하면 지금 눈앞에 있는 이 남자, 그의 어머니의 말을 듣고 나서 살펴보는데도 흠 없이 완벽해 보인다. 감정 표현이 어색하다거나 하는 건 전혀 느껴지지 않는다. 어느새 나는 또 나를 설득하고 있었다. 그는 이미 기적을 이뤄냈다고. 그의 어머니가 걱정하는 것처럼 만들어진 감정으로 살아가는 인조인간 같은 사람은 아닐 거라고.

　"그 이야기도 들었어요. 지훈 씨의…… 친어머니."

　심지훈은 내 말에 대답하지도, 크게 반응하지도 않았다.

　"어떻게 돌아가셨는지도. 그때 어린 지훈 씨의 상태도."

　"지금의 나와는 달라요."

　꽉 잠긴 음성이 돌아온다.

　"어머님은 그렇게 생각하지 않으셨어요."

　"알아요. 그렇지만 그건 어머니께서 잘못 아시는 거예요."

　당신 말 믿고 싶어. 그러나 그분은 당신을 어린 시절부터 바로 옆에서 꾸준히 지켜봐온 사람이야. 심지훈의 일거수일투족을 모두 관찰하면서 내면에 갇힌 자아를 밖으로 끌어내려 애썼고, 세상을 제대로 보여주려 노력했고, 대인 관계가 하나라도 형성되도록 도와주셨잖아. 그런 분의 말씀을 믿지 않을 수 없잖아. 내 가슴이 내게 사랑하는 사람을 믿으라고 명령하지만, 이성의 대답은 다를 수밖에.

"나와 처음 그 놀이공원에서 만났을 때."

간신히 울먹임이 잦아든 음성으로 나는 새로운 질문을 뱉어냈다.

"나를 보고 뭘 연상한 거예요?"

"미선 씨, 나는……."

그가 가로막을 틈을 주지 않고 재빨리 다음 질문을 이어갔다.

"돌아가신 친어머니를 떠올린 거죠?"

무응답은 긍정이라고 했다. 그가 침묵의 강에 들어서자, 내 안에서 깊은 탄식이 새어 나왔다. 안타깝게도 내가 들은 이야기가 모두 사실이라는 것이 증명된 것이다.

"어떻게 생각할지 알지만."

심지훈이 초조해하는 표정으로 입을 열었다. 그를 만난 이래 처음 보는 표정이었다.

"나는 결코 내 아버지 같은 사람이 아니에요. 자폐 성향이나 인성 장애는 완치될 수 없다는 것이 지론이지만, 내 경우는 거의 사라졌어요. 이제껏 미선 씨에게 보인 감정은 연기가 아니었어요!"

간절함이 깃든 그의 눈동자가 나를 향하고 있다. 흔들리는 그의 시선에 내 마음도 바람 앞의 촛불 같다. 그러나 내 뇌리를 뒤덮은 얇은 의심의 장막은 쉽게 걷히지 않는다.

"내게 생각할 시간을 주세요."

"그럴 수는 없어요."

내 침착한 제안에 그가 재빨리 거절을 표했지만, 나는 심지훈의 의견을 물은 게 아니었다.

"달아나지 않아요. 단지 시간을 달라는 것뿐이에요. 우리 만난 지 이제 겨우 2주밖에 되지 않은 거 알아요? 그동안 너무 정신없이 빠르게 달려왔어요. 솔직히 우리 결혼이나 앞날에 대해 진지하게 고민해본 적도 없죠."

조곤조곤 설득하듯 이어지는 내 말에 그의 예쁜 입술이 가만히 닫혀버렸다.

"그렇다 해도 너무 불안하게 여기진 말아줘요. 난 아직 아무것도 결정하지 않았고, 지훈 씨에 대해 조금 차분하게 판단할 시간이 필요한 것뿐이니까."

남자가 돌처럼 굳는 게 느껴져 마음이 아팠다. 잠시 머뭇거리는 손길로 심지훈을 한번 가만히 안았다가 놓아주며 눈을 마주보았다. 그의 눈동자에서 빛이 사라져 공허해 보였다. 그의 집에서 그가 흐느껴 울던 때보다 지금 더 황폐해 보였으나 내 마음이 그때처럼 동요되지는 않았다.

"내가 지훈 씨를 사랑하는 마음은 그대로예요. 하지만 내 아이들과 친정엄마 입장을 생각하지 않을 수 없어요. 조금만 이해해주면 좋겠어요."

손끝이 떨려온다. 그냥 아무 일도 없었던 체하고 그를 와락 끌어안고 펑펑 울어버리고 싶은 마음이 간절했다. 아아, 어쩌면 좋을까? 이 사람을 정말 아프게 하기 싫었는데.

"부탁할게요, 지훈 씨."

사랑에 목숨을 걸 정도로 젊지 않은 내가 밉다. 무모한 열정을 불태울 정도로 어리지 않은 내가 원망스럽다. 누가 무슨 말을 하든 귀를 닫아버리는 고집을 갖지 못한 내가 싫다. 그러나 이것이 현실인 것을.

"일주일만 시간을 줘요. 그동안 절대 찾아오지도 말고 전화도 하지 말아요. 내가 정리를 끝내면 먼저 연락할게요."

통보였다. 이 남자도 이성적으로 이를 받아들였으면 했지만 가슴 아프게도 그의 새까만 눈동자에 드리워진 것은 지독한 절망이었다.

〈2권에 계속〉

나는 매력적인 그를 쇼핑했다 1

ⓒ 민재경, 2014

1쇄 인쇄일 | 2014년 1월 10일
1쇄 발행일 | 2014년 1월 25일

지은이 | 민재경
펴낸이 | 정은영
책임편집 | 이수지
편 집 | 박소이 최민석
마케팅 | 박제연 전연교
제 작 | 이재욱

펴낸곳 | 네오북스
출판등록 | 2013년 04월 19일 제2013-000123호
주 소 | 121-840 서울시 마포구 서교동 396-33
전 화 | 편집부 (02)324-2347, 경영지원부 (02)325-6047
팩 스 | 편집부 (02)324-2348, 경영지원부 (02)2648-1311
E-mail | neofiction@jamobook.com
Home page | www.jamo21.net

ISBN 979-11-85327-26-6(04810)
     979-11-85327-25-9(set)

이 도서의 국립중앙도서관 출판시도서목록(CIP)은 서지정보유통지원시스템 홈페이지
(http://seoji.nl.go.kr)와 국가자료공동목록시스템(http://www.nl.go.kr/kolisnet)에서
이용하실 수 있습니다.(CIP제어번호: CIP2013028109)